ullstein

Ulrike Wolff

Die Dame vom Versandhandel

Roman

Ullstein

Besuchen Sie uns im Internet:
www.ullstein-buchverlage.de

MIX
Papier
FSC FSC® C083411

Originalausgabe im Ullstein Taschenbuch
1. Auflage April 2020

Umschlaggestaltung: bürosüd° GmbH, München
Titelabbildung: Frau, Pakete: © Masterfile / ClassicStock;
Hintergrund: © Mauritius Images / VIEW Pictures / © Christian Richters
Gesetzt aus der Quadraat Pro powered by pepyrus.com
Druck und Bindearbeiten: CPI GmbH, Leck
ISBN 978-3-548-06125-2

Für Hilkje, Jacob und Ezra

1.

Eulendorf liefert geschwind für Mann, Frau und Kind!
(Eulendorf-Slogan von 1957)

Fulda 1957

Annie hatte Kaffee und Kuchen mitgebracht. Zwei große Bleche mit Kirschkuchen, für die sie die Einmachgläser im Keller geplündert hatte. Und echten Bohnenkaffee, dessen Duft allein schon reichte, um ein zufriedenes Lächeln auf die Gesichter der Kollegen zu zaubern. Alle waren ins Büro gekommen, auch die Mitarbeiter aus dem Lager, sogar Hans, der picklige Lehrling, der sonst jede Gelegenheit nutzte, um sich zu verdrücken. Jetzt stand er eingequetscht und mit hochrotem Kopf ausgerechnet zwischen Kurt und Gotthelf und schaffte es vor Nervosität kaum, seine Kaffeetasse zu halten, während er verzweifelt bemüht war, nicht allzu oft auf Annies dicken Bauch zu starren.

Kurt ließ es sich nicht nehmen, persönlich den Sekt auszuschenken, von dem er gleich eine ganze Kiste gekauft hatte. Und als der dicke Hartmann schließlich sein Akkordeon holte und die Seemannslieder aus seiner Zeit bei der Marine anstimmte, wurde es fast noch eine richtige Feier, mit viel Gelächter über die eine oder andere Geschichte, die die Kollegen zum Besten gaben. Ausnahmslos Geschichten, die etwas mit der Firma zu tun hatten – und die deutlich machten, wie stolz sie alle darauf waren, in einem Betrieb zu arbeiten, der von Tag zu Tag größer und bekannter wurde.

»Meine Vermieterin hat mich heute Morgen abgepasst, um zu fragen, wann wir endlich die neuen Elektroherde ins Programm nehmen, von denen sie gehört hätte.« Mit breitem Grinsen imitierte Gotthelf den stark hessischen Tonfall der Frau, bei der er möbliert zur Untermiete wohnte: »So en moderne Vier-Platteherd, bei dem die Obber- un Unnerhitz im Backofe getrennt werrn kann. Un mit em Spezialplattegrill zum Brate ...«

»Die Frau is net bled, die weiß, wasse will«, griff Kurt amüsiert den Dialekt auf. »Und du, was hast du ihr geantwortet?«

»Werte Frau, habe ich gesagt, Sie sprechen von der Junker & Ruh Elektro-Kohle-Kombination Nr. 52 017 Schrägstrich 791, zweifellos eine gute Wahl, ich würde Ihnen allerdings zu Nr. 52 018 raten, das ist der gleiche Herd, aber mit Thermostat! Der Aufpreis lohnt sich, glauben Sie mir, wenn Sie einmal Ihr Süppchen auf diesem Herd gekocht haben, fragen Sie sich, wie Sie bislang überhaupt ohne ihn überleben konnten. Und wie es der Zufall so will, bekommen Sie genau diesen Herd natürlich auch über uns, werfen Sie mal einen Blick in den neuen Katalog! Mit Sonderzubehör und allem Drum und Dran – und mit einem Rabattsatz von dreißig Prozent, bei Kasse weitere drei Prozent Skonto, na, was sagen Sie dazu?«

»Ei, des is ja emal a Angebot, da muss isch gleisch zuschlaache«, gab Kurt in das allgemeine Lachen hinein die Antwort. »Sehr schön, Gotthelf«, setzte er dann hinzu. »Das ist es, wofür wir stehen, und was immer mehr Leute auch begreifen: Wir sind ganz vorne mit dabei, wenn es um neue Produkte geht. Und unsere Preise sind nicht zu schlagen!«

Je mehr sich der Sekt dem Ende näherte, umso ausgelassener wurde die Stimmung, aber mit jeder neuen Geschichte und jedem Witz spürte Annie, wie sie selber immer wehmütiger wurde. Schon bei dem Gedanken, dass sie für einige Monate ausfallen würde, in denen die Arbeit ohne sie weiterging, kam sie sich seltsam hilflos und alleingelassen vor. Sie hatte alle anstehenden Aufgaben so vorbereitet, dass die anderen wussten, was zu tun war – aber das war nicht dasselbe, als wenn sie an ihrem Schreibtisch saß und gemeinsam mit Kurt und den Kollegen die nächsten Schritte planen konnte. Es gab so vieles, was nicht vorhersehbar war, und immer wieder mussten Entscheidungen aus der Situation heraus getroffen werden. Aber genau das war es, was sie am meisten liebte! Eine neue Idee bis zum Ende durchzuspielen – und sie dann entweder zu verwerfen oder tatsächlich ins Warenangebot aufzunehmen, immer mit dem Kitzel, etwas zu wagen, wovon erst die Bestellzahlen zeigen würden, ob sie mit ihrer Kalkulation richtiggelegen hatten ...

Plötzlich wurde ihr bewusst, wie sehr die Firma längst ihr eigenes Leben bestimmte. Natürlich war es Kurt, der das alles aufgebaut hatte, lange bevor sie dazugekommen war, aber sie war nicht mehr nur die Frau des Chefs oder die kleine Sekretärin, als die sie begonnen hatte und die ihm zuarbeitete, sondern ... es war auch ihre Firma, für die sie sich verantwortlich fühlte und die aus ihrem Leben nicht mehr wegzudenken war. Und die Kollegen waren für sie zu der Familie geworden, die sie nie gehabt hatte. Allen voran Schmidtchen, die mit ihrer unerschütterlichen Ruhe für die Disposition zuständig war, der dicke Hartmann, der das Lager leitete, Hans, der als Lehrling noch hierhin und dorthin geschoben wurde, wo man ihn gerade am nötigsten brauchte. Und natürlich auch Gotthelf, der mit seiner dicken Hornbrille immer wirkte, als wäre er schon als Buchhalter geboren worden ...

Wenn es nach Annie gegangen wäre, hätte sie auf ihrem Platz gesessen, bis es Zeit war, ins Krankenhaus zu fahren. Aber Kurt hatte darauf bestanden, dass sie zumindest die letzten Tage vor der Geburt zu Hause blieb, auch wenn sie sich nicht so fühlte, als müsste sie sich schonen.

»Ich möchte etwas sagen«, unterbrach sie das lockere Geplauder im Büro. »Wer weiß, wie lange das Kind noch auf sich warten lässt, vielleicht sitze ich nur zu Hause und drehe Däumchen, und deshalb müsst ihr mir versprechen, dass ihr mit allem zu mir kommt, was es an Problemen gibt. Ich bin immer erreichbar für euch, wenn ihr mich braucht! Wenn ihr Fragen habt oder ... Ihr könnt auch einfach bei mir zu Hause auftauchen, ich bin ja nicht aus der Welt. Und auch wenn das Kind dann da ist, heißt das nicht ...« Sie brach mitten im Satz ab und zuckte mit der Schulter. »Ihr wisst, was ich meine, nicht?«

»Die Botschaft ist angekommen«, versicherte ihr Gotthelf, während die anderen nickten und die Gläser hoben, um ihr zuzuprosten.

»Aber ihr sagt mir wirklich Bescheid, wenn ...«

»Wenn die Hütte brennt, na klar.«

»Ich vermisse euch jetzt schon, nur dass ihr's wisst.«

Kurt trat zu ihr und küsste sie vor aller Augen auf den Mund. »Annie, Annie, du tust ja gerade so, als würdest du für immer gehen. Aber ich kenn dich doch, du wirst schneller wieder hier sitzen, als du denkst. Und ich freue mich schon darauf, wenn Gotthelf mit unserem kleinen Racker über den Fußboden kriecht, während du über einer neuen Idee brütest!«

»Wieso krieche ausgerechnet ich mit dem kleinen Racker ...?«, kam es mit gespielter Empörung von Gotthelf. Nervös polierte er mit dem Zipfel seiner Krawatte seine dicke Hornbrille, bevor er hinzusetzte: »Das ... das muss jemand anders machen, ich kann das nicht, ich habe keine Ahnung von Kindern!«

»Ich könnte auf das Kind aufpassen«, bot der Lehrling an. Um gleich darauf über seine eigene Courage zu erschrecken und Annie einen unsicheren Blick zuzuwerfen. »Also natürlich nur, wenn Sie das so wollen. Ich meine ...«

Sein Gestotter ging im Gelächter der anderen unter, dann hob Kurt sein Glas und die Kollegen ließen Annie noch einmal hochleben: »Auf unsere Annie! Dass wir sie bald wieder hier haben! Und auf den kleinen Racker, dass er den Laden hier ordentlich aufmischen wird!«

Jetzt, am Morgen danach, kam Annie die ganze Feier so unwirklich vor, als wäre es schon Ewigkeiten her, dass sie sich von den Kollegen verabschiedet und der alte Hartmann ein Ständchen für sie gespielt hatte. Bereits in der Nacht hatten die ersten Wehen eingesetzt, noch waren die Abstände ziemlich lang. Annie hatte die Schmerzen tapfer ignoriert und versucht, sich nichts anmerken zu lassen, bis Kurt die Dose mit den Frühstücksbroten, die sie ihm geschmiert hatte, in seine Aktentasche schob.

»Bist du dir sicher, dass ich ins Büro gehen kann? Du bist so bleich um die Nase, hast du Wehen, geht es los?«

»Nur ein paar Vorwehen, mach dir keine Sorgen, ich komme zurecht. Es kann noch Stunden dauern, vielleicht bis zum Nachmittag oder noch länger. Ich rufe dich an, wenn es so weit ist.«

Mit einem aufmunternden Lächeln schob sie Kurt aus der Tür, auf dem Treppenabsatz hielt er noch einmal inne und warf ihr eine Kusshand zu. »Wir bekommen ein Kind, Annie, unser Kind. Morgen sind wir vielleicht schon Eltern. Ich liebe dich!«

»Ich dich auch! Pass auf dich auf!«

Als Annie unten die Haustür ins Schloss fallen hörte, atmete sie erleichtert auf. Kurt hatte sie mit seiner Besorgnis so nervös gemacht, dass sie im Augenblick fast froh war, ihn nicht länger um sich zu haben. Als sie sah, dass er sogar seinen Hut auf der Ablage vergessen hatte, ohne den er normalerweise keinen Schritt vor die Tür setzte, musste sie unwillkürlich lächeln. Er ist aufgeregter als ich, dachte sie, als wäre er es, der das Kind bekommt!

Sie wollte sich nur für ein paar Minuten noch mal aufs Bett legen, aber dann schlief sie doch fest ein. Als sie aufwachte, war es bereits später Vormittag. Und es gab keinen Zweifel mehr, es war so weit! Die Wehen hatten eingesetzt.

Mit zittrigen Händen wählte sie die Büronummer, für einen Moment war ihr so schwindlig, dass sie sich an die Kante des Schreibtischs klammerte.

»Es geht los, Kurt!« Annie bemühte sich, ihre Stimme nicht allzu aufgeregt klingen zu lassen. Aber als sich die nächste Wehe ankündigte, konnte sie ein Aufstöhnen nicht mehr unterdrücken.

»Ganz ruhig, Annie, du machst das schon …« Kurts Antwort war bei dem Knacken und Rauschen in der Leitung kaum zu verstehen. Annie drückte den Hörer so fest ans Ohr, dass es schmerzte, schwer atmend ließ sie sich auf den Stuhl mit der hohen Lehne sinken.

»Annie?«

»Es geht los«, wiederholte sie. »Die Wehen kommen jetzt alle paar Minuten. Und sie sind so heftig, dass …«

»Hast du deinen Koffer gepackt?«

»Aber das weißt du doch! Der Koffer steht seit Tagen im Flur. Kannst du kommen, um mich ins Krankenhaus zu fahren?«

»Gib mir zehn Minuten.«

Mit zittrigen Knien warf sich Annie eine Strickjacke über, während sie die Abstände zwischen den Wehen zählte.

Hastig trank sie einen Schluck Wasser direkt aus dem Hahn über der Küchenspüle. Es ist alles in Ordnung, versuchte sie sich selbst zu beruhigen. Du bekommst ein Kind, das ist alles. Das haben schon andere vor dir geschafft, und unter schlechteren Bedingungen! Also stell dich nicht so an. Kurt wird jeden Moment hier sein, und mit dem Auto sind es nur ein paar Minuten bis zum Krankenhaus. Es gibt keinen Grund, jetzt in Panik zu geraten. Gleich wird sich der Arzt um dich kümmern. Die Schwestern, die Hebamme. Atme ganz ruhig ein und aus, ein und aus ...

Um sich abzulenken, griff sie nach dem neuen Eulendorf-Katalog, der gerade erst erschienen war und den sie gestern druckfrisch aus dem Büro mitgenommen hatte. Zusammen mit der roten Rose von Kurt, »für die schönste Frau der Welt, die jetzt jeder in Deutschland auf dem Titelbild bewundern wird«.

Es war das erste Mal, dass Annie Modell gestanden hatte. Die Aufnahmen waren bereits im Spätsommer des vergangenen Jahres gemacht worden, Annie war schon schwanger gewesen, aber nur wenn man sehr genau hinsah und wusste, worauf man achten musste, ließ sich die leichte Wölbung des Bauches erahnen. Viel deutlicher war das Strahlen, das über ihrem Gesicht lag und ein Glück zeigte, wie es häufig bei werdenden Müttern zu erkennen war – und das die Katalogkunden nun hoffentlich dem neuen Warenangebot zuschreiben würden.

Auf dem Bild trug Annie ein rotes Kleid mit weißen Punkten und schmalen Trägern, das die Schultern frei ließ und ihre schlanken Beine gut zur Geltung brachte. Den Hintergrund des Fotos bildete eine blühende Wiese, durch die sich ein Feldweg schlängelte, eine Gruppe von Rennradfahrern in eng anliegenden Trikots stürzte sich den Hügel hinunter, als wollte jeder von ihnen der Erste sein, der die lachende Frau im Mittelpunkt der Aufnahme erreichte. Auch Annie hatte ein Fahrrad, das sie stolz dem Betrachter präsentierte, das neueste Modell, das Eulendorf im Programm hatte, himmelblau und mit verchromten Felgen und Schutzblechen, in denen sich die Sonne spiegelte.

Das Motiv war Kurts Idee gewesen, er wollte damit an die Geschichte der Firma anknüpfen, als Eulendorf noch ausschließlich ein Versandhandel für Fahrräder gewesen war. Annie hatte die Idee gut gefunden, sich aber lange dagegen gewehrt, selber auf dem Titelbild aufzutauchen.

»Das gehört sich nicht, finde ich! Ich bin die Frau des Firmeninhabers, jeder, der uns hier kennt, wird das angeberisch finden, es wird aussehen, als wollte ich partout jede Möglichkeit nutzen, um einmal im Vordergrund zu stehen. Außerdem bin ich kein Fotomodell, sondern entscheide zusammen mit dir über das Angebot für unsere Kunden, das ist viel mehr als ... die Frau auf einem Katalogumschlag zu sein.«

»Aber ich will dich da vorne drauf haben«, hatte Kurt beharrt. »Warum sollen wir nach jemand anderem suchen, wenn meine eigene Frau jedes Modell aussticht? Und du bist perfekt, um die neue Kleiderkollektion zu präsentieren, du verkörperst genau das, was wir brauchen: Eleganz, Selbstbewusstsein, Natürlichkeit ... Mach mir die Freude, erfüll mir den Wunsch, ja?«

Und so war Annie nicht nur auf dem Umschlag gelandet, sondern auch auf den Seiten mit den Sommerkleidern – und sie musste sich eingestehen, dass ihr durchaus gefiel, was sie da jetzt sah. Vielleicht war Kurts Entscheidung richtig gewesen. Vielleicht tat es ihr auch gerade im Moment mit der Unförmigkeit des hochschwangeren Körpers gut, sich zu erinnern, wie sie vorher ausgesehen hatte – und wie sie wieder aussehen würde, wenn ihr Baby erst mal geboren war. Was sie allerdings wirklich stolz machte, war der neue Werbespruch, von dem sie Kurt überzeugt hatte und der jetzt zum ersten Mal in schwungvoller Schreibschrift auf dem Umschlag prangte: EULENDORF LIEFERT GESCHWIND FÜR MANN, FRAU UND KIND.

Das umfasste alles, was ihr immer größer werdendes Angebot ausmachte, und vor allem verdeutlichte es mit wenigen Worten die ganze Idee, auf der die Firma fußte – die Kunden bekamen ins Haus geliefert, was sie sich im Katalog ausgesucht hatten, niemand musste mehr von Laden zu Laden laufen und sich damit abquälen, die Sachen dann nach Hause zu schleppen. Der Versandhandel machte das Leben leichter, das war die Zukunft, für die ihre Firma stand und die mit Eulendorf bereits begonnen hatte …

Eine neue Wehe ließ Annie zusammenzucken, sie stöhnte und presste sich die Hände auf den Unterleib, um die Schmerzen zu unterdrücken. Bei der Bewegung rutschte der Katalog über die Tischkante und klatschte auf den Küchenboden, mit der aufgeschlagenen Doppelseite für Kinderspielzeug nach oben. Annie schaffte es nicht, sich zu bücken und ihn aufzuheben.

Als sie auf die blauweiße Uhr über dem Küchentisch sah, war bereits eine Viertelstunde seit ihrem Anruf verstrichen, beim nächsten Blick waren es schon zwanzig Minuten. Wo bleibt er denn nur, dachte sie, warum kommt er jetzt nicht? Er weiß doch, dass ich ihn nicht angerufen hätte, wenn ich nicht wirklich sicher wäre, dass es so weit ist. Und er hat versprochen, dass ich das nicht allein durchstehen muss. Dass er für mich da ist und mich ins Krankenhaus begleitet. Gerade heute Morgen noch! Sie hatte seine Stimme noch im Ohr, als wäre es eben erst gewesen: »Du rufst sofort an, wenn die Wehen losgehen, hörst du? Das ist das Wichtigste, alles andere spielt keine Rolle, es geht jetzt nur um dich und unser Kind ...«

Aber wieso schafft er es nun nicht, alles stehen und liegen zu lassen, um rechtzeitig hier zu sein?

Mit einer Mischung aus Verzweiflung und Ärger griff sie nach dem Koffer. Er war nicht besonders schwer, sie hatte nur das Notwendigste zusammengesucht. Ein Nachthemd, frische Unterwäsche, ein paar bequeme Kleidungsstücke. Und natürlich die Sachen für das Baby, die Stoffwindeln, drei winzige Leibchen, die kleine Mütze, die Söckchen.

Im Moment folgten die Wehen einem vierminütigen Rhythmus. Wenn sie langsam machte, Schritt für Schritt, immer in den Wehenpausen, würde sie es auch die Adalbertstraße hinauf zum Frauenberg schaffen, und vor dem Friedhof nach rechts, bis zu den Kasernen der Amerikaner, von da an waren es nur noch ein paar Meter zum Herz-Jesu-Krankenhaus. Wenn sie quer über den Friedhof laufen würde, wäre der Weg sogar noch kürzer, aber allein der Gedanke an die Grabsteine und die marmornen Gruften wollte ihr wie ein schlechtes Omen für das ungeborene Kind in ihrem Bauch erscheinen, nein, die Abkürzung über den Friedhof kam nicht infrage.

Sie stand schon an der Tür, als sie die Schritte im Treppenhaus hörte, die die Stufen hinaufstürmten. Gleich darauf schellte scheppernd die Türglocke, ihr erster Gedanke war, dass Kurt in der Aufregung die Schlüssel vergessen hatte. Aber dann stand nicht Kurt vor ihr, sondern – Gotthelf! In ihrer Verblüffung brauchte sie eine Sekunde, bevor sie stammelte: »Du?«

Im selben Moment hatte sie das Bild vor Augen, wie Kurt mit dem Auto gegen einen Baum gefahren war, einen Laternenpfahl, eine Mauer, er hatte einen Unfall gehabt, das war die einzige Erklärung!

»Was ist passiert? Was ist mit Kurt?«

»Nichts, es ist alles in Ordnung, es ist nur ...«

»Was?«

Gotthelf fing umständlich an, mit einem Taschentuch die dicken Gläser der Hornbrille zu polieren, die von seinem Spurt die Treppen hinauf beschlagen waren. Als wollte er unter allen Umständen den Moment hinauszögern, in dem er Annie die Wahrheit sagen musste. Ohne die Brille wirkten seine Augen seltsam wässrig und farblos, wie verloren unter der hohen Stirn, aus der das Haar mit Pomade glatt nach hinten gekämmt war.

»Jetzt sag doch bitte endlich mal was! Warum ...?«

»Er hat mich geschickt. Ich soll dich zum Krankenhaus bringen, mein Auto steht unten. Kurt ... ist noch in einer wichtigen Besprechung, er kommt hinterher, so schnell er kann.«

Gotthelf griff nach dem kleinen Koffer, bevor sie etwas erwidern konnte. Immer noch völlig verwirrt folgte sie ihm die Treppe hinunter, eine Stufe nach der anderen, schwer stützte sie sich auf dem Geländer ab. Als sie die nächste Wehe mitten auf dem Treppenabsatz überfiel, hielt sie kurz inne.

An der Tür zur Wohnung im Erdgeschoss wurden sie von der Bäckersfrau abgefangen. Sie musste direkt aus dem Laden kommen, deutlich konnte Annie die Puderzuckerflecken auf der geblümten Kittelschürze erkennen.

»Ich hab gesehen, wie der Herr vorm Haus geparkt hat. Spielt er den Chauffeur für Sie? Ist es so weit, kommt das Kind?«

Der Blick, den sie Gotthelf dabei zuwarf, war eindeutig. Das darf nicht wahr sein, dachte Annie, sie glaubt doch wohl nicht wirklich, dass vielleicht Gotthelf der Vater sein könnte!

»Mein Mann hat noch in der Firma zu tun«, beeilte sie sich zu erklären. »Herr Fiedler ist ein Kollege, der schnell eingesprungen ist, um mich ins Krankenhaus zu fahren.«

»Dann hoffe ich nur, dass er nicht auch sonst schon mal eingesprungen ist«, kam prompt die Antwort, die Annie für einen Moment die Sprache verschlug. Die Bäckersfrau drehte sich um und warf ohne ein weiteres Wort die Wohnungstür hinter sich zu.

Annie sah, wie Gotthelf nervös mit den Augen zwinkerte, vom Hals her stieg ihm eine flammende Röte ins Gesicht. Hastig fischte er sich mit der freien Hand eine Zigarette aus der Tasche seines Jacketts, um sie noch in der Haustür anzuzünden.

»Entschuldigung«, sagte Annie leise, als sie hinter ihm auf den Hof hinaustrat. »Aber du weißt ja, dass unsere Vermieterin ein echter Drachen ist. Du hast sie doch schon öfter erlebt. Bei Kurt reißt sie sich noch zusammen, aber bei mir lässt sie keine Gelegenheit aus, um mir ihre Ablehnung zu zeigen. So wie eben, ich kenne sie nicht anders, das ist typisch für sie. Sie mag mich nicht.«

In der Luft lag der süßliche Geruch nach frisch gegorener Maische, der von der Brauerei in der Leipziger Straße hinunterwehte. Annie spürte eine leichte Übelkeit, die der Qualm von Gotthelfs Zigarette nur noch verstärkte. Auch die Wehen schienen jetzt schneller aufeinanderzufolgen.

Aus den Augenwinkeln sah sie den Altgesellen aus der Backstube kommen und auf das Klohäuschen neben dem Kirschbaum zusteuern. Annie mochte den hageren Mann, der ihr erklärt hatte, wie wichtig es war, bei jeder neuen Rutsche Brötchen einen der sorgfältig geformten Teiglinge mit einem Kreuz zu versehen, bevor er sie mit dem langen Holzschober in die brennende Hölle des Backofens schob: »Nur dann hat der Vater im Himmel ein Auge darauf, dass sie nicht verbrennen.« Auch die für alle sichtbar mit einem dicken Bleistift auf die Klotür gekritzelte Aufschrift ging auf das Konto des Altgesellen: *Fünf Minuten wird geschissen, wer länger scheißt, wird rausgeschmissen.* Kurt fand den Spruch so witzig, dass er ihn gerne zu den unpassendsten Gelegenheiten anbrachte.

Bei dem Gedanken an Kurt presste Annie die Lippen aufeinander, bei der nächsten Wehe ballte sie unwillkürlich die Fäuste zusammen. Erst jetzt wurde ihr die Situation wirklich bewusst, Kurt hatte tatsächlich einen Kollegen geschickt, statt selbst zu kommen! All seine Beteuerungen, dass sie und ihr gemeinsames Kind das Wichtigste wären, waren nur so dahingesagt …

Als ihr die Tränen in die Augen schossen, wandte sie sich schnell ab. Sie würde vor Gotthelf nicht weinen, das Ganze war so schon peinlich genug! Gotthelf schien es ähnlich zu gehen, er vermied jeden Blickkontakt mit ihr, als sie nebeneinander aus der Hofeinfahrt traten.

An Gotthelfs Wagen hatte sich eine Traube kleiner Jungen gebildet, die den Porsche ehrfürchtig von allen Seiten begutachteten. Ebenso ehrfürchtig machten sie jetzt Platz für Annie und Gotthelf, als er die Beifahrertür für sie aufhielt.

»Wie schnell fährt der?«, wollte ein Junge mit aufgeschlagenen Knien wissen, während er mit der Zunge versuchte, sich den Rotzfaden von der Oberlippe zu lecken, der aus seiner Nase lief.

Gotthelf schien dankbar für die Möglichkeit, seine Aufmerksamkeit wenigstens für einen kurzen Moment nicht auf Annie richten zu müssen, die Mühe hatte, sich mit ihrem dicken Bauch auf den unbequemen Sitz zu hieven. Das letzte Stück ließ sie sich einfach fallen.

»Hundertsechzig!« Der Stolz in Gotthelfs Stimme war unverkennbar. »Der 356 ist der schnellste Seriensportwagen, der zurzeit in Deutschland gebaut wird.«

»Irre«, kam prompt die Antwort des Jungen. »So einen kaufe ich mir später auch.«

Begeistert leckte er sich einen neuen Rotzfaden von der Lippe, um gleich darauf seinen Freunden gegenüber noch mal die Höchstgeschwindigkeit anzupreisen: »Hundertsechzig, habt ihr es gehört? Der Opel von meinem Vater schafft gerade mal hundertzehn!«

Als Gotthelf den Motor startete und mit quietschenden Reifen wendete, stieß Annie hervor: »Fahr langsam, bitte! Mir ist ein bisschen übel.«

Hinter dem Ladenfenster im Erdgeschoss sah sie die Bäckersfrau, die ihnen kopfschüttelnd nachblickte. Auch wenn die Wohnung groß und gut geschnitten war, war es Zeit, dass sie hier rauskamen, dachte Annie. Weg von den Blicken der Vermieterin und der Nachbarschaft, die hinter ihrem Rücken tuschelten und sich jetzt erst recht wieder das Maul zerreißen würden!

Sie bemühte sich, möglichst tief gegen die Wehen anzuatmen, die Häuser links und rechts der steilen Straße schienen auf sie zuzukommen und sich wieder zu entfernen, ein im Takt ihres Herzschlags pulsierender Tunnel, der sie verschlucken wollte.

An der Kreuzung oben am Frauenberg trottete ein Schäferhund quer über die Straße. Der Hund war alt, er zog mühsam das rechte Hinterbein nach, weder die kreischenden Bremsen noch die gellende Hupe brachten ihn dazu, seinen Gang zu beschleunigen. Nervös ließ Gotthelf den Motor im Leerlauf aufheulen, bis der Weg frei war und er so rasant nach rechts abbog, dass Annie sich am Armaturenbrett festklammerte.

Wenn man Männer danach beurteilen würde, wie sie Auto fuhren, dachte Annie, dann wäre Gotthelf sicher der Letzte, dem man vertrauen sollte. Sie hatte von Anfang an nicht so recht verstanden, was Kurt an ihm eigentlich fand. Und dass er Gotthelf vor einigen Wochen erst Prokura verliehen hatte, war ein immer wiederkehrendes Streitthema zwischen Kurt und ihr. Gotthelf war der Einzige in der Firma, mit dem sie nicht wirklich warm wurde, aber solange er sich nur um seine Zahlenkolonnen in der Buchhaltung kümmerte, schafften sie es, sich mehr oder weniger aus dem Weg zu gehen. Dennoch hielt Annie ihn für einen selbstverliebten Gockel, der seine Unsicherheit hinter einer großmäuligen Fassade verbarg. Bevor Kurt ihn in die Firma geholt hatte, war er Vertreter für Küchenmöbel gewesen, bei Poggenpohl in Herford – und genau dort hätte er nach Annies Meinung auch bleiben sollen. Warum Kurt jetzt ausgerechnet ihn geschickt hatte, um sie zu begleiten, konnte sie beim besten Willen nicht verstehen ...

Als der Porsche in der Auffahrt zum Herz-Jesu-Krankenhaus blubbernd zum Stehen kam, war ihr schwindlig und ihr Unterrock klebte an ihrer Haut. Immerhin stützte Gotthelf sie jetzt am Arm, als sie Schritt für Schritt die Stufen hinaufstieg.

»Ich danke dir, fahr zurück ins Büro, den Rest schaffe ich alleine«, keuchte Annie, als zwei Schwestern in Nonnenkleidung mit ihren blendend weißen Flügelhauben auf sie zugeeilt kamen.

»Ich habe Kurt versprochen, dass ich warte, bis er da ist.«

Natürlich, dachte Annie, genau das ist es, was ich am allerwenigsten an dir mag. Du bist so unterwürfig wie ein kleiner Hund, der eifrig die Befehle seines Herrchens befolgt. Aber du verbirgst etwas hinter deiner dicken Brille, was ich vielleicht lieber gar nicht wissen will.

Als die Nonnen sie stützten, um sie in den Kreißsaal zu führen, rief Gotthelf noch einmal hinter ihr her: »Ich warte hier auf dem Gang! Bis Kurt da ist.«

Drei Stunden später war Annie Mutter eines gesunden Mädchens. Die Geburt war schnell und recht problemlos gewesen, Annie aber kam sie vor wie eine Ewigkeit. Als sie das kleine Bündel zum ersten Mal an ihre Brust drückte, war sie restlos erschöpft, doch gleichzeitig von einem Glück erfüllt, wie sie meinte, es noch nie erlebt zu haben. Alle Schmerzen und Ängste der Geburt waren vergessen, es gab nur noch sie und dieses winzige Wesen, das ihr trotz der zusammengekniffenen Augen so perfekt vorkam, dass sie die Tränen nicht länger zurückhalten konnte.

Eine der Nonnen nickte ihr lächelnd zu, um gleich darauf mit einer Stimme, die keinen Widerspruch duldete, zu sagen: »Ich nehme die Kleine jetzt und bringe sie in den Babyraum. Dann kann der nervöse Vater sie sich durch die Scheibe ansehen.«

»Ist er da?«, fragte Annie. »Weiß er schon, dass es ein Mädchen ist? Ein gesundes, kleines Mädchen?«

»Natürlich, er ist ja die ganze Zeit wie so ein Tiger auf dem Gang hin und her gerannt. Aber da ist er nicht der

Erste, der vor Aufregung fast durchdreht. Die Kerle sollten lernen, lieber zum Herrgott zu beten, das würde mehr helfen, als sich andauernd die Brille zu putzen und eine Zigarette nach der anderen zu qualmen.«

Annie brauchte einen Moment, bis sie begriff, dass es nicht um Kurt ging, sondern um Gotthelf.

»Das ist nicht mein Mann, nur ein ... Kollege, der mich hergebracht hat.«

»Dann ist das nicht der Vater?«

»Nein, nein, nur ein ...«

Annie brach mitten im Satz ab, als die Nonne sie empört musterte. Im selben Augenblick verstand sie, wem diese Empörung galt – nicht dem eigentlichen Vater, der nicht zur Geburt erschienen war, sondern ihr selber, die nach Meinung der Nonne Schuld daran trug, dass hier etwas nicht so war, wie es sein sollte! Annie konnte sich denken, was im Kopf der Nonne vor sich ging. Fulda war erzkatholisch, ein fremder Mann hatte bei der Geburt nichts zu suchen und konnte nur eins bedeuten ...

Der Ton der Nonne war jetzt mehr als barsch, als sie Annie das schlafende Baby aus dem Arm nahm. »Ich bringe es Ihnen zum Stillen wieder.«

»Aber darf ich es nicht noch ein bisschen bei mir behalten? Nur ein paar Minuten?«

»Nein, das geht nicht. Wir haben Regeln hier, an die sich alle halten müssen.«

Die Nonne war kaum zur Tür hinaus, da schien es Annie, als hätte man ihr das Baby für immer weggenommen. Wenn doch nur Kurt da wäre, dachte sie, jemand, der meine Hand hält, der mir versichert, dass alles in Ordnung ist, dass sie unser Kind nicht verwechseln werden, dass es ihm nichts ausmacht, nicht bei seiner Mutter zu liegen, dass es ja nur um ein paar Tage geht, bis wir alle zusammen nach Hause können ...

Plötzlich meinte sie, von weit her das hilflose Wimmern eines Kindes zu hören. Lass es nicht mein Baby sein, das da vor Kummer weint, dachte sie, während sie kraftlos nach dem schmalen Heft griff, das sie auf dem Nachttisch deponiert hatte. Ein Abreißkalender in einem dunkelgrünen, genarbten Umschlag, ein Werbegeschenk der Firma für neue Kunden mit dem Eulendorf-Motto auf dem Einband. Annie blätterte bis zum 7. März, dann schrieb sie:

Claudia Marianne, Geburt um halb drei am Nachmittag, 3.620 gr., 51 cm lang.

Marianne war der Name ihrer Mutter, über »Claudia« würden sie noch reden müssen, Kurt hatte nur Jungennamen vorgeschlagen, aber Annie war entschlossen, ihren Wunsch durchzusetzen. Jetzt mehr denn je – wenn er es noch nicht mal für nötig hielt, bei der Geburt dabei zu sein, war das wohl das Mindeste, was ihr zustand.

Sie musste weggedämmert sein, erst die aufgeregten Rufe der anderen Frauen ließen sie aus einem wirren Traum hochschrecken, in dem ihr kleines Mädchen vertauscht worden war und sie vergeblich versuchte, die Nonnen davon zu überzeugen, dass der dicke, schreiende Junge nicht zu ihr gehörte.

Die Frauen drängten sich am Fenster, jetzt vernahm auch

Annie die laute Männerstimme, die mehr grölte als sang: »So ein Tag, so wunderschön wie heute ...«

Die Schwester, in deren Augen Annie bereits jedes Anrecht auf Mitgefühl verwirkt hatte, kam mit wehender Haube in den Raum gestürmt, dicht gefolgt von der Oberin.

»Hat das etwas mit Ihnen zu tun?«

»Warum? Wie kommen Sie darauf?«, versuchte Annie sich noch zu wehren, obwohl sie im selben Moment ein unangenehmes Kribbeln im Nacken spürte, wie eine Vorahnung auf etwas, was peinlicher kaum sein konnte.

Die Nonnen schoben sich wortlos an ihrem Bett vorbei, Annie sah, wie die Oberin sich bekreuzigte, als sie aus dem Fenster blickte. Mühsam richtete sie sich auf, mit zitternden Knien folgte sie den Nonnen, die empört auf die Straße wiesen und ihr eilig Platz machten, als hätte sie eine ansteckende Krankheit.

Gotthelf war nirgends zu sehen, aber dicht an der Mauer zum Friedhof, mit zwei Rädern auf dem Bürgersteig, war Kurts neuer Borgward geparkt, ein paar Meter weiter hielt Kurt mit einer Hand den Laternenpfahl umklammert, den er mit unsicheren Schritten umtanzte, ohne dabei in seinen Gesangskünsten nachzulassen: »So ein Tag, so wunderschön ... so wunderschön!«

Bitte lass es nicht wahr sein, dachte Annie und schloss für einen kurzen Moment die Augen, lass es wieder nur einen Traum sein, ein Spukbild, das nicht wirklich existiert. Doch als sie die Augen öffnete, war das Bild unverändert. Und jetzt hatte Kurt sie entdeckt und warf ihr eine Kusshand zu, um dann zum Wagen zu schwanken und einen üppigen

Strauß roter Rosen zutage zu fördern, während er gleichzeitig mit der freien Hand mehrmals auf die Hupe drückte.

Er sah gut aus in seinem maßgeschneiderten Anzug, musste Annie unwillkürlich denken, er hatte den Hemdkragen geöffnet und den weinroten Schlips ein Stück aufgezogen, eine Haarsträhne hing ihm in die Stirn, und sein Gesicht strahlte vor Glück. Aber das änderte nichts daran, dass er heillos betrunken war und sich kaum noch auf den Beinen zu halten vermochte!

Er hat mich nicht ins Krankenhaus gebracht, weil er Angst hatte, schoss es Annie durch den Kopf. Und dann hat er sich volllaufen lassen, und jetzt hat er ein schlechtes Gewissen! Das ist seine Art, sich zu entschuldigen. Aber warum konnte er nicht wie alle anderen Männer auch einfach nur zu meinem Bett kommen?

Die Oberin riss das Fenster auf.

»Lassen Sie das bitte! Das ist nicht der richtige Ort hier für ... so etwas! Was glauben Sie denn, wo Sie sind? Das ist ein Krankenhaus und kein ... Ausflugslokal!«

Ungerührt schwenkte Kurt den Rosenstrauß.

»Ich bin Vater geworden!«, rief er mit strahlendem Lachen zurück. »Ich habe eine Tochter, die gebührend auf dieser Welt begrüßt werden muss! Und ich will meiner Frau danken, für alles!«

»Das ist ein Skandal!«, stieß die Oberin hervor und warf zornbebend das Fenster zu, als Kurt mit seinem Rosenstrauß auf den Eingang des Krankenhauses zusteuerte, von links nach rechts schwankend und in dem vergeblichen Bemühen, das Gleichgewicht zu halten.

»Ein Skandal«, wiederholte die Oberin mit einem vernichtenden Blick an Annie gewandt. »Sie sind ja nun nicht gerade mehr die Allerjüngste, da hätte es doch wohl möglich sein müssen, sich beizeiten nach einem anständigen Ehemann umzusehen.«

Annie wünschte sich weit weg, am liebsten hätte sie sich unter ihrem Bett verkrochen, aber es war zu spät, Kurts Gesang hallte bereits laut durchs Treppenhaus.

2.

Eulendorf bei Pleschen, Polen 1919

Kurt hatte Angst, er hielt sich so dicht hinter Willi und Fritz, wie es nur ging. Es nieselte, und ihm war so kalt, dass seine Zähne aufeinanderschlugen. Am liebsten hätte er geweint, aber dann würden die beiden Großen ihm wieder Prügel androhen. Oder ihn vielleicht alleine in der Dunkelheit stehen lassen. Tapfer schluckte er die Tränen herunter. Er hatte Mühe, seine Schritte dem Abstand der Bahnschwellen anzupassen, ohne zu stolpern und sich die Knie auf dem scharfkantigen Schotter aufzuschlagen.

Es war nicht das erste Mal, dass er auf den Gleisen unterwegs war. Aber er war noch nie bei Nacht hier gewesen, und immer nur an der Hand des Vaters, wenn er ihn nach langem Betteln ausnahmsweise bei einem seiner Kontrollgänge ein Stück weit begleiten durfte, solange der Fahrplan und die Uhr des Vaters keinen nahenden Zug ankündigte. Die Uhr musste jeden Morgen sorgfältig aufgezogen werden, damit sie immer die richtige Zeit zeigte, jede Nachlässigkeit würde unweigerlich das Schlimmste heraufbeschwören, wie der Vater nicht müde wurde, immer wieder zu erklären: »Mein Leben hängt davon ab!«

Der Vater war Streckenläufer. Das war eine gefährliche

und wichtige Arbeit, ohne die es furchtbare Unfälle für die Züge geben würde. Der Streckenläufer alleine war dafür verantwortlich, alle Schäden am Gleis rechtzeitig zu erkennen, Brüche an den Schienen, lockere Schrauben an den Schwellen, herausstehende Nägel oder durch Frost und Regen beschädigte Stellen am Bahndamm. Der Vater trug immer einen Hammer und einen Schraubenschlüssel bei sich, außerdem hatte er die rote Signalfahne umgehängt, mit der er notfalls sogar die Strecke sperren und Züge anhalten konnte.

Kurt wollte später auch einmal Streckenläufer werden, mit genau so einer Taschenuhr, wie sein Vater sie besaß, und mit der schicken Uniform, zu der eine Mütze mit glänzend schwarzem Schirm und einem goldenen Abzeichen gehörte, die ihn als Beamten der Deutschen Reichsbahn auswies. Dann würde er es sein, der in gleichmäßigen Abständen den großen, schweren Hammer gegen die Schienen schwang, um an ihrem Klang zu hören, ob die Schrauben, die das Gleis hielten, noch festsaßen oder nachgezogen werden mussten. Und ebenso wie sein Vater würde er nichts so sehr hassen wie den Rost, der unerbittlich an den Gleisen nagte und zerstören wollte, was die rasende Lokomotive und die Menschen, die sich ihr anvertrauten, sicher von einem Ort zum nächsten brachte …

Kurt wusste, dass jetzt in der Nacht keine Züge fuhren, aber das änderte nichts an dem mulmigen Gefühl, etwas streng Verbotenes zu tun.

Sie mussten jetzt in der Nähe des alten Güterschuppens sein, undeutlich konnte er bereits die Schatten einer langen

Reihe von Waggons ausmachen, die abgekoppelt auf dem Nebengleis standen. Vom Dorf her hörte er eine Kuh brüllen. Als plötzlich lautlos eine Eule über ihre Köpfe hinwegstrich, schrie er erschrocken auf.

»Sei bloß still!«, zischte Willi sofort. »Keinen Mucks, kapierst du? Sonst haue ich dir eine vor den Ballon, dass du Sterne siehst!«

So redete sein großer Bruder sonst nie mit ihm, und es hatte nicht nur damit zu tun, dass Fritz dabei war. Fast schien es Kurt, als wollte sein Bruder bloß nicht zeigen, dass auch er ... Angst hatte!

»Ich hab gleich gewusst, dass es Schwachsinn ist, den kleinen Schisser mitzuschleppen«, kam es von Fritz, während er Kurt am Kragen packte und sein Gesicht so dicht an seines schob, dass es in der Dunkelheit ganz verschwommen aussah. Mit zwei schwarzen Löchern, wo die Augen waren, und einem größeren für den Mund, aus dem es streng nach Zwiebeln roch. »Wenn du uns die Tour vermasselst, lassen wir dich bei den Polen zurück. Dann kannst du hier verhungern, das ist uns ganz egal.«

»Bitte nicht«, brachte Kurt mit einem zitternden Stimmchen hervor, das sogar in seinen eigenen Ohren viel zu hoch und weinerlich klang. Als wäre er wirklich der kleine Schisser, für den Fritz ihn hielt!

»Hör auf, Fritz!«, sagte Willi leise. »Du machst ihm doch nur noch mehr Angst!« Er beugte sich zu Kurt und legte ihm für einen kurzen Moment beruhigend den Arm um die Schultern. »Fritz meint es nicht so. Wir lassen dich nicht bei den Polen, versprochen. Aber du darfst niemals jemandem etwas davon erzählen, was du heute Nacht siehst und hörst, ist das klar? Das muss ein Geheimnis bleiben. Du kannst doch ein Geheimnis für dich behalten?«

»Ja. Ich verspreche es.«

»Gut. Ich bring dich jetzt zum Güterschuppen rüber, und du hockst dich da auf die Rampe. Du rührst dich nicht vom Fleck! Und pass auf, dass keiner kommt, der nicht zu uns gehört. Falls doch, rufst du laut. Hast du das verstanden?«

»Und was macht ihr? Wo wollt ihr hin?«

»Wir haben ein bisschen was an den Waggons da drüben zu tun.«

»Und was?«

»Musst du nicht wissen. Vielleicht erzählen wir es dir morgen, wenn alles vorbei ist und wir uns hier endlich vom Acker machen können.«

»Aber ich will helfen ...«

»Das geht nicht. Du hast nicht genug Kraft dafür. Und wir müssen uns beeilen. Du bleibst auf der Rampe und passt auf. Das ist mindestens so wichtig wie das, was Fritz und ich tun. Ich verlass mich auf dich!«

Kurt wusste genau, dass sein großer Bruder ihm etwas vormachte. Er und Fritz wollten ihn nur aus dem Weg haben, das war alles! So wie sonst auch, wenn sie etwas vorhatten, was keiner wissen sollte, und ihm einfach verboten, mitzukommen.

Aber heute hatte er sich hinter ihnen hergeschlichen! Sie hatten ihn erst entdeckt, als es schon zu spät war, um ihn wieder nach Hause zu schicken. Und er würde ihnen beweisen, dass er nicht zu klein war, um ein Geheimnis für sich zu behalten. Auch wenn er jetzt nur auf der Rampe bleiben sollte, war er doch wenigstens dabei. Und wenn er alles genau so machte, wie die beiden Großen es verlangten, würden sie ihn beim nächsten Mal vielleicht richtig mitmachen lassen!

Er sah, wie Fritz noch einmal unwillig den Kopf schüttelte, bevor er geduckt auf den ersten Waggon zueilte.

»Komm«, sagte Willi leise. »Ich helf dir noch schnell hoch auf die Rampe.«

Als sie die Gleise überquerten, schob Kurt seine Hand in Willis.

»Bau keinen Scheiß, hörst du?«, war das Letzte, was sein großer Bruder zu ihm sagte, als er ihn mit dem Hintern auf die Kante der Rampe setzte. Im nächsten Augenblick war er auch schon in der Schwärze der Nacht verschwunden.

Kurt blieb einen Moment ganz still sitzen und lauschte auf die Geräusche, die von den Güterwagen zu ihm herüberdrangen. Er konnte die halblauten Stimmen von Willi und Fritz hören, und ein leises Scheppern, als würde etwas mit Gewalt aus dem Holz der Waggonwände gebrochen. Gleich darauf quietschten die Rollen einer Schiebetür, dann war Stille.

Kurts Herz schlug viel zu schnell, frierend zog er die Schultern hoch. Unter ihm im Schotter raschelte etwas. Als er sich vorbeugte, sah er eine Ratte vorüberhuschen. Und sie war nicht die einzige Ratte! Je länger er auf das Schotterbett starrte, umso deutlicher erkannte er die Schatten, die eilig zwischen den vor Nässe matt schimmernden Gleisen hin und her liefen. Ein Tier stoppte direkt vor ihm und richtete sich halb auf, hastig zog er die Beine hoch und rutschte auf dem Hintern ein Stück von der Kante weg. Er mochte keine Ratten, aber sie waren überall auf dem Bahngelände, und sie waren dreist – immer wieder drangen sie sogar bis in das Streckenläuferhaus vor und hockten plötzlich mit ihren langen, nackten Schwänzen vor dem Küchenbuffet, als wollten sie ihren Anteil am Abendessen einfordern. Das Einzige, was sie für eine Zeit lang vertrieb, war der alte Bauerntrick, den jeder im Dorf kannte: Wenn es gar zu schlimm wurde, nahm sein Vater einen Sack und fing einen der aufdringlichen Nager, um ihn nach draußen zu dem Zaunpfosten an der Straße zu schleppen, wo er den Sack mit einem Strick festband und anzündete. Die Schreie der Ratte, wenn sie langsam verbrannte, waren so unerträglich, dass sogar Willi sich die Ohren zuhielt und die Schwestern sich ängstlich wimmernd unter ihren Betten versteckten. Aber der Trick funktionierte, wenigstens für ein paar Tage ließen sich die Ratten dann nicht mehr blicken.

Ein leises Geräusch in seinem Rücken ließ ihn zusammenzucken. Als er sich hastig umblickte, konnte er nichts entdecken außer der in der Finsternis bedrohlich aufragenden Wand des Schuppens. Erst beim nächsten Klappern begriff er, dass es das rostige Blechschild war, dessen Schrauben sich gelöst hatten und das bei jedem Windstoß an der Mauer scheuerte. GÜTERSCHUPPEN I, EULENDORF stand in schwarzen Blockbuchstaben auf das Blech gemalt. Wenn Kurt es richtig verstanden hatte, würde das Schild demnächst durch ein polnisches ersetzt werden, so wie alle anderen Beschriftungen auch. Es hatte etwas damit zu tun, dass Deutschland den Krieg verloren hatte. Und aus demselben Grund mussten sie ja hier auch weg! Zurück nach Deutschland, wo sie hingehörten. Obwohl sie noch nie da gewesen waren. Aber in Eulendorf durften sie nur bleiben, wenn sie Polen werden würden. Und das wollten sie nicht.

»Auf keinen Fall«, hatte der Vater gesagt. »Wir sind Deutsche, und wir bleiben Deutsche. Ich bin doch nicht Reichsbahnbeamter geworden, um jetzt für die Polen zu arbeiten.«

Und damit war es entschieden, auch wenn das bedeutete, dass sie nur mitnehmen konnten, was in die beiden Truhen und die Kisten passte, die bereits in einen der Waggons geladen worden waren, zusammen mit dem in seine Einzelteile zerlegten Ehebett der Eltern und dem wuchtigen Buffet, ohne das die Mutter sich geweigert hatte, in das fremde und weit entfernte Deutschland zu ziehen. In die große Stadt, die noch viel größer als Pleschen sein sollte, größer sogar als Posen. Mit Häusern, die so hoch waren, dass sie fast bis in den Himmel reichten. Und mit einem breiten Fluss, auf dem die Schiffe angeblich bis zum Meer fahren konnten.

Die Stadt hieß Magdeburg, und der Fluss war die Elbe, Kurt hatte sich die Namen gemerkt, obwohl er eigentlich gar nicht dorthin wollte. Es hätte ihm auch nichts ausgemacht, Pole zu werden. Die meisten seiner Schulfreunde waren schließlich Polen, und sie waren nicht anders als er auch. Er hatte auch nie das Gefühl gehabt, dass sie ihn oder seine Geschwister hier nicht haben wollten. Erst nachdem Deutschland den Krieg verloren hatte, war er ein paarmal als »Szkop« beschimpft worden, aber er fand, dass das auch nicht böser war als die Schimpfworte, die Willi oder Fritz für die Polen hatten.

»Es ist trotzdem ein Unterschied«, hatte ihm Willi erklärt. »Die Polen haben immer nur so getan, als ob sie freundlich wären, das darfst du nie vergessen. In Wirklichkeit hatten sie schon immer was gegen uns. Sie haben nur auf eine Gelegenheit gewartet, uns aus unserer Heimat vertreiben zu können, um sich alles unter den Nagel zu reißen, was uns gehört. Es sind Polen, die sind so, die können gar nicht anders.«

Vom Waggon her war nichts mehr zu hören als ein gelegentliches Schurren und Krachen. Als würde etwas Großes und Schweres über den Boden gezerrt. Und Kurt war sich sicher, dass Willi und Fritz da etwas machten, um die Polen noch mal richtig reinzulegen.

Genauso wie der Vater schon gestern zusammen mit Willi den halben Tag lang damit zugebracht hatte, allen möglichen Dreck in den Schornstein zu schmeißen. Ihren ganzen Müll und alles, was sie aufs Dach schleppen konnten, und zum Schluss auch noch die Ziegelsteine von den Mauern des alten Schweinestalls hinten im Gemüsegarten.

»Die Polen sollen bloß nicht glauben, dass sie einfach so in unser Haus einziehen können«, hatte der Vater hinterher befriedigt erklärt. »Sie werden sich ganz schön wundern, wenn sie Feuer im Ofen machen wollen und ihnen der Qualm entgegenschlägt, weil der Abzug dicht ist. Dann können sie erst mal das Haus abreißen, anders kriegen sie den Dreck gar nicht mehr raus.«

Kurt musste die ganze Zeit schon dringend pinkeln, jetzt konnte er es nicht mehr aufhalten. Aber die Schatten um ihn herum wirkten so gespenstisch, dass er es nicht wagte, die paar Schritte bis zur Mauer des Schuppens hinüberzugehen. Und es war ja auch niemand da, der ihn beobachtete. Er zog das rechte Bein seiner kurzen Hose zur Seite und ließ den Strahl auf die Kante der Rampe plätschern, ein paar Spritzer landeten auf seiner nackten Haut, aber der Regen würde das bisschen Pipi schon abwaschen.

Als er fertig war, schien ihm die plötzliche Stille umso unheimlicher. Warum hatten ihn Fritz und Willi nur alleine hier zurückgelassen? Und warum kamen sie nicht wieder, um ihn zu holen? Er war doch erst acht Jahre alt, sie mussten doch wissen, dass er Angst hatte! Willi war schon vierzehn, und Fritz sogar noch zwei Jahre älter. Und sie waren zu zweit da in dem Waggon, sie konnten wenigstens miteinander reden. Außerdem hatten sie schon oft heimlich irgendwelche Sachen gemacht, von denen niemand etwas erfahren durfte. Auch noch viel gefährlichere Sachen als jetzt, und sie waren nie erwischt worden, noch nicht mal, als sie die Scheune draußen auf dem Feld angezündet hatten, die bis auf die Grundmauern abgebrannt war. Dagegen war das mit den Hühnern von ihrem Nachbarn fast harmlos gewesen – sie hatten die gackernden Hühner nur mit altem Brot gefüttert, das in Schnaps getränkt war, um zu beobachten, wie lange sie noch torkelnd hin und her flatterten, bis sie einfach wie tot zur Seite kippten. Und einmal waren sie am Sonntag, als alle Dorfbewohner in der Kirche saßen, zum Forellenteich geschlichen und hatten mit dem Gewehr von Fritz' Vater mindestens zwanzig Fische erwischt. Sie hatten immer nur dann geschossen, wenn in der Kirche gerade die Orgel spielte, deshalb hatte keiner was mitgekriegt. Willi hatte ihm ganz genau beschrieben, wie schwierig es gewesen war, weil man die Lichtbrechung auf dem Wasser mit einrechnen musste, um wirklich zu treffen.

Willi erzählte ihm hinterher immer alles, und er bewunderte seinen großen Bruder und dessen Freund – und jedes Mal hatte er sich gewünscht, dass er dabei gewesen wäre. Deshalb war er ja heute auch hinter ihnen hergeschlichen! Eigentlich hatte er nur gedacht, dass es sonst vielleicht zu spät war. Wenn seine Familie erst mal ins Ungewisse aufgebrochen war, würde er vielleicht nie wieder die Chance haben, eines dieser Abenteuer selber zu erleben. Aber er hatte ja nicht wissen können, dass sie ihn alleine an dem Schuppen zurücklassen würden, ohne ihm auch nur zu sagen, was sie überhaupt machen wollten! Wenn er geahnt hätte, dass er nur frierend in der Dunkelheit auf der blöden Rampe hocken würde, wäre er nie auf die Idee gekommen, ihnen zu folgen.

Als irgendwo in den Bäumen hinter dem Schuppen ein Käuzchen schrie, schluckte er mehrmals heftig, um den Kloß in seinem Hals loszuwerden. Dann kletterte er vorsichtig von der Rampe und rannte quer über die Gleise zu den Waggons hinüber. Einmal rutschte er auf einer der glitschigen Schwellen weg und wäre fast gestürzt, aber er durfte nicht anhalten, er hatte plötzlich das Gefühl, dass da irgendwo in den Schatten jemand war, der ihn beobachtete und verfolgen würde. Sein Herz hämmerte, und seine Knie zitterten, aber er blieb erst stehen, als er den Waggon mit der offenen Schiebetür erreicht hatte, die wie ein schwarzes Loch vor ihm aufklaffte.

»Seid ihr da?«, stieß er atemlos hervor. »Willi? Fritz?«

Als gleich darauf die beiden bleichen Gesichter in der Öffnung auftauchten, war er so erleichtert, dass es ihm sogar egal war, wenn er jetzt Ärger mit ihnen bekam, weil er seinen Platz auf der Rampe verlassen hatte.

»Verdammt!«, fing Willi an zu schimpfen. »Ich hab dir doch gesagt ...«

»Ich weiß, aber da war was! Ich hab was gehört. So wie ... Schritte oder so, als ob jemand kommen würde«, erfand er schnell einen Grund. »Ganz bestimmt, ich hab mich nicht geirrt.«

Er sah, wie Fritz die Hand hob und lauschend den Kopf vorstreckte. Eine Weile standen sie ganz still, während die beiden Großen in die Dunkelheit starrten.

Bis Willi sagte: »Da ist keiner. Alles in Ordnung.«

»Der kleine Hosenscheißer hat Bammel gekriegt«, stellte Fritz fest. »War ja zu erwarten gewesen. Aber er ist dein Bruder, also lass du dir jetzt auch was einfallen, was wir mit ihm machen.«

Kurt presste die Hände fest zusammen, als wollte er ein Stoßgebet zum Himmel schicken, dass sie ihn nicht wieder zurück zur Rampe schickten. Er versuchte Willis Augen zu erkennen. Von Willi hing jetzt alles ab, Willi musste ihm helfen!

»Vielleicht können wir ihn doch brauchen«, kam Willis Antwort nach einer Weile, die Kurt endlos erschien. »Er kann helfen, den Schotter in den Eimer zu füllen. Gib ihm das Ding mal runter, dann kann er schon mal anfangen, während wir noch die zweite Kiste ausladen.«

Wortlos griff Fritz hinter sich und reichte Kurt einen Blecheimer.

»Mach ihn bis zum Rand voll mit Schotter, kapiert?«, wies ihn Willi an. »Wenn du fertig bist, rufst du, dann nehme ich ihn dir wieder ab.«

»Soll ich den Schotter mit den Händen …?«

»Natürlich, du Dummkopf!«, kam es prompt von Fritz. Seine Stimme klang, als würde er jeden Moment neben Kurt auf die Gleise springen, um ihn doch noch zu backpfeifen. »Kriegst du das jetzt hin oder nicht?«

»Ja, klar …«

»Pass auf, dass du dabei nicht zu viel Lärm machst!«, warnte ihn Willi noch.

Als die beiden Großen wieder im Inneren des Waggons verschwunden waren, fing Kurt an, die scharfkantigen Steine aufzuklauben und so leise wie möglich in den Eimer zu füllen. Nachdem der Boden bedeckt war, ging es einfacher, aber schon bald merkte er, wie die Haut an seinen Fingern brannte und mit jedem neuen Griff mehr wehtat. Trotzdem machte er weiter, bis der Eimer gefüllt war.

»Fertig!«, rief er leise.

Willi sprang neben ihm auf das Gleisbett und wuchtete den Eimer auf die Kante des Waggons, wo Fritz ihn in Empfang nahm und mit ihm im Dunkel verschwand. Kurt konnte deutlich hören, wie er den Schotter in eine Kiste leerte, bevor er mit dem leeren Eimer zurückkam.

»Wir brauchen mindestens fünf oder sechs Eimer, vielleicht noch mehr, bis das Gewicht stimmt. Also mach gleich weiter, los, beeil dich!«

Kurt wagte nicht zu fragen, von was für einem Gewicht Fritz redete. Und Willi klopfte ihm nur aufmunternd auf die Schulter, bevor er sich wieder in den Waggon schwang. »Du machst das gut, Kleiner! Weiter so!«

Gleich darauf hörte Kurt, wie sie etwas über den Boden des Waggons schleiften. »Verdammte Naht, das ist viel mehr, als ich gedacht hatte. Und wenn wir die Plane zu voll packen, kriegen wir sie nicht mehr rübergeschleppt. Wir müssen mehrmals gehen, anders kriegen wir das nicht gewuppt.«

Wieder sprang Willi neben ihm auf das Gleisbett, Fritz folgte ihm. Ohne sich um Kurt zu kümmern, zerrten sie eine Plane so weit aus der Öffnung, dass sie die Enden greifen und vom Waggon wuchten konnten. Was auch immer sich in der Plane befand, es musste schwer sein. So schwer, dass Willi und Fritz unter dem Gewicht schwankten, als sie an Kurt vorbeikamen.

»Glotz nicht so blöd«, herrschte Fritz ihn an. »Wir sind gleich zurück, dann brauchen wir den nächsten Eimer. Also mach gefälligst mit dem Schotter weiter, statt Maulaffen feilzuhalten.«

Willi sagte nichts, aber Kurt konnte ihn bei jedem Schritt keuchen hören, und sein Gesicht war vor Anstrengung zu einer Grimasse verzogen.

Eilig bückte sich Kurt, um neue Steine aufzulesen, aber dabei drehte er sich so, dass er die beiden Großen beobachten konnte. Sie schleppten ihre Last dicht an den Waggons auf dem Bahndamm entlang, ihre Schatten waren kaum von dem Güterzug zu unterscheiden.

Plötzlich brach der Mond zwischen den Wolken hervor und tauchte das Gelände in ein gleißendes Licht, das alle Konturen scharf hervortreten ließ. Im nächsten Augenblick schoben sich schon wieder neue Wolken vor die fahle Scheibe am Himmel, aber der kurze Moment hatte ausgereicht, um zu sehen, wie Willi und Fritz die schwere Plane vor dem offenen Waggon mit den Baumstämmen ablegten, die der Vater in den letzten Tagen noch gefällt hatte, um mit ihnen den Neustart im fernen Deutschland zu finanzieren.

»Ein ganzer Waggon voll Holz!«, hatte die Mutter immer wieder ausgerufen und verzweifelt die Hände gerungen. »Dafür ist Platz genug, aber unsere schönen Möbel müssen wir hier zurücklassen …«

»Zerbrich dir nicht den Kopf über Dinge, die du nicht verstehst«, hatte der Vater sie barsch zurechtgewiesen. »Das Waldstück gehörte uns, wir werden den Polen nicht einen einzigen Baum zum Geschenk machen. Und Bauholz hat seinen Wert, gerade jetzt, wo es nach dem Krieg überall an Material mangelt.«

Kurt richtete sich auf und schob sich die blutigen Fingerkuppen zwischen die Lippen, während er versuchte zu begreifen, was gerade geschah. Willi und Fritz wollten den Inhalt der Plane zwischen dem Bauholz verstecken, daran bestand kein Zweifel. Aber was war das, was sie da in der Plane weggeschleppt hatten? »Wir werden mehrmals gehen müssen«, hatte Fritz gesagt. »Es ist mehr, als ich gedacht hatte ...«

Und das hieß, dass der Rest noch in dem Waggon war!

Kurt hatte Mühe, sich hochzuziehen, um über die Schwelle der Schiebetür zu kommen. Für einen Moment hing er bäuchlings über der Kante, während seine Beine hilflos in der Luft strampelten, ohne einen Halt zu finden, dann schaffte er es, die Finger in einen Spalt zwischen den Bodenbrettern zu krallen und durch die Öffnung zu kriechen.

In der Ecke des Waggons hing die Karbidlampe, die Willi und Fritz mitgebracht hatten. Der Docht war so weit wie möglich nach unten gedreht, aber der schwache Lichtschein reichte, um die beiden grauen Offizierstruhen an der Wand zu erkennen, deren gewölbte Deckel offen standen. In der einen Truhe war der Schotter, den Kurt zwischen den Gleisen aufgeklaubt hatte, in der anderen schimmerte es matt, wie Metall. Kurt streckte die Hand vor, um einen der rechteckigen Blöcke zu berühren. Als er mit dem Zeigefinger über die Oberfläche rieb, wurde aus dem matten Schimmer ein goldener Glanz. Erschrocken hielt er für einen Moment die Luft an – konnte das wirklich sein, was er da gerade dachte? Er kniff die Augen zusammen, um den Zettel zu entziffern, der ein wenig schief auf das Holz der Truhe geklebt war.

Inhalt: Geschirr und Haushaltsgegenstände. Privatbesitz. Eigentümer/Absender: Gutshof Sowina, Polen. Bestimmungsort: München, Deutschland.

Aber das stimmte ja alles nicht! In der Truhe war kein Geschirr, sondern Gold! Kurt wusste, dass auch der Gutsherr mit seiner Familie nicht in Polen bleiben, sondern nach Deutschland fliehen würde. Und das hier war der Waggon mit seinen Sachen, die Aufschrift auf den anderen Kisten war überall die gleiche: Gutshof Sowina. Der Gutsherr versuchte also heimlich, in den Offizierstruhen sein Gold zu retten, bevor die Polen es ihm wegnahmen ...

Aber jetzt bestand kein Zweifel mehr daran, dass das genau das war, was Willi und Fritz gerade taten. Sie stahlen das Gold des Gutsherrn! Aber was die ganze Sache noch viel unverständlicher machte, war, dass Fritz doch selber zum Gutshof gehörte. Er war der Sohn des alten Koslowski, er bestahl also seine eigene Familie!

3.

Preiswert einkaufen und besser leben
mit Qualitätsprodukten von Eulendorf aus Fulda!
(Kleinanzeige in der Fuldaer Zeitung)

Fulda 1957

Annie erinnerte sich nicht mehr, wann sie zum letzten Mal länger als drei Stunden geschlafen hatte. Manchmal hatte sie das Gefühl, das Baby würde ununterbrochen schreien, ohne Pause, Tag und Nacht. Und jede Hoffnung auf eine Besserung war unwiderruflich dahin, wenn aus dem eben noch friedlich schlafenden Säugling innerhalb von Sekunden ein verzweifelt strampelndes Bündel wurde, dessen Wutgeschrei nur für die kurzen Momente verstummte, in denen es saugend an ihrer Brust hing.

Oft genug kam es Annie vor, als würde sie selbst gar nicht mehr existieren, als wäre sie nur noch für dieses Kind da, um das ihr gesamtes Leben sich drehte. Ein Leben, das ausschließlich aus schmutzigen Windeln und dem hochroten Kopf des schreienden Säuglings in ihren Armen bestand, wenn sie ihn schaukelte und wiegte, ihn Stunde um Stunde durch die Wohnung trug, schlaftrunken und mit schwindender Kraft, bis ihre Beine sie kaum noch halten wollten. Sie hatte alles versucht, sie hatte den kleinen Körper fest gewickelt und wieder befreit, hatte halblaut die Schlaflieder gesungen, an die sie sich erinnerte, und dem Baby mit beschwörendem Gemurmel hastig erdachte und vollkommen sinnlose Geschichten erzählt – und dabei ängstlich auf das kleine Gesicht gestarrt, voller Panik vor dem Moment, in dem die Schreierei von Neuem beginnen würde.

Aber dann, gerade wenn sie meinte, vor stummer Verzweiflung nicht mehr ein noch aus zu wissen, war da plötzlich und wie von Zauberhand gemalt der Blick aus den blauen Babyaugen, und das unverfälschte Lächeln, zu dem sich der winzige Mund verzog, wenn Claudia die Mutter erkannte. Vor allem dieses Lächeln war es, das Annie für all die schlaflosen Momente wieder entschädigte, und unwillkürlich drängte sich ihr dann jedes Mal der Gedanke auf, wie viele Kinder wohl ohne dieses Lächeln von ihren verzweifelten Müttern einfach im Stich gelassen werden würden.

Nur zu gut kannte sie selbst ja den Impuls, das Kind anzuschreien, um endlich Ruhe zu bekommen. Es zu schütteln und in seinem Bettchen liegen zu lassen, sich die Ohren zuzuhalten und davonzurennen, weil die Verantwortung für das hilflose Lebewesen zu viel wurde. Allein bei der Vorstellung kam sie sich vor wie eine Rabenmutter und bemühte sich nur umso mehr, ihrem Kind alle Liebe zu zeigen, zu der sie in ihrer Erschöpfung noch fähig war. Und immer war da ja auch die Hoffnung, dass das Geschrei nicht von Dauer wäre, dass es nur eine Frage der Zeit war, bis Claudia ihren Platz in dieser lauten und unwirtlichen Welt gefunden hatte, in die sie ungefragt aus der Geborgenheit des Mutterleibs hineinkatapultiert worden war. Und dass irgendwann der Tag kommen würde, an dem auch sie selbst ihr Leben zurückbekam.

Wenn sie überhaupt noch in der Lage war, an etwas anderes als die dringendst notwendigen Handgriffe im Haushalt zu denken, vermisste sie ihre Arbeit im Büro so sehnlich, dass es sie fast körperlich schmerzte. Und fühlte sich damit nur umso einsamer in der großen Wohnung, allein mit dem Kind, während sich draußen vor dem Fenster die Welt weiterdrehte, von der sie für immer ausgeschlossen zu sein schien.

Zu Beginn hatte sich Kurt noch bemüht, ihr zur Seite zu stehen, war nachts mit aufgesprungen, wenn das Baby schrie, hatte es morgens in seinen Armen gehalten, solange sie im Bad den meist vergeblichen Versuch unternahm, wenigstens halbwegs vorzeigbar zu erscheinen. Und nach der Arbeit hatte er gewissenhaft die Besorgungen erledigt, um die sie ihn bat und die sie mit genauen Anweisungen für ihn notierte. Aber schon bald verzog er sich in den Nächten aufs Sofa im Wohnzimmer und zog sich nur die Decke über den Kopf, wenn das Licht aufflammte, um sich dann bereits im Morgengrauen ohne Frühstück und nur mit einem flüchtigen Kuss für sie und das Kind ins Büro zu verabschieden.

Abends kam er immer später nach Hause und stöhnte

über die Arbeit des langen Tages. Annie konnte deutlich sehen, dass er ein schlechtes Gewissen hatte, aber auch die üppigen Blumensträuße und die Pralinen, die er fast täglich mitbrachte, änderten nichts daran, dass er sie mit dem Baby sich selbst überließ. Und wenn er am Wochenende anbot, sein Kind als stolzer Vater am Frauenberg spazieren zu fahren, so machte Claudia, kaum dass sie im Kinderwagen lag, mit erneutem Geschrei die gut gemeinte Absicht zunichte – als wollte sie jedem kundtun, dass Kurt es nicht vermochte, seiner Vaterrolle gerecht zu werden. Bis er schließlich jedes Bemühen aufgab und nur noch mit unwillig zusammengezogenen Augenbrauen einen möglichst großen Bogen um seine Tochter machte, als würde sie eine unklare Bedrohung für ihn darstellen. Und Annie fehlte die Kraft, sich neben Windelnwechseln und Windelnwaschen und dem Stillen des Kindes auch noch um ihren Ehemann zu kümmern. Als er sich eines Abends bitterlich beschwerte, dass sie für ihn ja gar keine Zeit mehr habe, fertigte sie ihn ungewollt barsch mit den Worten ab: »Wenn es dir nicht passt, dann bleib doch ganz im Büro. Eine große Hilfe bist du uns ohnehin nicht, wir kommen auch ohne dich zurecht.«

Gleich darauf tat es ihr schon leid, ihn so angefahren zu haben, es war unfair gewesen, aber sie war es leid, dass er noch nicht mal zur Kenntnis zu nehmen schien, was die ganze Situation eigentlich für sie bedeutete. Und Kurt schmollte und stieg wortlos die Treppen in den Hof hinunter, von wo sie kurz darauf sein Lachen hörte, als er rauchend mit dem Altgesellen vor der Backstube stand und sich die neuesten Witze erzählen ließ.

Sechs Monate war die kleine Claudia jetzt alt, die letzte Untersuchung beim Kinderarzt hatte gezeigt, dass sie sich vollkommen normal entwickelte. Größe, Gewicht, Bewegungsfähigkeit, Aufmerksamkeit, alles war normal.

»7.200 Gramm, siebzig Zentimeter, ein aufgewecktes Kind, mit dem Sie noch viel Freude haben werden«, hatte Dr. Pauli zufrieden genickt.

»Aber sie schreit so viel«, wagte Annie zu erwidern – und natürlich schrie Claudia genau in diesem Moment nicht, sondern grabschte interessiert nach dem silbern glänzenden Stethoskop des Arztes.

Dr. Pauli zuckte mit der Schulter. »Das ist nur eine Phase, das gibt sich von alleine. Füttern Sie ihr mittags ab jetzt ein wenig Dr.-Friese-Babynahrung. Oder auch ruhig Karottenbrei, ganz klein gedrückt.«

»Die Oberin im Herz-Jesu-Krankenhaus ...«, setzte Annie an, ohne den Satz zu beenden.

»Ja? Was war mit ihr?«

»Als ich mit Claudia nach Hause durfte, da hat sie zum Abschied gesagt, dass sie ein Schreikind wäre und ich bloß nicht glauben sollte, sie wäre wie alle anderen Babys, sondern sie würde ... den Teufel in sich haben. Ich weiß, dass das natürlich Unsinn ist«, beeilte sie sich, schnell hinzuzusetzen. »Aber kann es sein, dass die Oberin etwas an Claudia bemerkt hat, was ...«

»Jetzt halten Sie aber mal die Luft an«, unterbrach sie der Arzt. »Ich kenne Schwester Helene zur Genüge, und Sie sind doch wohl selber intelligent genug, um eins und eins zusammenzuzählen!«

»Ich verstehe nicht …«

»Halb Fulda hat über den Auftritt Ihres Mannes vor dem Krankenhaus geredet, und davon mal ganz abgesehen, verkörpern Sie ohnehin so gut wie alles, was sich nicht gehört! Eine Frau, die als Modell auf dem Titelbild eines Warenhauskatalogs zu sehen ist! Und damit noch nicht genug, konnte jeder in der Zeitung lesen, dass Sie diejenige sind, die mit ihren Ideen für frischen Wind in der Firma sorgt, und dass keine Entscheidung ohne Sie getroffen wird!«

»Aber das stimmt doch so gar nicht, das war maßlos übertrieben. Ich bin nur …«

Dr. Pauli schüttelte energisch den Kopf. »Die ›heimliche Chefin‹«, zitierte er aus dem Zeitungsartikel, über den sich Annie mehr geärgert als gefreut hatte. »In Schwester Helenes Augen heißt das nichts anderes, als dass Sie vergessen, wo Sie hingehören – eine Frau hat im Haus zu bleiben und sich um Küche und Herd zu kümmern, das ist ihre Aufgabe. Und jemand, der noch dazu in Hosen ins Büro marschiert und sich in Geschäfte einmischt, die reine Männersache sind, muss zwangsläufig ein rotes Tuch für eine katholische Ordensschwester sein. Wobei ich sagen möchte, dass Sie mir persönlich in dem Kleid, mit dem Sie auf dem Katalog zu sehen sind, deutlich besser gefallen als in Hosen.« Er lächelte entschuldigend, als wäre er zu weit gegangen, um dann schnell hinzuzusetzen: »Seien Sie froh, dass die alte Schachtel Sie nicht auch noch mit einem Fluch belegt hat. Ihr Kind jedenfalls ist vollkommen in Ordnung, es wächst und gedeiht, wie Gott in seiner allmächtigen Güte es vorgesehen hat. Und das bisschen Geschrei nehmen Sie mal als kleine Einschränkung, damit Sie nicht allzu übermütig werden.«

Am selben Tag kam Kurt schon nachmittags nach Hause – und er brachte Gotthelf mit. Es war das erste Mal seit der Geburt, dass Annie den Prokuristen wiedersah, und er erschien ihr unverändert aufgeblasen und wichtigtuerisch, auch wenn er sich bemühte, ausgenommen freundlich zu ihr zu sein, und einen bunten Ball, gelb mit roten Punkten, für Claudia mitbrachte.

»Für die Kleine. Kurt und ich haben überlegt, dass wir solche Bälle vielleicht mit in den Katalog aufnehmen könnten. Sozusagen als erstes Spielzeug, lange vor dem Puppenhaus und dem Kaufmannsladen. Das könnte doch auch etwas für alle Onkels und Tanten sein, die noch ein nettes Geschenk fürs Baby suchen. Ich habe bereits den Kontakt zu der Firma hergestellt, die diese Bälle produziert, ich werde morgen persönlich dorthin fahren, um die Einzelheiten zu klären. Ich habe mir nämlich gedacht, dass man die Bälle auch gleich mit unserem Schriftzug bedrucken könnte, das wäre doch eine gute Werbung …«

Ich, ich, ich war das Einzige, was Anni hörte. Aber sie riss sich zusammen und nickte. »Ja, vielleicht. Und wenn wir gerade schon darüber reden, ich habe mir auch ein paar Gedanken gemacht …«

Eigentlich hatte sie zuerst mit Kurt darüber sprechen wollen. Claudia war noch auf dem Heimweg vom Arzt eingeschlafen – und wider Erwarten auch nicht aufgewacht, als Annie sie vom Kinderwagen in ihr Bettchen gelegt und eilig ein paar Notizen gemacht hatte, um die Idee festzuhalten, die ihr im Wartezimmer durch den Kopf gegangen war, als sie sich mit einer anderen Mutter unterhalten hatte. Die Frau hatte sich darüber beklagt, wie viele unpraktische Dinge sie zur Geburt ihres Kindes bekommen hatte, während andere und viel wichtigere Sachen vollkommen fehlten.

»Was sollte ich bitte schön mit einem Alpenveilchen anfangen? Oder mit zwei Knäuel Strickwolle, als hätte ich überhaupt noch die Zeit, um selber zu stricken! Über ein paar Strampelanzüge oder Trägerhöschen und Jäckchen hätte ich mich jedenfalls mehr gefreut.«

»Wir haben sieben Lätzchen bekommen«, hatte Anni ihr lachend beigepflichtet. »Sieben! Und drei Essbestecke, zwei davon für Linkshänder, falls wir unser Kind später umerziehen müssen.«

Als sie dann den Kinderwagen durch den Schlosspark und am Paulustor vorbeischob, hatte die Idee in ihrem Kopf immer mehr Gestalt angenommen. Und das Ganze passte gut zu Gotthelfs Vorschlag, nur dass ihre Idee noch viel weiter ging …

»Ich habe mir noch mal die Liste an Geschenken angesehen, die wir zur Geburt bekommen haben«, platzte Annie heraus. »Manche Sachen haben wir doppelt und dreifach erhalten, aber vieles, was nötig gewesen wäre, gar nicht. Im Katalog haben wir zwar ein paar Babysachen und den Kinderwagen, aber das meiste ist erst für Kleinkinder, die schon laufen können. Und wie Gotthelf sagt, möchten ja alle Freunde und Verwandte oder auch die Arbeitskollegen bereits zur Geburt etwas schenken – sie wissen aber häufig gar nicht so recht, was wirklich gebraucht wird. Warum nutzen wir das nicht, um ... so etwas wie ein Paket anzubieten, eine vollständige Erstausstattung! Nicht nur Kleidung und einen Kinderwagen, sondern auch gleich ein Bett, eine Babywaage, alle Dinge, die man dringend braucht, sowie man mit dem Kind aus dem Krankenhaus nach Hause kommt. Warte, Kurt, ich bin noch nicht fertig«, bat sie, als sie sah, dass er einhaken wollte. »Wir müssten im Katalog neben den Abbildungen eine Liste mit den einzelnen Artikeln haben, die man ausschneiden und bei den Verwandten oder Nachbarn weitergeben kann. Jeder sucht sich das aus, was er gerne schenken möchte, und macht sein Kreuzchen. Damit hat sich das Problem, dass manche Sachen doppelt und dreifach geschenkt werden, von ganz alleine erledigt. Es ist nur ein erster Gedanke, den wir noch ausbauen müssten, aber ich bin mir sicher, dass es funktionieren könnte. Und in der Firma des Mannes kann das die Sekretärin übernehmen oder auch einer der Kollegen. Wichtig ist allein, dass wir die Idee im Katalog überzeugend genug anbieten, als etwas wirklich Neues, das die Suche nach einem passenden Geschenk für alle erleichtert. Es muss einfach jedem einleuchten, wie sinnvoll das ist! Was sagt ihr dazu?«

Kurt strich sich mit der Hand wie abwesend über die Wange, auf der bereits schon wieder ein dunkler Bartschatten lag. Aber das breite Grinsen, das sich auf seinem Gesicht abzeichnete, ließ sie erkennen, dass die Sache ganz nach seinem Geschmack war – er liebte es, die Konkurrenz mit ungewöhnlichen Ideen herauszufordern, die der Firma einen Vorteil verschaffen konnten! Und seine Antwort war typisch für ihn, er hatte bereits einen Schritt weiter gedacht und suchte nur noch nach einer überzeugenden Überschrift für die Seite im Katalog: »Alles, was das Baby braucht – vom Schnuller bis zum Kinderwagen …«

»Das halte ich für Unsinn«, kam es im selben Moment von Gotthelf. Er schüttelte unwillig den Kopf. »Bei einem solchen Paket müssten wir die Preise für die einzelnen Artikel so weit drücken, dass die Gesamtsumme nicht von vornherein jeden abschreckt! Und selbst dann, rechnet euch das doch mal selber aus, wo wir da landen! Das wird immer auf einen Preis hinauslaufen, der den Kunden viel zu hoch erscheint. Nein, nein, das halte ich für nicht machbar. Wir verdienen deutlich mehr, wenn wir die Artikel einzeln verkaufen.«

»Ich glaube, das ist zu kurz gedacht«, wandte Annie ein. »Dann kaufen die Leute doch wieder nur mal hier und mal da, je nachdem, was ihnen gerade einfällt oder was das Kaufhaus anbietet, das bei ihnen um die Ecke ist. Wir wollen aber, dass sie alles bei uns kaufen!«

»Nicht machbar«, wiederholte Gotthelf. Er fingerte seine Zigaretten aus der Tasche und hielt Kurt die geöffnete Packung hin, als wäre die Sache damit für ihn erledigt. Nicht zum ersten Mal hatte Annie den Eindruck, als wollte er ihr deutlich zu verstehen geben, dass sie sich aus den Belangen der Firma bitte heraushalten möge. Und die Zeit, die sie durch das Baby nicht in der Lage gewesen war, sich einzubringen, schien ihn nur noch darin bestärkt zu haben, dass die Entscheidungen besser ohne sie getroffen werden sollten.

Annie war kurz davor, ihrer Empörung Luft zu machen,

als Kurt ihr schnell die Hand auf den Arm legte, bevor er sich an Gotthelf wandte. Seine Stimme klang, als könnte er nur mühsam seinen Ärger zurückhalten. »Du weißt genau, wie sehr ich deine Kompetenz schätze, Gotthelf, aber du solltest langsam gelernt haben, über den Tellerrand deiner Zahlenkolonnen hinauszudenken. Wir reden hier von der Grundidee unserer Firma, und das heißt, dass das Wort ›unmöglich‹ für uns nicht existiert, genauso wenig wie ›nicht machbar‹!«

»Aber …«

»Kein Aber. Wenn du nicht in der Lage bist zu erkennen, wo der Unterschied zwischen deinem roten Plastikball und Annies Idee ist, dann tut es mir leid, aber dann hast du etwas nicht verstanden.«

An Gotthelfs Schläfe trat eine heftig pochende Ader hervor, als er die Hornbrille abnahm, bevor er antwortete: »Ich habe nur darauf hingewiesen, dass die Gesamtsumme bei einem solchen Paket …«

» … den Kunden zu hoch erscheinen wird, das hast du bereits gesagt. Aber das ist auch genau dein Problem! Du denkst nicht weit genug.« Annie mochte es nicht, wenn Kurt so von oben herab reagierte, aber es war schon zu spät, um ihn noch zu bremsen. Kurt wäre nicht Kurt gewesen, wenn er darauf verzichtet hätte, Gotthelf jetzt im schulmeisterlichen Ton die Lösung zu präsentieren, die das von ihm vorgebrachte Argument für nichtig erklärte: »Die Gesamtsumme, von der du sprichst, ist eine Sache, die andere sind die einzelnen Positionen, die wir aufführen. Wir werden zu jedem Artikel zwei Preise einsetzen, den Einzelpreis und den Paketpreis. Der Einzelpreis wird durchgestrichen, allerdings so, dass man ihn noch ohne Schwierigkeiten lesen kann. Und direkt darunter drucken wir den Preis auf dem Paket mit dem Zusatz ›Sie sparen so und so viel Prozent‹. Das im Einzelnen auszurechnen, wird deine Aufgabe sein, aber so wird ein Schuh draus, Gotthelf!«

»Du bist der Chef«, erwiderte Gotthelf nur achselzuckend, ohne Kurts Blick zu erwidern.

»Jetzt komm, spiel nicht gleich den Beleidigten.« Kurt legte ihm die Hand auf die Schulter und schob ihn zur Anrichte hinüber, um zwei dickbauchige Gläser mit Weinbrand zu füllen.

Aus dem Schlafzimmer drang Claudias leises Plärren, das sich schnell zu einem wütenden Crescendo steigerte.

Kurt blickte mit hochgezogenen Augenbrauen zu Annie. »Dein Kind braucht dich!« Dann hob er sein Glas und stieß mit Gotthelf an. »Auf Annies Idee und die Firma!«

Annie hörte nicht mehr, was Gotthelf erwiderte. Aber mit dem Satz von Kurt, dass sie sich um ihr Kind kümmern sollte, fühlte sie sich bereits wieder völlig ausgeschlossen von jedem Gespräch. Und der Triumph, die kleine Auseinandersetzung mit Gotthelf gewonnen zu haben, schmeckte schal.

Als Kurt wenig später das Schlafzimmer betrat, brachte er eine Wolke von Zigarettenrauch und den stechenden Geruch von Weinbrand mit.

»Ich habe Gotthelf nach Hause geschickt. Es stimmt schon, es fehlt ihm manchmal einfach an Fantasie. Aber wir brauchen ihn, er ist der beste Mann, den wir für die Buchhaltung finden können, daran ändert auch seine Engstirnigkeit nichts. Und wir müssen etwas ändern mit euch beiden! Es geht nicht, dass ihr jedes Mal wie Hund und Katze aufeinander losgeht.«

Es gibt noch viel mehr, was wir ändern müssten, dachte Annie unwillkürlich. Ich bin am Ende meiner Kraft, ich schaffe es nicht länger, alles, was unser Kind angeht, alleine machen zu müssen. Ich will wieder mein Leben zurück, wenigstens für ein paar Stunden am Tag ...

»Was ist? Was hast du?«, fragte Kurt besorgt, als er sah, wie sie vor Schmerz heftig zurückzuckte, weil Claudias bereits deutlich spürbare Zähnchen in ihre Brust bissen.

»Warum hast du ihn überhaupt mitgebracht?«, wich Annie seiner Frage aus, während sie das Baby vorsichtig an die andere Brust setzte. »Und wieso bist du so früh aus dem Büro zurück?«

»Ich dachte schon, du fragst überhaupt nicht mehr! Es gibt etwas zu feiern, Annie! Wenn das Kind genug getrunken hat, machen wir eine kleine Spazierfahrt mit dem Auto, ich will dir etwas zeigen. Eine Überraschung!«

»Aber du weißt, dass Claudia beim Stillen oft noch mal einschläft. Wenn wir sie wecken, ist das Geschrei wieder groß.«

Sie merkte selbst, wie wenig begeistert sie über Kurts Vorschlag klang, aber sie konnte es nicht ändern. Im Gegenteil, sie spürte bereits wieder ihren Ärger, dass Kurt offensichtlich immer noch nicht wusste, wie der Tagesablauf mit dem Baby war. Oder dass es ihn ganz einfach nicht interessierte, weil er ohne jede Rücksicht nur an das dachte, was er sich gerade in den Kopf gesetzt hatte.

»Jetzt komm schon«, drängelte er, ohne auf ihren Unmut zu reagieren. »Es wird dir gefallen. Und Claudia wird es nicht schaden, wenn sie ausnahmsweise mal ein bisschen später einschläft.«

Claudia vielleicht nicht, dachte Annie. Aber wer kümmert sich um sie, wenn sie schließlich vor Übermüdung die halbe Nacht lang wieder nur schreit?

Wie üblich war die Prozedur des Mütze-Aufsetzens und Jäckchen-Anziehens mit bitteren Tränen verbunden, aber dann schien es Claudia durchaus zu gefallen, auf dem Arm ihrer Mutter die Treppe hinunter und zum Auto getragen zu werden. Mit großen Augen betrachtete sie die Straßenlaterne vor dem Haus, eine Amsel, die laut zwitschernd davonflog, die Katze, die auf den Stufen der Bäckerei hockte und selbstvergessen ihr Fell putzte. Und als Annie mit ihr auf den Rücksitz geklettert war, patschte sie mit den Händchen begeistert nach Kurts Hinterkopf und versuchte, seine Haare zu greifen.

»Au!«, schrie Kurt auf. »Das tut weh, hör auf damit!«

Aber er lachte dabei und zwinkerte Annie im Rückspiegel glücklich zu. »Siehst du, sie mag es, zur Abwechslung mal eine kleine Spazierfahrt mit uns zu unternehmen.«

Kurt fuhr nur langsam und achtete darauf, dass der Wagen beim Bremsen und Schalten bloß nicht ruckte. Claudia hatte das kleine Gesicht an die Seitenscheibe gedrückt und leckte das Fensterglas ab. Erst als sie schon die Bahnunterführung auf der Leipziger Straße passiert hatten, fragte Annie leise: »Wo fahren wir überhaupt hin?«

»Sei nicht so neugierig, wir sind gleich da, es dauert nicht mehr lange.«

Annie hatte keine Ahnung, was Kurt vorhatte. Aber solange Claudia mit sich und der Welt zufrieden schien, sollte es ihr nur recht sein, für ein paar Augenblicke alles zu vergessen, was sie belastete. Wortlos beugte sie sich nach vorne und strich Kurt leicht über die Wange und bis zum Ohr und den Haaren hinauf. Sein Lächeln im Rückspiegel war wie ein Versprechen, dass sie ihm trotz aller Unstimmigkeiten der letzten Zeit vertrauen konnte. Dass sie zusammengehörten, dass sie eine kleine Familie waren, die alle Schwierigkeiten gemeinsam überstehen würde, auch wenn es manchmal Momente gab, die Annie daran zweifeln ließen. Aber gerade jetzt spürte sie plötzlich nichts als eine große Ruhe und Zuversicht, als sie ihren Mund auf Claudias Haare drückte und den süßen Babygeruch so tief einatmete, als wollte sie ihn für immer in ihrer Erinnerung behalten.

Als sie an den letzten Stadthäusern vorüber waren, beschleunigte Kurt den Wagen ein wenig, rechts konnte Annie den Galgenberg mit seiner Kleingartensiedlung sehen, dahinter erhob sich dunkel der Petersberg. An der Abzweigung nach Schlitz und der Straße durch den Michelsrombacher Wald sagte Kurt leise: »Was glaubst du, wann ist sie alt genug, um schwimmen zu lernen?«

Annie brauchte einen Moment, bevor sie den Zusammenhang verstand. Das Schlitzer Bad direkt an der gemächlich dahinströmenden Fulda war der Ort, an dem Kurt ihr in den ersten Wochen ihrer Bekanntschaft so gänzlich unerwartet einen Heiratsantrag gemacht hatte. Oben auf dem Fünfmeterbrett, vor den Augen aller Badegäste! Und obwohl es noch keine zwei Jahre her war, schien es ihr doch wie vor einer kleinen Ewigkeit gewesen zu sein ...

»Sie soll doch schwimmen lernen, oder etwa nicht?«

»Doch, natürlich! Aber das wird schon noch ein wenig dauern, erst mal muss sie auf ihren eigenen Beinen stehen können und laufen lernen und ...«

»Skilaufen!«, kam es prompt von Kurt. »Ganz wichtig! Ich sehe das Bild schon vor mir, mit euch beiden oben auf der Wasserkuppe, wenn mich alle um die zwei flotten Skihasen neben mir beneiden werden ...«

»Hör auf, Kurt!«, lachte Annie leise. »Das dauert noch ewig, bis es so weit ist!«

»Schwimmen im Schlitzer Bad, Skilaufen auf der Wasserkuppe«, wiederholte Kurt, als hätte er Annies Antwort gar nicht gehört. »Und von hier aus sind wir viel schneller da als aus der Stadt, das werden wir noch zu schätzen wissen!«

»Was meinst du mit ›von hier aus‹?«, fragte Annie irritiert. »Wieso ...?«

»Pass auf, du wirst es gleich sehen.«

Er setzte den Blinker und bog auf eine kleine Seitenstraße ab, die sich aus dem Dorfkern von Lehnerz im engen Bogen zum Petersberg hinaufwand. Annie kannte die Straße, in dem Neubaugebiet oben am Berg war das Haus des Herrenschneiders, bei dem Kurt seit einiger Zeit schon seine auf Maß gefertigten Anzüge schneidern ließ. Er liebte ausgewählte Stoffe, denen man erst auf den zweiten Blick ansah, dass sie sündhaft teuer gewesen sein mussten. Und der Schneider liebte Kurt, der mit Sicherheit einer seiner besten Kunden war. Und für den er selbstverständlich auch am Wochenende oder spätabends noch mit Maßband und Schneiderkreide bereitstand, wenn Kurt es so wollte. Mehrmals hatte Annie schon gedacht, dass wahrscheinlich ein Großteil des neu gebauten Bungalows, in dem der Schneider wohnte, mit dem Geld für Kurts Anzüge bezahlt worden war.

Aber ihr Ausflug galt nicht einem neuen Anzug, den Kurt ihr vorführen wollte. Und je weiter sie in der jetzt rasch einsetzenden Dämmerung den Berg hinaufkrochen, umso stärker wurde Annies Verdacht, dass sie gleich etwas erwarten würde, was sie lieber nicht gesehen hätte.

»Das ist es«, erklärte Kurt und stoppte den Wagen vor dem letzten Baugrundstück am Ende der Straße. »Wir sind leider schon ein bisschen spät, ich hatte nicht damit gerechnet, dass es so schnell dunkel wird. Aber ich lasse die Scheinwerfer an, dann kannst du hoffentlich trotzdem genug sehen. Los, komm, steig mit aus, damit ich dir alles erklären kann …«

Der Stolz in seiner Stimme war unüberhörbar. Und Annie war noch kaum mit dem Baby aus dem Wagen geklettert, als Kurt auch schon vor ihr her auf die Baustelle stürmte. »Eingangsbereich, links die Küche, rechts eine Gästetoilette. Dahinter dann über die ganze Breite das Wohnzimmer, mit Schiebetüren zur Terrasse und zum Garten hinaus. Und einer Durchreiche von der Küche zum Essbereich! Im ersten Stock unser Schlafzimmer, ebenfalls mit Blick auf den Garten und den Wald oben am Berg. Und ein großes Bad und zwei weitere Zimmer, das Kinderzimmer für Claudia und … falls wir noch ein zweites Kind bekommen, du verstehst schon. Den Dachboden können wir später noch ausbauen, ich habe aber die Treppe schon bis nach oben legen lassen. Was sagst du? Kannst du es dir vorstellen, wie es sein wird, hier zu leben? Jetzt sag doch was! Das wird unser neues Zuhause, damit wir endlich aus der Wohnung über der Bäckerei rauskommen. Wir brauchen etwas Angemessenes, um auch mal Gäste einladen zu können, ohne dass sie gleich denken, die Firma wäre nur eine Klitsche und wir könnten uns kein eigenes Haus leisten! Ich habe das alles schon gleich nach Claudias Geburt mit dem Architekten geplant und das Grundstück gekauft und … nächste Woche feiern wir Richtfest! Jetzt sag schon, dass du begeistert bist! Es ist unser Haus, in dem Claudia groß werden wird und wir …«

Er brach mitten im Satz ab, als Claudia leise zu wimmern anfing. Annie nutzte die Gelegenheit, um sie dicht an sich zu drücken und ein paar Schritte mit ihr zu gehen, anstatt Kurt eine Antwort zu geben. Aber sie konnte es einfach nicht! Sie konnte nicht die Begeisterung heucheln, die er erwartete. Sie fühlte sich vollkommen überrumpelt und, schlimmer noch, von ihm hintergangen. Er hatte hinter ihrem Rücken gehandelt und stellte sie jetzt einfach vor vollendete Tatsachen, als wäre es selbstverständlich, dass er alleine über ihre Zukunft bestimmen konnte. Und alles, was sie da im Licht der Autoscheinwerfer ausmachen konnte, war ein protziger Rohbau aus nackten Ziegelsteinen und mit

Fensterhöhlen, die ihr schwarz und bedrohlich entgegenstarrten.

Es gab nichts, was ihrem Traum von einem Zuhause entsprach, sie wollte nicht in ein kaum erschlossenes Neubaugebiet am Petersberg ziehen, ohne Einkaufsläden, ohne Cafés, ohne Kino, ohne all die Annehmlichkeiten einer Stadt, die ihr ja schon in Fulda kaum genügten. Aber da hatte sie wenigstens den Schlosspark, den Domplatz, die vielen barocken Bauwerke, die engen Gassen der Altstadt mit ihren eilig umherhastenden Menschen – Leben!

Und jetzt sollte sie ihre Tage zwischen halb fertigen Neubauten und lehmdurchweichten Äckern verbringen? Wie oft hatte sie Kurt von den Stadtvillen vor dem Michaelistor vorgeschwärmt, die sie erker- und türmchengeschmückt von einem Zuhause mit Parkettboden und stuckverzierten Zimmerdecken träumen ließen! Hatte er ihr denn gar nicht zugehört? Wusste er wirklich so wenig von ihr, dass er tatsächlich dachte, ihr mit einem Bungalow mitten im Nichts ihre Wünsche erfüllen zu können?

Ohne es zu bemerken, hatte sie sich immer weiter vom Bauplatz entfernt, erst als sie spürte, wie das Unkraut, das den Feldweg überwucherte, ihre bloßen Beine streifte, hielt sie an, um zurückzublicken. Kurt stand wie verloren als schwarzer Schatten neben seinem Wagen, wenn er an seiner Zigarette zog, sah sie für einen kurzen Moment die Glut aufleuchten.

»Es sollte eine Überraschung sein«, flüsterte sie dicht an Claudias Ohr. »Er wollte nichts, als mir eine riesengroße Freude bereiten. Aber er hat alles falsch gemacht, was er nur falsch machen konnte. Was tun wir jetzt bloß? Sag du es mir! Hilf mir, mein kleines Mädchen, sag, dass wir auch hier draußen leben können, dass es nicht schlimm ist, wenn du zwischen Kühen und Treckern groß wirst …«

Als Antwort kreischte das Baby plötzlich auf und patschte ihr glucksend vor Freude ein geballtes Händchen ins Gesicht. Hastig wischte Annie sich die Tränen ab, die ihre Wangen überströmten. »Gut, dann musst du eben mit Mistkäfern und schleimigen Schnecken spielen, es gibt Schlimmeres.«

Kurt wagte es kaum, ihnen entgegenzutreten, als sie näher kamen, ratlos breitete er die Arme aus, als wollte er um Vergebung bitten für etwas, was er nicht verstand.

»Ich dachte … ich habe wirklich geglaubt …«, setzte er zögernd an.

»Es ist in Ordnung, Kurt. Es war nur zu plötzlich! Und ich weiß noch nicht, wie ich es finde. Ich werde ein bisschen Zeit brauchen, um mich an den Gedanken zu gewöhnen, dass …«

Sie beendete ihren Satz nicht, weil sie Mühe hatte, die Tränen zurückzuhalten, die ihr erneut in die Augen stiegen.

Die Enttäuschung stand Kurt deutlich ins Gesicht geschrieben, als er ihr die Tür aufhielt und leise sagte: »Fahren wir zurück. Es tut mir leid, ich hatte mir das alles anders vorgestellt.«

»Warte noch!« Annie zeigte noch einmal zum Rohbau hinüber. »Links und rechts von den Stufen am Eingang, was sind das für Pfeiler?«

»Die Eingangstür bekommt ein kleines Vordach, mit

zwei Säulen, die weiß getüncht werden. Es war Gotthelfs Idee, er meinte, dass das Haus dadurch noch ein wenig herrschaftlicher wirkt, verstehst du? Wie bei den Villen, die du so schön findest.«

»Nein«, sagte Annie. »Nicht auch noch Säulen! Ich will das nicht. Es ist ein ... Neubau, ein moderner Bungalow, daran können auch die Säulen nichts mehr ändern.«

»Dann nicht, vergiss das Vordach, wir lassen es einfach weg, ich war ohnehin nicht so ganz überzeugt davon. Ich werde gleich morgen den Architekten informieren.«

Auf der Rückfahrt sagten sie kaum ein Wort. Kurt parkte den Wagen auf dem Hof, Annie beeilte sich, die schlafende Claudia ins Bett zu bringen.

Als sie später im Nachthemd aus dem Bad kam, saß Kurt rauchend am Schreibtisch und starrte blicklos an die Wand, die Weinbrandflasche vor ihm fast zur Hälfte geleert.

»Es tut mir leid«, flüsterte Annie. »Wir reden morgen noch mal über alles, ja? Jetzt bin ich zu müde. Und in ein oder zwei Stunden wird Claudia wieder wach und ...«

»Wenn du nicht zum Petersberg ziehen willst, finden wir eine andere Lösung.«

»Es geht nicht um den Petersberg, Kurt! Es ist ... Ich habe manchmal das Gefühl, dass du mich gar nicht zur Kenntnis nimmst, als wäre es dir nicht wichtig, dass wir die Dinge gemeinsam entscheiden.«

Bevor Kurt noch etwas erwidern konnte, klingelte es an der Tür.

Die Bäckersfrau hatte einen Brief für sie.

»Ich wollte ihn schon vorhin bringen, aber da waren Sie

ja nicht da. Der lag bei mir im Briefkasten, ist aber für Sie.« Ihre Stimme war ein einziger Vorwurf, als ob Kurt oder Annie sich vertan hätten und nicht der Briefträger. »Der Absender hat nur seinen Vornamen hingeschrieben. Ist wohl ein Verwandter?«, konnte die Frau es dann aber doch nicht lassen, neugierig zu fragen, während Kurt ihr den Umschlag aus der Hand nahm. *Kurt Laube und Gemahlin, Adalbertstraße (über Bäckerei Winkler), Fulda*, war in geschwungenen Buchstaben auf der Vorderseite zu lesen, und als Kurt den Brief umdrehte: Fritz.

Kein Nachname, keine Anschrift. Aber Annie sah, wie Kurt kreidebleich wurde und die Lippen zusammenpresste, bevor er die Bäckersfrau mit einem kurzen Nicken verabschiedete und Annie mit sich in die Wohnung zog.

Seine Hand zitterte, als er den Brief zusammenfaltete und ungeöffnet in die Tasche seines Jacketts schob.

»Was ist los, Kurt?«, fragte Annie. »Willst du den Brief gar nicht lesen? Wer ist dieser Fritz?«

»Ich weiß es nicht. Es ist auch egal. Ich kenne keinen Fritz.«

Es war eindeutig, dass er log. Als er sich umdrehte, um sich ein Glas Weinbrand einzuschenken, hielt Annie ihn am Arm fest.

»Sag mir die Wahrheit, bitte! Ich sehe doch, dass du völlig durcheinander bist. Wer ist dieser Fritz?«, wiederholte sie.

»Jemand, den ich früher mal kannte. Ganz früher, in meiner Kindheit. Noch in Polen! Es ist so lange her, dass es kaum noch wahr ist. Und ich weiß nicht, warum er mir jetzt schreibt. Ich habe keine Ahnung! Aber es interessiert mich auch nicht.«

4.

Eulendorf bei Pleschen, Polen 1919

Die Polen hatten ihn gefunden. Ohne die Polen wäre er jetzt vielleicht tot. Aber Zgraja hatte ihn aus dem Graben gezogen und abwechselnd mit dem dünnen Mirek auf dem Rücken nach Hause geschleppt. Er konnte sich an nichts mehr erinnern, noch nicht mal an den Arzt, den Willi geholt hatte. Den Tierarzt, weil es im Dorf keinen anderen Arzt gab.

»Wenn du wüsstest, was der mit dir gemacht hat, würde dir gleich wieder schlecht«, sagte Alma.

»Wenn ich wüsste, dass mich irgendjemand *so* gesehen hat, würde ich mich nicht mehr unter die Leute trauen«, sagte Else.

»Klar ist ja wohl, dass er davon einen Hirnschaden weghat, anders kann es gar nicht sein«, stellte Lia abschließend fest.

Seine drei großen Schwestern standen aufgereiht an seinem Bett, Lia als die Älteste schüttelte bekümmert den Kopf, sie hatte ihr Urteil gefällt – er würde von nun an ein Idiot sein.

Nur langsam nahmen die Bilder in seinem Kopf Gestalt an, zunächst noch unscharf und ohne Farben, wie auf alten Fotos, die sich weigerten, ihre Geheimnisse preiszugeben, dann immer klarer und deutlicher, bis er wieder wusste, wo er war.

Er sah sich mit dem Vater in der Stadt, der Vater trug seinen guten Anzug, mit der goldenen Uhrkette über der Weste und der flachen Mütze, die er sich schräg in die Stirn gezogen hatte. Mit großen Schritten eilte er die Treppe zum Rathaus hinauf, immer zwei Stufen auf einmal nehmend, als könnte er selbst hier, fernab von jedem Bahngleis, den Schwellengang des Streckenläufers nicht ablegen. 62 Zentimeter musste jeder Schritt messen, als wäre es unvorstellbar für ihn, sich anders fortzubewegen.

Ungeduldig blickte er sich zu Kurt um, der mal wieder bummelte und nicht mithalten konnte. Dabei hatten sie es eilig, sie hatten einen Termin auf dem Amt, der Vater hatte alle Papiere, die er brauchte, ordentlich gefaltet in der Innentasche seines Jacketts, und es war wichtig, dass sie auf die Minute pünktlich erschienen! Der Vater war schließlich Reichsbahnbeamter, das verpflichtete ihn gewissermaßen gleich doppelt zu unbedingter Pünktlichkeit. Er hatte es Kurt gerade noch erklärt, als sie über die Landstraße zur Stadt gelaufen waren und Kurt immer langsamer wurde, je länger der Weg dauerte.

»Pünktlichkeit ist das Wichtigste im Leben, merk dir das. Als Beamter kann es sich ein Otto Laube nicht leisten, zu spät zu kommen. Das ist wie mit den Zügen, für die ich verantwortlich bin. Die Leute müssen sich darauf verlassen können, dass alles wie am Schnürchen läuft! Und die Polen, die jetzt hier das Sagen haben, sollen noch ein letztes Mal merken, dass auch der verlorene Krieg nichts daran ändert –

ein Reichsbahnbeamter weiß, was von ihm erwartet wird. Also reiß dich zusammen! Und schlurf nicht so, geh gerade, drück das Kreuz durch, du bist schließlich mein Sohn, auf den ich stolz sein möchte.«

Aber Kurt hatte die väterliche Ermahnung schon wieder vergessen, kaum dass sie die Stadt endlich erreicht hatten.

Er war noch nicht oft in Pleschen gewesen, alles war so neu für ihn, dass er vor Staunen den Mund nicht mehr zubekam. Die hohen Häuser, von denen manche nicht nur zwei, sondern sogar drei Stockwerke hatten, bevor das steile Dach sich noch weiter zum Himmel hinaufstreckte, die vielen Menschen, die hastig hin und her eilten, als würden sie von etwas getrieben, was ihnen jedes Innehalten verbot, die Läden mit ihren Schaufenstern voller unvorstellbarer Dinge, die dunklen Tordurchfahrten, hinter denen sich wer weiß was verbergen mochte, die schmalen Straßen mit dem buckligen Kopfsteinpflaster, auf denen die Pferdefuhrwerke so dicht an ihnen vorbeiratterten, dass es Kurt angst und bange wurde. Und dann der riesige Marktplatz, über dem das Rathaus thronte, als wollte es jedem zeigen, wie klein und unbedeutend die Leute waren, die hier vorstellig wurden, um ihre Angelegenheiten zu regeln. Und als sie die Eingangshalle betraten, wurde auch der Vater nervös und fingerte die runde Brille aus der Tasche, um den Zettel zu überprüfen, auf dem die Zimmernummer notiert war, während sie unzählige Treppen hinauf- und wieder hinunterstiegen, bis sie auf einem Gang, der Kurt endlos erschien, die richtige Tür gefunden hatten. Barsch wies er seinen Sohn an, sich auf eine der klobigen Holzbänke zu setzen und auf ihn zu warten. »Sieh dir die Bilder an und rühr dich nicht vom Fleck, bis ich dich wieder abhole.«

Die Bilder waren große, dunkle Ölgemälde, auf denen ausnahmslos stattliche, den Betrachter finster anblickende Männer mit gezwirbelten Schnurrbärten zu sehen waren. Ihre ernsten Gesichter schienen immer näher zu kommen, je länger Kurt sie betrachtete. Und selbst als er den Blick abwandte, hatte er das Gefühl, jeden Moment von ihnen bei etwas ertappt zu werden, was sich nicht gehörte.

Die Dielen vor seinen Füßen waren von den vielen Schuhen, die hier wartend hin und her geschurrt hatten, stumpf und abgewetzt. Es roch nach Bohnerwachs und Schweiß. Auf der Armlehne der Bank waren zwei Buchstaben eingeritzt und ein Herz, das von einem Pfeil durchbohrt wurde. Aus dem Raum hinter der Tür drang gedämpft die Stimme seines Vaters auf den Gang, und noch eine zweite Stimme, von einem Mann, der viele Fragen stellte und den Vater kaum ausreden ließ. Eine Frau in einem hochgeschlossenen schwarzen Kleid wuschelte Kurt im Vorübergehen über die Haare, ohne etwas zu sagen. Die Absätze ihrer Schuhe klapperten auf den Holzdielen wie der Takt zu einem Lied, das keine Melodie kannte.

Es dauerte ewig, bis der Vater wieder erschien. Umständlich putzte er seine Brille, der Blick, den er Kurt dabei zuwarf, kam ihm vor, als hätte sein Vater Mühe, sich an ihn zu erinnern. Aber dann klopfte er sich zufrieden auf die Brusttasche, in der die wichtigen Papiere steckten, und sagte: »Übermorgen geht es los. Es ist gut, wenn sich die richtigen Leute an einen erinnern, weil man jemand ist, auf den immer Verlass war, auch in schwierigen Zeiten. Wir haben ein Abteil für uns alleine, zunächst nur bis zur Grenze, aber wenn wir erst mal in Deutschland sind, wird man einem vertriebenen Reichsbahnbeamten und seiner Familie ganz sicher weiterhelfen.«

»Und unsere Sachen?«, fragte Kurt so leise, dass sein Vater sich vorbeugen musste, um ihn zu verstehen. »Unsere Koffer und die Möbel und ...« Fast hätte er sich verplappert und »das Gold« gesagt. Das Gold, das Willi und Fritz dem Gutsherrn gestohlen hatten und an das er seit der vergangenen Nacht unablässig denken musste. Das Gold in dem Baumstamm ganz oben auf der Ladung, der schon ausgehöhlt gewesen sein musste, bevor Willi und Fritz das Diebesgut in ihm versteckten, um die Höhlung dann mit Rinde und frischem Harz sorgfältig wieder zu verschließen. Das große Geheimnis, von dem niemand etwas wissen durfte! Auch der Vater nicht, der jetzt antwortete: »Wird alles heute Nacht noch nach Deutschland transportiert.«

Zum ersten Mal seit Tagen erschien ein schwaches Lächeln in seinen Mundwinkeln, als er sich die Hände rieb und Kurt zunickte. »Wir fangen neu an, Kurt! Und diesmal wird uns niemand wieder wegnehmen, was wir uns aufbauen.«

Hand in Hand marschierten sie aus dem Rathaus, auf der Treppe zum Marktplatz hüpfte Kurt die Stufen hinunter, ohne dass ihn der Vater zur Ordnung rief. Als sie an einem Wirtshaus vorüberkamen, zögerte der Vater plötzlich. Wieder sollte Kurt auf ihn warten: »Es dauert nicht lange, ich muss nur noch etwas besorgen.«

Diesmal gab es keine Bank, auf die er sich setzen konnte,

ein wenig verloren stand er auf dem Gehweg und blickte noch mit großen Augen hinter einem Lastwagen her, dessen Auspuff blauschwarzen Qualm über die Straße spuckte, als der Vater schon zurückkam. Er hielt eine Flasche in der Hand, die in braunes Papier eingeschlagen war, nur der schmale Hals mit dem Korken blickte heraus.

»Hör zu, Junge, ich habe da drin gerade einen alten Freund getroffen, von dem ich mich in Ruhe verabschieden möchte, weil wir uns vielleicht nie wiedersehen. Es kann eine Weile dauern, deshalb möchte ich, dass du dich schon mal alleine auf den Heimweg machst. Du kennst den Weg, bis zur Kreuzung da vorne und dann nach links. Verlaufen kannst du dich nicht, bleib immer nur auf der Landstraße, bis du den Kirchturm von Eulendorf siehst.« Er drückte Kurt die Flasche in die Hand. »Die nimmst du mit, das ist ein Abschiedsgeschenk für den alten Karli, etwas ganz Kostbares, pass gut darauf auf und stolpere nicht über deine eigenen Füße, ich verlass mich auf dich. Sag ihnen zu Hause, dass ich später komme, sie sollen nicht mit dem Essen auf mich warten.«

Er wollte noch etwas hinzusetzen, als die Wirtshaustür hinter ihm aufgerissen wurde und ein Mann in Hosenträgern und Hemdsärmeln auftauchte, der sich mit einem großkarierten Taschentuch den Schweiß von der Stirn tupfte und ungeduldig rief: »Was ist denn jetzt, Otto? Das Bier wird vom Rumstehen nicht besser!«

»Ich komme ja schon, ich musste nur dem Jungen erklären, was er zu tun hat.« Der Vater klopfte Kurt auf die Schulter. »Ich verlass mich auf dich«, wiederholte er, um gleich darauf mit seinem alten Freund im Wirtshaus zu verschwinden.

Als Kurt loslief, hielt er die Flasche mit beiden Händen fest umklammert vor seinem Bauch und wagte es kaum, nach links oder rechts zu blicken, um bloß nicht zu stolpern. Er war stolz, dass der Vater ihm vertraute und ihn alleine losschickte. Willi und seine Schwestern würden ganz schön blöd gucken, wenn er plötzlich ohne den Vater vor der Tür stand.

Eine Weile folgte er einem Pferdewagen, der den gleichen Weg hatte und von einer breitschultrigen Frau gelenkt wurde, die mit lauter Stimme den Straßenlärm um sie herum mühelos übertönte: »Heute Kohlen! KOHLEN!«, rief sie ein ums andere Mal. Wenn jemand aus den Häusern trat, um »Drei Säcke, bitte!« oder »Vier Säcke, aber keine halben Sachen« zu beordern, erhob sie sich vom Kutschbock und sprang leichtfüßig auf die Straße. Mit brettsteifen Handschuhen wuchtete sie einen Sack nach dem anderen von ihrem Karren und schleppte ihn in die Keller und Verschläge, aus denen sie kurz darauf lachend und von dichten Kohlestaubwolken eingehüllt wieder auftauchte, um das Geld zu kassieren und in der flachen Lederbörse an dem Gürtel um ihren Bauch zu verstauen. Das Pferd stand derweil geduldig wartend am Straßenrand, als wüsste es, dass jeder verkaufte Sack nicht nur seine Fuhre leichter machte, sondern ihm auch die abendliche Portion Hafer sicherte.

Kurt wäre dem Wagen gerne noch länger gefolgt, aber an der Kreuzung bog die Frau in die falsche Richtung ab, und als er jetzt alleine weiterlief, war ihm ein wenig mulmig zumute, es war noch ein weiter Weg, den er vor sich hatte, die Landstraße mit ihrem staubigen Sand schien sich endlos vor ihm auszudehnen, fast wünschte er sich zu seinem Vater zurück.

Wie um sich selbst Mut zu machen, sang er laut vor sich hin: »Links 'ne Pappel, rechts 'ne Pappel, in der Mitte 'n Pferdeappel, wie lang ist die Chaussee ...«

Die Sonne brannte jetzt heiß vom Himmel und ließ die Kornfelder gelb leuchten, das Licht war so grell, dass er blinzeln musste. Er hatte Hunger – und vor allem Durst, seine Kehle fühlte sich an wie ausgedörrt, der Schweiß rann ihm in Strömen über das Gesicht und den Rücken, sein Hemd klebte an der feuchten Haut. Da, wo seine Finger die Flasche umklammerten, war das Papier dunkel vor Nässe und begann bereits, sich aufzulösen.

Ein Auto fuhr vorbei und hüllte ihn in eine Staubwolke ein, als es hinter der nächsten Kurve verschwunden war, schien die Landstraße nur umso einsamer. Eine Lerche stand hoch oben am Himmel, ihr Geträller kam ihm in der mittäglichen Stille viel zu laut vor. Weit weg über dem Wald hinter den Feldern türmten sich dunkle Wolken auf, als würde sich ein Gewitter ankündigen. Fast meinte er schon, das dumpfe Donnergrollen zu hören, aber noch waren keine Blitze zu sehen. Wie von alleine fingen seine Beine unwillkürlich an, schneller zu laufen, seine Augen suchten die Umgebung nach einem Stall, einem Schuppen ab, der ihm Schutz bieten könnte, aber da war nichts, nur die Felder und die krumm gewachsenen Bäume der Allee. Nicht der leiseste Windhauch war zu spüren, die Blätter hingen völlig reglos an den Zweigen, über den Ähren flimmerte die Luft in der Hitze.

Für einen kurzen Moment hatte er nicht auf den Weg geachtet, sein Fuß blieb an einem Stein hängen, der von einer Wurzel emporgedrückt worden war, noch im Fallen dachte er nur daran, dass die Flasche nicht zerschellen durfte. Hart schlug er erst mit den Knien, dann mit dem rechten Ellbogen auf, die Flasche rutschte ihm aus dem feuchten Papier und rollte über die Grasnarbe in den Straßengraben, bevor er sie noch greifen konnte. Er hatte sich beide Knie blutig geschlagen, aber der Schmerz in seinem Ellbogen war schlimmer. Weinend und mit zitternden Lippen, kroch er über den Grabenrand und wagte es kaum, nach der Flasche zu suchen, die bestimmt in Scherben zerbrochen war ...

Die Flasche lag unversehrt zwischen altem Laub und trockenen Ästen auf dem matschigen Grund des Grabens, nur der Korken schien ein Stück herausgerutscht zu sein. Als er die Hand ausstreckte und sie zu sich auf die Böschung zog, brach sich die Sonne in dem Glas und ließ die klare Flüssigkeit im Inneren der Flasche hell aufblitzen und funkeln, wie das Wasser in dem Bachlauf hinter dem Dorf, in dem sie schon so oft barfuß umhergestakst waren, um kleine Fische und Krebse zu fangen.

Natürlich war Kurt vollkommen klar, dass in der Flasche nicht einfach nur Wasser sein konnte, sein Vater hatte ja extra noch gesagt, dass es etwas besonders Kostbares wäre, was er da als Abschiedsgeschenk für den alten Hufschmied besorgt hatte. Für Karli, von dem es hieß, dass er mit seinem einen Arm gut und gern die Arbeit von zwei unversehrten

Männern erledigte, und vor dem sich alle Kinder fürchteten, wenn er krakeelend über die Dorfstraße wankte und behauptete, mit jeder Flasche Schnaps, die er trank, würde wieder ein Stück seines fehlenden Armes nachwachsen. Vielleicht sogar ein vollständiger dritter Arm, mit dem er die ganze Welt das Fürchten lehren würde ...

Aber die Verlockung war zu groß, und Kurts aufgeschürfte Knie brannten, seine Zunge fühlte sich vor Durst schon ganz pelzig an! Der Korken rutschte fast von alleine aus dem Flaschenhals, kaum dass er ihn mit zwei Fingern gepackt und ein wenig gezogen hatte. Ganz kurz zögerte er noch, »nur einen kleinen Schluck«, versprach er sich selber, dann setzte er die Flasche an. Die Flüssigkeit brannte in seinem Mund und ließ ihn keuchend nach Atem ringen, als er schluckte, während ihm wieder die Tränen in die Augen schossen.

Er spürte deutlich, wie die Flüssigkeit wie Feuer durch seine Kehle rann und sich gleich darauf im Magen ausbreitete, im selben Moment setzte der Schwindel ein, ohne dass er etwas dagegen tun konnte, von ganz alleine schien sein Kopf ohne Halt hin und her zu pendeln – aber das Gefühl war gar nicht unangenehm, nur fremd und irgendwie merkwürdig, auch die blutigen Knie und der Ellbogen taten nicht mehr weh, als hätte das Feuer aus der Flasche jeden Schmerz ausgelöscht. So ist das also, wenn man Schnaps trinkt, dachte er, deshalb fängt der Vater dann immer an zu singen, weil nichts mehr wehtut und alles viel freundlicher aussieht, sogar das Geträller der Lerche oben am Himmel klingt ... schön!

Als er die Flasche dicht vor sein Gesicht hielt, konnte man kaum erkennen, dass ein Schluck fehlte, daran würde sicher auch ein zweiter Schluck nichts ändern, er musste hinterher nur den Korken wieder ordentlich in den Hals schieben.

Diesmal hielt er die Luft an, während er trank, so ging es besser, da brannte das Feuer erst, wenn es schon im Magen angekommen war. Aber wieso waren da jetzt plötzlich zwei Lerchen am Himmel? Und wo war der Korken?

Mühsam versuchte er sich aufzurichten. Die Böschung war so steil, dass er es kaum schaffte, auf die Beine zu kommen. Und als er oben war, bewegte sich die Straße auf und ab, wie in Wellen, sodass er die Beine weit auseinandersetzen musste, um das Schwanken auszugleichen. Da war ja auch der Stein, über den er gestolpert war! Aber ein zweites Mal würde ihm das nicht passieren, er machte einen großen Schritt über die aufragende Kante – und hatte keine Ahnung, warum er dann doch wieder stolperte! Mit der Hand konnte er sich gerade noch an der rissigen Rinde der Birke neben ihm abfangen, aber dabei hielt er die Flasche so schräg, dass er zwei oder drei Schlucke verschüttete, bevor er wieder sicher stand. Es sah lustig aus, wie die Flüssigkeit im Staub der Straße versickerte. Und wenn er sich nicht sehr täuschte, lag da direkt vor ihm tatsächlich ein Pferdeapfel!

»Links 'ne Pappel«, fing er wieder an zu singen, »rechts 'ne Pappel, in der Mitte …«

Jetzt hatte er den Text vergessen. Aber das war egal. Das war vielleicht auch gar kein Pferdeapfel auf dem Sand, sondern etwas anderes, was nur so aussah wie ein Pferdeapfel.

Aber Pferdeäpfel bewegten sich nicht! Und das Ding da vor ihm rollte eindeutig von links nach rechts und wieder zurück und gleich noch mal.

Kurt setzte noch einmal die Flasche an. Diesmal verschluckte er sich, und als er sich hustend nach vorne beugte, fiel er einfach um. Aber er ließ die Flasche nicht los, auch nicht, als er plötzlich kopfüber in den Graben rutschte. Und dann einfach liegen blieb.

Mit weit geöffneten Augen starrte er zum Himmel empor und versuchte vergeblich, die Hand zu heben, um den Wolken zuzuwinken, die in rasender Geschwindigkeit dahinjagten, während schon die ersten Regentropfen auf ihn prasselten und das Donnergrollen immer näher kam.

Was danach geschehen war, wusste er nicht mehr.

»Kannst du dich noch nicht mal daran erinnern, was du getan hast?«, fragte die Mutter fassungslos, während sie immer wieder die Hände rang, wie zum Gebet, als wollte sie dem Herrgott danken, dass er ihren Jüngsten noch mal verschont hatte.

Aber es war nicht der Herrgott gewesen, sondern ausgerechnet Zgraja, der Pole, der in seiner Kate am Rande des Dorfes wohnte und von allen gemieden wurde, selbst von seinen eigenen Landsleuten. Mit Zgraja stimmte etwas nicht, das wusste jeder! Er redete mit niemandem, und keiner konnte sagen, wo er eigentlich herkam und womit er das Geld verdiente, das er zum Leben brauchte. Er war eines Tages einfach auf der Bildfläche aufgetaucht, mit nichts als einer Geige und einem Pferd ohne Sattel und ohne Zaumzeug, das ihm auf Schritt und Tritt folgte. Aber das Pferd stand in krassem Widerspruch zu Zgrajas eigener Erscheinung, das Fell glänzte seidig, und der schmale Kopf und die schlanken Fesseln verrieten eine edle Rasse, wie es sie noch nicht mal auf dem Gutshof gab. Zgraja konnte eine vielfach gestempelte Urkunde vorzeigen, die ihn als Besitzer der halb verfallenen Kate auswies – und die er sich nur gerade so weit herrichtete, dass sie ihm genügend Schutz vor Kälte und Regen bot, als brauchte er nichts weiter als ein Stück Dach über dem Kopf und den alten Eisenofen, den er mit trockenen Ästen aus dem Wald befeuerte. In der Abenddämmerung stand er mit seiner Geige am Weidenzaun und spielte unsäglich traurige Melodien, zu denen sein Pferd auf den Vorderhufen tänzelte und wunderliche Figuren in das hohe Gras trat. Willi hatte behauptet, dass er Zgraja einmal im frühen Morgengrauen über die Felder hätte dahinjagen sehen, ohne den kleinsten Fetzen Kleidung am Leib, nackt, wie Gott ihn geboren hatte, während er schrille Rufe ausstieß und das Pferd nur mit den Knien lenkte. Aber das musste nicht stimmen, manchmal erfand Willi solche Geschichten auch nur …

»Als Vater ohne dich nach Hause gekommen ist, hat sich das halbe Dorf auf den Weg gemacht, um dich zu suchen, mitten im schlimmsten Gewitter!«, fasste Lia noch einmal die Geschehnisse zusammen, langsam und jedes einzelne Wort betonend, um auch wirklich zum Verstand des vermeintlich zum Idioten gewordenen Bruders durchzudringen. »Wenn Zgraja nicht zufällig die leere Flasche entdeckt hätte, würdest du jetzt noch in dem Graben da liegen. Das

Wasser stand schon halb hoch, als er dich da mit Mirek rausgezogen hat. Noch ein paar Minuten länger, und du wärst ertrunken!«

»Und hättest es noch nicht mal bemerkt, so besoffen, wie du warst«, setzte jetzt Willi unbarmherzig hinzu. Obwohl Kurt meinte, einen Anflug von Ehrfurcht in der Stimme seines großen Bruders zu hören. Und er bedauerte es aufrichtig, dass sie Eulendorf schon am nächsten Tag verlassen würden und er deshalb gar keine Möglichkeit mehr hatte, sich in dem neu gewonnenen Ruhm zu sonnen. Das war schade, bestimmt hätte er seine Geschichte sonst wieder und wieder erzählen können, nicht nur auf dem Pausenhof der Schule, sondern überall, wo er auf jemanden traf, der von seinem Abenteuer gehört hatte und stolz darauf war, ihn persönlich zu kennen!

Er verschlief fast den ganzen Tag, manchmal konnte er nicht unterscheiden, ob die schemenhaften Gestalten, die abwechselnd an seinem Bett erschienen, überhaupt da waren oder nur in seinen wirren Träumen existierten. Erst gegen Abend hatte er genügend Kraft, um wieder aufrecht zu sitzen, mit dem großen Kopfkissen des Federbetts als Stütze, während die Mutter ihm eine heiße Brühe einflößte, die leicht nach Hühnchen schmeckte.

»Das errätst du nie, was du da gerade löffelst«, flüsterte ihm Willi zu, als die Mutter für einen Moment das Zimmer verließ. »Täubchen! Hat Zgraja heute Mittag schon für dich vorbeigebracht. Keine Ahnung, wie er den Vogel gefangen hat, aber er hat ausnahmsweise sogar mal einen ganzen Satz dazu gesagt: Für meinen kleinen Freund, hat er gesagt, Täubchen macht ihn wieder gesund.«

Von Willi erfuhr Kurt dann auch, warum der Vater sich nicht an seinem Bett blicken ließ.

»Mutter hat ihm die Hölle heißgemacht, weil er dich mit der Schnapsflasche losgeschickt hat. Aber er sitzt draußen auf der Bank und fragt jeden, der von deinem Bett zurückkommt, ob es dir schon wieder besser geht.«

»Dann … bekomme ich keinen Ärger mehr?«, flüsterte Kurt. »Er wird mich nicht bestrafen?«

»Ganz bestimmt nicht, hab keine Angst. Und ich habe noch eine Neuigkeit für dich! Wenn wir morgen hier abhauen, dann nehmen wir Fritz mit! Zumindest erst mal bis nach Deutschland, aber vielleicht bleibt er ganz bei uns.«

»Aber wieso? Fritz ist doch …«

»Pscht!« Willi hielt sich den Zeigefinger vor die Lippen. »Es hat was mit der Sache bei den Waggons zu tun. Das Ganze war ja Fritz' Idee, ohne ihn hätten wir nie gewusst, was der Gutsherr da heimlich beiseiteschaffen wollte. Und dass Fritz jetzt erst recht nicht mehr mit seiner eigenen Familie hier wegkann, ist ja wohl klar.«

»Aber der Gutsherr ist doch sein Vater«, setzte Kurt erneut an, während seine Gedanken in seinem Kopf rasten und ihn wieder in einen leichten Schwindel versetzten. »Warum …?«

»Denk nicht drüber nach, das verstehst du noch nicht. Ich erkläre es dir, wenn du ein bisschen älter bist, versprochen. Es ist ziemlich … unanständig! Deshalb darf ich eigentlich sowieso nicht darüber reden. Aber wir nehmen Fritz mit, nur das ist jetzt wichtig.«

»Und ... weiß Vater davon?«

»Klar! Was glaubst du wohl, weshalb er extra noch mal selber nach Pleschen ins Rathaus ist? Da ging es nur darum, dass Fritz mit uns zusammen nach Deutschland ausreisen darf. Es ist so was wie ein Vertrag, den wir mit Fritz gemacht haben.«

Mehr war aus Willi nicht herauszukriegen, und obwohl Kurt sich alle Mühe gab, aus den wenigen Sätzen seines Bruders schlau zu werden, verstand er weder, was mit dem »Vertrag« gemeint war, noch um welche »unanständige« Sache es ging, in die Fritz verwickelt sein sollte. Er wusste ja, dass Fritz schon seit einigen Wochen nicht mehr in dem Herrenhaus vom Gutshof wohnte, weil sein Vater ihn vor die Tür gesetzt hatte. »Rausgeworfen und enterbt!«, wie die Dorfbewohner hinter vorgehaltener Hand tuschelten. Es hieß, dass die neue Frau des Gutsbesitzers dabei eine Rolle gespielt hatte, die – über zwanzig Jahre jünger als ihr Mann – keinen Halbwüchsigen im Haus haben wollte, der sich von ihr nichts sagen ließ. Böse Zungen behaupteten allerdings, dass da noch etwas ganz anderes gewesen war als nur die angeblichen Streitereien zwischen Sohn und Stiefmutter. Aber als Kurt einmal nachfragte, was dieses »andere« denn sein sollte, hatte der Vater kurzerhand erklärt, dass er ab sofort in seinem Haus keine Gespräche über Fritz mehr dulden würde. Woraufhin die Mutter wortlos vom Abendbrottisch aufgestanden war und sich am Herd zu schaffen gemacht hatte. Als sie Kurt dann später zu Bett brachte, sah er, dass ihre Augen rot und verquollen waren, als hätte sie geweint.

Mit der Weisung des Vaters war klar gewesen, dass Fritz auch bei ihnen zu Hause nicht mehr willkommen war. Aber Willi hielt zu seinem Freund und traf sich heimlich mit ihm, wenn der am Samstagabend von seiner Lehrstelle zurückkam, um die Nacht im Pferdestall zu verbringen, wie ein Zigeuner oder ein bettelnder Landfahrer.

Warum Fritz überhaupt immer wieder auftauchte, wusste Kurt nicht. Eigentlich ärgerte er sich sogar darüber, weil das hieß, dass er Willi dann nicht für sich alleine hatte und Willi lieber mit Fritz zum Angeln an den Fluss zog als mit ihm. Umso merkwürdiger war jetzt aber die Geschichte, die Willi ihm gerade erzählt hatte. Der Vater wusste also Bescheid über die Heimlichkeiten zwischen Fritz und seinem Sohn, und mehr noch, er hatte dafür gesorgt, dass Fritz mit ihnen zusammen nach Deutschland gehen würde. Dieser »Vertrag«, von dem Willi geredet hatte, konnte nichts anderes bedeuten, als dass der Vater auch das große Geheimnis von der Nacht am Güterschuppen kannte – und Fritz jetzt mitnahm, weil er nur durch ihn an das Gold des Gutsherrn gekommen war. Das Gold, das Fritz und Willi gestohlen hatten! Und das jetzt längst schon mit dem Güterzug über die Grenze war, genauso wie der Schotter, den er selber mit in die Geschirrkisten des Gutshofs gefüllt hatte …

Sie waren alle Diebe, und wenn die Polizei sie erwischen würde, kämen sie alle zusammen ins Gefängnis! Unruhig warf sich Kurt in seinem Bett hin und her, während ihn die Bilder verfolgten, wie er abgeführt und hinter Gitter gesperrt wurde und dann im Gefängnis bei schimmligem Brot und Wasser mit den Fingernägeln die Anzahl der Tage in die Wand ritzte, bis er seine Strafe abgesessen hätte. Er verstand nicht, warum der Vater, für den es doch immer nur ein unerbittliches »Richtig« oder »Falsch« gab, jetzt selber etwas tat, was strengstens verboten war. »Du sollst nicht stehlen« war mehr als nur eins der Gebote, die er im Religionsunterricht auswendig lernen musste, es war etwas, was man unbedingt zu befolgen hatte! Er erinnerte sich nur allzu deutlich an die schlimmste Tracht Prügel, die er vom Vater bezogen hatte – dabei hatte er nur das alte Taschenmesser aus der Küchenschublade genommen und unter seiner Matratze versteckt. Und das auch nur, weil sein bester Freund in der Schule ein ähnliches Messer besaß und sich damit wichtigmachte, als wäre er Gott weiß wer mit seinem Messer ...

Die einzige Erklärung, die er jetzt fand, war, dass es vielleicht doch einen Unterschied machte, wen man bestahl. Der Gutsherr hatte so viel Geld wie niemand sonst, er konnte sich sogar ein Auto leisten, das von einem Chauffeur in Uniform und mit weißen Handschuhen gesteuert wurde, und er protzte mit seinem Besitz und war bekannt dafür, dass er seine Dienstboten unbarmherzig mit der Reitgerte verprügelte, wenn sie etwas falsch gemacht hatten. »Er ist ein Blutsauger«, hatte der Vater oft genug erklärt. »Er hat sich immer nur auf Kosten anderer bereichert. Das ganze Land, auf dem er sitzt, hat er den Bauern und Kätnern weggenommen, die jetzt für ihn schuften müssen.«

Vielleicht war es also gar kein Diebstahl, wenn sie sein Gold nahmen, vielleicht war es nur gerecht, weil der alte

Koslowski selber es ja auch zusammengestohlen hatte. Und dann hatte er auch noch Fritz aus dem Haus geworfen, seinen eigenen Sohn! Der jetzt in Pleschen Kaminkehrer werden sollte, um sein eigenes Geld zu verdienen. Als ob ihm nicht eigentlich das ganze Gut gehören würde!

Kurt stellte sich vor, wie es wäre, wenn sein Vater ihn verstoßen würde und er plötzlich allein in der Stadt leben müsste, ohne seine Familie und mit einem Lehrherren, der ihm kaum genug zu essen gab und ihn bis spät in die Nacht für sich arbeiten ließ.

Es geschah dem alten Koslowski also nur recht, dass die Polen ihn hier nicht mehr haben wollten. Und dass er endlich mal merken würde, wie es war, auf einmal gar nichts mehr zu besitzen.

Aber wie sehr Kurt sich selber auch zu beruhigen versuchte – irgendetwas passte nicht. Und vor allem tat ihm die junge Frau auf dem Gutshof leid, die ja zu alldem nichts konnte! Außerdem war sie auch noch schwanger und würde bald ein Kind bekommen ...

Am nächsten Morgen fühlte er sich immer noch wacklig auf den Beinen, aber wenigstens konnte er etwas von dem Haferbrei essen, ohne dass ihm gleich wieder schlecht wurde. Dann steckte die Mutter ihn in den Sonntagsanzug mit dem breiten weißen Kragen und der Doppelreihe goldener Knöpfe, auch die Schwestern trugen ihre besten Kleider und waren herausgeputzt wie sonst nur an Feiertagen. Lia hatte eine leuchtende Schleife im Haar, und Willi wirkte in seinem Anzug so erwachsen, als wäre er ein Fremder. Nur die Grimassen, die er heimlich für Kurt schnitt, zeigten, dass er trotz allem immer noch Willi war.

Kurz bevor das Fuhrwerk kam, das sie in die Stadt und zum Bahnhof bringen würde, zog der Vater Kurt plötzlich so fest an sich, dass es fast wehtat. Einen langen Moment hielt er ihn an sich gepresst, als wollte er gleichzeitig um Verzeihung bitten wie ihm auch mit der Kraft seiner Arme und Hände zeigen, dass er es nie wieder wagen sollte, gegen seine Anordnungen zu handeln.

»Du hast ihm sehr viel Kummer bereitet«, flüsterte die Mutter als Erklärung, während sie ihn aus den Armen des Vaters befreite und ihm auf das Fuhrwerk half.

Fritz erwartete sie bereits an der Sperre zu den Bahnsteigen, es war das erste Mal seit Langem wieder, dass Kurt ihn anders als mit geflickten Hosen und ungebügeltem Hemd sah. Seine Haare waren ordentlich gescheitelt und seine Schuhe auf Hochglanz poliert, er war ganz der junge Gutsherr, der er ja nun doch nie sein würde.

Der Vater registrierte es mit einem Nicken, gab Fritz aber nicht die Hand, sondern wies ihn mit einer Kopfbewegung an, mit seinem Koffer hinter der Familie zu bleiben. Die Schwestern blickten verschüchtert, nur die Mutter bemühte sich um ein paar freundliche Worte. Und Willi zog wieder eine Grimasse, über die Kurt kichern musste.

Der Zug lief pünktlich ein, die Lokomotive hüllte den Bahnsteig in weißen Dampf, Kurt winkte dem Heizer zu, der im roten Feuerschein die Kohlen schaufelte und, als der Zug fauchend und mit kreischenden Bremsen zum Stehen kam, sich erleichtert über die kurze Pause mit einem Lumpen das verschwitzte Gesicht abwischte.

Die Familie folgte dem Vater zu ihrem Abteil am Ende eines Waggons. Noch während sie ihre Koffer und Taschen über die hölzernen Trittstufen zur Tür hinaufreichten und auf der Gepäckablage verstauten, ruckte der Waggon mehrmals, sodass Else zu weinen begann.

»Sie wechseln die Lokomotive und verändern die Reihenfolge der Wagen«, erklärte der Vater. »Nur der erste Zugteil fährt über die Grenze, die anderen Wagen werden in Frankfurt an der Oder abgekoppelt.«

Kurt wäre gerne noch mal ausgestiegen, um zuzusehen, wie ihr Waggon an die neue Lokomotive gekoppelt wurde, er mochte das Zischen der Druckluft in den Puffern, das etwas ebenso Geheimnisvolles wie Gefährliches verhieß: »Zwischen den Puffern lauert der Tod«, war eine der Warnungen, die sie alle von früher Kindheit an immer wieder gehört hatten.

Der Vater zog die Taschenuhr.

»Auf die Minute pünktlich«, stellte er fest, als der schrille Pfiff des Bahnhofsvorstehers ertönte und sich der Zug erneut ruckend und fauchend in Bewegung setzte. Mit streng zusammengezogenen Augenbrauen verfolgte er, wie sie langsam an Tempo gewannen, als würde es nur von ihm abhängen, dass auch wirklich alles nach Vorschrift lief.

Schon war das Bahnhofsgebäude hinter der Biegung der Gleise verschwunden, die gepflasterten Straßen mit ihren Kreuzungen und Fuhrwerken huschten wie farbige Fotos am Fenster vorüber, Willi hatte das Gesicht an die Scheibe gepresst und zählte leise die Gebäude auf, die er erkannte; als gelte es, allein durch das Nennen der Namen die Erinnerung an die letzten Bilder der Heimat für immer wachzuhalten: »Hotel ›Viktoria‹, Rathaus, Bürgerschule, Präparanden-Anstalt ...« Für einen kurzen Moment kamen Kurt die hohen Stadthäuser vor, als würden sie sich zum Abschied verneigen, bevor die ganze Landschaft seines bisherigen Lebens außer Sicht geriet.

Die Mutter murmelte Unverständliches vor sich hin, die Schwestern saßen bedrückt auf ihren Plätzen und hatten die Hände zwischen die Knie gepresst. Als die Mutter anfing zu weinen, dauerte es nicht lange, bis auch Else und Alma in Tränen ausbrachen. Nur Lia nicht, die jetzt ein Buch aus ihrer Tasche zog und vorgab zu lesen. Aber Kurt konnte deutlich sehen, wie ihre Augen immer wieder zum Fenster wanderten und sie blicklos auf die vorüberziehenden Wiesen und Felder starrte, die Straßenbäume an den Alleen, den Zweispänner mit dem Mann, der die Hand zum Gruß hob, die alte Frau, die hinter dem Haus ihre Gänse fütterte, das Mädchen, das die Schweine über den Weg trieb, die Saatkrähen, die laut krächzend in Schwärmen aufflogen und ihnen im dichten Qualm der Lokomotive folgten, bevor sie abdrehten und sich wie ein dunkler Teppich auf einem neuen Feld niederließen.

Willi und Fritz saßen sich gegenüber, verstohlen zwinkerten sie einander zu, als der Vater bereits zum wiederholten Mal die Fahrkarten aus dem Jackett zog, um sie aufmerksam zu studieren.

Kurt spürte einen Stich von Eifersucht, nur zu gerne

hätte er die Heimlichkeit der beiden Großen geteilt, aber sie beachteten ihn gar nicht. Als er sich dichter an die Seite der Mutter kuschelte, legte sie den Arm um ihn und zog tröstend seinen Kopf an ihre Schulter, obwohl der Vater sie mit unwillig gefurchter Stirn beobachtete. Das beständige Stoßen und Schleifen des Zuges lullte ihn ein und ließ seine Augen schwer werden, auch das schrille Tuten der Lokomotive, wenn sie ohne Halt durch kleinere Bahnhöfe rauschten, war nicht mehr als ein fernes Geräusch, das sich dem Rhythmus der ratternden Schwellen unterordnete.

Er wusste nicht, wie lange er geschlafen hatte, aber es mussten viele Stunden gewesen sein. Als er wach wurde, lag er mit dem Kopf auf dem Schoß der Mutter – und der Zug stand. Vor dem Fenster liefen Polizisten auf und ab, einer von ihnen führte einen großen Schäferhund an der Leine, der einen ledernen Maulkorb trug.

»Wo sind wir?«, flüsterte Kurt schlaftrunken. »Sind wir schon da?«

»An der Grenze«, erwiderte die Mutter leise, fast im selben Moment öffnete der Schaffner, der bereits zu Beginn der Reise ihre Fahrkarten kontrolliert hatte, die Tür zu ihrem Abteil.

Mit einer eckigen Bewegung stand der Vater auf und drückte das Kreuz durch, als hätte er gerade einen Entschluss gefasst.

»Auf ein Wort, bitte!« Er schob den Schaffner vor sich her zurück auf den Bahnsteig, Kurt sah, wie er auf ihn einredete, bis der Schaffner eilig verschwand und der Vater wieder ins Abteil stieg. Aber er setzte sich nicht, sondern blieb an der Tür und vermied jeden Augenkontakt mit seiner Familie. Als wenig später die beiden Schutzpolizisten auftauchten, wies er mit zusammengekniffenen Lippen erst auf Fritz, dann deutete er auf die Gepäckablage über ihm.

Einer der Polizisten griff wortlos nach Fritz' Koffer, als Fritz aufstehen wollte, herrschte er ihn an, dass er sich nicht zu rühren habe. Er reichte den Koffer seinem Kollegen, der Vater trat einen Schritt zur Seite, um Platz zu machen. Der Polizist ließ die Schlösser des Koffers aufschnappen, mit routinierten Griffen schob er seine Hand zwischen die ordentlich zusammengelegten Kleidungsstücke, mit einem zufriedenen Nicken zog er ein Stück Stoff hervor und schlug es auf, um den Inhalt für alle sichtbar zu machen.

»Das ist ... nichts«, stieß Fritz mit zittriger Stimme hervor. »Das ist nur ein Geschenk, wirklich, glauben Sie mir. Das hat mir die Gutsherrin zum Abschied gegeben, meine ... Stiefmutter, es gehört mir!«

Ebenso wie alle anderen starrte Kurt wie gebannt auf die funkelnde Halskette mit den rubinroten Steinen.

»O Gott, was hast du getan?«, flüsterte die Mutter und schlug sich fassungslos die Hände vor den Mund.

»Nichts«, wiederholte Fritz. »Ich habe es nicht gestohlen, sie hat es mir geschenkt!«

»Mitkommen!«, forderte der Schutzpolizist ihn auf und griff hart nach seinem Arm, um ihn vom Sitz hochzuzerren.

»Nicht, bitte! Ich will doch mit nach Deutschland, ich kann nicht hierbleiben.« Verzweifelt versuchte Fritz, sich aus dem Griff zu befreien, aber jetzt packte ihn auch der andere Polizist und drehte ihm den Arm auf den Rücken.

»Das hättest du dir überlegen sollen, bevor du den Schmuck gestohlen hast.«

»Ich hab ihn nicht gestohlen, sie hat ihn mir geschenkt, fragen Sie sie doch!«, jammerte Fritz mit schmerzverzerrtem Gesicht. Noch bevor die Schutzpolizisten reagieren konnten, klammerte er sich mit der freien Hand an das Jackett des Vaters. »Bitte, helfen Sie mir!«

»Lass das. Wir haben nichts mehr miteinander zu schaffen.« Die Stimme des Vaters klang gepresst, wie die Stimme eines Fremden. »Führen Sie ihn endlich ab, damit wir uns seine Lügen nicht noch länger anhören müssen.«

Fritz warf unvermittelt den Kopf zurück, als hätte er erst jetzt verstanden, dass der Vater der Letzte war, der ihm helfen würde.

Seine Augen traten fast aus den Höhlen, die Haare hingen ihm wirr ins Gesicht. Sein Spuckefaden traf den Vater auf der schwarzen Weste, dicht über der goldenen Uhrkette, dann stießen die Polizisten ihn vor sich her auf den Bahnsteig hinunter.

Die Mutter schluchzte leise, die Schwestern waren wie starr vor Schreck.

»Aber wieso …?«, kam es entsetzt von Willi. »Was hast du getan? Warum?«

»Kein Wort mehr darüber«, beschied ihn der Vater, doch Willi war bereits aufgesprungen und hieb mit den Fäusten auf ihn ein, während seine Stimme sich vor Wut und Empörung überschlug: »Du hast ihn verraten! Und du weißt, dass er nicht gelogen hat, ich selber habe dir von dem Schmuck erzählt, den sie ihm geschenkt hat. Ich hätte es wissen sollen, aber ich habe dir vertraut, wegen ... der anderen Sache, die wir gemacht haben, du bist der Einzige, der es außer mir wusste, und wir hatten eine Abmachung mit Fritz ...«

»Sei still!«, herrschte der Vater ihn an. Die Ohrfeige, die er ihm versetzte, kam so plötzlich, dass Willi zurücktorkelte und zwischen den Schwestern auf der Bank landete.

Die Mutter schrie auf und stellte sich schützend vor ihren Sohn, Kurt kroch in den hintersten Winkel der Bank und hielt sich die Hände auf die Ohren, aber dennoch hörte er deutlich, wie der Vater jetzt zu Willi sagte: »Ich musste es tun. Und ich habe es für dich getan und für uns alle. Wir konnten ihm nicht trauen, es steht zu viel auf dem Spiel für uns. Es ist unsere Zukunft, an die wir denken müssen. Und ihr werdet mir alle noch mal dankbar dafür sein, dass ich diese Entscheidung getroffen habe. Mehr gibt es dazu nicht zu sagen.«

Er zog ein Taschentuch aus seiner Hose und verrieb den Spuckefaden, dann stieg er ohne ein weiteres Wort über ihre Beine hinweg und trat ans Fenster.

Kurt drehte vorsichtig den Kopf, um ebenfalls hinauszublicken. Er konnte weder Fritz noch die Polizisten sehen, nur den Bahnhofsvorsteher, der seine Kelle hob und das Signal zur Abfahrt gab.

Als der Zug sich wieder in Bewegung setzte, schluchzte die Mutter laut auf. »Wir können ihn hier doch nicht einfach zurücklassen, er ist doch ...« Ihre Stimme brach, als sie verzweifelt das Gesicht in den Vorhang am Fenster presste.

»Es ist besser so, glaub mir«, sagte der Vater so leise, dass Kurt ihn kaum verstand. Aber er wusste, dass sie gerade etwas getan hatten, was noch viel schlimmer war als das gestohlene Gold in der Holzladung, die schon in ihrer neuen Heimat in Deutschland auf sie wartete. Das Gold, das jetzt ihnen ganz allein gehörte, weil sie Fritz darum geprellt hatten. Obwohl sie ohne ihn nie etwas von den Kisten im Zug erfahren hätten. Sie waren nicht nur Diebe, sondern auch … Verräter! Und wenn es so etwas wie Gerechtigkeit gab, dann würden sie dafür alle in die Hölle kommen, von der der Pfarrer jeden Sonntag in der Kirche predigte.

5.

Es gibt kein schlechtes Wetter, nur falsche Kleidung –
Regenmäntel von Eulendorf schützen Sie und Ihre Lieben!
Kleppermantel. Weich gummiert und grauglänzend.
Wind- und wasserdicht. Windfang am Ärmel. Mit verschließbaren
Taschen und anknöpfbarer Kapuze – sehr kleidsam! 59.- DM
(Eulendorf-Katalog Sommer 1957)

Fulda 1957

Als Annie vom Hof auf die Straße einbiegen wollte, versperrte ihr ein junger Mann im karierten Hemd den Weg, der breitbeinig mit dem Rücken zu ihr an der Bordsteinkante stand. Ungeduldig drückte sie die Hupe und kurbelte das Seitenfenster herunter.

»Ich muss durch, wirklich! Es geht nicht anders, ich habe ein Baby im Auto und …«

Der Mann machte eine abwehrende Handbewegung, kam dann aber mit hochrotem Kopf zu ihr, als er Claudias Geschrei aus dem Auto hörte.

»Sie müssen warten, bis die erste Runde durch ist, dann können Sie raus. Da! Da kommen sie schon!«, rief er im nächsten Moment aufgeregt und zeigte die Straße hinauf. »Der mit der blauen Kiste, das ist mein Sohn. Da, jetzt überholt er und geht in Führung! Klasse, Hans, du schaffst es! Nein, pass auf, nicht so weit nach rechts, ja, so ist es richtig!«, feuerte er seinen Sohn an, ohne sich weiter um Annie zu kümmern.

Schon als sie noch oben in der Wohnung gewesen war, hatte sie den Lärm und die Rufe auf der Straße gehört, als sich die ersten Zuschauer einfanden. Seit Tagen war von nichts anderem die Rede gewesen als vom »großen Seifenkistenrennen«, das wie jedes Jahr auf der Adalbertstraße stattfand, weil sie ohne Kurven bergab führte und steil genug war, um die Seifenkisten in rasantem Tempo nach unten zu steuern. Startpunkt war oben am Kloster, die Ziellinie direkt an der Leipziger Straße, die mit Strohballen für den Durchgangsverkehr gesperrt war. Der breite Hof der Unions-Brauerei auf der gegenüberliegenden Straßenseite diente als Auslaufstrecke für die Seifenkisten, die Mauer am hinteren Ende war ebenfalls mit Strohballen gesichert.

Es war Sonntag, und halb Fulda schien sich in der Adalbertstraße eingefunden zu haben, nur Kurt war ins Büro gefahren, um mit Gotthelf die letzten Korrekturen für den neuen Warenkatalog zu besprechen. Aber Annie wusste zu genau, dass der Katalog bloß vorgeschoben war, sie bezweifelte sogar, ob Gotthelf überhaupt ins Büro kommen würde. Kurt drückte sich vor der Fahrt, die sie gemeinsam beschlossen hatten, er hatte Angst, nur darum ging es! Auch wenn er noch am vergangenen Abend immer wieder betont hatte, dass aufgeschoben ja nicht aufgehoben bedeutete: »Aber gerade jetzt ist es wirklich unpassend! Ich habe den Kopf nicht frei für ... diese Sache. Und der Katalog muss raus, damit wir die Ersten sind, die mit unseren neuen Artikeln auf den Markt kommen, versteh das doch! Radioapparate, Tonbandgeräte, Schallplattenspieler, das sind genau die Artikel, mit denen wir das Rennen machen können. Und ich will vor allen anderen damit ins Weihnachtsgeschäft, deshalb ist es so wichtig, dass wir den Katalog jetzt fertig bekommen. Auf diese Insel können wir auch noch am nächsten Wochenende, aber die Arbeit geht vor!«

»Und das fällt dir ausgerechnet am Abend davor ein?«, war das Einzige, was Annie erwidert hatte, wohl wissend, dass Kurt wahrscheinlich schon länger nach einer Ausflucht gesucht hatte, um sich nicht etwas stellen zu müssen, was ihm ganz offensichtlich mehr als nur Kopfzerbrechen bereitete.

Am Morgen dann hatte er wegen des Rennens den Wagen stehen gelassen und sein Fahrrad genommen, um ins Büro zu kommen. Und während Annie das Baby fütterte, hatte sie den Entschluss gefasst, sich dieses eine Mal nicht nach Kurt zu richten. Eilig hatte sie ein paar Zeilen geschrieben und ihm auf den Schreibtisch gelegt: *Ich bin mit Claudia alleine losgefahren. Ich rufe Dich heute Abend an, wenn ich auf der Insel bin. Mach Dir keine Sorgen, aber wir müssen diese Sache klären. Ich tue das für uns, und ich liebe Dich!*

Erschrocken zuckte sie zusammen, als die Seifenkisten klappernd und in atemberaubendem Tempo auf der Straße an ihr vorüberrasten. Gleich darauf ertönte das Jubelgeschrei der Menge, der Vater des kleinen Hans riss sich die Mütze vom Kopf und warf sie hoch in die Luft. »Ja, Hans ist als Erster über die Ziellinie, er hat gewonnen! Das ist mein Junge!«

Als Annie wieder kurz auf die Hupe drückte und den Wagen vorsichtig anrollen ließ, winkte er sie eilig auf die Straße. »Jetzt können Sie durch, aber beeilen Sie sich, bevor das nächste Rennen startet ...«

An der Einmündung zur Leipziger Straße musste sie noch einmal anhalten, bis zwei Männer unwillig die Strohballen zur Seite räumten, um sie kopfschüttelnd passieren zu lassen. Dann lenkte sie den Wagen aus der Stadt hinaus und bog auf die Landstraße nach Norden ein. Sie hatte sich die Strecke vorher auf der Karte genau angesehen, über Schlitz und Niederaula bis kurz vor Bad Hersfeld, und dann weiter auf der Autobahn, Kassel, Hannover, Bremen, von dort nach Oldenburg und quer durch Ostfriesland bis zur Nordseeküste.

Leise summte sie ein Kinderlied vor sich hin und strich mit der Hand beruhigend über Claudias nackten Arm. Die Isabella hatte vorne eine durchgehende Sitzbank, auf der Annie ihrer Tochter ein kleines Bett gebaut hatte, direkt neben sich, um sie im Auge behalten zu können, und sorgsam mit Kissen und Decken ausgepolstert, sodass das Kind auch nicht vom Sitz und in den Fußraum rutschen konnte, wenn sie bremsen musste. Und schon nach den ersten Kilometern hatte Claudia aufgehört zu weinen, als würde ihr das gleichmäßige Brummen des Motors gefallen, ebenso wie das gelegentliche Ruckeln und Stoßen, wenn der Wagen über die Unebenheiten auf der Fahrbahn rollte. Aus den Augenwinkeln konnte Annie sehen, wie ihre Tochter aufmerksam die vorbeihuschenden Baumwipfel beobachtete, dann wurden ihre Augen immer schwerer, und noch bevor sie Schlitz erreicht hatten, schlief sie tief und fest.

Für einen Moment fühlte Annie sich frei und unbeschwert, die Isabella war ein bequemer Reisewagen, der mühelos die Steigungen überwand und sich leicht auch durch enge Kurven steuern ließ.

Sie war bislang nicht allzu oft mit dem Borgward gefahren, obwohl Kurt ihr bei gelegentlichen Ausflügen in die Rhön gerne das Lenkrad überließ und es jedes Mal zu genießen schien, wenn sie ihn chauffierte. Er sparte auch nicht mit Lob für ihre Fahrkünste, wenn sie am Berg rechtzeitig zurückschaltete oder den Wagen zügig beschleunigte, um Laster oder langsamere Autos zu überholen. Mehr als einmal hatte Kurt gegenüber Freunden oder Bekannten schon stolz behauptet: »Annie ist eine geborene Autofahrerin, da macht ihr so schnell keiner etwas vor.«

Dennoch waren da immer seine Blicke, mit denen er sie vom Beifahrersitz her beobachtete und die ihr das Gefühl vermittelten, ständig kontrolliert zu werden und beweisen zu müssen, dass sie keine Fehler beging. Wie bei einer Fahrprüfung, bei der jeden Moment das Risiko bestand, dass der Prüfer sie bei einer falschen Handlung oder dem Missachten eines Gebots ertappte.

Jetzt war es anders, jede Entscheidung, die sie traf, hatte sie nur vor sich zu verantworten, und als sie endlich die Autobahn erreicht hatte, drückte sie fast übermütig das Gaspedal durch, während sie die Tachonadel beobachtete, die zitternd immer höher kletterte. 110, 120, erst bei 130 nahm sie den Fuß ein wenig zurück. Es machte Spaß, die wenigen anderen Autos, die unterwegs waren, wie im Flug zu überholen und die Käfer, Lloyds, Fords und Goggos im Rückspiegel verschwinden zu sehen, ab und an war sogar ein Mercedes dabei, einmal auch ein amerikanischer Straßenkreuzer, hinter dessen Heckscheibe sich die Gesichter von vier kleinen schwarzen Kindern quetschten. Die Mädchen hatten bunte Schleifen im Haar, die Jungen trugen Baseballmützen – und alle vier streckten ihr die Zunge heraus! Lachend erwiderte Annie die Geste, dann war auch der Amischlitten schon wieder ein kaum noch zu erkennender Fleck auf dem breiten Betonband hinter ihr. Wenig später tauchte unerwartet eine schwarze und chromglänzende Limousine im Rückspiegel auf, die sich trotz ihres eigenen hohen Tempos schnell näherte und so dicht auffuhr, dass Annie deutlich die lang gezogenen Kotflügel und den typischen BMW-Kühlergrill erkennen konnte. Erschrocken wich sie auf die rechte Spur aus, und als der große Wagen mit einem hohen Pfeifton an ihr vorüberzischte, schalt sie sich selbst eine leichtsinnige Kuh, die völlig unnötig nicht nur ihr eigenes Leben, sondern auch das ihrer kleinen Tochter riskierte. Von da an fuhr sie langsamer und nahm vorsichtig eine Hand vom Lenkrad, um der schlafenden Claudia zärtlich die Haare aus der verschwitzten Stirn zu streichen.

Was ist bloß mit Kurt und mir geschehen, seit wir das Kind haben, dachte sie, wo ist der Kurt geblieben, in den ich mich vor noch gar nicht so langer Zeit Hals über Kopf verliebt habe? Der Kurt, der jeden Tag mit einem Blumenstrauß vor meiner Tür stand und der mich im wahrsten Sinne des Wortes auf Händen getragen hat? Der charmante, witzige, intelligente Kurt, der mich mit seinen Ideen begeisterte und mitgerissen hat und bei dem ich zum ersten Mal das Gefühl hatte, dass wir beide zusammen etwas wirklich Neues schaffen könnten? Dass wir uns ergänzen, uns respektieren, dass es uns gemeinsam gelingen würde, alle Schwierigkeiten aus dem Weg zu räumen, um unseren Traum zu verwirklichen, ich an seiner Seite und er an meiner? Aber das Kind hat alles verändert, seit Claudia geboren ist, scheint unsere kleine Welt aus den Fugen geraten zu sein. Kurt kommt mit seiner neuen Rolle als Familienvater nicht zurecht, er ist überfordert, er fühlt sich überflüssig, weil es zum ersten Mal für ihn etwas gibt, wofür er keine Lösung findet, was er nicht wie üblich organisieren kann, wovon er ausgeschlossen ist. Und je mehr er sich in die Arbeit in der Firma vergräbt, umso mehr fühle ich mich zurückgesetzt und nur noch auf meine Mutterrolle festgelegt. Er trifft Entscheidungen, ohne mich zu fragen, und ich bin verletzt und enttäuscht und weiß nicht, wie ich die Nähe zwischen uns wiederherstellen soll, ohne die wir uns immer weiter auseinanderleben werden, wenn es nicht gelingt, gemeinsam einen neuen Weg zu finden.

Aber vielleicht male ich auch den Teufel an die Wand, dachte sie, vielleicht sollte ich aufhören, mich selbst zu bemitleiden, vielleicht muss ich ihm noch viel deutlicher zeigen, dass ich nicht bereit bin, auf all das zu verzichten, was mir wichtig ist. Es muss doch möglich sein, eine Familie zu haben, ein Baby, und trotzdem nicht nur Mutter zu sein, sondern ... eine Geschäftsfrau, die ihre Selbstständigkeit nicht aufgibt, sondern gemeinsam mit ihrem Mann eine Firma leitet!

Es war das erste Mal, dass sie damit in ihren Gedanken etwas aussprach, was sie unbewusst schon lange als selbstverständlich erachtete. Auch wenn Kurt der alleinige Inhaber der Firma war, so waren es doch gerade in der letzten Zeit vor Claudias Geburt immer öfter ihre Ideen und Vorschläge gewesen, die neue Richtungen aufzeigten und der Firma einen Vorsprung gegenüber der Konkurrenz sicherten. Eulendorf war schon lange kein reiner Bekleidungshandel mehr, sie erweiterten ihr Angebot ständig, von Geschirr und Küchengeräten zu ausgesuchten Haushaltsartikeln, jetzt würden als vollkommen neue Verkaufslinie noch Rundfunkgeräte und Schallplattenspieler hinzukommen, auch über Fotobedarf hatten sie bereits gesprochen, der Werbespruch EULENDORF LIEFERT GESCHWIND FÜR MANN, FRAU UND KIND wurde immer mehr zu einem Gütezeichen, das ihren Kundenstamm von Woche zu Woche wachsen ließ.

»Vielleicht brauchen wir ganz einfach eine Kinderfrau«, sagte Annie laut. »Vielleicht ist das der erste Schritt, den wir unternehmen müssen, damit ich wenigstens ein paar Stunden am Tag im Büro sein kann, um nicht den Kontakt zu verlieren. Und vor allem, um Leuten wie diesem Gotthelf zu zeigen, dass ich sehr wohl noch da bin, und dass ich mich ganz sicher nicht von einem ehemaligen Vertreter für Poggenpohl-Küchen von meinem Platz verdrängen lasse …«

In den letzten Wochen und Monaten war ihr immer klarer geworden, dass sie Kurt nicht mehr verändern konnte, und die Geschichte mit dem Haus am Petersberg hatte jetzt nur zu deutlich gezeigt, dass sie mit ihrer Einschätzung richtiglag – Kurt liebte sie auf seine Art und würde alles für sie tun, mehr konnte sie nicht erwarten.

Sie musste also lernen, sich seine positiven Seiten zunutze zu machen und alles andere so hinzunehmen, wie es nun mal war, auch wenn es ihr gegen den Strich ging. Aber es war an ihr, nicht mehr länger auf etwas zu warten, was ohnehin nicht geschehen würde – sie musste sich entscheiden, was sie selber eigentlich wollte. Und genau das würde sie ab sofort auch tun!

Vielleicht hatte sie den richtigen Anfang ja schon gemacht, als sie am Morgen alleine mit ihrer Tochter aufgebrochen war, ohne sich nach Kurts Wünschen zu richten. Natürlich würde er sich über ihr eigenmächtiges Handeln ärgern und sie nicht verstehen, aber sie kannte ihn doch gut genug, um zu wissen, dass er auch wieder einlenken würde, wenn er erst mal erkannt hatte, warum sie so handeln musste. Es war eine seiner hervorstechendsten Eigenschaften, dass er tatsächlich in der Lage war, seine Meinungen im Nachhinein zu korrigieren. Und in diesem Fall ging es um mehr als nur den Versuch, sich selbst ihre Unabhängigkeit zu beweisen.

Was sie gerade tat, tat sie vor allem für ihn!

Erst jetzt wagte sie, den Gedanken an ihr Fahrtziel wieder zuzulassen, den sie bislang aus gutem Grund verdrängt hatte, um nicht doch noch an ihrer Entscheidung zu zweifeln. Natürlich mischte sie sich damit in Kurts Angelegenheiten, mehr als ihr vielleicht zustand, aber er selbst war ja ganz offensichtlich nicht in der Lage, und wenn es ihr nicht gelang, diese merkwürdige Sache mit dem Brief endlich aufzulösen, würde immer ein Zweifel, ein ungutes Gefühl zwischen ihnen bleiben ...

Mit einem Seitenblick sah sie, dass Claudia aufgewacht war. Ganz kurz verzog sich der Mund zu einem Lächeln, als sie die Mutter neben sich sah, aber schon zeichnete sich eine unwillige Falte auf der glatten Stirn ab, lange würde es nicht mehr dauern, bis das Kind anfing zu weinen, weil es Hunger hatte und sein Fläschchen wollte. Und Annie musste auch dringend tanken, die Anzeige stand schon kurz vor dem Reservebereich.

Der nächste Rasthof kam wie gerufen, und nachdem der Tankwart auch noch die Scheibe geputzt und beflissen den Ölstand kontrolliert hatte, wechselte Annie auf der Rückbank Claudias Windel, dann gab sie ihr das ersehnte Fläschchen und lief mit ihrer Tochter auf dem Arm ein paarmal auf dem Parkplatz auf und ab, bis sie ein älteres Ehepaar fand, das ihr vertrauenswürdig genug erschien, um Claudia zu halten, solange sie selber auf der Toilette verschwand.

»Ein süßer Fratz«, sagte die Frau zu ihr, als sie Claudia wieder in Empfang nahm. »Aber dass Sie so ganz alleine mit dem großen Wagen und dem Baby unterwegs sind, ist nicht gut. Gibt es denn keinen Papa, der sich so um Mutter und Kind kümmert, wie es sich gehört?«

»Doch, den gibt es schon, seien Sie unbesorgt«, antwortete Annie patziger, als sie eigentlich wollte. »Aber der Papa vergnügt sich am Wochenende mit seiner Freundin, da müssen wir eben sehen, wie wir alleine zurechtkommen.«

»Ach Gott, Sie armes Ding!« Die Frau schlug empört die Hände zusammen. »Hast du das gehört, Gustav? Der Vater treibt sich rum und ...«

»Gute Fahrt noch«, verabschiedete sich Annie eilig. »Wir müssen weiter.«

Kopfschüttelnd blickte das Ehepaar hinter ihnen her. Annie ärgerte sich über ihre dumme Bemerkung, die so vollkommen unnötig gewesen war – aber es ist immer dasselbe, dachte sie, als hätte eine Frau, die ohne Mann unterwegs ist, keine Existenzberechtigung und würde schon von vornherein den Verdacht erwecken, dass da etwas nicht stimmen konnte. Von dem Baby und dem großen Wagen mal ganz abgesehen ...

Mit quietschenden Reifen fuhr sie vom Parkplatz, während sie gleichzeitig dachte, dass die Frau ja gar nicht mal so unrecht hatte, es stimmte tatsächlich etwas nicht, es war nur ganz anders, als irgendjemand erwarten würde!

Deutlich hatte sie jetzt wieder das Bild vor Augen, wie Kurt den Brief auf ihr Drängen hin schließlich doch geöffnet hatte, ihn dann aber, kaum dass er die Zeilen überflogen hatte, sofort wieder zusammenfalten wollte. »Es ist nur dummes Zeug, das braucht dich nicht zu interessieren.«

»Immerhin steht ›und Frau Gemahlin‹ auf dem Umschlag, also ist der Brief ebenso für dich wie für mich. Und ich möchte wissen, worum es geht! Lass mich bitte lesen ...«

Die Zeilen waren nur schwer zu entziffern, die weit ausholenden Aufschwünge der Anschrift auf dem Umschlag wechselten mit eng gesetzten Buchstaben in Sütterlin.

Lieber Kurt,
es ist nun bald vierzig Jahre her, dass wir aufgrund bestimmter Umstände, die Du dennoch nicht vergessen haben dürftest, voneinander getrennt wurden. Ich habe Deinen Weg, soweit es mir möglich war, in all diesen Jahren aufmerksam verfolgt, und ich denke, es ist an der Zeit, einen Gefallen von Dir einzufordern. Die Umstände zwingen mich dazu.

Insbesondere meine finanzielle Situation ist – im Gegensatz zu Deiner – alles andere als befriedigend. Aber ich will es kurz machen und Dir die Details ersparen, die dazu geführt haben, dass ich diesen Schritt unternehmen muss. Ich habe einen vierzehnjährigen Sohn, Jürgen, der das Internat der Hermann-Lietz-Schule auf der Nordseeinsel Spiekeroog besucht. Die Kosten für diese Schule übersteigen zurzeit meine Möglichkeiten, hier wird dringend Deine Hilfe benötigt. Die notwendigen Angaben hefte ich separat an, die monatliche Zahlung ist jeweils bis Ende des vorhergehenden Monats auf das Konto des Internats zu überweisen. Es sollte für Dich außer Frage stehen, dass es zu Deinem eigenen Besten ist, meiner Bitte Folge zu leisten. Einen privaten Kontakt zwischen uns halte ich für nicht erforderlich und aufgrund der Geschehnisse in der Vergangenheit auch nicht für wünschenswert.
Fritz

»Ich verstehe das alles nicht«, war Annies erste Reaktion gewesen. »Worum geht es hier? Wieso sollst du das Internat für seinen Jungen bezahlen? Und wieso behauptet er, dass es zu deinem eigenen Besten wäre? Was meint er damit? Wer ist dieser Fritz überhaupt? Auf was für Geschehnisse in der Vergangenheit spielt er da an? Jetzt sag mir endlich, was damals passiert ist, du musst es doch wissen!«

»Nein, ich weiß es nicht!«, wehrte Kurt ihre Fragen so ungehalten ab, dass Annie schon vom Gegenteil überzeugt war, noch bevor er zögernd hinzusetzte: »Ich erinnere mich nicht mehr, es ist zu lange her. Ich war damals ja noch ein kleiner Junge, als wir aus Polen ausgewiesen wurden. Und Fritz war der Freund meines großen Bruders, ich kannte ihn eigentlich gar nicht richtig, er war ja auch genau wie Willi viel älter als ich ...«

»Aber es ist etwas passiert«, ließ Annie nicht locker. »Und er glaubt doch ganz offensichtlich, dass er etwas gegen dich in der Hand hätte, was dir schaden könnte, wenn du seine Bitte ablehnst.«

»Da ist etwas gewesen, weshalb Fritz damals nicht mit uns zusammen aus Polen rauskonnte, wie es eigentlich geplant war. Und dabei ging es auch um Geld, um viel Geld, glaube ich«, gab Kurt schließlich zu. »Aber wie gesagt, ich weiß es gar nicht so genau. Es war etwas, was mein Vater so entschieden hat. Ich hatte es auch längst vergessen, ich habe ja nie wieder etwas von Fritz gehört, und Willi ist einige Zeit später nach Amerika gegangen, damit war das Ganze für mich ... viel zu weit weg, um mir noch Gedanken darüber zu machen. Ich weiß nicht, warum er sich ausgerechnet jetzt wieder meldet, statt die Vergangenheit ruhen zu lassen.«

»Sein Brief klingt aber doch fast wie eine Erpressung«, wandte Annie ein. »Und er behauptet ja auch, dass er die ganze Zeit über wusste, wo du bist und was du tust ...«

»Kann sein, aber das interessiert mich nicht. Ich habe nichts mit ihm zu tun, und ich bin ihm nichts schuldig. Was ich erreicht habe, habe ich mir selbst schwer genug erarbeitet, er soll bloß nicht glauben, dass er sich jetzt an mich dranhängen kann, weil ich den Erfolg habe, der mir zusteht.«

»Und wie willst du auf seinen Brief reagieren? Was willst du wegen dieses Jungen und des Geldes für das Internat tun?«

»Wer weiß, ob das Ganze überhaupt stimmt! Vielleicht hat er sich das alles nur ausgedacht. Ich muss erst noch mal darüber nachdenken, bevor ich eine Entscheidung treffe.«

Mehr war aus Kurt nicht herauszubekommen gewesen. Aber Annie hatte sich die halbe Nacht unruhig hin und her gewälzt, während die Gedanken in ihrem Kopf sie nicht in den Schlaf finden ließen. Irgendetwas an Kurts Geschichte passte nicht zusammen. Und die einzige Erklärung, die sie schließlich fand, war so schockierend, dass sie mit rasendem Herzschlag aufstand und am weit geöffneten Fenster nach Luft schnappen musste.

Der Junge auf der Insel sollte vierzehn Jahre alt sein. Vor vierzehn Jahren war Kurt noch in Mansfeld gewesen, in der heutigen DDR, rechnete sie zurück. Er war nicht zum Kriegsdienst eingezogen worden, weil er eine Uniformfabrik leitete und damit unabkömmlich war. Und er war verheiratet gewesen! Er hatte kaum mehr über diese Zeit erzählt, nur dass er nach Kriegsende den Entschluss gefasst hatte, in den Westen überzusiedeln, wo er sich größere Chancen als in der sowjetisch besetzten Zone versprach. Er hatte sich scheiden lassen und alle Brücken hinter sich abgebrochen. Und angeblich hatte es in seiner Ehe keine Kinder gegeben, aber ...

Annie war zum Sofa ins Wohnzimmer hinübergeschlichen und hatte Kurt aus dem Schlaf gerüttelt. Aber Kurt hatte Stein und Bein geschworen, dass ihr Verdacht unbegründet war.

»Marianne konnte keine Kinder bekommen, glaub mir. Das war auch einer der Gründe, warum es mit uns schon länger nicht mehr so gut lief. Wir hatten eine Familie gründen wollen, aber ... es ging nicht.«

»Und es gab auch sonst keine andere Frau, mit der du ...?«

»Du spinnst! Du weißt ja nicht, was du redest! Nein, ich habe nicht noch irgendwo ein uneheliches Kind, und schon gar nicht in einem Internat auf einer Nordseeinsel. Und jetzt hör bitte auf, dich und mich verrückt zu machen, nur weil du da ein paar Sätze gelesen hast, die vollkommen aus der Luft gegriffen sind.«

Umso merkwürdiger war es dann, dass er zwei Tage später aus dem Büro nach Hause zurückkehrte und sie eher nebenbei über das Telefongespräch informierte, das er mit der Internatsleitung auf Spiekeroog geführt hatte.

»Es gibt da tatsächlich einen Jürgen, als dessen Vater ein Fritz Koslowski in der Kartei steht. Fritz' Anschrift wollten sie mir nicht mitteilen, aber als ich erklärt habe, wer ich bin und dass ich aus einer gewissen Verbundenheit zu … meinem alten Freund eventuell die Kosten für den Jungen übernehmen würde, haben sie mich eingeladen, Jürgen auf der Insel zu besuchen. Wenn ich es richtig verstanden habe, kümmert sich Fritz so gut wie gar nicht um ihn, eine Mutter gibt es nicht mehr, die ist vor einiger Zeit gestorben, seitdem ist Jürgen auch auf diesem Internat.«

Es hatte damit geendet, dass Kurt erklärte, den Jungen tatsächlich besuchen zu wollen. Und er bat Annie, ihn zu begleiten!

Schmidtchen hatte die Zeiten für die Fährverbindung in Erfahrung gebracht und für eine Nacht ein Zimmer in dem kleinen Hafen in Ostfriesland bestellt, weil der Bäderdampfer nur am Vormittag zur Insel fuhr. Es hatte etwas mit Flut und Ebbe zu tun, Annie hatte nur halb hingehört, aber sie war noch nie am Meer gewesen und sie freute sich auf den Ausflug mit Mann und Kind, auch wenn ihr der Anlass nach wie vor merkwürdig genug vorkam. Immer noch wurde sie den Verdacht nicht los, dass Kurt ihr nur die halbe Wahrheit gesagt hatte – was immer damals in Polen geschehen war, musste der Grund dafür sein, dass er sich jetzt doch verpflichtet fühlte zu helfen.

Annie mutmaßte, dass die indirekten Beschuldigungen in Fritz' Brief sehr wohl auf etwas anspielten, was Kurt Sorgen, wenn nicht sogar Angst machte. Und seine plötzliche Entscheidung, die Fahrt mit einer nur zu leicht als Vorwand zu erkennenden Begründung zu verschieben, schien ihr recht zu geben!

Sie merkte jetzt deutlich, dass die lange und ungewohnte Autofahrt sie doch mehr anstrengte, als sie erwartet hatte. Vielleicht war es auch die ständige Frage, was sie eigentlich tun sollte, falls Claudia zu weinen anfing und sich nicht beruhigen lassen würde – da Annie ja fahren und auf den Verkehr achten musste, würde sie nicht viel mehr tun können, als alle Kinderlieder zu singen, die ihr einfielen, und die Hand hinüberzustrecken, um Claudia zu streicheln.

Aber wider Erwarten waren ihre Sorgen unbegründet, Claudia lag die meiste Zeit schlafend neben ihr, und wenn sie aufwachte, gluckste sie zufrieden vor sich hin oder zupfte an der Bettdecke, ohne irgendwelche Anzeichen von Unmut zu zeigen.

Wie um sich für ihr braves Kind zu belohnen, öffnete Annie das Handschuhfach und genehmigte sich ein Stück von Kurts Scho-Ka-Kola. Wenn Kurt beim Autofahren ausnahmsweise mal nicht rauchte, schob er sich ein dreieckiges Achtel der dunklen, koffeinhaltigen »Autofahrerschokolade« nach dem anderen in den Mund, später dienten die runden rot-weißen Blechdosen zur Aufbewahrung von Schrauben, Nägeln, Unterlegscheiben und allem möglichen Krimskrams, auch Annie selber nutzte die leeren Dosen für Knöpfe, Gummiringe und Rabattmarken.

Hinter Hannover wurde die Landschaft immer flacher und eintöniger, Kuhweiden wechselten mit Pferdewiesen, breite Wassergräben durchzogen die Felder, die sich ohne die kleinste Erhebung bis zum Horizont hinzogen. Ab und an huschten der Kirchturm eines Dorfes oder einzeln stehende Gehöfte vorüber, die roten Klinker, aus denen hier alles gebaut zu sein schien, kamen Annie fremd und düster vor, sie war enttäuscht von Norddeutschland, ohne dass sie gewusst hätte, was sie sich eigentlich vorgestellt hatte.

Und dann sah sie kurz vor Bremen plötzlich die riesige Reklametafel neben der Straße, auf der das neueste Borgward-Modell abgebildet war, ein viertüriger Wagen mit fast kantigen Formen, gegen den ihre eigene Isabella langweilig und altbacken wirkte. Kurt hielt Carl Borgward für einen großartigen Konstrukteur und sprach gerne von ihm als jemandem, der mit seinen Ideen der Zeit deutlich voraus war und als »Selfmade«-Mann die großen Automobilfirmen wie Volkswagen oder NSU in ihre Schranken wies und selbst für Mercedes und BMW eine nicht zu unterschätzende Konkurrenz darstellte. Schon mehrmals hatte Kurt davon gesprochen, dass es ihn reizen würde, den genialen Autobauer, der sich nicht darum scherte, für wie »verrückt« ihn viele erklärten, persönlich kennenzulernen. Borgward stellte für Kurt so etwas wie das leuchtende Beispiel dar, dass man alles erreichen konnte, wenn man nur fest genug an seine Ideen glaubte.

Mit einem kurzen Blick vergewisserte sich Annie, dass ihre Tochter unverändert zufrieden war, dann setzte sie den Blinker und folgte den Hinweisschildern, die sie über die holprige Landstraße bis zum Gelände der Borgward-Werke führten. Hinterher konnte sie nicht mehr sagen, was sie zu diesem spontanen Entschluss verleitet hatte, aber es war mehr als nur reine Neugierde und die Gelegenheit, etwas zu sehen, wovon sie Kurt berichten konnte, es war ein vager

Gedanke, der ihr während ihrer Fahrt schon durch den Kopf gegangen war, ohne dass sie ihn näher fassen konnte.

Erst als sie vor dem verschlossenen Fabriktor hielt und das weitläufige Gelände mit den Werkhallen wie ausgestorben vor ihr lag, wurde ihr bewusst, dass ja Sonntag war und sie ohnehin niemanden antreffen würde. Sie hatte den Umweg vollkommen umsonst gemacht.

Verärgert über sich selbst griff sie nach dem Fotoapparat in ihrer Handtasche, den sie am Morgen noch eingesteckt hatte, um ein paar Bilder von ihrer ersten Reise an die Nordsee zu machen. So leise wie möglich drückte sie die Autotür ins Schloss und lief die paar Meter bis zum Zaun hinüber.

Wenigstens das Werk konnte sie für Kurt fotografieren, mit der langen Reihe der auf Hochglanz polierten Modelle davor, die auf ihre Auslieferung warteten. Sorgsam spannte sie den Film und stellte Belichtung und Schärfe ein, als unerwartet ein breitschultriger Mann im grauen Kittel und mit weit aus der Stirn geschobenem Hut hinter einem schwarzrot lackierten Lieferwagen hervortrat und auf sie zukam.

»Ich wollte nur schnell ein Foto ... Sie haben doch nichts dagegen?«, beeilte sich Annie zu erklären.

»Wollen Sie mich auf dem Foto mit drauf haben?«

»Eigentlich nicht«, stotterte Annie irritiert, bevor sie entschuldigend hinzusetzte: »Es ging mir eher um die Autos. Mein Mann ist ein großer Bewunderer von Borgward-Autos.« Mit dem Kopf wies sie auf die Isabella hinter sich. »Wir haben selber ja auch eins.«

»Und? Sind Sie zufrieden damit?«

»Ja, doch, sehr sogar. Es ist ein … sehr bequemer Reisewagen …«

»Das neue Modell wird noch viel besser, glauben Sie mir, ich weiß, wovon ich rede. Sechs Zylinder in Reihe, 100 PS, 160 Spitze. Verdichtung 8,2:1, Register-Vergaser, Wasserkühlung mit Thermostat, elektrische Anlage mit 12 Volt, da wird die Nacht zum Tag …«

Während er immer weiterredete, zog er ein Schlüsselbund hervor und öffnete das Tor. »Treten Sie ruhig näher.« Er wies auf das Nummernschild der Isabella. »Wenn Sie extra von Fulda hierhergekommen sind, dann soll es sich doch wenigstens lohnen. Jetzt kommen Sie schon, ich beiße nicht.«

Als er sich eine Zigarette anzündete, sah Annie, dass seine Hände ölverschmiert waren, ebenso wie der Kittel und die Hose. Aber die handgenähten Lederschuhe, die er trug, passten nicht zu dem Bild eines Mechanikers. Im nächsten Moment ahnte sie, mit wem sie da gerade sprach. Und wer ihr so bereitwillig das Tor öffnete, damit sie einen besseren Blickwinkel für ihre Fotos bekam …

Mit einem leichten Zögern in der Stimme sagte sie: »Wenn ich ehrlich sein darf, bin ich ja gar nicht hier, um Ihre Autos zu fotografieren. Ich würde Sie vielmehr gerne etwas fragen! Vielleicht ist es auch vollkommen lächerlich, was ich mir überlegt habe, dann sagen Sie es mir bitte einfach … Aber ich habe mich noch gar nicht vorgestellt«, unterbrach sie sich dann selbst. »Mein Name ist Laube, ich bin die Frau von Kurt Laube, dem Inhaber von …«

»Eulendorf liefert geschwind für Mann, Frau und Kind.«

Borgward streckte ihr die Hand hin. »Ich freue mich, Sie kennenzulernen.«

»Aber woher wissen Sie ...?«

»Ich wäre nicht da, wo ich bin, wenn ich nicht wenigstens ansatzweise wüsste, wer meine Wagen fährt. Und Sie kommen mit einer Isabella TS hier an, die in Fulda zugelassen ist. So viele Wagen von der großen Tourensportversion haben wir da nicht verkauft, es war also nicht besonders schwierig, bei Ihrem Nachnamen auf den richtigen Besitzer zu schließen.«

Sein offenes Lachen über ihre Verblüffung ließ Annie jede Zurückhaltung vergessen. In ein paar kurzen Sätzen erklärte sie, dass sie eigentlich nur an die Küste wollte, dass ihr Mann wegen einer dringenden Besprechung erst später nachkommen würde, dass sie ein schlafendes Kind im Auto hatte und noch nicht mal mehr daran gedacht hatte, dass ja Sonntag war, als sie sich entschied, den Schildern zum Werk zu folgen.

»Und Ihre Frage, die Sie an mich haben?«, kam es neugierig von Borgward.

»Wie ich schon gesagt habe, die Isabella ist ein sehr schöner und schneller Reisewagen, aber es geht um eine Idee, die ich schon länger im Kopf habe, nur ist mir erst jetzt auf der Fahrt so richtig klar geworden, was ich eigentlich will ...« Annie zögerte kurz, dann holte sie tief Luft, als müsste sie alle Kraft sammeln, um ihre nächsten Sätze überzeugend genug klingen zu lassen: »Es gibt doch immer mehr Frauen, die unabhängig sein möchten, die deshalb auch den Führerschein machen und für ihre Einkäufe gerne mal den

Wagen nehmen würden, einfach weil das bequemer ist, als mit dem Rad oder dem Bus zu fahren, gerade wenn sie nicht in der Innenstadt wohnen. Aber dafür brauchen sie keine große Limousine, sondern einen handlichen Kleinwagen, der in jede Parklücke passt und ihnen auch in engen Straßen keine Probleme bereitet. Natürlich gibt es die Isetta von BMW oder das Goggomobil, nur sind das nun wirklich keine Autos, mit denen man als Frau vielleicht auch mal abends ins Theater oder Kino fahren möchte. Ich denke an ein Auto, das zwar klein ist, aber gleichzeitig auch elegant und sportlich wirkt. Kein halber Rennwagen wie ein Porsche, es geht nicht darum anzugeben oder der Schnellste auf der Straße zu sein, Frauen denken anders, sie wollen etwas, was vernünftig und praktisch ist, aber eben auch einen gewissen Schick hat.«

»Und was auch als Zweitwagen noch bezahlbar ist«, unterbrach Borgward sie. »Ich glaube, ich weiß, was Sie meinen. Und der Gedanke gefällt mir! Kommen Sie mal mit in mein Büro, damit wir Nägel mit Köpfen machen können.«

»Sie meinen, jetzt gleich? Ich wollte ja eigentlich nur fragen, ob Sie es überhaupt für vorstellbar halten, so einen Wagen zu bauen. Und ich verstehe ja auch nicht viel von Autos ...«

»Aber Sie haben recht genaue Vorstellungen, was ein solcher Wagen bieten muss. Der Rest ist meine Sache! Jetzt kommen Sie schon, ich habe auch noch Kaffee in der Thermoskanne, den werden wir brauchen. Meine Konstruktionsbude ist gleich da drüben, der Wellblechschuppen, der aussieht wie eine große Garage. Holen Sie Ihr Kind aus dem Auto, und dann legen wir los.«

Annie wusste kaum, wie ihr geschah, tatsächlich hatte sie ja keine Ahnung, wo ihr Gedanke sie überhaupt hinführen sollte. Und ohne Kurt an ihrer Seite, der immer auch gleich in konkreten Zahlen dachte und das Für und Wider einer Idee abwägte, fühlte sie sich plötzlich fast hilflos. Das Ganze war eine Nummer zu groß für sie und viel zu unausgegoren, um sich da noch weiter hineinzusteigern.

Aber Borgwards Begeisterung wirkte ansteckend! Und als sie wenig später mit dem Baby auf dem Arm das Büro unter dem gewölbten Wellblechdach betrat, stand Borgward bereits an einem Zeichenbrett und skizzierte mit schnellen Strichen die Seitenansicht eines Autos, das mit seiner schlichten Form gleichzeitig ungewohnt wie auch verblüffend elegant und vor allem modern wirkte.

»Zwei weit öffnende Türen, um einen bequemen Einstieg auch mit engem Rock und zur Rückbank zu ermöglichen«, murmelte er vor sich hin. »Kofferraumhaube so tief angesetzt, dass sich auch schwere Einkäufe leicht über die Kante heben lassen. Zweifarbig lackiert, um die Eleganz hervorzuheben, weißes Dach und hellgraue oder beigefarbene Karosserie, wenig Chrom, damit es nicht protzig wirkt, nur eine durchgehende Schmuckleiste von den vorderen Scheinwerfern bis zu den Heckleuchten. Wie schnell soll er sein?«

»Bitte wie?«, fragte Annie irritiert, weil sie noch gar nicht alle Details erfasst hatte, die da vor ihren Augen auf dem Papier entstanden.

»120 km/h? Ist das ausreichend?«

»Aber ganz bestimmt, ja. Schneller auf gar keinen Fall, es soll ja vor allem für die Stadt sein, höchstens mal für einen kleinen Sonntagsausflug in die Umgebung ...«

»Doch dann wollen wir auch nicht dahinkriechen müssen wie das knatternde Goggo, von dem Sie vorhin sprachen, richtig?«

»Richtig«, lächelte Annie zurück.

»Viertakt-Motor, Zweizylinder-Boxer, Motor vorne, Antrieb hinten, wegen der besseren Straßenlage«, notierte Borgward ein paar Stichworte neben der Zeichnung. »Dreißig PS, würde ich sagen, wenn wir ein Leergewicht von nicht viel mehr als sechshundert Kilogramm ansetzten, sollte das Auto damit verblüffend spritzig sein und dennoch mit sechs Litern auf hundert Kilometern auskommen. Wie klingt das? Vernünftig genug?«

»Ich weiß nicht, was ich sagen soll ... Ja, natürlich, das ist schon viel weiter, als ich es mir vorgestellt hatte ... Ich bin restlos begeistert, wirklich, ich hatte nur überhaupt nicht damit gerechnet, dass Sie gleich ...«

»Fein. Was fehlt noch? Müssen wir noch etwas bedenken?«

»Eine Sache vielleicht noch, die mir gerade einfällt. Aber ...«

»Sagen Sie es!«

Annie nickte mit dem Kopf zu Claudia, die vergnügt nach ihrem Gesicht patschte und immer wieder versuchte, ihre Haare zu erwischen. »Meine Kleine weint oft und lässt sich dann nur schwer beruhigen, vor allem abends, wenn sie einschlafen soll. Aber als ich heute die lange Strecke mit ihr gefahren bin, hat sie sich kaum beschwert, im Gegenteil, ich hatte den Eindruck, dass das Motorbrummen sie beruhigt. Ich weiß nicht, ob das immer so funktioniert, auch bei anderen Kindern, aber es müsste vielleicht die Möglichkeit geben, dass man eine Art Babykorb auf den Beifahrersitz oder die Rückbank stellen kann, der sich so befestigen lässt, dass er nicht runterrutschen kann. Ich habe bei der Isabella alles mit Kissen und Decken ausgepolstert, um das zu verhindern, aber das muss doch auch einfacher gehen ...? Und gerade für längere Fahrten wäre das bestimmt praktisch.«

»Ein Babykorb, der nur fürs Auto gedacht ist«, griff Borgward ihren Gedanken auf. »Und den man mit zwei Handgriffen befestigen und genauso auch wieder lösen kann ... Das Einfachste wäre ein Gurt, der um die Rückenlehne herumgeführt wird. Natürlich ist das machbar!«

»Und es wäre doch auch ein zusätzlicher Kaufanreiz für Mütter, die ihr Baby mitnehmen wollen. Oder müssen, aus welchen Gründen auch immer. Es muss alles praktischer sein als ...«

»Bei anderen Wagen, schon klar. Das Besondere liegt grundsätzlich im Detail, und genau das wissen die Kunden auch zu schätzen, das ist zumindest meine Erfahrung. Es muss immer etwas geben, was andere Autos eben nicht haben! – Ihre ganze Idee reizt mich, sehr sogar, glauben Sie mir. Aber nur mal angenommen, ich würde ein solches Auto entwickeln und produzieren, wo bleiben Sie dann? Sprechen wir hier von einem Sondermodell, das exklusiv von Ihnen als Versandhandel vertrieben wird? Das wäre in der Tat revolutionär! Allerdings weiß ich nicht, ob es überhaupt umsetzbar ist. Es sprengt so gut wie alle Vorstellungen, die nicht nur Ihre Kunden, sondern auch meine haben. Ein Auto im Katalog eines Versandhandels zu bestellen, das wäre so neu und außergewöhnlich ...«

»Wir überlegen gerade, auch Mopeds mit ins Angebot zu nehmen«, warf Annie ein. »Ich weiß, ein Moped ist kein Auto, aber ...«

Borgward nickte. »Was kostet ein Moped? Was ist überhaupt das teuerste Produkt bei Eulendorf? Ich fürchte, da haben Sie schon Ihre Antwort, und jetzt reden wir mal über den Preis, den ein solches Auto kosten dürfte, um es wirklich an den Mann – in diesem Fall ja an die Frau – bringen zu können, unabhängig von der Problematik, die ich beim Verkauf über den Versandhandel sehe. Nicht wesentlich über fünftausend Mark, denke ich, das wäre zwar ein wenig über dem Käfer, aber wir bieten ja auch eine Menge mehr ...«

Er griff nach einem Notizblock und begann zu rechnen, zwischen seinen Augenbrauen bildete sich eine steile Falte, kopfschüttelnd korrigierte er verschiedene Positionen, bevor er wieder aufblickte: »Kaum machbar, jedenfalls nicht, wenn wir an irgendeiner Ecke noch einen Gewinn herausschlagen wollen. Und Sie haben ebenso wie ich genügend Geschäftssinn, um zu wissen, dass wir nichts zu verschenken haben. Wenn Sie eine ehrliche Antwort wollen: Das Risiko ist mir zu hoch. Ihre Idee ist großartig, aber womöglich ist die Zeit noch nicht reif dafür. Und es gibt einfach auch noch nicht genug Menschen in diesem Land, die das Geld haben, um sich ein zweites Auto leisten zu können, das ist die bittere Pille, die wir wohl schlucken müssen. Sie genauso wie ich.«

»Aber es werden immer mehr werden, wir sind mitten im Wirtschaftswunder! Und immer mehr Frauen möchten unabhängig sein, auch mit Baby ...«

»Alles richtig! Und ich weiß, ohne Risiko kein Preis, Ihre Firma ist das beste Beispiel dafür – wenn ich richtig informiert bin, haben Sie tatsächlich mal nur mit Fahrrädern angefangen, es ist beachtlich, was für ein Unternehmen Sie da mittlerweile auf die Beine gestellt haben.«

»Mein Mann! Ich habe bislang nicht allzu viel dazu beigetragen.«

»Bislang, Sie sagen es! Und jemand mit Ihren Fähigkeiten wird nicht auf Dauer die Füße stillhalten können. Dass Sie jetzt hier bei mir sitzen, sagt doch schon genug. – Aber obwohl ich Ihnen für heute eine Absage erteilen muss, so nehmen Sie es bitte nicht als Respektlosigkeit, wenn ich ganz deutlich betonen möchte, dass Sie hier immer willkommen sind, und damit meine ich nicht als Gast, sondern ganz oben in der Firmenspitze. Ich könnte jemanden wie Sie an meiner Seite sehr wohl brauchen.«

Sein Angebot machte Annie für einen Moment sprachlos, dann reagierte sie mit einem verlegenen Lachen. »Nichts für ungut, Herr Borgward, aber ganz ehrlich? Ich hab ja zu Hause schon einen kleinen Patriarchen, das genügt mir eigentlich vollkommen. Da bin ich es jetzt also, die Ihnen einen Korb gibt. Aber ich danke Ihnen!«

»Schade.« Borgward drehte sich zum Zeichenbrett und riss die Seite mit der Skizze des Autos ab, um sie sorgfältig zusammenzurollen und Annie in die Hand zu drücken. »Die schenke ich Ihnen, fangen Sie damit an, was Sie wollen. Es tut mir leid, dass ich Ihnen keine andere Antwort geben konnte, aber es hat mir Spaß gemacht, die Idee mit Ihnen durchzuspielen. Richten Sie Ihrem Gatten bitte meine allerbesten Grüße aus, er kann stolz auf Sie sein. Und ich würde mich freuen, Sie einmal beide zu treffen. Notfalls auch sonntags«, setzte er mit einem Augenzwinkern hinzu, bevor er ihr die Hand zum Abschied hinstreckte. »Fahren Sie vorsichtig, ich wünsche Ihnen alles Gute für die Zukunft, sowohl mit Ihrem kleinen Mädchen als auch im Geschäft.«

Annie war noch nicht mal enttäuscht, sie wusste, dass Borgwards Bedenken nicht aus der Luft gegriffen waren. Und das Gespräch war ja viel weiter gegangen, als sie überhaupt erwartet hatte. Alleine wäre sie gar nicht auf den Gedanken gekommen, ernsthaft über ... ein Auto nach ihren Vorstellungen nachzudenken, geschweige denn über eine konkrete Möglichkeit, ihre Idee in die Tat umzusetzen. Natürlich erfüllten sie auch Borgwards Komplimente mit Stolz, obwohl sie ganz sicher übertrieben gewesen waren. Aber zumindest hatte ihr das ungeplante Treffen mit ihm Mut gemacht und sie darin bestätigt, dass sie sehr wohl auch alleine als Geschäftsfrau auftreten konnte, um ihre Interessen zu vertreten. Sie würde die Skizze von Borgward rahmen lassen und im Büro hinter ihrem Schreibtisch aufhängen, als ständige Erinnerung, dass es nichts geben durfte, woran man nicht weiter denken konnte, nur weil es für den Moment vielleicht noch nicht passte.

Es war schon dunkel, als Annie nach der stundenlangen Fahrt über die schmalen Landstraßen mit den schwarz-weißen Kühen vor den Windmühlen und den vom Sturm krumm gebogenen Bäumen endlich erschöpft und restlos übermüdet den Fischerhafen von Neuharlingersiel erreichte. Die Sekretärin hatte ein Doppelzimmer im Hotel »Rodenbäck« gleich an der Hafenmauer gebucht, Kurt hatte inzwischen schon mehrmals angerufen, wie ihr der Hotelbesitzer jetzt mitteilte. Annie hatte Mühe, sein Plattdeutsch zu verstehen, erst als ihm seine Frau zu Hilfe kam, wurde es besser.

»Wir haben ein Kinderbett ins Zimmer gestellt, nur die Küche hat leider schon zu, ich kann Ihnen aber noch einen Teller frisch gepulte Krabben bringen, heute Nachmittag erst mit dem Kutter reingekommen.«

Während Annie auf ihr Abendessen wartete, versuchte sie vom Tresen aus Kurt zurückzurufen, aber er nahm den Hörer nicht ab. Für einen Moment hatte Annie die Befürchtung, dass er ins Auto gestiegen war, um ihr nachzufahren, bis ihr wieder einfiel, dass sie ja das Auto hatte. Sie hoffte, dass er sich keine allzu großen Sorgen um sie und Claudia machen würde, gleich darauf ärgerte sie sich über den Gedanken – schließlich war er daran schuld, dass sie am Morgen alleine aufgebrochen war.

Die Krabben kamen mit einem Spiegelei auf einer Scheibe Brot. Es war das erste Mal, dass Annie Krabben aß, sie war sich nicht sicher, ob sie den Geschmack wirklich mochte. Aber sie mochte das Brot, auch wenn es so ganz anders aussah, als sie es gewohnt war, fast schwarz und ohne richtige Rinde, aber dafür mit ganzen Körnern im Teig, die sie bei jedem Bissen zwischen den Zähnen spürte.

Für Claudia hatte die Wirtin noch schnell ein paar Möhren gekocht, die sie mit dem Eigelb von ihrem Teller zu einem Brei zerdrückte, für den ihre Tochter bei jedem Löffel begeistert den Mund aufsperrte und immer noch mehr verlangte.

Später standen sie dann in ihrem Zimmer lange zusammen am Fenster und blickten auf den nächtlichen Hafen vor ihnen, während Annie leise ein Schlaflied für ihre Tochter sang. Die Masten der Krabbenkutter wiegten sich im Wind hin und her, der Mond warf eine silbrige Bahn auf das Wasser, das sich schwarz und bewegungslos in der Dunkelheit des Wattenmeers verlor. Als eine Möwe heiser schrie, flüsterte Annie direkt an Claudias Ohr: »Du musst keine Angst haben, auch wenn alles neu und ungewohnt für dich ist. Aber du hast ja mich, ich bin bei dir. Und morgen fahren wir mit dem Schiff und kommen zum ersten Mal auf eine Insel. Das wird bestimmt schön.«

Als wollte sie sich selbst Mut machen, dass das, was vor ihr lag, kein Grund war, um sich zu fürchten.

»Wir schaffen das«, flüsterte sie. »Wir sind ja immerhin zu zweit, was soll uns da schon passieren?«

6.

Magdeburg 1921

Kurt hatte nie geahnt, dass es so große Städte wie Magdeburg überhaupt gab. Über zwei Jahre waren sie jetzt bereits hier, und er konnte sich immer noch nicht sattsehen an den imposanten Gebäuden der Bankenhäuser und Versicherungen, von den Kirchen, dem Theater, dem mächtigen Dom mitten in der Innenstadt und dem Hauptbahnhof mit dem schlossähnlichen Rundbogen über den Eingangstüren ganz zu schweigen. Und dann gab es auch noch den Fluss, der breit und schwerfällig an der Stadt vorbeiströmte, mit den hochbeladenen Schleppkähnen, auf denen sich die Kohlenberge wie schwarze Gebirge türmten, während im Hintergrund die Schornsteinschlote der Fabriken ihre Qualmwolken in den Himmel stießen.

Aber dennoch dauerte es mit dem Fahrrad kaum eine halbe Stunde bis zu den Flutwiesen und den Altwasserarmen mit ihren Badebuchten zwischen den Sandbänken, an denen der Lärm der Großstadt jede Bedeutung verloren hatte und nur noch die Libellen über dem Uferschilf und das beständige Rauschen und Glucksen des Wassers existierten.

Manchmal kam es Kurt vor, als hätte er das ganz große Los gezogen und würde in zwei Welten leben, zwischen denen hin- und herzuspringen es nicht mehr bedurfte als der spontanen Entscheidung, nach welchen Abenteuern ihm gerade der Sinn stand.

Selbst der Winter war hier ganz anders als in Polen, und der Gestank der Kohleöfen, der ihm in die Nase stieg, sich in den Ohren festsetzte und auf die Bronchien drückte, schien Kurt nur wie ein sicheres Versprechen, dass er niemals wieder in beißender Kälte über die einsamen Feldwege zur Schule im Nachbardorf laufen musste. Wenn er dann ins Klassenzimmer kam, zeigten sie sich vor dem Unterricht gegenseitig noch schnell ihre Taschentücher, in denen nach jedem Naseputzen schwarzdunkle Flecken zurückblieben, deren Größe und Farbigkeit darüber entschied, wer den morgendlichen Wettbewerb gewann.

Kurt besuchte jetzt die Mittelschule Neustadt I, von ihrer Wohnung in der Friesenstraße war es ein gutes Stück Weg, selbst wenn er die Straßenbahn nahm, die ihn ratternd quer durch die Innenstadt kutschierte. Aber er war stolz darauf, wenn die Mitschüler ihn offen um das große Haus beneideten, das ihnen jetzt gehörte! Ein Mietshaus mit zwei Eingängen und jeweils acht Wohnungen, und mit vorspringenden Erkern im ersten Stock und dunkelgrün glänzenden Kachelöfen und Stuckverzierungen an der Decke. Sie schliefen als Kinder auch nicht mehr alle zusammen in einem Zimmer wie in dem Streckenwärterhaus in Polen, sondern Kurt und Willi hatten ebenso wie die drei Schwestern ein Zimmer für sich alleine! Und außerdem hatte jede Wohnung ein eigenes Klo, das nicht auf dem Treppenabsatz war, sondern gleich hinter der Küche. Mit einer langen Stange, um das kleine

Fenster zu öffnen oder zu schließen, das über der Vorratskammer lag und auf den Balkon hinausging, vor dem ein alter Kastanienbaum stand.

Kurt hatte im letzten Herbst einen ganzen Sack voll Kastanien gesammelt und mit seiner Zwille auf alles geschossen, was ein lohnenswertes Ziel abgab – inzwischen konnte er sogar besser treffen als Willi, und einmal hatte er eine Taube erwischt, die wie ein Stein von der Dachrinne der Schlosserei im Hof gefallen und wie tot liegen geblieben war.

Aber sie war nicht tot gewesen, nur ihr rechtes Bein war gebrochen. Willi hatte ihm geholfen, das Bein mit einem Stück Holz zu schienen, und Kurt hatte die Taube den ganzen Winter über heimlich mit Brotresten gefüttert. Das Bein war nicht richtig geheilt, aber jedes Mal, wenn die Taube ihn jetzt sah, kam sie angeflattert und hüpfte einbeinig im Kreis um ihn herum, mit schief gelegtem Kopf und glänzenden Äuglein, als wollte sie ihm zeigen, dass sie ihm vertraute. Kurt war froh, dass die Taube überlebt hatte, und er hätte sie gerne zur Brieftaube ausgebildet, wusste aber nicht, wie er das anstellen sollte. Willi wusste es auch nicht, und den Vater konnte er nicht fragen, weil der Tauben fast genauso sehr hasste wie früher in dem Dorf in Polen die Ratten.

Der Vater war jetzt pen-si-o-niert. *Reichsbahnbeamter i. R.* stand auf dem Klingelschild an der Tür, das bedeutete »im Ruhestand«, obwohl er noch nicht mal fünfzig war, also viel zu jung, um nicht mehr zu arbeiten. Aber er war jetzt Hausbesitzer, und das war sogar noch besser als Beamter, auch wenn er Wert darauf legte, auf dem Klingelschild auf seinen alten Beruf hinzuweisen.

»Das ist wichtig, damit die Mieter gleich wissen, mit wem sie es zu tun haben«, hatte er der Familie erklärt. »Ein Beamter ist jemand, der seine Pflichten kennt. Und niemand wird es wagen, die Autorität eines Beamten anzuzweifeln, das vermeidet unnötige Streitereien wegen säumiger Mietzahlungen oder Nichtbeachtens der Hausordnung.«

Auf die Hausordnung war er besonders stolz, sie hing säuberlich abgeschrieben in beiden Hauseingängen an den Türen zur Kellertreppe. Kurt und Willi hatten die einzelnen Punkte auswendig lernen müssen, um sie jederzeit, wenn der Vater es verlangte, aus dem Kopf hersagen zu können:

Vorplätze, Gänge und Treppen sind täglich vormittags zu reinigen sowie mittwochs und samstags gründlich zu putzen und gegebenenfalls zu bohnern.

Aus den Fenstern darf nichts geschüttelt oder gegossen werden.

In die Aborte dürfen keinerlei Gegenstände geworfen werden, die eine Verstopfung verursachen können.

Asche, Knochen, Lumpen und Küchenabfälle dürfen nicht angesammelt werden.

Holzspalten sowie Kohlenklopfen darf nicht in der Wohnung, sondern nur im Kellerabteil geschehen. Verursachte Unreinlichkeiten hat der Mieter umgehend zu beseitigen.

Alle mit Türen versehenen Zugänge (Keller, Boden, Hof usw.) sind jederzeit gewissenhaft geschlossen zu halten. Das Haus ist werktags um 21 Uhr, an Sonn- und Feiertagen ab 14 Uhr zu verschließen.

Lautes Musizieren ist von 13 bis 15 Uhr und nach 22 Uhr nicht statthaft.

Haustierhaltung ist nur mit schriftlicher Genehmigung des Vermieters zulässig.

Der Bleichplatz im Hof darf nicht als Kinderspielplatz genutzt werden.

Boden- und Kellerräume dürfen nur mit gut verschlossenem Licht betreten werden. Leicht entzündliche Gegenstände wie Papier und Zeitungspakete, Matratzen, Strohsäcke, alte Kleider, alte Polstermöbel dürfen nicht vorhanden sein. Das Gleiche gilt für größere Futtervorräte.

Am besten gefielen Kurt aber die letzten Sätze, die seiner Meinung nach erst so richtig deutlich werden ließen, wie groß die Macht seines Vaters als Hausbesitzer tatsächlich war:

Änderungen und Zusätze in dieser Hausordnung bleiben dem Vermieter jederzeit vorbehalten. Im Übrigen gelten uneingeschränkt die Polizeiverordnungen der Stadt Magdeburg. Jeder Verstoß gegen die Bestimmungen berechtigt den Vermieter zur sofortigen Kündigung des Mietvertrages.

Der Vater trug jetzt statt der Eisenbahner-Uniform grundsätzlich einen dunklen Wollanzug, auch im heißesten Sommer sah man ihn außerhalb der Wohnung nicht ohne Weste und Jackett. Was er aber von seinem früheren Beruf beibehalten hatte, war die lederne Werkzeugtasche mit dem breiten Schulterriemen, statt Schwellenhammer und Schraubenschlüssel beinhaltete sie jetzt alle möglichen Gerätschaften, mit denen er kleinere Reparaturen jederzeit selbst erledigen konnte. Und wenn er an jedem ersten Samstag im Monat die Mieten persönlich kassierte, hatte er eine Geldkatze am Gürtel, die von Wohnung zu Wohnung dicker wurde, bis er sie schließlich auf dem runden Esstisch im

Wohnzimmer ausleerte. Es war Pflicht, dass die ganze Familie bei diesem Ritual anwesend war, wenn er die Beträge der Mieteinnahmen im Rechnungsbuch notierte und zu guter Letzt der Mutter ihr Haushaltsgeld zuteilte.

Auch Kurt bekam seit einiger Zeit ein Taschengeld, während Willi mit seinem Lehrlingsgehalt schon für sich selbst sorgen musste.

Willi war jetzt im ersten Lehrjahr in einer großen Versicherungsgesellschaft, wohnte aber noch zu Hause und zahlte einen Obolus für Unterkunft und Verpflegung. Genauso wie Lia, die als älteste der Schwestern bei einem Hutmacher in der Lehre war. Aber Lia würde ohnehin bald ausziehen, schon im nächsten Monat, sowie sie verheiratet war. Es war bereits alles arrangiert, ihr zukünftiger Ehemann war eine gute Partie, da machte es auch nichts, dass er eine Tochter aus erster Ehe hatte, die ein paar Jahre älter als Lia war. Nur Kurt kam es komisch vor, dass er eine Cousine bekommen sollte, die schon vom Alter her jeder für seine Tante halten musste.

Noch bevor das Jahr vorbei war, würde Lia also auf der anderen Seite der Elbe in Herrenkrug wohnen, gleich bei der Anlegestelle für die Dampfschiffe, wo ihr Mann ein Ausflugslokal betrieb, zu dem auch ein kleines Hotel gehörte. Nur wenige Schritte weiter durch den baumbestandenen Park war die Rennbahn, da hatte der Vater den Gastwirt auch kennengelernt. Hermann Schröder teilte die neu entdeckte Begeisterung des Vaters für Pferdewetten, war aber im Gegensatz zu dem früheren Reichsbahnbeamten ein alter Fuchs auf diesem Gebiet, der dem Vater mit seinen Tipps zu mancher Siegwette verhalf. Jedenfalls hatten die beiden Männer sich angefreundet, und so war es auch naheliegend gewesen, dass der Vater von der Notlage erfuhr, in der sich Schröder befand.

»Er braucht dringend eine Frau, die ordentlich zupacken kann und ihm im Betrieb zur Hand geht«, hatte der Vater erklärt. »Und für Lia wird es Zeit, dass sie unter die Haube kommt.«

Kurt hatte keine Ahnung, was Lia selber dazu sagte. Aber was der Vater entschied, war wie ein Gesetz – und Lia war zwar seine große Schwester, doch sie hatte noch nie viel von sich preisgegeben, schon lange kam sie Kurt vor wie eine Fremde, von der er so gut wie nichts wusste. Und die Aussicht war verlockend, schon bald mit dem Fahrrad in das beliebte Gartenlokal fahren zu können, wo er seine warmen Würstchen und seine Brause umsonst bekam, weil er zur Familie gehörte.

Als er das einmal sinngemäß gegenüber dem Vater bemerkte, schien der sonst so strenge Mann, der jedes Wort auf die Goldwaage legte, nicht verärgert, sondern sogar stolz auf die Überlegung seines Sohnes zu sein: »Das ist die richtige Einstellung, Junge. Nur so wirst du im Leben weiterkommen. Geld zu verdienen ist eine Sache, es zu behalten und jede Möglichkeit zu nutzen, um es zu mehren, eine ganz andere, die viel schwieriger ist und Entscheidungen verlangt, zu denen nicht jeder fähig ist. Aber es geht immer darum, ein Ziel vor Augen zu haben, auch wenn es sich erst auf lange Sicht bezahlt macht.«

Kurt war nicht ganz klar, was der Vater damit genau

meinte, aber es hatte etwas damit zu tun, dass sich ihr ganzes Leben von Grund auf verändert hatte, seit sie die Häuser in der Friesenstraße gekauft hatten. Sie waren jetzt jemand, und das Geld, das sie besaßen, verschaffte ihnen Möglichkeiten, wie es sie vorher nicht gegeben hatte. Sie mussten nur aufpassen, dass sie ihr Glück nicht leichtfertig aufs Spiel setzten ...

»Haha«, machte Willi nur, als Kurt ihm am selben Abend noch die Sätze des Vaters wiedergab. »Mensch, Kleiner, glaub dem Alten doch nicht immer alles, was er so redet. Hast du etwa vergessen, wie wir überhaupt zu dem Geld gekommen sind, mit dem wir die Häuser hier gekauft haben? Das hat unser Vater doch nicht mit seinem Gehalt als Streckenläufer verdient ...« Willi flüsterte jetzt, als hätten die Wände Ohren. »Denk mal nach, wie das wirklich war! Die Sache mit dem Gold damals, in dem ausgehöhlten Baumstamm, als wir aus Polen wegmussten. Wo kam das Gold denn her? Und wem haben wir es weggenommen?«

Es war das erste Mal, dass Willi offen aussprach, was sie ja alle zumindest ahnten, weil sie dabei gewesen waren, als der Vater Fritz verraten hatte. Und was sie niemals wieder mit einem Wort zu erwähnen gewagt hatten, als könnten sie es damit ungeschehen machen. Aber mehr noch, es war auch das erste Mal, dass Willi jetzt dem Vater die Schuld an dem gab, was geschehen war. Und dass Kurt begriff, was er nicht hatte wahrhaben wollen, weil es einfacher so gewesen war – der Vater war nicht so aufrecht, wie er sie alle gerne glauben lassen wollte und es von ihnen mit unerbittlicher Strenge verlangte.

»Ich mache nur noch meine Lehre hier fertig«, flüsterte Willi. »Und dann bin ich weg. Der Alte wird mich nie wiedersehen. Ich kann das nicht vergessen und ihm auch nicht verzeihen, kapierst du? Und wenn du schlau bist, machst du so schnell wie möglich dasselbe wie ich.«

»Aber wo willst du denn hin?«

»Amerika. Da kann jeder was werden, auch ohne dass du Geld hast. Und mit einem Beruf wie Versicherungskaufmann ist es sogar noch leichter, sie suchen solche Leute wie mich. Wenn du willst, hole ich dich später nach«, setzte er so leise hinzu, dass Kurt ihn kaum verstand. »Aber das muss unter uns bleiben, davon darf hier niemand was erfahren!«

Für einen Moment herrschte Schweigen, während Kurt versuchte, sich vorzustellen, wie es ohne Willi sein würde. Und wie er selber vielleicht auch nach Amerika gehen würde ... Aber allein schon der Gedanke machte ihm Angst!

»Weißt du eigentlich, was aus ... Fritz geworden ist?«, fragte er schließlich in die Stille hinein, während er spürte, wie sein Herz ihm plötzlich bis zum Hals schlug.

Sie hatten nie wieder über Fritz gesprochen. Nicht nur, weil der Vater es verboten hatte, seinen Namen jemals wieder zu nennen, sondern weil jede Frage, jeder Gedanke an das, was passiert war, wie eine unklare Bedrohung schien. Kurt wusste, dass Willi noch ein Foto besaß, auf dem er mit dem Freund zusammen zu sehen war. Als sie gerade erst aus einer der Notwohnungen in der Neustadt in ihr eigenes Haus gezogen waren, hatte er seinen Bruder zufällig mit dem Foto erwischt. Er war unerwartet ins Zimmer gekommen, als sein Bruder mit dem Foto in der Hand auf dem

Bett hockte und es nicht schnell genug vor ihm verstecken konnte.

»Ich weiß noch, wo das Bild gemacht worden ist«, hatte Kurt losgeplappert. »Das war, als der Fotograf aus der Stadt auf dem Gutshof war, um die Familie zu fotografieren. Und hinterher hat Fritz ihn überredet, noch ein Foto von ihm mit dir zusammen zu machen, draußen am Tor, als der Fotograf gerade wieder wegfahren wollte. Siehst du, deshalb hat Fritz auch noch seinen guten Anzug an, während du aussiehst wie immer, mit der alten Jacke von Vater, die dir viel zu groß ist ...«

»Du weißt gar nichts«, hatte Willi ihn angefahren. »Und Fritz gibt es nicht mehr. Es ist genau so, als ob er ... tot wäre. Und ich hab mir auch das Bild nur noch mal angeguckt, weil ich es gerade wegwerfen wollte. Vielleicht vergrabe ich es auch irgendwo. Oder ich verbrenne es, ich weiß noch nicht.«

Kurt war sich sicher, dass sein Bruder gelogen hatte. Aber auch als er später noch mal heimlich Willis Sachen durchstöberte, konnte er das Bild nirgends mehr finden, und mit der Zeit verblasste die Erinnerung an Fritz, bis es tatsächlich so war, als hätte es den Freund seines Bruders nie gegeben.

Nur jetzt hatte Willi selber angefangen, von damals zu reden. Und die Frage nach Fritz war Kurt rausgerutscht, ohne dass er weiter nachgedacht hatte ...

»Glaubst du, dass Fritz ... ins Gefängnis musste?«

Fast rechnete er damit, dass Willi böse werden würde, und bereute seine Frage bereits, als der Bruder leise sagte: »Ich weiß es nicht. Wahrscheinlich, sie haben ihn ja für einen Dieb gehalten. Aber sicher ist, dass es für uns besser sein wird, wenn wir es nie genau erfahren. Und egal, wo er jetzt ist, ich kann mir kaum vorstellen, dass er von uns noch mal was wissen will.«

Von dem Gespräch in dieser Nacht an betrachtete Kurt seinen großen Bruder mit anderen Augen. Im Stillen bewunderte er ihn nur noch mehr als früher, auch wenn er gleichzeitig merkte, dass er ihm vor allem die Sätze über den Vater übel nahm. Es war einfacher gewesen, als er die Strenge des Vaters und seine ewig gleichen Merksätze noch so hingenommen hatte, ohne sie anzuzweifeln. Aber jetzt kam ihm das ganze Gerede von Pflicht und Verantwortung plötzlich so falsch und verlogen vor, dass er manchmal Mühe hatte, seinen Unwillen zu verbergen. Und Willi tat so, als hätte es ihre nächtliche Unterhaltung nie gegeben. Fast schien es, als täte es ihm leid, Kurt in seine Pläne eingeweiht zu haben.

Dann kam der letzte Sonntag, bevor Lia heiraten und nach Herrenkrug ziehen sollte. Sie saßen alle zusammen am Tisch und warteten darauf, dass die Mutter das Essen auftragen würde. Als sie mit der dampfenden Bratenschüssel aus der Küche kam, griff der Vater mit einer unerwartet zärtlichen Geste nach der Hand seiner ältesten Tochter und drückte sie. Nur um gleich darauf zu sagen: »Bald wirst du deinen eigenen Haushalt haben. Und dann wirst du es sein, die sonntags das Essen für ihre Familie bereitet. Ich hoffe nur, dass du weißt, wie viel Glück dir beschert ist, und nie vergisst, was Martha und ich über all die Jahre für dich getan haben.«

Lia nickte nur, ohne seinen Blick zu erwidern, aber die Mutter blieb plötzlich mitten im Zimmer stehen, als wüsste sie nicht mehr, wohin. Alle sahen, wie die Schüssel in ihren Händen zu zittern begann, sodass der Deckel leise klapperte.

»Was ist?«, wollte der Vater ungeduldig wissen.

»Ich habe gestern im Laden mit einer Frau aus der Spielhagenstraße gesprochen, die ich schon öfter beim Einkaufen getroffen habe«, antwortete die Mutter ohne jeden Zusammenhang und immer noch, ohne sich vom Fleck zu rühren. »Ihr Sohn studiert jetzt an der Universität.«

»Und?« Der Vater ruckte unwillig mit dem Kopf.

»Er wird mal Gymnasiallehrer. Ich wusste nicht, dass man das hier studieren kann.«

»Natürlich ist das möglich, dafür ist eine Universität ja da. Genauso wie man dort Medizin oder Rechtswissenschaften studieren kann. – Würdest du jetzt bitte die Schüssel auf den Tisch stellen, damit ich den Braten anschneiden kann?«

»Lehrer am Gymnasium«, wiederholte die Mutter, als hätte sie seine Aufforderung nicht gehört. »Ich hatte immer gedacht, dass vielleicht einer unserer Jungen …« Sie schüttelte den Kopf, ohne ihren Satz zu beenden.

Für einen kurzen Moment dachte Kurt, dass es vielleicht um das Zeugnis ging, das er gerade erst dem Vater zur Unterschrift vorgelegt hatte. Und dessen Noten so gar nicht dem entsprachen, was von ihm erwartet wurde. Schon die beiden Dreien im Bertragen und im Fleiß hatten den Vater so verärgert, dass er gar nicht erst noch einen Blick auf die übrigen Zensuren warf, sondern stattdessen den Rohrstock holte und Kurt eine Tracht Prügel verabreichte, damit er ein für alle Mal lernen sollte, sich in Zukunft am Riemen zu reißen. »Wer nicht weiß, wie er sich zu benehmen hat, wird es nie zu etwas bringen«, hatte er zwischen den einzelnen Schlägen zornbebend gebrüllt. »Und ohne Fleiß ist im Leben nichts zu erreichen, dann kannst du ebenso gut auch gleich dein Bündel schnüren und dich im Armenhaus melden!«

Bis die Mutter ihm jammernd in den Arm gefallen war und um Erbarmen für ihren Jüngsten bat: »Er ist doch noch ein Kind! Es geschieht doch nicht in böser Absicht, wenn er lieber mit seinen Schulkameraden draußen spielt, als über seinen Büchern zu hocken. Bitte, hab ein Einsehen mit ihm, er wird es schon noch lernen ...«

Die Mutter war es auch gewesen, die ihn dann später, als der Vater das Haus verlassen hatte, für die guten Noten im Rechnen und im Schriftlichen Ausdruck lobte. Und jetzt wollte sie sicher darauf hinaus, dass er vielleicht sogar mal studieren könnte, um Lehrer zu werden. Auch wenn er selber sich mit seinem besten Schulfreund einig war, dass sie ihren Traumberuf längst gefunden hatten: Sie wollten gemeinsam auf einem der Lastkähne anheuern, um Kanalschiffer zu werden! Das erschien ihnen ganz nach ihrem Geschmack zu sein, wie echte Abenteurer würden sie dann von Stadt zu Stadt fahren, von Hafen zu Hafen, bis zum Meer hinauf, breitbeinig hinter dem großen Steuerrad stehend, mit dem Blick auf die gemächlich vorüberziehende

Uferlandschaft und niemandem Rechenschaft schuldig außer sich selbst.

Dagegen wollte ihm allein der Gedanke, als Lehrer jeden Tag den gleichen Klassenraum betreten zu müssen und zum wer-weiß-wievielten Mal die gleichen Formeln, Sätze, Jahreszahlen an die Tafel zu schreiben, schon vorkommen wie eine lebenslange Strafe!

Der Vater erhob sich halb von seinem Stuhl, an seiner Schläfe pochte eine dicke Ader, seine Stimme klang schneidend: »Schluss jetzt, Martha! Du weißt nicht, was du redest. Stell endlich die Schüssel ab, damit wir essen können.«

Der nächste Satz der Mutter war so unerwartet, dass alle zusammenzuckten.

»Fritz wäre ein guter Lehrer geworden. Und hier hätte er die Möglichkeit dazu gehabt. Stattdessen haben wir ihn alleine zurückgelassen, irgendwo in Polen, ohne einen Pfennig Geld, obwohl ...«

Als der Vater mit der flachen Hand auf den Tisch schlug, klang es wie ein Peitschenknall. Aber noch bevor er losbrüllen konnte, ließ die Mutter die schwere Schüssel einfach fallen, laut klirrten die Scherben über den Boden, die Bratensoße spritzte nach allen Seiten bis zum Tisch hinüber und hinterließ hässliche Flecke auf dem makellos weißen Tuch. Mit einem verzweifelten Aufschluchzen, das an den Schrei eines in die Enge getriebenen Tieres erinnerte, stürzte die Mutter aus dem Zimmer. Gleich darauf fiel die Wohnungstür hinter ihr ins Schloss.

Die beiden jüngeren Schwestern fingen leise an zu weinen. Der Vater stand immer noch halb über den Tisch gebeugt, die Hände zu Fäusten geballt.

»Hört nicht auf das, was sie sagt. Sie ist krank im Kopf. Und sie wird sich auch wieder beruhigen. – Räumt die Scherben weg, und wischt den Boden sauber.«

Ohne einen von ihnen anzublicken, drehte er sich um und verließ den Raum, kerzengerade, mit durchgedrücktem Rücken und vorgerecktem Kinn, als wäre er wieder beim Militär. Dennoch kam er Kurt zum ersten Mal alt vor. Alt und gebrochen.

Später im Hof, als Kurt nicht wusste, was er mit sich anfangen sollte, fand er Willi hinter dem frei stehenden Abort, der zur Schlosserei gehörte. Willi rauchte. Als Kurt sich neben ihn hockte, hielt er ihm wortlos die Zigarette hin.

Obwohl Kurt nur vorsichtig den Rauch einzog, musste er sofort husten. Willi klopfte ihm auf die Schulter, bis der Anfall vorüber war.

»Das lernst du schon noch. Bei mir hat es auch gedauert, bis ich es raushatte.«

Eine Weile beobachteten sie einen schwarzen Käfer, der versuchte, an einem Grashalm nach oben zu klettern. Als er fast die Spitze erreicht hatte, bog sich der Halm, der Käfer verlor den Halt und fiel zappelnd auf den Boden, wo er hilflos mit den Beinen nach oben liegen blieb.

Willi stieß ihn vorsichtig mit der Fußspitze an, bis er herumrollte und erneut den Halm hinaufkletterte.

»Stimmt es, was Vater gesagt hat?«, fragte Kurt wie nebenbei, während er so tat, als würde ihn nur der Käfer interessieren. »Dass sie … krank ist im Kopf?«

»Das weißt du doch selber. Vielleicht nicht richtig krank, aber …«

»Komisch? Nicht mehr so wie früher in Polen.«

Willi nickte nur, als könnte Kurt sich den Rest auch alleine zusammenreimen.

Und Kurt wusste, dass sie alle bemerkt hatten, wie verändert ihre Mutter manchmal war. Als wäre sie mit ihren Gedanken ganz woanders, weit weg in einer Welt, zu der niemand außer ihr Zutritt hatte. Sie kaufte ein, sie kochte das Essen, sie putzte die Wohnung und wusch die Wäsche, aber sie tat es wie abwesend, als würde sie nur eine Pflicht erfüllen, deren Sinn sie selber nicht verstand.

Kurt erinnerte sich nicht mehr, wann er sie das letzte Mal lachen gehört hatte, sie sang auch keine Lieder mehr, wenn sie morgens die Wohnung lüftete oder Else und Alma die Haare bürstete, und wenn Kurt oder die kleinen Schwestern ihr etwas erzählten, dauerte es meistens nur kurze Zeit, bis sie wieder abwesend vor sich hin starrte und mit keiner Reaktion mehr zeigte, ob sie überhaupt noch zuhörte.

Eigentlich war es lange schon eher Lia, die sich um die jüngeren Geschwister kümmerte und auch Elses und Almas Hausaufgaben überprüfte, wenn sie abends von ihrer Lehrstelle nach Hause kam. Aber Kurt hatte sich keine großen Gedanken darüber gemacht, was mit seiner Mutter los war. Manchmal war es ihm sogar ganz lieb gewesen, dass es niemanden gab, der sich in seine Sachen einmischte, nur wenn er krank war und im Bett bleiben musste, vermisste er die

Mutter von früher, die seine Hand gehalten und ihm Geschichten erzählt hatte …

»Eine Sache verstehe ich nicht«, setzte er zögernd wieder an.

»Und?«

»Warum hat sie vorhin gesagt, sie hätte sich immer gewünscht, dass einer von uns mal Lehrer werden würde? Einer unserer Jungen, hat sie gesagt.« Er wartete einen Moment, ob Willi vielleicht schon verstanden hatte, worauf er hinauswollte. Aber Willi half ihm nicht. »Ich meine, die Jungen sind doch nur wir beide«, machte er weiter, während er nach den richtigen Worten suchte. »Aber wieso hat sie dann plötzlich von Fritz geredet? Fritz gehört doch gar nicht zu unserer Familie …«

Willi gab immer noch keine Antwort. Der Käfer vor ihnen hatte jetzt die Spitze des Grashalms erreicht und schwankte gefährlich hin und her, als er die Fühler ausstreckte, um über sich nach einem Halt zu tasten, den es nicht gab. Willi stand auf und zertrat die Kippe zwischen dem Unkraut, das aus den Ritzen der Pflastersteine wuchs. Erst als Kurt ihn am Hosenbein zupfte, blickte er zu ihm.

»Wenn alles so einfach wäre, wie du es gerne hättest, würden wir jetzt noch oben sitzen und uns um die letzte Scheibe Braten streiten. Aber glaub mal ruhig weiter daran, dass die Welt in Ordnung ist. Oder dass es so was gibt wie … Gerechtigkeit.«

Das letzte Wort hatte er so wütend ausgestoßen, dass Kurt ängstlich ein Stück zurückwich, obwohl er ja wusste, dass die Wut seines Bruders nicht ihm galt. Nur verstand er beim besten Willen nicht, was Willi überhaupt meinte! Und als er jetzt hinter ihm herlief, blaffte Willi ihn nur an: »Hau ab, lass mich in Ruhe! Kümmer dich um deinen eigenen Kram, bis du alt genug bist, um zu verstehen, wie die Dinge in Wirklichkeit sind.«

Und Kurt war so sauer auf seinen Bruder, dass er ausholte und ihn mit aller Kraft vors Schienbein trat, bevor er heulend davonrannte. Es war immer wieder dasselbe, jedes Mal, wenn er dachte, dass sein großer Bruder ihn endlich mal ernst nehmen würde, bekam er nur blöde Antworten. Und immer war er noch nicht alt genug für irgendwas! Als ob die paar Jahre, die zwischen ihnen lagen, wirklich so einen Unterschied machen würden. Oder die Tatsache, dass sein Bruder keine kurzen Hosen mehr trug und Zigaretten rauchte, ohne dass er Angst hatte, dabei erwischt zu werden. Aber Kurt brauchte auch gar keinen großen Bruder! Er hatte ja Heinz, seinen Schulfreund. Und wenn er mit Heinz erst mal seinen eigenen Schleppzug mit den hochbeladenen Frachtkähnen über die Elbe steuerte, konnte ihm Willi in Amerika für immer gestohlen bleiben. Wahrscheinlich war es ja sowieso gelogen, als er gesagt hatte, dass er Kurt später mal nachholen würde.

Am Abend war die Mutter immer noch nicht wieder zurück. Lia kümmerte sich darum, dass Else und Alma sich die Zähne putzten und rechtzeitig schlafen gingen.

Der Vater lief noch ruhelos in der Wohnung auf und ab, als auch Kurt schon im Bett lag. Er konnte deutlich die schweren Schritte hören, mit denen er die Räume durchmaß. Immer genau zweiundsechzig Zentimeter, als gelte es, gerade jetzt eine Ordnung wiederherzustellen, die es nicht mehr gab.

Willi hatte ihm den Rücken zugedreht und gab vor zu schlafen, obwohl Kurt sich sicher war, dass sein Bruder genauso wie er selber mit offenen Augen in die Dunkelheit starrte. Er wollte sich gerade die Decke über den Kopf ziehen, als er plötzlich Willis Stimme hörte: »Komm jetzt bloß nicht auf die Idee, die ganze Nacht zu heulen. Das macht es auch nicht besser. Schlaf einfach! Irgendwann wird alles wieder gut, Kleiner, glaub mir.«

Aber es wurde nicht wieder gut. Auch am nächsten Tag kam die Mutter nicht zurück. Schließlich ging der Vater zur Polizei, um sie als vermisst zu melden. Sie wurde erst eine ganze Woche später gefunden, weit außerhalb der Stadt, wo sie aufgegriffen worden war, weil man sie für eine Landstreicherin hielt.

Die Wohnung betrat sie nur noch ein einziges Mal, als sie im Beisein des Vaters und einer fremden Frau mit einem strengen Dutt ihre notwendigsten Sachen zusammensuchte. Sie weinte nicht und sie zeterte nicht. Sie war ganz stumm. Als sie an ihren Kindern vorüberging, die wie aufgereiht im Flur standen, streckte sie ganz kurz die Hand aus, als wollte sie ihnen zum Abschied noch einmal über die Haare streichen. Aber dann schüttelte sie nur mit zusammengepressten Lippen den Kopf und eilte wortlos weiter, als dürfte sie keine Sekunde zu lang verweilen. Der Vater trug schweigend den großen Koffer hinter ihr her, der auch schon die Reise von Polen mitgemacht hatte. Sie fuhren mit einer Art Lastwagen davon, dessen hintere Fenster vergittert waren.

Später teilte der Vater ihnen mit, dass die Mutter in der Krankenanstalt in Sudenburg untergebracht war und keinen Besuch bekommen durfte, bis sie wieder gesund war.

Heinz war es dann, der Kurt darüber aufklärte, was in Sudenburg wirklich los war: »Das ist die Irrenanstalt von Magdeburg. Wer da landet, kommt nicht wieder raus. Wenn du schlau bist, erzählst du niemandem, dass deine Mutter da ist. Sonst machen sie sich nur lustig über dich.«

Wahrscheinlich meinte Heinz es gar nicht böse, als er wie zur Erklärung für die Reaktion der anderen plötzlich das Gesicht zu einer sabbernden Grimasse verzog und mit spastisch abgewinkelten Armen auf Kurt zukam. Als ihm Kurts Faust auf den Mund knallte, torkelte er mit blutüberströmter Lippe zurück und lief schreiend davon.

Am nächsten Tag wusste bereits die ganze Schule, wo Kurts Mutter war. Und Kurt wurde zum Schuldirektor zitiert, der ihm eine schriftliche Abmahnung überreichte, die er dem Vater zur Unterschrift vorlegen sollte. Am selben Nachmittag noch faltete Kurt aus dem Brief ein Papierschiffchen, das er in die Elbe setzte und dem er mit der Strömung am Ufer entlang folgte, bis es in einen Strudel geriet und in rasender Geschwindigkeit in die Tiefe gezogen wurde.

7.

Drei Dinge braucht der Mann:
ein scharfes Taschenmesser, eine goldene Uhr
und handgenähte Schuhe von Eulendorf.
Modisch und farbig, zum Beispiel von Salamander Bally –
Schönheit der Linie, Vollkommenheit der Ausführung.
Schuhe, auf die man sich in jeder Situation verlassen kann!
(Eulendorf-Katalog Sommer 1957)

Fulda/Spiekeroog 1957

Vielleicht war es das ungewohnte Essen gewesen, die Krabben, die ihr schwer im Magen lagen, vielleicht auch die Gedanken, die ihr durch den Kopf gingen und sich nicht verdrängen ließen. Jedenfalls hatte Annie in der Nacht kaum ein Auge zugetan und war erst gegen Morgen in einen unruhigen Schlaf gefallen – um dann schließlich zitternd und schweißgebadet aus einem Albtraum aufzuwachen, an den sie sich nur bruchstückhaft erinnern konnte.

Erst jetzt auf dem Schiff kamen die Bilder wieder, als sie

in der kühlen Morgenluft fröstelnd mit Claudia an der Reling stand und langsam das Festland mit den weißen Flecken der Schafe auf dem Deich im Dunst verschwinden sah. Sie hatte von ihrer Hochzeit mit Kurt geträumt. Von der großen Feier nach der Trauung auf dem Standesamt, als sie mit allen geladenen Gästen in einem gemieteten Reisebus zur Fasanerie von Schloss Adolphseck gefahren waren. Es war ein rauschendes Fest gewesen, sie hatten bis spät in die Nacht getanzt, und Schockemöhle, Thiedemann und Winkler hatten für laute Beifallsstürme gesorgt, als sie mit ihren Pferden durch die geöffneten Terrassentüren mitten in den Ballsaal ritten und die edlen Tiere sich auf der Vorderhand verbeugten, während die Reiter hoch im Sattel ihre schwarzen Kappen schwenkten.

Nach dem Hochzeitsessen an den festlich eingedeckten Tafeln hatte es eine Tombola gegeben, und jedes Los gewann, es gab keine Nieten, Kurt hatte alles bis ins Detail geplant, die Gewinne stammten ausnahmslos aus dem Eulendorf-Sortiment, vom Regenschirm bis zum Fotoapparat. Dass es dann ausgerechnet Hans Günter Winkler war, der mit hochrotem Kopf einen Kinderwagen in Empfang nahm, sorgte für große Heiterkeit bei den Gästen, wusste doch jeder, dass gerade Winkler weit davon entfernt war, eine Familie zu gründen – seine vergeblichen Versuche, überhaupt eine Frau zu finden, waren allgemein bekannt.

Annie hatte gesehen, wie Kurt später den Kinderwagen stillschweigend gegen ein ledernes Reiseetui mit Nagelschere und Rasierzeug umtauschte – allein für diese Geste hätte sie ihn auf der Stelle wieder umarmen und vor aller

Augen küssen können. Aber da kam schon das kleine Tanzorchester auf die Bühne und spielte die Schlager des Sommers, die jeder kannte: Peter Alexanders »Mamma di Mandolin«, »Mary Ann« von Ralf Bendix, und dann, als wäre es nur für sie komponiert worden, Lonny Kellners »So ein Tag, so wunderschön wie heute«.

Annie war glücklich und ließ keinen Tanz aus, bis ihr leicht schwindlig war und sie merkte, wie der Sekt ihr langsam zu Kopf stieg. Galant führte Kurt sie zu ihrem Platz zurück und versprach, auf sie zu warten, als sie zur Toilette ging, um sich ein wenig frisch zu machen, den Lippenstift nachzuziehen, die vom Tanzen in Unordnung gekommene Frisur zu richten.

Ihr Traum war wie ein Film gewesen, der sie noch einmal das Glücksgefühl dieses Abends nachempfinden ließ, als würde es gerade jetzt geschehen. Aber dann kam sie zurück in den Ballsaal, und Kurt war nicht mehr an seinem Platz, sondern tanzte mit einer fremden Frau, und eigentlich war es schon kaum noch als Tanz zu bezeichnen, wie sie sich aneinanderklammerten und lasziv hin und her schoben, ganz alleine auf der Tanzfläche, sodass alle sehen konnten, wie Kurt seine Lippen an ihrem bloßen Hals hatte, während seine Hände ihren Po unter dem eng anliegenden Kleid umspannten. Erst als die Musik endete, lösten sie sich voneinander – und das Kleid umspannte nicht nur den Po der Frau, sondern auch den hochschwangeren Bauch, den sie vor sich hertrug …

»Wenn es ein Junge wird, soll er Jürgen heißen«, verkündete Kurt in die plötzliche atemlose Stille hinein. »Und ich bin mir sicher, dass es ein Junge wird, damit er später mal Eulendorf übernehmen kann.«

Der Traum hatte Annie so durcheinandergebracht, dass sie sich selbst eine Idiotin schalt. Auch bei dem kurzen Telefongespräch, das sie am Morgen mit Kurt führte, hatte sie immer noch das Gefühl, vollkommen neben sich zu stehen, nur mit Mühe gelang es ihr, sich auf Kurts Fragen zu konzentrieren: »Nein, Kurt, mach dir keine Sorgen, Claudia und mir geht es gut. Aber wir können nicht einfach so tun, als gäbe es diesen Brief von Fritz nicht. Es geht uns beide etwas an, und wir müssen das klären, nur deshalb bin ich gefahren. Ich spreche mit dem Jungen auf der Insel und mit der Internatsleitung, um herauszubekommen, was da eigentlich los ist. Am Nachmittag nehmen wir das Schiff zurück zum Festland und fahren dann direkt nach Hause. Ja, ich weiß, dass es eine lange Strecke ist, aber ... Was? Was sagst du? Natürlich, wenn ich müde bin, übernachten wir noch mal. Aber du wirst es nicht glauben, Claudia scheint Autofahren zu lieben! Sie hat die ganze Zeit über entweder geschlafen oder neugierig umhergeguckt. Sie ist wirklich ein echter Schatz. Vielleicht haben wir die schlimmste Zeit ja auch hinter uns, und es wird alles einfacher. Ich wünsche es uns so sehr, dass wir wieder ... zu einem Leben zurückfinden, mit dem es uns allen gut geht. Aber dazu gehört auch, dass wir diese Sache mit dem Brief klären, sonst macht es uns nur unnötig verrückt, das weißt du. Mach dir keine Sorgen«, wiederholte sie. »Ich freue mich darauf, dich heute Nacht noch oder spätestens morgen wiederzusehen, und Claudia freut sich auch und schickt dir tausend kleine Küsse. Aber jetzt muss ich aufhören, damit wir das Schiff nicht verpassen! Denk immer daran, dass wir dich lieben …«

Von ihrem Besuch bei Borgward erzählte sie nichts, ebenso wenig wie von den Gedanken, die sie sich gemacht hatte. Immer einen Schritt nach dem anderen, dachte sie, sonst landen wir unausweichlich in einer Sackgasse, aus der wir nicht mehr herauskommen.

Spiekeroog empfing sie mit strahlendem Sonnenschein, über der ganzen Insel schien eine Ruhe und ein Frieden zu liegen, wie Annie es schon lange nicht mehr gespürt hatte. Es war vor allem das Licht, das sie begeisterte, die klare Luft, das Vogelgezwitscher in den Hecken und Bäumen der schmalen Dorfstraße, das entfernte Rauschen des Meeres. Und die geduckten Fischerhäuser, deren reetgedeckte Dächer bis fast auf den Boden reichten, versprachen eine Geborgenheit, die Annie unwillkürlich eine leise Sehnsucht empfinden ließ – es musste schön sein, hier zu leben, weit weg von allem Trubel und Lärm der Städte mit ihrem Autoverkehr und den Menschen, die rastlos von etwas getrieben wurden, was sich doch nie erfüllen würde. Es ist so schön hier, dass es fast unwirklich ist, dachte sie und stellte verwundert fest, dass sie für den Moment noch nicht mal die Berge und die Wälder der Rhön vermisste, die sie doch so sehr liebte.

Zwischen den Katen der Fischer gab es neu gebaute Ferienpensionen aus roten Klinkersteinen, mit grün gestrichenen Fensterrahmen und Türen, und mit verglasten Frühstücksräumen, die bis dicht an den Weg reichten. Jedes

Haus hatte seinen eigenen Namen: »Sturmwind«, »Strandidyll«, »Seestern«, »Fallen Anker« – das Meer war ebenso allgegenwärtig wie die Möwen, die hoch oben am Himmel kreischend ihre Kreise zogen.

Ein weiß getünchtes Hotel bestimmte mit der knorrigen Linde am Eingang den kleinen Dorfplatz. Als Annie die stämmige Frau, die gerade ihr Fahrrad an den Zaun lehnte, nach dem Weg zum Internat fragte, erntete sie einen irritierten Blick, der gleich darauf zu der Frage führte: »Haben Sie etwa vor, das Kind bis dahin zu tragen? Nee, das vergessen Sie mal gleich wieder, die Internatsschule ist nicht im Dorf, Sie müssen bis fast zum Inselende, das ist viel zu weit! Aber warten Sie, ich gebe Ihnen einen von unseren neuen Bollerwagen, da können Sie die Kleine reinsetzen.«

Ohne eine Antwort abzuwarten, verschwand die Frau durch die Gartenpforte, um gleich darauf mit einem Handwagen aus Holz und mit einer einfachen Deichsel zum Ziehen zurückzukehren. »Haben wir gerade erst angeschafft, damit die Eltern ihre Lütten zum Strand ziehen können. Aber passen Sie auf, dass Sie nicht in den Sand von der Pferdespur kommen, dann stecken die Dinger schnell fest. Auf dem Rückweg stellen Sie ihn einfach hier wieder ab.«

Als Annie sich bedankte, lautete die Antwort nur: »Da nicht für.« Als wäre jedes weitere Wort bloße Verschwendung. Unwillkürlich zog Annie einen Vergleich zu den Menschen in Fulda, niemand hätte ihr dort den Karren einfach so überlassen, und vor allem ganz sicher nicht ohne neugierige Fragen, was sie im Internat zu tun habe, wer sie sei und wo sie herkäme …

Schon nach den ersten Metern wurde Annie die Bedeutung des Namens »Bollerwagen« klar, das Ding hüpfte und ratterte über das holprige Pflaster, aber Claudia quietschte bei jedem Stoß vor Freude und plapperte unentwegt vor sich hin, um Annie an allem teilhaben zu lassen, was sie entdeckte.

Je weiter sie sich vom Dorf entfernten, umso stärker wurde der Eindruck, dass es nichts gab, was diese friedliche Stimmung hier jemals stören könnte – und doch wurde Annie bei jedem Schritt, mit dem sie sich ihrem Ziel näherte, immer unruhiger, als würde eine unklare Bedrohung auf sie warten. Was tue ich hier eigentlich, dachte sie, warum kehre ich nicht einfach um und fahre wieder nach Hause, ohne mich in Dinge einzumischen, die vielleicht alles nur noch schlimmer machen? Aber sie wusste, dass sie längst eine Entscheidung getroffen hatte, die sich nicht mehr rückgängig machen ließ, sie musste es zu Ende bringen, egal, was daraus werden würde.

Als endlich die Internatsschule in den Dünen vor ihr auftauchte, kam ihr das lang gestreckte Klinkergebäude mit den Schlafräumen unter den Dachgauben und dem dreistöckigen Turm über dem Eingang so fremd und abweisend vor, dass sie unwillkürlich an ein Gefängnis denken musste. So weit weg vom Dorf, so abgeschieden von aller Welt und allem Leben konnte es gerade für einen Vierzehnjährigen kaum etwas anderes bedeuten als eine unendliche Einsamkeit. Aber dann hörte sie Stimmengewirr und lautes Lachen, ein paar halbwüchsige Jungen kamen, nasse Handtücher und Badehosen schwingend, aus den Dünen gerannt und stutzten, als sie Annie mit dem Handwagen und dem kleinen Kind entdeckten.

Eigentlich hatte Annie vorgehabt, sich zunächst bei der Internatsleitung vorzustellen, bevor sie mit Jürgen selber sprechen wollte. Doch jetzt fasste sie einen spontanen Entschluss. Sie blickte kurz auf die kleine Junghans an ihrem Handgelenk, um sich zu vergewissern, dass noch genügend Zeit bis zu dem Gesprächstermin war, den Kurt telefonisch vereinbart hatte, dann rief sie zu den Jungen hinüber: »Vielleicht könnt ihr mir helfen, ich suche einen Jürgen, Jürgen Koslowski, wisst ihr, wo ich ihn finde?«

Ein großer Dunkelhaariger mit einem leichten Bartflaum auf der Oberlippe trat auf sie zu, im ersten Moment dachte sie schon, dass er vielleicht der Gesuchte sei, aber seine Antwort zeigte, dass sie sich geirrt hatte: »Sie suchen Jürgen?«

»Jürgen Koslowski, ja.«

Sein Grinsen hatte etwas unangenehm Zweideutiges, als sein Blick von ihren Beinen bis zum Busen wanderte und viel zu lange verharrte, bevor er sich zu seinen Freunden wandte. »Sie sucht Kossi! Mann, Mann, wer hätte das gedacht? Ausgerechnet unser Kossi! Na, dann gehen wir ihn doch mal holen, würde ich vorschlagen. Wird er ja ganz schön blöd gucken, wenn er hört, dass hier so eine Alte ist, um die Alimente zu kassieren. Und den Balg hat sie gleich mitgebracht, als Beweis, damit er sich nicht drücken kann. Bleibt ihm ja wohl nur, über die Dünen zu verduften, was? Aber keine Bange«, er drehte sich wieder zu Annie, »wir werden ihn auftreiben, dauert nicht lange. Los geht's, Männer, kommt!«

Annie spürte deutlich, wie ihr bei den Anzüglichkeiten des Anführers die Röte ins Gesicht gestiegen war, für einen Moment war sie sprachlos über seine dreiste Unverschämtheit, aber noch bevor sie ihn empört zurechtweisen konnte, zog die Bande bereits wiehernd ab und verschwand sich drängelnd und schubsend durch die Tür im Hauptgebäude.

Es dauerte gut zehn Minuten, bis Jürgen erschien, ein schlaksiger Junge mit einem rotblonden Haarschopf, der wirr nach allen Seiten abstand. Er trug einen dunkelblauen Trainingsanzug mit dem Wappen der Schule, seine rechte Wange schillerte dicht unter dem Auge grünlich gelb, seine Hände waren zu Fäusten geballt. Die anderen Jungen hinter ihm stießen ihn kichernd vorwärts, ohne dass er sich wehrte. Als der Dunkelhaarige ihm eine Kopfnuss verpasste, reichte es Annie.

»Lasst ihr das bitte mal? Verschwindet am besten ganz schnell, bevor ich ...«

Im selben Moment ertönte ein schrilles Klingeln, Claudia verzog erschrocken das Gesicht und fing an zu weinen.

»Mittagessen, Männer!«, kam es von dem Dunkelhaarigen. »Ich krieg doch deine Portion mit dazu, Kossi? Du hast ja keine Zeit jetzt, und es wäre doch schade, wenn der Fraß im Topf bleiben müsste.«

Jürgen gab keine Antwort, mit flackerndem Blick starrte er zwischen Annie und der weinenden Claudia hin und her.

Der Dunkelhaarige grinste noch mal unverschämt, dann winkte er die anderen mit sich ins Haus.

»Zwölf Uhr«, erklärte Jürgen und wies mit dem Kopf auf die Zeiger der Uhr über dem Eingang. »Wer fünf Minuten zu spät kommt, kriegt nichts mehr.«

»Ich kann hier warten, bis du ...«

Er schüttelte den Kopf. »Ich will sowieso nicht. Montags gibt es Eintopf, mit allen Resten vom Wochenende. Schmeckt aber immer gleich, egal, was drin ist. Ich verzichte lieber.«

Wie aufs Stichwort wehte ein leichter Essensgeruch vom Haus zu ihnen herüber, Annie konnte sich ungefähr vorstellen, wie der Eintopf schmecken musste, das Wort »Fraß« traf es wahrscheinlich recht gut, dachte sie unwillkürlich.

Jürgen stand immer noch reglos ein paar Schritte von ihr entfernt, erst als ihr die schmale Nase und die vorspringenden Wangenknochen in seinem Gesicht auffielen, wurde ihr klar, dass sie trotz der rotblonden Haare unbewusst nach einer Ähnlichkeit mit Kurt gesucht hatte. Aber da war nichts in seinen Zügen, was auch nur im Entferntesten an ihren Mann erinnerte.

Erleichtert trat sie auf ihn zu und streckte ihm die Hand hin. »Entschuldigung, aber du kannst ja gar nicht wissen, wer ich bin ...«

»Die Frau von Kurt Laube«, kam die Antwort, noch bevor sie sich vorstellen konnte.

»Woher weißt du ...?«

»Mein Vater hat von Ihnen erzählt, als er das letzte Mal hier war.«

»Von mir?«

»Von Ihnen und Ihrem Mann. Er hat mir auch ein Zeitungsfoto von Ihnen beiden gezeigt. Sie haben eine große Firma in Fulda, sie verdienen ordentlich Geld, hat mein Vater gesagt. Deshalb wollte er Ihren Mann bitten, ob er … vielleicht einspringen könnte, mit den Kosten für das Internat hier, weil er gerade ein bisschen knapp bei Kasse ist. Und er hat auch gesagt, dass Sie wahrscheinlich hier auftauchen würden. Also jedenfalls Ihr Mann, um mit mir zu reden.«

»Das hat dir dein Vater alles erzählt?«

Jürgen zuckte mit den Schultern. »Ich hatte gehofft, dass Ihr Mann das nicht macht, mit dem Geld, meine ich. Dann müsste ich nicht hierbleiben, sondern könnte zurück nach Hamburg. Ist doch egal, ob mein Vater viel unterwegs ist, ich komme auch alleine klar. Und zur Schule gehen kann ich auch in Hamburg.«

»Ihr … kommt aus Hamburg? Und dein Vater lebt dort?«

»Sag ich doch. Aber meistens ist er nur kurz mal da, um zu übernachten, bevor er wieder losmuss. Er fährt Lastwagen, immer Hamburg – Kopenhagen, manchmal auch noch weiter, bis nach Schweden hoch. Er hat einen Hanomag-Achttonner mit Anhänger, der ihm gehört.« Der Stolz in Jürgens Stimme war jetzt unverkennbar, aber immer noch wich er Annies Blicken aus.

»Und deine Mutter ist …?«

»Meine Mutter ist tot. Vor einem Jahr gestorben. Seitdem bin ich hier, sonst hätte ich in eine Pflegefamilie gemusst oder so was.«

»Das tut mir sehr leid. Das muss … schlimm für dich gewesen sein, die Mutter zu verlieren.«

Für einen kurzen Moment hatte sie das Gefühl, dass Jürgen nur mit Mühe die Tränen zurückhalten konnte, seine Unterlippe zitterte, aber seine Stimme klang trotzig, als wollte er unter allen Umständen Annies Mitleid vermeiden. »Ich wusste nicht, dass Sie ein Baby haben«, wechselte er das Thema. »Davon hat mir mein Vater nichts gesagt.«

»Ein Mädchen«, erwiderte Annie. »Sie heißt Claudia. Und sie ist jetzt neun Monate alt, fast schon zehn.«

»Dada!«, machte Claudia und streckte die Ärmchen nach Jürgen aus. Im selben Moment, in dem er sich vorbeugte, um Claudias Hand zu streicheln, erhaschte Annie zum ersten Mal einen deutlichen Blick auf seine Augen. Die Farbe stimmte nicht ganz, Kurts Augen waren dunkler, dennoch war da etwas in Jürgens Blick, das sie unwillkürlich den Atem anhalten ließ, während sie spürte, wie ihr eine Gänsehaut über den Rücken lief.

»Und was wollen Sie jetzt von mir?«, drang Jürgens Stimme wie aus weiter Ferne zu ihr. »Weshalb sind Sie gekommen und nicht Ihr Mann?«

Hinter einem der Fenster im Erdgeschoss sah Annie ein Gesicht auftauchen. Gleich darauf erschien eine Reihe weiterer Köpfe, die sich neugierig an die Scheibe drängten.

»Können wir irgendwo in Ruhe miteinander reden, Jürgen? Ohne dass uns deine Schulkameraden unbedingt dabei zusehen müssen?«

»Ich habe eigentlich Mathe nach der Mittagspause. Aber es wäre nicht das erste Mal, dass ich schwänze. Das sind sie schon gewohnt von mir.«

»Ich kann das auf meine Kappe nehmen. Ich habe ja einen Termin bei der Schulleitung, da kann ich es dann erklären, um dich zu entschuldigen.«

»Sollen sie sich doch aufregen, mehr als mich zur Strafe für die Gartenarbeit einzuteilen, fällt ihnen sowieso nicht ein. Und ich bin gerne im Garten, das wissen sie nur nicht. Ich habe ein Versteck«, setzte er mit einem schüchternen Grinsen hinzu. »Ein Stück weg in den Dünen, da kommt nie einer hin.«

Das Versteck war in einem dichten Sanddorngestrüpp, Jürgen bog ein paar Zweige beiseite, geduckt folgte ihm Annie mit dem Baby auf dem Arm, bis sie einen verfallenen Schuppen erreichten, eigentlich kaum mehr als die Reste eines Fundaments mit einer halb eingestürzten Mauer, die von Moos und Flechten überzogen war. Wo die Kaninchen ihre Löcher gegraben hatten, war der Sand mit Kötteln übersät, auf einem flachen Stein hatten die Möwen Muscheln und Krebse geknackt, die Claudia, kaum dass Annie sie auf den Boden gesetzt hatte, mit vor Anstrengung gerunzelter Stirn hin und her schob, als gelte es, schnellstens eine Ordnung in das Chaos zu bringen.

Zunächst antwortete Jürgen eher einsilbig auf Annies Fragen, nein, er war nicht gerne hier, er mochte das Internat nicht, er hatte auch keine Freunde unter den Mitschülern. »Die meisten sind doof. Sie halten sich für was Besseres, nur weil mein Vater Lastwagen fährt und nicht so viel Geld hat.«

»Kommt der blaue Fleck unter deinem Auge von einer Prügelei? Schlagen sie dich?«

»Ist nicht so schlimm. Ich hatte selber schuld, weil … ist egal. Meistens lassen sie mich in Ruhe.«

»Und die Lehrer?«

Jürgen zuckte mit der Schulter. »Geht so. Ich bin nicht so gut in der Schule, weil ich keine Lust habe. Das mögen sie nicht. Aber inzwischen haben sie es aufgegeben, mich zu nerven. Sie haben kapiert, dass es nichts bringt.«

»Macht dir denn gar nichts Spaß hier?«

»Was soll hier denn Spaß machen? Ist doch immer nur Sand, egal, wo du hinguckst! – Der Himmel ist manchmal ganz schön, wenn der Wind die Wolken über die Insel jagt. Dann stelle ich mir vor, sie würden mich einfach mitnehmen. Irgendwo anders hin, nur weg hier.«

»Das klingt nicht gut, Jürgen. Es tut mir leid, das zu hören.« Annie merkte selber, wie unbeholfen ihre Worte waren, aber der Kummer, der mit jedem Satz des Jungen deutlicher wurde, schnürte ihr selbst den Atem ab. Sie wusste nicht, wie sie reagieren sollte, am liebsten hätte sie ihn tröstend in die Arme genommen, aber das stand ihr nicht zu, sie war eine Fremde für ihn, nicht mehr als jemand, der zufällig aufgetaucht war und dem er in seiner Not das Herz ausschütten konnte.

Sie warf einen verstohlenen Blick auf ihre Uhr, es wurde Zeit, dass sie zu ihrem Termin mit der Heimleitung kam, aber etwas hielt sie zurück, den Jungen jetzt einfach wieder sich selbst zu überlassen. Und sie musste sich eingestehen, dass Jürgen ihr nicht nur leidtat, sondern sie mochte ihn, es war seine ganze Art, die Mischung aus Hilflosigkeit und Trotz, die sie für ihn einnahm. Und da waren auch immer noch diese kurzen Blicke, die er ihr manchmal zuwarf und die denen von Kurt so sehr ähnelten …

»Erzähl mir noch ein bisschen was über deinen Vater«, bat sie, während sie Claudia eine scharfkantige Miesmuschel aus den Fingern nahm, bevor sie sich die blau schimmernde Schale in den Mund stecken konnte. »Hat er dir eigentlich mal gesagt, woher er meinen Mann kennt?«

»Von ganz früher, als beide noch Jungen waren. In Polen, glaube ich. Sie haben im selben Dorf gewohnt. Und sie waren so was wie die besten Freunde, aber dann haben sie sich gestritten. Mein Vater sagt, es hatte damit zu tun, dass sie nicht zusammenpassten. Ein bisschen so wie mit mir und den anderen hier, nur umgekehrt.«

»Das musst du mir erklären, das verstehe ich nicht ...«

»Ist ganz einfach, mich mögen sie hier nicht, weil ihre Eltern mehr Geld haben als mein Vater, aber da in Polen war mein Vater der, dessen Eltern Geld hatten, richtig viel Geld sogar, und die Familie von Ihrem Mann war arm, deshalb passte es nicht.«

Annie schüttelte irritiert den Kopf, die Geschichte erschien ihr so verworren, dass sie Mühe hatte, sich einen Reim darauf zu machen. Kurt hatte nichts von solchen Hintergründen gesagt, aber sie wusste ja ohnehin kaum etwas aus dieser fernen Vergangenheit ihres Mannes ...

»Und dann?«, fragte sie. »Ich meine, wenn die Familie deines Vaters Geld gehabt hat, wieso ...?«

»Wieso er jetzt nichts mehr hat? Keine Ahnung, darüber hat er nie geredet. Meine Eltern sind mit mir aus der Ostzone geflüchtet, als ich noch klein war, mehr weiß ich nicht. Und dann sind wir nach Hamburg, und erst war alles gut, aber dann ist meine Mutter gestorben, und jetzt bin ich hier …«

Es war plötzlich, als schrillte eine Alarmglocke in Annies Kopf. Sie schaffte es kaum, ihre nächste Frage halbwegs verständlich zu formulieren, so schnell wollte sie die Antwort. »Deine Eltern sind … du bist in der Ostzone geboren, in der DDR? Wo, in welchem Ort?«

»Halberstadt. Wieso? Warum interessiert Sie das so?«

»Ach, nichts weiter, nur dummes Zeug, ich dachte im ersten Moment … Ich hab mich geirrt, denk nicht darüber nach.«

Halberstadt, schoss es ihr durch den Kopf, das war nicht allzu weit vom Harz und von Mansfeld entfernt, wo Kurt zu dieser Zeit verheiratet gewesen war! Aber es ergab alles keinen Sinn, es konnte nur ein Zufall sein, und sie suchte nach Zusammenhängen, wo es keine gab, ebenso wie diese kurzen Momente, in denen sie sich einbildete, dass es in Jürgens Augen eine Ähnlichkeit mit Kurt gab – es war alles Unsinn, ihr Unterbewusstsein spielte ihr einen Streich, mehr nicht.

Sie wollte gerade Claudia hochnehmen, um ihre Verwirrung hinter der Sorge für das Kind verbergen zu können, als Jürgen auf einmal aufschluchzte. Und bevor sie noch reagieren konnte, hatte er ihr schon die Arme um den Hals geworfen und presste sein tränenüberströmtes Gesicht an ihre Wange, während er haltlos stammelte: »Hol mich hier weg, bitte! Nimm mich mit zu euch nach Hause! Ich kann auch auf das Baby aufpassen und … ich mache euch ganz bestimmt keinen Ärger, ich verspreche es! Aber nimm mich mit ...«

Mehr denn je vermisste Annie in diesem Moment eine beste Freundin, eine Vertraute, mit der sie über alles reden konnte, womit sie selber alleine nicht fertig wurde. Und die sie gerade jetzt gebraucht hätte! Aber es existierte niemand, der diese Rolle für sie einnahm, es hatte sich nie ergeben – immer wenn Annie sich ohne Zurückhaltung auf eine Schulfreundin, eine Arbeitskollegin, eine neue und sympathische Bekannte eingelassen hatte, war sie irgendwann unweigerlich enttäuscht worden. Oder es hatte ihr schlicht die Zeit gefehlt, um eine wirkliche Freundschaft entstehen zu lassen und zu pflegen, sie war zu sehr mit ihrer Arbeit beschäftigt gewesen, mit Gott weiß was für Dingen, später war es ihr vielleicht auch zu anstrengend erschienen, ihre eigene Bequemlichkeit aufzugeben und Zeit und Gefühle in etwas zu investieren, wovon nicht sicher war, ob es Bestand haben würde. Vielleicht war sie wirklich niemand, dem es bestimmt war, sein Glück oder Unglück mit jemandem zu teilen, der auf eine andere Weise mit ihr verbunden war als ihr Ehemann. Und eine Schwester oder einen Bruder hatte sie nicht, sich ihrer Mutter anzuvertrauen, war aus ganz bestimmten Gründen unvorstellbar.

Sie musste diese Entscheidung also alleine treffen! Und sie war sich vollkommen darüber im Klaren, dass sie gerade Gefahr lief, sich viel zu sehr von ihren Gefühlen leiten zu lassen, Jürgen hatte etwas in ihr berührt, was sie nicht kannte und nicht einordnen konnte, ganz sicher Mitleid, aber auch so etwas wie ein schlechtes Gewissen, weil ihre Ratlosigkeit ihr selber vorkam, als wollte sie sich nur um die Verantwortung drücken. Aber weder Mitleid noch ein schlechtes Gewissen halfen ihr jetzt weiter, sie musste eine Lösung finden – und sie musste in der Lage sein, dann auch gegenüber anderen zu dieser Lösung zu stehen!

Eine halbe Stunde später saß Annie im Büro des Heimleiters, eines Dr. Weigand, der jünger war, als sie erwartet hatte, und zu der grauen Anzughose kein Jackett, sondern nur einen legeren Pullunder über dem kleinkarierten Hemd trug. Der Mann war ihr nicht unsympathisch, wenn sie auch das deutliche Gefühl hatte, dass er lieber mit Kurt als mit ihr gesprochen hätte.

Umständlich zündete er seine Pfeife an, als er Claudias aufmerksame Blicke bemerkte, paffte er ein paar Rauchringe für sie, dann nickte er Annie zu. »Ich war erleichtert, als Ihr Gatte sich zu diesem Gespräch angekündigt hat, wir waren alle erleichtert, um auch im Namen des Kollegiums zu sprechen. Wir sind ... sozusagen mit unserem Latein am Ende, soweit es Jürgen betrifft. Ich weiß nicht, inwieweit Sie informiert sind über die Schwierigkeiten, die er hier hat ...«

»Sie meinen, dass er von den anderen gehänselt und geschlagen wird?«, erwiderte Annie schärfer als beabsichtigt.

»Hat er das so berichtet, ja? Nun, das war wohl nicht anders zu erwarten ...« Er legte seine Pfeife in den Aschenbecher und faltete die Hände auf der Schreibtischplatte, um sich gleich darauf vorzubeugen und Annie so starr in die Augen zu sehen, als wollte er sie zwingen, als Erste zu blinzeln. »Es sind immer die anderen, die Schuld haben, aber das ändert nichts an den Tatsachen. *Quem saepe transit casus, aliquando invenit*, wenn Sie verstehen, was ich meine ...«

Annie nickte, ohne seinem Blick auszuweichen. Ihre anfängliche Sympathie für Dr. Weigand schlug immer mehr in eine Gereiztheit um, sie hatte ja die Gruppe der Jugendlichen draußen erlebt, und wenn das das Benehmen war, das hier geduldet und womöglich sogar bestärkt wurde, dann hatte Jürgen mit all seinen Vorwürfen ganz sicher mehr als recht. Und auch wenn Annie das lateinische Zitat nicht verstand, würde sie sich jetzt nicht einschüchtern lassen! Im Gegenteil, sie nahm die Herausforderung an.

»Es tut mir leid, Ihnen das sagen zu müssen, Dr. Weigand, aber es ist nicht immer hilfreich, ein passendes Zitat zur Hand zu haben. Mein Problem im Moment ist tatsächlich, dass ich nur darauf vertrauen kann, mit Ihnen in aller Offenheit zu reden. Ich habe den Eindruck, dass es Jürgen hier nicht gut geht ...«

»In der Tat! Das deckt sich durchaus mit unserer pädagogischen Einschätzung.« Er nahm die Pfeife hoch und richtete den Stiel wie eine Waffe auf Annie. »Aber erlauben Sie mir bitte die gleiche Offenheit! Jürgen ist renitent, aufsässig, sozial kaum tragbar für eine Gemeinschaft. Er verweigert sich jeglichem Angebot, das wir ihm als Hilfestellung unterbreiten, stattdessen zeigt er ein provozierendes Verhalten gegenüber Mitschülern und Lehrkörper, das sich mit der Verantwortung, die wir hier für alle haben, nicht vereinbaren lässt. Und auch Ihre Einschätzung würde sicher anders aussehen, wenn Sie die Faktenlage genauer kennen würden.« Er zog einen Aktenordner heran und klopfte mit dem

Zeigefinger auf den Deckel, ohne ihn aufzuschlagen. »Mutwillige Zerstörung von Gemeinschaftseigentum ist nur eines der Vergehen, deren er sich schuldig gemacht hat, aber sicher ebenso schwerwiegend wie der Verdacht auf Brandstiftung, den wir hier protokolliert haben.«

»Der Verdacht, sagen Sie, das heißt ...«

»*In dubio pro reo*, natürlich. Aber wie gesagt, der Ordner spricht für sich! Wir haben den Vater bereits mehrmals schriftlich aufgefordert, einen Termin mit uns zu vereinbaren. Eine Antwort hat es nicht gegeben. Vor drei Monaten sind die Zahlungen ausgeblieben, das ist dann erst durch Ihren Mann wieder korrigiert worden. Da Sie also offensichtlich bereit sind, hier in eine Verantwortung einzutreten, war unsere Hoffnung, dass Sie respektive Ihr Gatte auch gewillt und in der Lage sind, mit dem Vater von Jürgen ein ernstes Wort zu sprechen und ihn an seine Verpflichtungen zu erinnern ...«

»Ich weiß nicht, ob wir das können«, unterbrach ihn Annie. »Aber ich habe einen ganz anderen Vorschlag. Um fünf geht mein Schiff zurück aufs Festland. Ich würde Jürgen gerne mitnehmen, zu uns nach Hause.«

Dr. Weigand starrte sie mit offenem Mund an. »Aber das ist ...«

»Unmöglich? Nach allem, was Sie sagen, wollen Sie ihn doch ohnehin loswerden. Er passt nicht in Ihre Gemeinschaft, Ihre Worte, nicht meine. Also machen wir es doch kurz und schmerzlos und beenden das Ganze.«

»Wie stellen Sie sich das vor? Sie sind ja noch nicht mal mit dem Jungen verwandt, wenn ich das richtig sehe! Sie können doch nicht einfach … Wir brauchen zumindest die schriftliche Bestätigung des Vaters …«

»Der, wie Sie selber sagen, nicht zu erreichen ist. Bitten Sie Ihre Sekretärin, ein paar Zeilen aufzusetzen, dass ich die volle Verantwortung übernehme. Ich denke, damit sollte nicht nur Ihnen geholfen sein, sondern vor allem Jürgen.«

»Selbst wenn ich wollte, ist das unmöglich, und das wissen Sie ebenso gut wie ich.«

Eine Möwe stieg plötzlich so dicht vor dem Fenster auf, dass ihr Schatten für einen Moment in das Büro fiel. Deutlich konnte Annie den krummen Schnabel und die wachsamen Augen ausmachen. Gleich darauf ließ sich der Vogel mit einem heiseren Schrei vom Wind davontragen, »Dada«, machte Claudia und streckte die Ärmchen aus, als wollte sie ihn festhalten.

Als Annie sich wieder zu Dr. Weigand wandte, war sie es, die jetzt seinen Blick festhielt, bis er blinzeln musste und in einer resignierten Geste beide Hände hob.

8.

Keine Party ohne Eulendorf
und die modernen Plastikschalen von Schumm
gelungene Formen, hübsche Farben, hoher Tauglichkeitswert!
Sortiment »Kabarett« aus der Produktlinie »Schumm Plastic Style«.
Mit dem praktischen Griff an jedem Schälchen.
Schälchen in 4 verschiedenen Pastellfarben, Stück 3.95 DM
(Eulendorf-Katalog Sommer 1957)

Spiekeroog/Fulda 1957

Annie sah den roten Porsche mit dem offenen Verdeck schon, als das Schiff noch im Hafenbecken wendete, um mit dem Bug in Richtung Wattenmeer am Anleger festzumachen. Der auffällige Wagen war mitten auf der Mole geparkt und versperrte die Haltestelle für den Postbus, dessen Fahrer laut schimpfend und gestikulierend nach dem Besitzer suchte.

Ein Stück entfernt lehnte Gotthelf rauchend an einem der mannshohen hölzernen Pfosten des Anlegers und gab vor, die erzürnten Rufe des Busfahrers nicht zu hören. Kurt hatte den Hut weit auf den Hinterkopf geschoben und schirmte die Augen mit der Hand gegen die letzten Sonnenstrahlen ab, während er versuchte, Annie und seine Tochter zwischen den Feriengästen an der Reling ausfindig zu machen.

Als er sie sah, winkte er freudig, sein erleichtertes Lachen ließ ihn wie einen kleinen Jungen wirken, der befürchtet hatte, für immer allein gelassen worden zu sein. Ungeduldig von einem Fuß auf den anderen tretend, wartete er an der schmalen Holzbrücke, bis Annie und Claudia von Bord kamen. Ohne sich um die amüsierten Blicke der anderen Passagiere zu kümmern, schloss er Annie und sein Kind mitten im Gedränge in die Arme, abwechselnd bedeckte er ihre Gesichter mit hastigen, glücklichen Küssen, als hätten sie sich seit Wochen nicht gesehen.

»Wir versperren den Leuten den Weg!«, brachte Annie mit einem Anflug von Peinlichkeit über seine alle Aufmerksamkeit auf sich ziehende Begrüßung heraus, lehnte dann aber doch ihren Kopf an das Revers seines Jacketts und hielt ihn für einen Moment ganz fest. Es tat gut, ihn so dicht bei sich zu spüren, die Leute waren plötzlich unwichtig, für einige wenige Augenblicke gab es nur Kurt und sie und das Baby, als wäre die lärmende Welt um sie herum nur eine Kulisse ohne jede Bedeutung.

Erst als jetzt Gotthelf auf sie zutrat, um ihr die Hand zu reichen, schob sie Kurt zurück und fragte: »Warum seid ihr hier? Ich habe doch gesagt, dass ich gut mit Claudia alleine zurückkomme ...«

»›Nur wer die Sehnsucht kennt, weiß, was ich leide‹«, zitierte Kurt eine Zeile aus einem Gedicht von Goethe, das gerahmt bei ihnen an der Wand hinter dem Sofa hing. Aber in seiner Stimme war nicht der leiseste Anflug von Ironie – und Annie verstand sehr wohl, dass dieser Satz nichts anderes bedeutete als ein unausgesprochenes: »Ich liebe dich, verzeih mir, wenn ich es manchmal nicht schaffe, dir das auch zu zeigen, aber du bist alles, was ich habe.«

»Da möchte ich doch das junge Glück nicht länger stören«, gab Gotthelf grinsend seinen Kommentar ab. »Ich mach mich mal auf den Rückweg. Mal sehen, wie viel Zeit ich rausholen kann, wenn die Straße nachts frei ist.«

»Fahr nicht wie ein Verrückter«, erwiderte Kurt und legte ihm kurz den Arm um die Schulter. »Ich brauch dich noch. Die Firma braucht dich!«

»Morgen in alter Frische im Büro!« Mit einem spielerischen Boxhieb für Kurt und einem Nicken für Annie verabschiedete sich Gotthelf von ihnen, noch auf dem Weg zum Porsche zündete er sich eine neue Zigarette an, dann schwang er sich in den Fahrersitz, ohne den zu einer erneuten Schimpftirade ansetzenden Busfahrer überhaupt zur Kenntnis zu nehmen, und fuhr mit Vollgas über den Anleger davon.

»Hast du dich wirklich nur von ihm hierherbringen lassen, um ... zu mir zu kommen?«, fragte Annie, als würde sie es noch immer nicht glauben wollen.

»Du hattest mein Auto! Also gab es keine andere Möglichkeit.« Kurt hauchte ihr einen Kuss auf die Wange. »Apropos Auto, wo ist die Isabella geparkt?«

»Im Hof vom Hotel.«

»Darf ich Ihnen Arm und Geleit anbieten, schöne Frau? Sie gestatten doch, junge Dame?«, vergewisserte er sich bei Claudia, die vergnügt gluckste, als er seine Nase an ihrer rieb.

Er griff nach Annies Koffer und wollte sie unterhaken, um am Hafenbecken entlang zum Hotel zu laufen, aber Annie stoppte ihn. »Warte bitte! Da ist noch etwas, was ich dir sagen muss. Es hat mit meinem Besuch im Internat zu tun, und …«

Sie suchte nach den richtigen Worten, Kurt zog irritiert die Augenbrauen zusammen. Annie stieß die Luft aus. »Sei mir jetzt nicht böse, Kurt. Ich kann dir alles in Ruhe erklären, aber … wir sind nicht alleine von der Insel zurückgekommen.«

Sie blickte sich suchend um.

Noch auf dem Schiff hatte sie Jürgen gebeten, ihr einen Moment Zeit zu geben, um Kurt auf die Situation vorbereiten zu können, die ja völlig unerwartet für ihn sein musste. Jürgen hatte mit seinem Koffer im sicheren Abstand bei einem der Pferdefuhrwerke gewartet. Als Annie ihm jetzt winkte, kam er zögernd auf sie zu.

»Das ist Jürgen. Sei bitte freundlich zu ihm, er ist ein liebenswerter Junge und …«

»Ich verstehe nicht«, stammelte Kurt. »Was heißt das? Wieso ist er hier?«

»Wir nehmen ihn mit zu uns nach Hause. Ich konnte ihn nicht im Internat lassen, das war unmöglich.«

»Aber wie …?«

»Fritz hatte deinen Namen bei der Internatsleitung als Adresse für den Notfall angegeben. Und er ist schon seit Wochen nicht mehr zu erreichen. Deshalb habe ich behauptet, es wäre alles so mit ihm abgesprochen, dass Jürgen das Internat verlassen darf, um bei uns zu wohnen. Erst mal, bis wir mit seinem Vater eine andere Lösung gefunden haben.«

»Du hast … du meinst …«

Annie drehte sich zu Jürgen. »Jetzt komm schon ganz her, Jürgen!«, rief sie. »Kurt beißt nicht, glaub mir. Er braucht nur einen Moment, um sich an den Gedanken zu gewöhnen, dass unsere kleine Familie plötzlich ein bisschen größer geworden ist.« Sie stellte sich auf die Zehenspitzen und flüsterte dicht an Kurts Ohr: »Bitte! Tu es uns zuliebe. Wir müssen das machen. Und wir kriegen das hin …«

Schweigend lud Kurt die Koffer in den Wagen. Annie verschwand kurz im Hotel, um auf die Toilette zu gehen. Die Wirtin drückte ihr ein Päckchen sorgfältig in Papier eingeschlagene Brote in die Hand.

»Für die Rückfahrt. Mit Krabben! Und Sie wollen wirklich heute Abend noch …? Das Zimmer ist frei, Sie können gerne …«

»Wir müssen leider zurück, es geht nicht anders, mein Mann hat morgen früh Termine. Und es hat sich etwas ergeben, was wir nicht eingeplant hatten«, setzte sie hastig hinzu, als sie den Blick der Wirtin zum Fenster hin bemerkte. »Wir haben ganz unerwartet einen Jungen dabei. Einen Neffen, der eine Weile bei uns wohnen wird.«

Warum sie Jürgen als Neffen ausgegeben hatte, war ihr

selber nicht ganz klar, aber es schien ihr die einfachste Erklärung zu sein.

»Na, dann hoffe ich nur, dass ich auch genug Brote belegt habe. In dem Alter futtern sie ja wie die Scheunendrescher.«

Annie musste ungewollt über die Formulierung lachen, gleichzeitig war es ihr peinlich, dass Kurt sich nicht wenigstens selbst mal vorgestellt hatte, auch wenn es nur gewesen wäre, um »Hallo« und »Auf Wiedersehen« zu sagen.

»Ich bitte um Entschuldigung, dass mein Mann nicht kurz mit reingekommen ist, aber ... Sie wissen ja, wie Männer sind, und wir haben es wirklich eilig.«

»Machen Sie sich mal keinen Kopf deshalb. Geben Sie der süßen Deern noch einen Kuss von mir! Und wenn Sie das nächste Mal kommen, ist die Kleine vielleicht schon so weit, dass ich ihr eine ordentliche Portion Krabben mit Rührei machen kann.«

Als Annie zurück zum Auto kam, saß Kurt bereits bei laufendem Motor hinter dem Lenkrad und hatte den »süßen Fratz« auf den Knien. Claudia patschte nach den Knöpfen am Armaturenbrett und lachte jedes Mal begeistert, wenn sich der Scheibenwischer in Bewegung setzte.

Jürgen hockte auf der Rückbank und warf Annie ein so klägliches Lächeln zu, dass ihr fast die Tränen kamen.

Sie nahm die widerstrebende Claudia von Kurts Schoß, ohne auf ihr Geplärr zu achten. »Ich setze mich mit ihr nach hinten, dann kann ich ihr die Flasche geben, und danach schläft sie hoffentlich ein bisschen, und Jürgen geht nach vorne, ja?«

Jürgen warf einen zögernden Blick zu Kurt. Erst als Kurt fast unmerklich nickte und sich nach rechts beugte, um die Beifahrertür zu öffnen, stieg er aus und wechselte den Platz.

Nachdem Kurt auf die Hauptstraße eingebogen war und kurz darauf die letzten Häuser des Fischerdorfs in der Abenddämmerung verschwanden, sah Annie, wie Jürgen zum Tacho hinüberschielte und beeindruckt nickte, als Kurt in den vierten Gang schaltete und der Wagen spürbar schneller wurde.

»Jürgens Vater hat einen Lastwagen«, bemerkte sie, um das immer beklemmender werdende Schweigen zwischen ihrem Mann und dem Jungen zu beenden.

»Einen Lastwagen?« Kurt warf einen fragenden Blick zu Jürgen, als hätte er mit der bloßen Wiederholung der zwei Wörter bereits mehr als genug gesagt.

Jürgen nickte nur und starrte jetzt zum rechten Seitenfenster hinaus.

Annie holte tief Luft. »Ich habe vergessen, was für eine Marke es ist«, unternahm sie einen neuen Anlauf.

»Hanomag«, kam es so leise von Jürgen, dass seine Antwort kaum zu verstehen war.

»Einen Hanomag also«, wiederholte Kurt, um gleich darauf wieder in Schweigen zu verfallen.

Wenn das so weitergeht, schreie ich, dachte Annie. Es kann doch nicht wahr sein, dass ein erwachsener Mann nicht in der Lage sein soll, wenigstens ein paar Worte mit einem Halbwüchsigen zu wechseln, um es ihm leichter zu machen, mit der Situation zurechtzukommen.

Sie streckte die Hand aus und kniff Kurt von hinten

leicht in die Wange. Irritiert zuckte er zusammen, schien aber zumindest verstanden zu haben, was sie wollte.

»Wusstest du, dass Hanomag das erste Serienauto der Welt gebaut hat?«, fragte er mit einem flüchtigen Blick zu Jürgen, der das Gesicht unverwandt zur Scheibe gedreht hielt. »Schon lange vor dem Krieg! ›Kommissbrot‹ wurde der Wagen genannt, weil er nicht viel mehr war als eine eckige Kiste auf vier Rädern. Es gab auch einen Ulkreim auf die Karre.« Kurt lachte. »Zwei Kilo Blech, zwei Kilo Lack, fertig ist der Hanomag.«

Jürgen fuhr mit einem Ruck herum.

»Mein Vater hat einen Achttonner«, stieß er hervor, als müsste er seine Ehre verteidigen.

»Schon klar, dass er nicht mit einem Zweisitzer mit aufgeschnalltem Gepäckkoffer unterwegs ist«, erwiderte Kurt mit einem breiten Grinsen. »Und Hanomag-Laster sind gute Fahrzeuge, das steht außer Frage. – Dein Vater ist selbstständig?«

Jürgen nickte.

»Welche Strecken fährt er?«

»Viel nach Skandinavien, meistens Kopenhagen.«

»Und was? Ich meine, welche Art von Ladung?«

»Alles Mögliche. Es gibt ein paar Firmen, für die er unterwegs ist. Manchmal macht er auch Umzüge, damit er nicht auf einer Strecke leer fahren muss.«

»Schlau.«

Jürgen zuckte mit der Schulter. »Er schlägt sich so durch. Aber richtig gut läuft es nicht«, setzte er zögernd hinzu. »Deshalb hat er Ihnen ja auch den Brief geschrieben, dir, meine ich, oder ist das nicht in Ordnung, wenn ich ... du sage?«

»Natürlich ist das in Ordnung. Alles andere wäre lächerlich.«

»Danke. Also auch dafür, dass ich ... dass ihr mich aus dem Internat rausgeholt habt. Und dass ich mit zu euch darf.«

»Wir werden sehen, wie wir das machen. Vor allem muss ich mit deinem Vater reden.« Er warf einen schnellen Blick in den Rückspiegel. »Ganz so einfach, wie Annie sich das vorstellt, geht es nun auch nicht. Jedenfalls nicht für lange Zeit. Du musst zur Schule, jemand muss die Verantwortung für dich übernehmen, aber wir sind nicht deine Eltern! Wie gesagt, ich muss das in Ruhe mit deinem Vater klären.«

»Das ist schon okay. Er ist bestimmt einverstanden.«

Kurt hob resigniert die Schultern. Er redet die ganze Zeit um den heißen Brei herum, dachte Annie. Und er hat noch nicht ein einziges Mal den Namen seines alten Freundes genannt, er spricht immer nur von Jürgens Vater, als wollte er damit eine unsichtbare Grenze zu allem ziehen, was in der Vergangenheit geschehen war. Und genau darüber werden wir reden müssen, sowie wir wieder zu Hause sind!

Vielleicht war meine Entscheidung, Jürgen einfach mitzunehmen, vorschnell und unüberlegt, dachte sie, vielleicht sogar vollkommen verrückt. Ich bin auf diese Insel gefahren, weil ich etwas über Fritz herausfinden wollte. Über Fritz und über Kurt. Über die Hintergründe für den absurden Brief von Fritz, mit der kaum versteckten Drohung, die einer Erpressung gleichkam. Aber das einzige Ergebnis ist, dass ich uns nur noch viel mehr in etwas verstrickt habe, was mit jeder neuen Information immer undurchschaubarer wird. Jetzt haben wir tatsächlich eine Situation, die Kurt gar keinen anderen Ausweg mehr lässt, als endlich Klarheit in diese verfahrene Geschichte zu bringen. Und zumindest hat er es ja nicht rundweg abgelehnt, meinen Entschluss zu akzeptieren, wenigstens für den Moment, versuchte sie sich selbst zu beruhigen, alles Weitere müssen wir gemeinsam zu lösen versuchen, egal, wie schwer es werden wird.

In einem plötzlichen Gefühl von Vertrautheit, die sie so schon lange nicht mehr gespürt hatte, strich sie sanft über Kurts Nacken. Er griff mit einer Hand nach hinten und umschloss für einen kurzen Moment ihre Finger, als hätte er ihre Gedanken erraten.

Auch Jürgen hatte sich merklich entspannt, sein Kopf lag auf der Rückenlehne, er hatte die Augen halb geschlossen und schien die Fahrt zu genießen, als würde er sich vollkommen sicher bei ihnen fühlen.

Als Kurt das Radio einschaltete, wummerte ein Schlagzeug in atemberaubendem Tempo aus dem Lautsprecher, eine tiefe Männerstimme sang auf Englisch. Kurt schüttelte unwillig den Kopf und wollte einen anderen Sender suchen, aber Jürgen saß auf einmal kerzengerade auf seinem Sitz und wippte mit den Knien: »Bitte, können wir das nicht weiterhören? Das ist Elvis Presley mit seinem neuen Hit, ›Heartbreak Hotel‹!«

»Für mich klingt es eher wie Urwaldmusik«, erwiderte Kurt, ließ den Song aber weiterlaufen und drehte nur die Lautstärke ein wenig herunter.

»Das hören jetzt alle, das ist Rock'n'Roll!«, erklärte Jürgen mit einer Begeisterung, bei der Annie unmerklich lächeln musste. »Und Elvis ist viel besser als Bill Haley, ihr kennt doch auch ›Love me tender‹, oder etwa nicht? Love me ... tender, love me ... sweet«, sang er gegen die Radiomusik an. »Aber ich mag die schnellen Sachen eigentlich lieber, ›Hound Dog‹ zum Beispiel, das haben wir im Internat immer gehört. Heimlich, klar, nachts im Schlafsaal, mit so einem kleinen Radio, das die ganze Zeit gerauscht und geknistert hat. – Was für Musik hört ihr denn gerne? Ihr müsst doch auch Schallplatten zu Hause haben.«

»Ein paar Opern und Operetten«, antwortete Annie. »Sicher kaum etwas, was dir gefallen wird.« Sie lächelte entschuldigend, als Jürgen in gespielter Verzweiflung die Augen verdrehte.

»Moment«, platzte Kurt dazwischen. »Da ist auch meine Albers-Platte! Hans Albers«, wandte er sich an Jürgen. »Das ist etwas, was mir gefällt.«

»Ist das der mit ›Nachts um halb eins auf der Reeperbahn‹? Diese Seemannslieder?«

»Genau der! Aber sag jetzt nichts Falsches, Junge! Wir müssen unbedingt den Film zusammen sehen, in dem Hans Albers einen Lastwagenfahrer spielt. Nachts auf den Straßen. Das sollte dich an deinen Vater erinnern. Du wirst sehen, der Film ist großartig. Hans Albers ist ein verflucht guter Schauspieler, er kann noch viel mehr als nur singen und Schifferklavier spielen.«

»Das wusste ich nicht«, gab Jürgen zu. Um gleich darauf mit einem fast triumphierenden Grinsen seine Trumpfkarte auszuspielen: »Aber das gilt dann auch für Elvis! Der ist nämlich auch Schauspieler. ›Love me tender‹, zum Beispiel, das ist nicht nur der Song, sondern auch ein Film, in dem Elvis die Hauptrolle spielt. Genauso wie ›Jailhouse Rock‹.«

»Gut, ich gebe mich geschlagen«, ging Kurt auf das Spiel ein. »Aber trotzdem, es ist und bleibt Urwaldmusik.«

Als Jürgen über so viel Ignoranz nur den Kopf schüttelte, fing Kurt unvermittelt an zu singen. Sein Lieblingslied von Hans Albers. »›Hein Mück aus Bremerhaven, hat bei den Mädchen Glück‹«, schmetterte er los und hieb dazu im Takt auf das Lenkrad, »›doch seine alte Liebe ist und bleibt sein bestes Stück …‹«

»Bitte nicht, Kurt«, meldete sich Annie von der Rückbank. »Wunder dich nicht, Jürgen, er hatte immer eine Fünf im Singen, ich habe neulich sein Zeugnis aus der Mittelschule gesehen. Aber du hörst es ja selber!«

Sie zwinkerte Jürgen zu. Als er die kleine Geste erwiderte, schien es wie ein stilles Einverständnis zwischen ihnen, dass Kurt wirklich ein hoffnungsloser Sänger war.

»Mein Lehrer damals hatte keine Ahnung, das ist alles«, spielte Kurt den Beleidigten. »Aber gut, wenn ihr nicht wollt, dann verpasst ihr eben was. Selber schuld! Von mir hört ihr keinen Ton mehr!«

Diesmal war es Jürgen, der Annie kichernd zuzwinkerte. Und Annie dachte, dass das Eis jetzt wohl endgültig gebrochen war – und wenn das, was sie hier gerade erlebte, nur ein kleines bisschen von dem zeigte, wie es in einer glücklichen Familie zugehen konnte, dann hatte sie Grund zu hoffen, dass sie ihre Probleme bewältigen würden …

Gedankenverloren strich sie der selig schlummernden Claudia eine Haarsträhne aus der Stirn, als Kurt plötzlich wieder aufs Lenkrad hieb.

»Verdammt, dass wir da nicht eher draufgekommen sind! Damit können wir doch unsere neue Produktionssparte erweitern, das passt, das ist nur folgerichtig.«

»Du meinst ...?«

»Ich meine, wenn wir schon Musiktruhen mit eingebautem Plattenspieler im Programm haben, dann können wir doch auch Schallplatten anbieten! Oder noch besser, wir lassen eine Schallplatte produzieren, die es exklusiv nur bei Eulendorf gibt. Eine Auswahl von verschiedenen Liedern und Interpreten, wir behaupten einfach, dass es die besten Lieder der letzten Jahre sind, die jeder haben MUSS, der sich einen Plattenspieler kauft. Ich werde gleich morgen mit Gotthelf darüber reden, wie wir an die Rechte kommen, aber das sollte sich machen lassen ...«

»Und da soll dann Hans Albers drauf sein?«, fragte Jürgen in einem Ton, der keinen Zweifel daran ließ, was er von Kurts Idee hielt.

»Hans Albers, natürlich. Vielleicht auch Lale Andersen, es müssen Lieder sein, bei denen jeder mitsingen kann. Und die Mischung macht die Musik, ich muss mir nicht länger immer die ganze Platte kaufen, mit zig Liedern, die mir gar nicht gefallen, sondern ich habe wirklich nur die bekannten Sachen auf einer Platte versammelt, ›Auf der Reeperbahn nachts um halb eins‹, ›Lili Marleen‹, ›Heimweh‹ von Freddy Quinn, ›Ganz Paris träumt von der Liebe‹ von Caterina Valente ...«

»Und Elvis«, warf Jürgen ein. »Elvis muss sein! Ich wette drauf, dass es nicht mehr lange dauern wird, bis er hier mindestens so berühmt ist wie in Amerika. Und wenn er dann überall im Radio gespielt wird, hast du ihn schon mit auf der Platte.«

»Ein Lied, höchstens.«

»Song sagt man dazu! Das ist schon wichtig, sonst klingst du wie jemand, der keine Ahnung hat.«

9.

Es eilt die Zeit im Sauseschritt, Eulendorf eilt munter mit!
Holen Sie sich die weite Welt nach Hause –
mit dem neuen Loewe Opta!
Optalux, der moderne, zukunftssichere Hochleistungs-Fernseh-Tischempfänger mit überraschend lebensnaher Bildwirkung
in geschmackvollem Edelholzgehäuse.
43 cm Bildröhre, 28 Röhrenfunktionen, 12 Kanäle,
Konzertlautsprecher mit Schallabstrahlung.
Nur bei Eulendorf zum Sensationspreis von 698.- DM!
(Werbezettel als Zeitungsbeilage in verschiedenen Städten)

Fulda 1957/58

Es vergingen fast zwei Wochen, bis es Annie endlich gelang, Jürgens Vater ans Telefon zu bekommen. Zunächst hatten sie ein Telegramm an seine Adresse in Hamburg gesandt: *Jürgen bei uns in Fulda +++ bitte melde dich umgehend +++ Kurt.*

Fritz hatte nicht geantwortet. Er reagierte weder auf das Telegramm noch auf den Brief, den sie ihm schrieben und in dem sie ihn inständig um ein Treffen und ein Gespräch baten. Schließlich hatte sich Jürgen nach langem Überlegen an den Namen der Firma erinnert, für die Fritz von Zeit zu Zeit Transporte übernahm. Fedder & Söhne in Hamburg-Horn, ein kleines Speditionsunternehmen, das keine eigenen Laster hatte, sondern seine Aufträge an Selbstständige vermittelte. Sie lieferten vor allem Kaffee und Gewürze an Großhändler in Norddeutschland. Von Fritz Koslowski hatten sie schon länger nichts mehr gehört.

»Ich sag's mal so«, lautete die nicht unfreundliche Antwort der Disponentin am Telefon. »Wir waren nicht allzu traurig darüber, als Herr Koslowski uns mitgeteilt hat, dass wir in Zukunft auf seine Dienste verzichten müssten. Um der Wahrheit Genüge zu tun, war es nicht immer einfach, mit ihm auszukommen. Man könnte auch sagen, er war schon sehr ... speziell.«

»Soll das heißen, dass er nicht zuverlässig war oder ...?«

»Nein, nein, ganz und gar nicht. Seine Termine hat er alle eingehalten, da gab es nie Probleme, sonst hätten wir von uns aus schon vorher einen Schlussstrich unter die Zusammenarbeit mit ihm gezogen. Es war eher seine ganze Art, wie er hier aufgetreten ist. Als würde er erwarten, dass alle springen, sowie er auftaucht. Als wäre er der Chef, verstehen Sie? Kein Tag, an dem er sich nicht in firmeneigene Sachen eingemischt hätte, die ihn nichts angingen. Er hat ständig alles besser gewusst, wir waren jedes Mal froh, wenn er endlich seinen Laster geladen hatte und wieder vom Hof fuhr. Ein Graf Koks war nichts gegen ihn, wenn Sie wissen, was ich meine.«

»Ich kann es mir in etwa vorstellen, ja. Aber hat er gar nichts erwähnt, für wen er jetzt anstelle von Ihrer Spedition unterwegs sein würde?

»Nein, nichts, kein Wort. Nur, dass er es nicht mehr länger nötig hätte, für einen Krämerladen wie uns zu fahren. Das waren genau seine Worte: Krämerladen! Ich bitte Sie, wir liefern teilweise bis nach Kopenhagen hoch, das ist doch eine Unverschämtheit, dann zu behaupten …«

»Haben Sie vielleicht eine Idee, wo ich es noch versuchen könnte?«, unterbrach Annie die Frau, bevor sie sich noch weiter aufregen konnte.

»Hamburg ist groß, da gibt es viele Möglichkeiten. Es tut mir leid, aber da kann ich Ihnen nicht weiterhelfen.«

Jürgen schien nicht sonderlich überrascht, als Annie ihm von dem Fehlschlag berichtete, sie hatte den Verdacht, dass er mehr wusste, als er zugeben wollte. Und dass er vielleicht sogar mit Absicht verschwieg, wo man seinen Vater erreichen konnte. Als sie mit Kurt darüber sprach, kamen sie zu dem Schluss, dass es Jürgen wahrscheinlich darum ging, den Zeitpunkt hinauszuzögern, an dem ein Kontakt mit seinem Vater das Ende seines Aufenthaltes in Fulda bedeuten konnte.

»Aber es bleibt doch dabei, dass es vollkommen unmöglich ist, wie sich dieser Fritz verhält«, sagte Annie ein ums andere Mal. »So etwas tut doch kein Vater! Er ist es doch, der die Verantwortung für seinen Sohn hat, da kann er doch nicht einfach so tun, als würde es ihn nichts angehen, wenn Jürgen bei uns ist. Wir sind doch praktisch Fremde für ihn! Wenn es so ist, wie du sagst, dann hat er dich das letzte Mal vor Ewigkeiten in Polen gesehen, und mich kennt er überhaupt nicht ...«

Sie kamen immer wieder auf diesen Punkt zurück. Und Annie zweifelte mittlerweile nicht mehr daran, dass Kurt ihr die Wahrheit sagte. Nein, das stimmte nicht ganz, sie wollte Kurt glauben, sie wollte ihm vertrauen, weil sie fürchtete, dass ihr alles andere den Boden unter den Füßen wegziehen würde. Aus demselben Grund versuchte sie sich auch davon zu überzeugen, dass die Ähnlichkeit, die sie manchmal zwischen Kurt und Jürgen zu sehen meinte, tatsächlich nichts weiter war als bloße Einbildung – Kurt war nicht Jürgens Vater! Es konnte einfach nicht sein, dass er sie derartig belügen würde. Sein ganzes Verhalten schien ihr recht zu geben, er war genauso ratlos wie sie selbst. Und er machte sich Vorwürfe, Annie in etwas hineingezogen zu haben, was gar nichts mit ihr zu tun hatte.

Aber die Situation hatte zunehmend auch etwas Bedrohliches, Annie wurde den Verdacht nicht los, dass Fritz sehr genau über ihr Leben in Fulda Bescheid wusste. Als würde er sie beobachten! So wie er es ja auch in seinem Brief geschrieben hatte: Ich habe deinen Weg verfolgt. Ich weiß, was du machst und wie es dir geht. Vielleicht hatte Fritz einen Privatdetektiv engagiert, der ihm schon seit Jahren über alles Bericht erstattete! Es war die einzige Erklärung, die sie finden konnte. Und es musste einen Grund dafür geben ...

»Du hast gesagt, es ging damals um Geld. Bei eurer Flucht aus Polen. Was genau hast du damit gemeint?«

Kurt rieb sich müde über die Augen, als würde es ihm schwerfallen, die Erinnerung an die Vergangenheit zuzulassen. Seine ersten Sätze waren eher bruchstückhaft und schienen kaum eine Antwort auf Annies Frage zu sein.

»Es war das Geld, mit dem mein Vater dann in Magdeburg die beiden Mietshäuser gekauft hat. Auf der Grundlage dieser Häuser hat er dann Kredite aufgenommen, sie waren die Sicherheit, mit der er sich das Geld besorgt hat, um weitere Häuser zu erwerben. Erst eins, dann noch eins, er war geschickt, heute würde man wahrscheinlich sagen, er hat in Immobilien spekuliert. Und ohne dieses ... Vermögen hätte ich auch mein erstes Geschäft gar nicht eröffnen können. Als Stukenbrok mit seinem Versandhandel pleitegegangen ist, habe ich mir vorzeitig mein Erbe auszahlen lassen und die gesamte Konkursmasse gekauft. So hat es angefangen mit Eulendorf, aber das weißt du ja, das habe ich dir schon erzählt.«

»Ich verstehe es trotzdem nicht, Kurt. Dein Vater war in Polen bei der Eisenbahn, ihr seid ausgewiesen worden, woher kam das Geld, von dem ihr in Magdeburg zwei Häuser kaufen konntet?«

»Wir haben es gestohlen. Wir haben Gold gestohlen. Ich war sogar dabei, als kleiner Junge, der dann noch viele Jahre Angst hatte, dass die ganze Sache rauskommt und wir alle ins Gefängnis wandern. Glaub mir, ich weiß nicht mehr, wie oft ich nachts aufgewacht bin, weil ich geträumt hatte, dass die Polizei vor der Tür steht und mir Handschellen anlegt ...«

»Aber ... wem gehörte dieses Gold? Wie seid ihr da rangekommen? Wer hat den Diebstahl denn geplant? Das kannst doch unmöglich du gewesen sein, du warst doch noch viel zu klein!«

»Ich nehme an, es war die Idee von Fritz. Er und mein Bruder Willi haben dann gemeinsam den Plan ausgeheckt, wie sie das Gold beiseiteschaffen.«

»Und …?«

Kurt blickte hoch. Es dauerte einen Moment, bis er heftig schluckte und dann hervorstieß: »Das Gold gehörte Fritz' Vater. Ihm haben wir es weggenommen.«

»Was sagst du da? Aber wieso? Wieso hat Fritz seinen eigenen Vater bestohlen?«

»Da ist etwas vorgefallen, in Fritz' Familie, meine ich. Ich weiß bis heute nichts weiter darüber, als dass Fritz enterbt worden war. Und er wollte sich rächen, so stelle ich es mir zumindest vor. Ich habe lange geglaubt, mein Vater hätte nichts davon gewusst, auch weil Willi mich hat schwören lassen, dass ich es niemals jemandem erzählen würde. Fritz sollte mit uns zusammen nach Deutschland und dort dann seinen Anteil am Gold bekommen. Aber an der Grenze hat mein Vater ihn bei der Polizei angezeigt. Wir haben ihn ausgebootet! Das Letzte, was ich von ihm gesehen habe, war, wie die Polizei ihn abgeführt hat. Ich habe mir das meiste erst später zusammengereimt, auch dass mein Vater von Anfang an Bescheid gewusst haben muss. Er war bei der Reichsbahn, er hatte die Möglichkeit, das Ganze so zu drehen, dass der Schatz unbehelligt aus Polen rauskam. Das können sich unmöglich Fritz und Willi alleine ausgedacht haben. Aber ich weiß nicht, ob er gleich vorhatte, Fritz um seinen Anteil zu prellen. Oder ob er nur die günstige Gelegenheit an der Grenze genutzt hat. Jetzt kennst du die ganze Geschichte. Mehr kann ich dir dazu nicht sagen.«

»Und Willi?«

»Willi war ja älter als ich. Er hat genau gewusst, was da gelaufen ist. Und er hat meinem Vater den Verrat nie verziehen. Fritz war sein bester Freund gewesen! Ich glaube, er hat sich immer schuldig gefühlt.«

»Und ist er deshalb nach Amerika ausgewandert?«

»Ich glaube schon, natürlich. Willi wollte nichts mehr von unserem Vater wissen, und vor allem nichts mehr mit seinen Machenschaften zu tun haben. Er war gerade erst siebzehn geworden, als er sich morgens wie immer seine Brote geschmiert hat und mit seiner Aktentasche zur Straßenbahnhaltestelle gelaufen ist. Alles wie immer! Nur dass er nie bei seiner Lehrstelle bei der Versicherung angekommen ist. Er muss direkt weiter zum Bahnhof gefahren sein. Wahrscheinlich hatte er da auch seinen Koffer im Schließfach. Von seiner Kleidung zu Hause fehlte nichts außer einem Pullover, den ihm Lia zum Geburtstag gestrickt hatte. Aber einen Koffer brauchte er trotzdem ...«

Noch bevor Kurt weiterreden konnte, wusste Annie, was er sagen würde. »Er hat eurem Vater Geld gestohlen. Für die Überfahrt und seinen Neuanfang in Amerika ...«

Kurt nickte. »Der Vater hat es erst am Tag darauf bemerkt, als er seine goldene Taschenuhr gesucht hat, die nicht mehr in der Schublade vom Wohnzimmerschrank lag. Wir hatten damals auch noch einen großen alten Garten, mit Gemüsebeeten und Obstbäumen, ein paar Hundert Meter die Straße runter. Unter der Laube war ein Kriechkeller, in dem der Vater eine Blechkiste mit Bargeld versteckt hatte, sein sogenannter Notgroschen, weil er der Bank nie wirklich vertraut hat, es müssen mehrere Tausend Mark gewesen sein, und die Kiste war leer, Willi hat nicht einen Pfennig zurückgelassen. Ebenso wenig wie eine Nachricht, nichts, kein Wort. Er war einfach von einem Tag auf den nächsten verschwunden, als hätte es ihn nie gegeben.«

»Woher weißt du überhaupt, dass er nach Amerika gegangen ist …?«

»Wir haben ein Päckchen von ihm bekommen, viele Monate später. Mit der verdammten Uhr und einem Zettel, auf dem stand: *Ich verdiene jetzt genug Geld, um mir meine eigene Uhr kaufen zu können.* Das war alles. Das Päckchen war in New York aufgegeben. Danach haben wir nie wieder …«

Kurt brach mitten im Satz ab und schlug sich die Hände vors Gesicht. Als Annie sah, wie seine Schultern bebten, begriff sie, dass er lautlos weinte. Hilflos strich sie ihm über die Arme, nach einer Weile zog sie seinen Kopf an sich und hielt Kurt wie ein kleines Kind. Sie hatte ihn noch nie weinen sehen. Und sie fand keine Worte, um ihn zu trösten.

»Kurt«, flüsterte sie. »Kurt!« Wieder und wieder, immer nur seinen Namen, als wollte sie ihn beschwören, auf ihre Stimme zu hören und sich daran zu erinnern, dass er nicht alleine war. »Kurt …«

Mit einem heiseren Lachen machte er sich von ihr los, ohne sie anzublicken.

»Ich habe schon früher oft gedacht, dass ein Fluch auf diesem verdammten Gold lag. Es hat unsere ganze Familie zerstört, alles Schlimme, was geschehen ist, hatte immer mit dem Gold zu tun. Wir haben eine Schuld auf uns geladen, die noch lange nicht abbezahlt ist …«

»Dein Vater hat das getan, Kurt! Nicht ihr anderen.«

»So einfach ist es nicht.« Kurt erhob sich und trat ans Fenster. Als er die Stirn an die Scheibe presste und zögernd wieder zu reden begann, wagte Annie es kaum, sich zu rühren. Sie wusste, dass er ihr vielleicht zum ersten Mal, seit sie ihn kannte, vollständig vertraute. Und was immer er jetzt sagen würde – es war die Wahrheit, er versteckte nichts mehr vor ihr, alle Schutzmauern, die er sorgsam um sich errichtet hatte, waren eingerissen.

»Ich habe nie den Versuch gemacht, Fritz zu finden. Ich hätte es tun müssen, aber ... ich war zu feige. Nein, schlimmer noch, ich habe mich in den kläglichen Versuch gerettet, ihm auch noch die Schuld an allem zu geben! Daran, dass Willi uns verlassen hatte, dass es immer unerträglicher mit dem Vater wurde, dass meine Mutter ... Fast ein Jahr lang war sie ... in einer Nervenheilanstalt, im Irrenhaus! Und als sie zu uns zurückkam, war es, als wäre sie ... eine Fremde. Ich weiß nicht, wie sie dann zu dieser Sekte gekommen ist, aber ich denke, es war nichts als eine Flucht vor der Vergangenheit, vor dem Vater, vor der Familie, vor allem, was sie daran erinnerte, dass unser Leben in Magdeburg nur auf einem Verrat fußte! Eine selbst auferlegte Buße vielleicht. Es war furchtbar, sie zu sehen, wenn sie starr und stumm an einer Straßenecke stand, mit den Heftchen der Zeugen Jehovas vor der Brust, wie ein Schutzschild gegen ... die ganze Welt, die sie in ihrer Verkommenheit nur noch zutiefst verabscheute. Es war mir peinlich, ich habe die Straßenseite gewechselt, ich habe so getan, als würde ich sie nicht kennen. In der Schule habe ich behauptet, dass sie gar nicht meine Mutter wäre, dass meine Mutter schon lange tot wäre und die Verrückte nur eine entfernte Verwandte, die wir aus Mitleid bei uns wohnen ließen. Und später habe ich mir eingeredet, dass das Geld, das Erbe, mit dem ich meine erste Firma eröffnen konnte, mir mehr als zustand, dass ich es redlich verdient hatte, endlich auch mal ... Glück zu haben! Ich habe jeden Gedanken an die Herkunft meines Geldes verdrängt, ich habe nur die Chance gesehen, wie ich weiterkommen kann, endlich weg aus dieser Hölle, die wir da zu Hause hatten. Und es hat ja auch funktioniert«, setzte er nach einer Pause hinzu. »Es lief lange genug gut, zu gut vielleicht. Und nun holt mich die Vergangenheit plötzlich doch noch ein, ohne dass ich die leiseste Ahnung habe, wie wir die Sache lösen können. Fritz spielt Katz und Maus mit uns, aber ich weiß nicht, was er eigentlich will, was er damit bezweckt. Jetzt haben wir seinen Sohn im Haus und damit die Verantwortung für ... eine Situation, die vollkommen ungeklärt ist. Wir müssen Fritz finden, wir müssen über den ganzen Mist reden und hoffen, dass wir einen Weg finden, um uns zu einigen. Um das wiedergutzumachen, was er uns, mir, ja wahrscheinlich vorwirft. Immer vorausgesetzt, dass es das überhaupt ist, was er erwartet.«

Die Tage vergingen, ohne dass sich ihre unausgesprochene Hoffnung erfüllte, dass Fritz sich doch noch von alleine melden würde. Auf ihre dringlichen Briefe an ihn gab es weiter keine Antwort, ein Telegramm kam als nicht zustellbar zurück.

»Wir werden einen Detektiv beauftragen müssen«,

schlug Kurt schließlich vor. »Ich sehe keine andere Möglichkeit mehr, um ihn ausfindig zu machen.«

Aber noch schreckten sie beide vor diesem Schritt zurück, vor allem Annie hatte Bedenken, Jürgen damit das Gefühl zu vermitteln, dass sie hinter seinem Rücken etwas unternahmen, was er selber gar nicht wollte. Er schien zufrieden damit, bei ihnen untergekommen zu sein, und sie wusste, dass es seine größte Angst war, zurück aufs Internat geschickt zu werden. Er brauchte ein Zuhause, eine Familie, auch wenn es nur eine Übergangslösung sein konnte.

Gleichzeitig spürte sie immer mehr, wie viel Kraft ihr die neue Situation abverlangte, und wenn sie nachts leise mit Kurt redete, meldeten sich auch immer wieder die Zweifel, ob es wirklich richtig gewesen war, Jürgen zu sich zu nehmen. Hinzu kam, dass sie beide so gar keine Ahnung davon hatten, wie sie mit diesem schlaksigen Jungen umgehen sollten, der ja mitten in der Pubertät steckte und mit sich selber schon genug Schwierigkeiten hatte – auch wenn er sich alle Mühe gab, ihnen möglichst wenig zur Last zu fallen, wurde doch immer wieder deutlich, dass er trotz des leichten Bartflaums, der sich auf seiner Oberlippe abzeichnete, immer noch ein großes Kind war, das sich verzweifelt nach einer Geborgenheit sehnte, die sie ihm nur unzureichend bieten konnten. Manchmal kam er Annie vor wie ein junger Hund, der ihr, kaum dass Kurt ins Büro gefahren war, auf Schritt und Tritt folgte in der Hoffnung, alles richtig zu machen und gelobt zu werden, nur um im nächsten Moment trotzig aufzubegehren und sich jeder Bitte und jeder Anordnung zu widersetzen.

Jürgen tat ihr unsäglich leid, sie hätte sich gerne mehr um ihn gekümmert, mehr Zeit mit ihm verbracht, um zu begreifen, was in seinem Kopf eigentlich vor sich ging, wenn er ihr oder Kurt wegen einer Kleinigkeit, die er nur halb erledigt oder schlicht und einfach vergessen hatte, frech ins Gesicht log und sich dann für Stunden auf dem Klo einschloss – nur um anschließend mit den Händen in den Hosentaschen wortlos an ihnen vorbeizustolzieren, als wären sie gar nicht vorhanden, und jeden Versuch von Annie oder Kurt, mit ihm zu reden, mit spöttischem Grinsen und der leise gepfiffenen Melodie des Liedes »Die Gedanken sind frei« zu beantworten.

Was Annie jedoch viel mehr Sorgen bereitete als das provozierende Gebaren und die nervigen Auseinandersetzungen, war Jürgens Art, so gierig sein Essen in sich hineinzustopfen, dass ihm unweigerlich schlecht wurde. Annie ahnte, dass diese Gier der Ausdruck für etwas war, was er vermisste, sah sich aber vollkommen hilflos, wenn er mit flehendem Blick immer noch mehr Kartoffeln verlangte, mehr Hackbraten, mehr Nachtisch, als wäre er halb verhungert und würde keine Grenzen kennen.

Aber es gab eben auch den vollkommen anderen Jürgen, der wie selbstverständlich auf Claudia aufpasste und stundenlang mit ihr über den Fußboden rutschte und sich geduldig als Klettergerüst oder Reitpferd missbrauchen ließ und der interessiert zuhörte, wenn Kurt beim Abendessen aus der Firma berichtete. Er hatte eine schnelle Auffassungsgabe und verblüffte sie mehr als einmal mit Fragen oder Vorschlägen, auf die sie von alleine nicht gekommen wären:

»Warum gibt es im Katalog außer auf dem Umschlag und bei den Seiten mit der Damen- und Herrenbekleidung immer nur Abbildungen ohne Menschen? Das ist langweilig! Es wäre doch besser, wenn man zum Beispiel zu der Musiktruhe auch Leute sehen würde, die gerade eine Party feiern und tanzen. Und die Leute müssten ganz normal aussehen, genauso wie unsere Kunden, damit jeder denkt, Mensch, das könnten ja ich und meine Freunde sein, die da Spaß haben, also brauche ich unbedingt so eine Musiktruhe. Oder für die Seiten mit dem Weihnachtsbaumschmuck, da wäre ein großes Foto klasse, auf dem eine ganze Familie vor dem Baum mit den brennenden Kerzen steht und draußen vor dem Fenster schneit es oder so was, und jeder bekommt sofort Lust, zu Weihnachten auch so einen schön geschmückten Baum zu haben. Bei den Bademoden müsste man dann Leute sehen, die Urlaub am Meer machen, mit Strandkörben und Segelbooten und mit einem Eisverkäufer vielleicht, so wie sich die meisten ihre Sommerferien vorstellen. Aber ohne so schicke neue Badeanzüge wie auf dem Bild können sie unmöglich losfahren – und solche Badeanzüge gibt es natürlich bei Eulendorf, und die kann ich auch gleich bestellen. Die Leute müssen die Bilder sehen und glauben, dass sie sich alle ihre Träume erfüllen können, wenn sie ihre Sachen bei Eulendorf kaufen …«

Gerade diese Überlegungen waren es, mit denen Jürgen bei Kurt offene Türen einrannte, und wenn er dann auch noch von »wir« und »unseren Kunden« sprach und damit deutlich machte, wie sehr er sich zu ihrer Familie und der Firma zugehörig fühlte, war Kurt nur zu bereit, seine Ideen nicht einfach als jungenhafte Spinnerei abzutun, sondern tatsächlich ernst zu nehmen und auf ihre Machbarkeit hin abzuwägen.

Nur an den »Nietenhosen«, die Jürgen immer wieder als dringend notwendige Erweiterung der Herrenoberbekleidung ins Spiel brachte, schieden sich ihre Geister.

Es war bald wie ein Spiel zwischen den beiden, dessen Ablauf festen Regeln folgte und zu dem immer gleichen Ergebnis führte.

Jürgen sagte wie nebenbei: »Ich hab mit ein paar Leuten geredet, die vor dem Tanzschuppen in der Bahnhofstraße standen. Es ist wirklich schwierig, an die Dinger ranzukommen, wenn du keinen bei den Amis kennst. Fast unmöglich! Aber es werden immer mehr, die die neue Musik hören, und in den großen Städten wie Frankfurt oder Hamburg gibt es sogar schon richtige Rock'n'Roll-Clubs, und Konzerte natürlich, mit Bill Haley & His Comets ...«

»Fängst du schon wieder damit an?«, unterbrach ihn Kurt. »Das Thema hatten wir doch schon, und du kennst meine Meinung dazu.«

»Aber ich sage nur, was jeder kapieren muss, der nicht völlig hinter dem Mond ist. Wir brauchen unbedingt solche Nietenhosen, in Röhrenform, und ganz eng und nur bis kurz über die Knöchel, wie sie in Amerika längst jeder hat! Ich hab eine Zeitschrift gekauft, da sind Fotos drin, die kann ich dir zeigen ...«

»Nein, nicht bei Eulendorf! Auf gar keinen Fall. Wir sind ein seriöses Unternehmen, und Backfisch-Mode wird es bei uns nicht geben. Außerdem wollen unsere Kunden weder aussehen wie Cowboys im Wilden Westen noch zu Urwaldmusik tanzen«, war der Standpunkt, den Kurt nicht müde wurde zu wiederholen. »Und Frauen sollten ohnehin keine Hosen tragen, wenn du mich fragst«, spielte er schließlich seine vermeintliche Trumpfkarte aus, um jedes Mal, wenn Annie dann die Augen verdrehte, schnell hinzuzusetzen: »Außer Annie natürlich! Annie kann alles tragen, sie würde sogar in Sack und Asche noch allen anderen Frauen die Schau stehlen. Aber es sehen nun mal leider nicht alle Frauen aus wie Annie, und die kleinen Freundinnen der Halbstarken und der Mopedknatterer gehören nicht zu unserem Kundenstamm. Zum Glück!«

»So wie du denken wirklich nur Spießer«, war dann grundsätzlich die Antwort von Jürgen, gefolgt von verständnislosem Kopfschütteln über so viel Ignoranz, was Kurt wiederum die Chance bot, Jürgen mit väterlicher Geste die Hand auf die Schulter zu legen und den Satz zu sagen, der die Diskussionen unweigerlich beendete: »Du musst noch viel lernen, Junge! Das Leben ist nicht immer nur schwarz und weiß, das wirst du auch noch begreifen.«

Das Wort »Spießer« war Annie und Kurt bis dahin fremd gewesen, Jürgen musste es bei den anderen Jugendlichen im Internat aufgeschnappt haben und benutzte es nur zu gerne als Bezeichnung für alle, die »hinter dem Mond« lebten – was nach seiner Meinung in Fulda so gut wie auf jeden zutraf. Spießer waren somit auch seine neuen Lehrer und die meisten seiner Mitschüler am Domgymnasium, auf dem Annie und Kurt ihn angemeldet hatten. Das Domgymnasium als Schule für Jürgen war Kurts Wunsch gewesen, seine

Begründung hatte er in einem einzigen Satz zusammengefasst: »Wir sind nicht irgendjemand in der Stadt, wir müssen darauf achten, dass der Junge eine Schule besucht, die unserem Ruf entspricht.«

Annie war immer noch irritiert, wie leicht es gewesen war, Jürgen auf diesem altehrwürdigen Gymnasium anzumelden. Kurt hatte sich als Patenonkel ausgegeben und eine eher dürftige Begründung vorgebracht, warum Jürgens Vater nicht persönlich erscheinen konnte, und schließlich in Vertretung des Erziehungsberechtigten das notwendige Formular ausgefüllt, ohne dass auch nur eine Bestätigung von Fritz verlangt worden war. Zweifellos hatte es dabei eine Rolle gespielt, dass Kurts Name in Fulda sehr wohl bekannt war, außerdem hatte Kurt zugesichert, dem Ruderclub des Gymnasiums eine Spende in Form von Trainingsanzügen und Sportschuhen zukommen zu lassen, die direkt von Eulendorf geliefert werden würden. Jürgen war jetzt also frischgebackener Untersekundaner am Domgymnasium in der Magdeburger Straße und würde weiter Latein lernen müssen, auch wenn das das Fach war, in dem er auf dem Internat am schlechtesten abgeschnitten hatte. »*Per aspera ad astra*«, wie der Schulleiter abschließend bekräftigte.

»Alles schlimme Spießer an der Penne da«, war Jürgens Kommentar gewesen, »aber immer noch besser als auf der dämlichen Insel. Macht euch keine Sorgen, ich krieg das hin!«

Wie es ihm an der neuen Schule wirklich ging, konnte Annie nicht einschätzen, allerdings bezweifelte sie, ob er überhaupt genug tun würde – statt Vokabeln zu lernen, blätterte er lieber in Zeitschriften wie *Bravo* und *Hallo* oder musste angeblich dringend in die Stadt, um sich mit einem Klassenkameraden zu treffen. »Der Hans hat versprochen, mir bei einem Aufsatz zu helfen«, oder: »Wir lernen zusammen Mathe, es ist wichtig, weil sie hier in Algebra viel weiter sind als im Internat.«

Annie ahnte, dass die Jungen ganz sicher nicht für die Schule arbeiteten, sondern ins Kino oder ins Eiscafé »Schuster« gingen, aber sie hatte keine Zeit, um Jürgens Hausaufgaben zu kontrollieren, sie wusste ohnehin schon kaum, wie sie es schaffen sollte, sich um Claudia zu kümmern und gleichzeitig den Umzug zum Petersberg vorzubereiten, der jetzt anstand.

Zweimal war der Termin mit dem Umzugsunternehmen bereits verschoben worden, weil die Handwerker im neuen Haus nicht rechtzeitig fertig wurden, in der Adalbertstraße stapelten sich die gepackten Kartons und Kisten – und Kurt war bis spätabends im Büro, wenn er dann endlich nach Hause kam, sprühte er vor neuen Ideen für die Einrichtung ihres Hauses, sein größter Traum war jetzt eine Bar im Keller, »mit einer Theke aus Mahagoni und Barhockern mit rotem Kunstleder, was hältst du davon?«.

Annie hörte häufig genug nur halb hin, sie hatte das Gefühl, dass ihr alles nur noch mehr über den Kopf wuchs und sie sich auf ihr zukünftiges Zuhause weder freute noch sich wirklich auf die Pläne einlassen konnte, die Kurt machte.

Dennoch war sie erleichtert, als dann endlich der Umzugslaster vor der Tür stand und sie sich von den Bäckersleuten verabschiedete, und wider Erwarten schlief Claudia schon von der ersten Nacht an im neuen Haus fast acht Stunden durch, in ihrem eigenen Bett und ohne nach dem Fläschchen zu verlangen oder zwischen ihren Eltern liegen zu wollen. Und auch wenn es noch überall nach Farbe roch, noch kein einziges Bild an der Wand hing, die Deckenlampen nicht angeschlossen waren und der Garten vor der Terrasse bislang aus nichts weiter bestand als ein paar lehmigen Furchen mit unzähligen Feldsteinen und wild wucherndem Unkraut, musste Annie zugeben, dass es ihr guttat, endlich der bedrückenden Enge über der Bäckerei mit der ewig nörgelnden Frau des Bäckermeisters entkommen zu sein. Sie vermisste nur den frühmorgendlichen Duft nach frischen Brötchen.

Wenn sie den Kinderwagen mit Claudia den steilen Feldweg zum Wald hinaufschob, war sie es, die jetzt die Pläne für das Haus machte und sich ausmalte, wie sie die Zimmer nach ihren Wünschen gestalten wollte. Die Poggenpohl-Einbauküche, die Gotthelf über seine alten Verbindungen besorgt hatte, war nahezu perfekt, alles hatte seinen Platz in den unzähligen Schubladen, endlich hatte Annie auch einen Elektroherd, der Kühlschrank besaß ein Eisfach, es gab sogar eine Küchenmaschine mit einem gläsernen Aufsatz, in dem sie das Obst entsaften konnte, das der Garten ihnen später liefern würde. Von ihren alten Möbeln hatten sie kaum etwas behalten, das neue Ecksofa mit dem in der Höhe verstellbaren Ausziehtisch hatten sie gemeinsam in Frankfurt ausgesucht. Was jetzt noch fehlte, war ein Schlafzimmer, wie Annie es sich erträumte – aus hellem, polierten

Buchenholz, jedes einzelne Möbelteil mit abgerundeten Ecken, und als ganz besonderes Stück eine Frisierkommode mit einem dreiteiligen Spiegel, die sie gerade erst in der neuen *Constanze* entdeckt hatte. Und Kurt hatte zugestimmt! In Löschenrod gab es eine Möbeltischlerei, die auf Wunsch auch Sonderanfertigungen herstellte, sie hatten bereits mit dem Inhaber gesprochen und würden sich bald die ersten Entwürfe ansehen können, die er nach ihren Vorstellungen zeichnen wollte.

Es würde alles noch seine Zeit brauchen, bis es ein wirkliches Zuhause wäre, aber Annie hatte jetzt den festen Willen, nicht länger mit dem Umzug zum Petersberg zu hadern, sondern das Beste daraus zu machen. Außerdem hatte sie mit Kurt besprochen, dass sie sich so schnell wie möglich nach einem Kindermädchen für Claudia umsehen würden! Und damit bot sich für Annie endlich auch die Chance, wenigstens stundenweise wieder für die Firma arbeiten zu können.

Zu ihrem ersten Weihnachtsfest im neuen Haus luden sie Schmidtchen und Gotthelf ein. Es war Annies Vorschlag gewesen, Schmidtchen am Heiligabend zu sich zu holen, damit sie nicht alleine zu Hause sitzen würde, und auch, um ihr zu zeigen, wie wichtig sie ihnen war und wie sehr sie ihre Arbeit für die Firma schätzten.

»Das gilt ebenso für Gotthelf«, hatte Kurt erwidert. »Entweder beide oder keinen, sonst würde er sich zu Recht zurückgesetzt fühlen. Jetzt sag schon Ja, er kann doch durchaus witzig sein! Und er kommt gut mit Jürgen klar, da können die zwei gleich die elektrische Eisenbahn zusammen aufbauen, die wir Jürgen schenken.«

Dass der Abend dann eher zu einer Katastrophe wurde, lag weder an Gotthelf noch an Jürgen oder Schmidtchen.

Kurt hatte erst in letzter Minute den Weihnachtsbaum mitgebracht, den der dicke Hartmann über seinen Schwager besorgt hatte, einen Förster aus Gersfeld in der Rhön. Annie fand an dem Baum nichts auszusetzen, aber als sie ihn im Zimmer aufgestellt hatten und sie gerade anfangen wollte, ihn zu schmücken, entdeckte Kurt eine Stelle, an der die Zweige nicht gleichmäßig waren. »Außerdem sieht die Spitze zu kahl aus, aber das haben wir gleich, wenn ich mit Säge und Bohrer hier und da ein bisschen nachbessere, wird er perfekt sein.«

Kurt verschwand also mit dem Baum im Keller – und tauchte auch zum Gänsebraten, bei dem Schmidtchen nach Kräften geholfen hatte, nicht wieder auf, obwohl sie auf ihn warteten, bis die Haut schon schwarzbraun verbrutzelt war.

»Nur einen Moment noch, ich hab's gleich!«, rief er in regelmäßigen Abständen aus dem Keller zu ihnen hoch. »Fangt am besten schon mal ohne mich an.«

Auch die Bescherung machten sie dann ohne ihn, weil Claudia vor Müdigkeit immer mehr quengelte und eigentlich schnellstens ins Bett musste. Und während Schmidtchen dem Kirschlikör aus lauter Verzweiflung mehr zusprach, als ihr guttat, baute Gotthelf mit Jürgen einen Schienenkreis auf dem Wohnzimmerteppich – um schließlich zu Jürgens Begeisterung seine brennende Zigarette in den Schornstein der Lokomotive zu schieben, »damit es ein bisschen qualmt und echt aussieht«.

Es war schon nach zehn Uhr abends, als Kurt endlich erschien. Der Baum war ein kleines Meisterwerk, alle Zweige hatten exakt die richtige Länge und verjüngten sich zur Spitze hin in perfekter Ebenmäßigkeit, aber niemand außer Kurt selber vermochte sich mehr so recht zu freuen. Nachdem sich Schmidtchen und Gotthelf wenig später verabschiedet hatten, endete der Abend damit, dass Kurt mit einer Flasche Kognak noch beleidigt vor seiner Tanne saß, während der Rest der Familie längst schlief.

Erst am nächsten Morgen schmückten sie dann doch noch gemeinsam den Baum und wiederholten auf Jürgens Bitten hin auch die Bescherung, diesmal mit brennenden Kerzen anstelle einer qualmenden Lokomotive. Aber Annies Entschluss stand fest, nie wieder würde sie Kurt auch nur in die Nähe ihres Weihnachtsbaumes kommen lassen, das war von jetzt an allein ihre Aufgabe. Und es würde gar nicht mehr so lange dauern, bis Claudia ihr dabei helfen konnte.

In der ganzen Zeit schob Annie jeden Gedanken an das nach wie vor ungelöste Problem mit Fritz nur zu gerne von sich, dann war es eben so, sie mussten versuchen, Jürgen ein Zuhause zu geben und sich so gut wie möglich um ihn zu kümmern. Egal, wie lange es dauern würde, bis Fritz sich meldete. Und es lief gut mit Jürgen, besser noch als zu Beginn. Er hatte jetzt sein eigenes kleines Zimmer oben unter dem Dach, in das er sich zurückziehen konnte, seine »Bude«, wie er es nannte, und zu Ostern schenkte Kurt ihm für den

Schulweg ein Fahrrad – das neueste aus dem Eulendorf-Sortiment, ein silberblaues Goebel-Herrenrad mit einer Dreigang-Kettenschaltung, das Jürgens ganzer Stolz war und das er gleich nach der ersten Probefahrt vor der Haustür wieder auf Hochglanz polierte. Einige Wochen später überraschte er Annie mittags mit einem Strauß langstieliger Gladiolen und einem Körbchen selbst gepflückter Erdbeeren.

»Für dich! Als Dankeschön für … alles und so, du weißt schon«, stammelte er mit hochrotem Kopf, als wäre es ihm plötzlich peinlich, nur um sie gleich darauf unbeholfen in die Arme zu nehmen und zu flüstern: »Ihr seid die besten Eltern, die ich je hatte.«

Annie war für einen Moment sprachlos, unwillkürlich ertappte sie sich bei dem Gedanken, wie es wohl sein würde, wenn Jürgen tatsächlich ihr Sohn wäre, sie musste heftig schlucken, um die Tränen zurückzuhalten, die ihr in die Augen schossen.

»Ich danke dir, Jürgen. Du machst mir eine große Freude mit dem, was du sagst, wirklich, aber …«

»Lass mal, ist schon gut«, erwiderte er und machte sich eilig von ihr los, jetzt wieder ganz der Halbwüchsige, der sich bemühte, möglichst keine Gefühle zu zeigen. »Sind ja nur Blumen und ein bisschen was zu futtern fürs Baby. Hab ich aus der Gartenkolonie am Galgenberg, hat mich keinen Pfennig gekostet.«

»Soll das heißen, du hast sie … geklaut?«

»Jetzt spiel doch nicht gleich wieder den Spießer! Nee, hab ich nicht, keine Bange, hab ich so einem Jungen abgeschwatzt und ihn dafür eine Runde auf meinem Rad drehen lassen.«

»Ein Junge hat dir die Sachen gegeben? Was für ein Junge, wieso?«

»Sag ich doch. Keine Ahnung, wo der herkam, aber er war da gerade, und da habe ich ihm ein kleines Tauschgeschäft vorgeschlagen.«

Die Geschichte kam Annie merkwürdig vor, sie war sich nicht sicher, ob sie Jürgen glauben sollte. Aber das breite Grinsen, das er im Gesicht hatte, war so entwaffnend, dass sie gar nicht anders konnte, als ebenfalls zu lachen.

»Gut, aber das nächste Mal …«

»Bring ich Mirabellen mit, sowie es welche gibt. Oder Kirschen! Und die machen wir ein, ja? Für den Winter, damit wir da auch was zum Nachtisch haben.«

Er will eigentlich etwas ganz anderes sagen, schoss es Annie durch den Kopf. Er traut sich nur nicht zu fragen, aber er will sich versichern, dass er hierbleiben darf, nur darum geht es ihm!

»Komm mal her, lass dich noch mal drücken. Damit musst du klarkommen, so sind … Mütter nun mal, sogar solche Spießerstiefmütter wie ich.«

»Ist mir schon klar, einmal Spießer, immer Spießer. Aber untersteh dich, mir wieder durch die Haare zu wuscheln, ist nämlich eine ziemliche Arbeit, sie mit Kurts Brillantine so hinzukriegen, dass sie aussehen wie bei Elvis!«

Kurz darauf meldete sich die Tischlerei aus Löschenrod, dass sie sich die Entwürfe fürs Schlafzimmer ansehen könnten. Kurt nahm sich den Nachmittag frei, Jürgen hatte versprochen, auf Claudia aufzupassen, bis sie zurück wären.

Die Fahrt über die baumbestandenen Alleen mit der Silhouette der Rhönberge hinter den stadtnahen Hügeln kam Annie vor wie ein kurzer Urlaub. Sie fühlte sich so frei und unbeschwert wie schon lange nicht mehr. Und als Kurt die Isabella plötzlich ohne jede Vorankündigung an den Straßenrand lenkte und anhielt, um sich zu Annie zu beugen und sie zu küssen, wurde ihr fast schwindlig vor Glück.

»Wir schaffen das alles, nicht wahr? Ich meine ... auch mit Jürgen und dieser dummen Fritz-Geschichte ...«

Kurt strich ihr zärtlich eine Haarsträhne aus der Stirn. »Wir fangen ja gerade erst an, unser Leben wirklich zu leben. Und glaub mir, wenn wir erst mal das neue Schlafzimmer haben, dann ... Ich weiß nicht, was hältst du von einem ganzen Tag nur im Bett? Ich organisiere was, wir schicken Jürgen mit dem Kindermädchen und der Kleinen in die Rhön, auf die Wasserkuppe hoch oder zu den Mönchen mit der Bernhardiner-Zucht am Kreuzberg, und dann ...«

Als er sie erneut küsste, schloss Annie die Augen und wünschte sich, dass es wirklich so kommen würde, wie er sagte: Sie hatten noch so viel vor sich, ihr Leben fing gerade erst an!

Sie waren erst ein paar Kilometer wieder gefahren, als Kurt sie bat, ihm eine Zigarette anzuzünden. Verwundert stellte Annie fest, dass er statt der üblichen Ernte 23 ein Päckchen HB gekauft hatte.

»Die Werbung gefällt mir besser«, erklärte Kurt. »›Wer wird denn gleich in die Luft gehen? Greife lieber zur HB, dann geht alles wie von selbst‹ – das ist witzig und prägt sich ein!«

Es passierte häufig, dass sie sich auf die Werbeslogans anderer Firmen aufmerksam machten, sie waren immer auf der Suche nach Formulierungen, die sich in abgewandelter Form auch für Eulendorf nutzen ließen. Viele ihrer eigenen Slogans waren auf diese Weise entstanden. Manche Werbesprüche ließen sich allerdings beim besten Willen nicht umdichten, »Aus gutem Grund ist Juno rund« war so ein Fall gewesen, der HB-Spruch »Dann geht alles wie von selbst« bot da ohne Zweifel bessere Möglichkeiten. Sie alberten noch eine Weile mit verschiedenen Varianten herum, bis sie schließlich ihren Favoriten gefunden hatten: »Bestell lieber bei Eulendorf, dann geht alles wie von selbst.«

Der Meister in der Möbeltischlerei präsentierte ihnen stolz seine Entwürfe und hatte auch bereits eine Platte aus dem hellen Buchenholz so poliert, wie Annie es sich vorgestellt hatte. Als er die Maße für das Ehebett erläuterte, zwinkerte Kurt ihr mehrmals so zweideutig zu, dass sie schon Angst hatte, der Tischler könnte sie bei ihrem heimlichen Blickkontakt ertappen und wer weiß was von ihnen denken. Aber selbst wenn, dachte sie und war dabei fast ein wenig stolz auf sich selbst, Jürgen hatte recht, gegen Spießer konnte man nichts anderes machen, als sie einfach nicht zu beachten.

Sie besprachen noch einige Details wie die umlaufenden Rundleisten für den zimmerhohen Schrank, für die der Tischler eine dunklere Holzfarbe gewählt hatte, die Annie nicht recht gefallen wollte, insgesamt aber waren sie restlos begeistert.

»Großartig«, sagte Kurt. »Ich sehe, dass bei Ihnen alles in guten Händen ist. Und ich freue mich wirklich, dass wir Ihre Tischlerei gefunden haben, glauben Sie mir. Das bringt mich allerdings noch auf eine ganz andere Idee! Hätten Sie genügend Kapazität, um, sagen wir mal, eine zunächst begrenzte Anzahl von Kleinmöbeln für uns zu fertigen, nicht privat, sondern für Eulendorf?«

In ein paar kurzen Sätzen beschrieb Kurt, woran er dachte. Für einen Moment war Annie irritiert, es waren alles Dinge, über die sie irgendwann mal für die Einrichtung des neuen Hauses gesprochen hatten, eher nebenbei oder wenn die Angebote im Möbelkaufhaus nicht ganz ihren Vorstellungen entsprachen – aber es war typisch für Kurt, dass er selbst Kleinigkeiten im Hinterkopf abgespeichert hatte für den Fall, sie eventuell noch brauchen zu können.

»Einen geschlossenen Schuhschrank, zum Beispiel, mit leicht angeschrägten Fächern aus einer Doppelreihe Leisten, auf denen die Schuhe stehen, und mit einem dazugehörigen Hocker, unter dessen Sitzfläche sich eine Art Schublade verbirgt, die genügend Platz für Putzzeug bietet. Oder eine Wandgarderobe mit einer Hutablage. Vielleicht auch einen modernen Nähmaschinentisch, wir haben zwar bereits welche im Programm, aber die wirken doch sehr klobig, ich denke eher an ein elegantes Schrankmöbel, natürlich mit der Möglichkeit, die Maschine zu versenken, wenn sie nicht benutzt wird. Was meinen Sie, könnten wir da miteinander ins Geschäft kommen?«

»Es wäre mir eine Ehre, für Eulendorf zu produzieren.«

»Gut. Ich bespreche das und dann sehen wir weiter. Wenn wir uns einig werden, gehe ich davon aus, dass wir das Schlafzimmer mit dem neuen Auftrag ... sagen wir, verrechnen? Gewissermaßen als Grundlage für eine zukünftige Zusammenarbeit, die sich für uns beide lohnen wird?«

»Selbstverständlich. Das sollte kein Problem sein. Abgemacht!«

Es war das erste Mal, dass Annie miterlebte, wie Kurt wahrscheinlich schon viele Geschäfte abgeschlossen hatte. Und als die beiden Männer jetzt ihren Kontrakt per Handschlag besiegelten, hatte sie unwillkürlich das Bild vor Augen, wie Jürgen in der Gartenkolonie dem fremden Jungen angeblich die Blumen und die Erdbeeren abgeschwatzt haben wollte ...

Kurt hakte sie unter und drückte wieder augenzwinkernd ihren Ellbogen an sich, während sie dem Tischler an der kreischenden Bandsäge vorbei nach draußen folgten. Und dann sah Annie neben der Tür zum Hof ein Holzstühlchen mit einem Tisch davor, beide kaum so hoch wie ihre Knie und mit einer dicken Schicht Sägestaub bedeckt.

»Was ist das?«, rief sie über den Lärm der Säge hinweg.

»Kindermöbel. Hab ich für einen Kunden gebaut, der es nicht abgeholt und natürlich auch nicht bezahlt hat. Haben Sie ein Kind zu Hause?«

»Ein Mädchen, ja. Etwas über ein Jahr alt.«

»Nehmen Sie die beiden Sachen mit, wenn Sie wollen, ich bin froh, wenn ich sie los bin.«

Der Meister bückte sich und wischte mit einem Lappen

über den winzigen Stuhl und das Tischchen. Jetzt erst sah Annie, dass das Holz unter der Staubschicht knallrot lackiert war.

»Vielen Dank, das passt perfekt ins Kinderzimmer. Unsere Kleine wird begeistert sein!«

Sie verstauten die Sachen auf der Rückbank, als Kurt schon den Motor gestartet hatte, blickte er grinsend zu Annie: »Hast du gerade denselben Gedanken wie ich?«

»Ich hatte ihn schon eher! Und ich war es, die die Sachen entdeckt hat, du wärst ja einfach daran vorbeigelaufen. – Ja, ich glaube, es ist eine gute Idee. Wir sollten das machen. Schuhschränke und Putzhocker gibt es auch woanders ...«

»Aber Kindermöbel wäre was ganz Neues, was ich bislang nirgends bekomme, außer ich lasse es extra anfertigen!«

Als sie zurück zum Petersberg kamen, waren weder Jürgen noch Claudia im Haus. Auch der Kinderwagen stand nicht im Flur.

»Vielleicht hat die Kleine geweint, und er fährt mit ihr spazieren. Er weiß ja, wie sehr ihr das gefällt, wenn sie durch die Gegend geschoben wird. Wir können uns wirklich freuen, dass wir ihn bei uns haben, auch wenn er einem manchmal auf die Nerven geht. Aber wenn es drauf ankommt, können wir uns auf ihn verlassen, da spielt er gerne den großen Bruder! Bestimmt sind sie gleich zurück ...«

»Ich gehe sie trotzdem suchen. Es tut mir ganz gut, noch ein paar Schritte zu laufen.«

»Soll ich dich begleiten?«

»Nein, es ist alles in Ordnung. Es war ein sehr schöner Tag, ich danke dir. Bis gleich!«

Annie sah die Jungen erst, als sie um die Biegung zum Wald hinaufkam. Drei oder vier Jungen, die als Gruppe auf dem Feldweg standen und gespannt zu den Bäumen weiter oben blickten. Wo Annie jetzt undeutlich zwei weitere Jungen ausmachen konnte – und den Kinderwagen!

Bevor sie noch recht begriff, was da vor ihren Augen geschah, setzte sich der Kinderwagen in Bewegung und rollte immer schneller werdend den Feldweg hinunter, dicht gefolgt von den beiden Jungen, die von der Gruppe unten mit lauten Rufen angefeuert wurden. Deutlich konnte Annie jetzt auch Claudias Kreischen hören und sah ihr Kind bei jedem Schlagloch in die Höhe hüpfen.

Als sie anfing, bergauf zu rennen, schlug ihr das Herz bis zum Hals hinauf, schon meinte sie, Claudia in hohem Bogen durch die Luft fliegen zu sehen und mit dem Kopf auf einen Stein aufschlagen, während der Kinderwagen sie unter sich begrub.

»Haltet den Wagen an, hört auf mit dem Unsinn, seid ihr völlig verrückt geworden?«

Keuchend und mit zittrigen Knien, erreichte sie die Gruppe im selben Moment, in dem die Jungen den Kinderwagen stoppten. In einer ersten Reaktion riss sie nur Claudia an sich und strich ihr immer wieder den Kopf, wie aus weiter Ferne hörte sie Jürgens Stimme.

»Sie hat die ganze Zeit gelacht! Wirklich, sie fand es richtig gut! Und wir haben ja auch aufgepasst, es konnte ihr gar nichts passieren ...«

Ohne zu überlegen, fuhr Annie herum. Die Ohrfeige, die sie Jürgen verpasste, war so heftig, dass er zurücktaumelte und fast das Gleichgewicht verlor. Die anderen Jungen blickten sich nur betreten an, dann rannten sie davon.

»Du bist nichts als ein kleiner Spinner«, stieß Annie mit Tränen in der Stimme hervor. »Am liebsten würde ich dir gleich noch eine knallen, damit du begreifst, was du da getan hast!«

Bereits auf dem Weg zurück zum Haus tat ihr ihre heftige Reaktion leid. Sie hätte Jürgen nicht ohrfeigen dürfen, und ganz sicher nicht auch noch ausgerechnet vor seinen Freunden! Aber sie war immer noch so entsetzt, dass sie am ganzen Körper zitterte und es kaum schaffte, Kurt die weinende Claudia in den Arm zu drücken, bevor sie schluchzend hervorstieß: »Es ist gleich vorbei, ich brauche nur einen Moment. Jürgen hat etwas Dummes gemacht, aber es ist zum Glück nichts passiert. Und ich hab ihn geohrfeigt, sei deshalb jetzt nicht allzu streng mit ihm, ich glaube, der Schock, dass ich ihn geschlagen habe, war schon Strafe genug.«

Aus den Augenwinkeln sah sie, wie sich Jürgen hinter ihnen vorbei die Treppe hoch in sein Zimmer drücken wollte.

»Es tut mir leid, Jürgen, aber ... es war der Schreck, ich hatte Angst um Claudia! Wie bist du bloß auf die Idee gekommen, den Kinderwagen den Berg runterrollen zu lassen? Was ist da in dich gefahren?«

Jürgen blieb auf der ersten Stufe stehen, als er ihr den Kopf zuwandte, glänzten Tränen in seinen Augen.

»Es tut mir auch leid«, flüsterte er kaum hörbar. »Ich hab nicht nachgedacht. Ich wollte nur ein bisschen angeben vor den anderen. Weil ... ich ... Es sind alles Jungen, die schon lange hier wohnen, und ich würde gerne Freunde hier haben, aber das ist nicht so leicht. Ich weiß, dass es blöd war, es tut mir leid«, wiederholte er mit einem ängstlichen Blick zu Kurt hinüber.

Als Kurt nur den Kopf schüttelte und ihm einen Vogel zeigte, drehte er sich um und schlich weiter die Treppe hinauf, um dann plötzlich anzuhalten und zurückzukommen. Seine Unterlippe zitterte, und es war deutlich zu sehen, wie viel Überwindung es ihn kostete, Annies Blick nicht auszuweichen.

»Ich weiß vielleicht, wo mein Vater ist. Aber ich sage es nur, wenn ... wenn ich bei euch bleiben darf!«

10.

Ohne Krawatte von Eulendorf
ist selbst der beste Mann nur die Hälfte wert!
Reich und bezaubernd ist die Skala der Töne unserer aus Naturseide hergestellten Trevira-/Juwel-Krawatten.
Sie vereinen Chic und dezente Eleganz.
Die Trevira-Krawatte ist eine Klasse für sich, sie ist knitterfrei,
lässt sich wunderbar binden, ist anspruchslos in der Pflege,
aber erlesen in der Qualität!
Beste Verarbeitung und modernes Dessin!
(Eulendorf-Katalog Frühjahr 1958)

Fulda 1958

Am nächsten Tag kam Annie zum ersten Mal seit Monaten wieder ins Büro in der Sturmiusstraße. Kurt hatte wie üblich kaum gefrühstückt und war schon in aller Herrgottsfrühe zu einem Termin aufgebrochen, es hatte wiederholt Probleme sowohl mit der Bahn als auch mit der Post gegeben, mehrmals waren Bestellungen bei den Kunden nur mit Verspätung, in zwei Fällen sogar überhaupt nicht eingetroffen.

»Ich bin nicht länger bereit, da mitzuspielen«, war Kurts verärgerter Kommentar gewesen. »Nicht bei den Transportkosten, die wir zahlen. Ich werde versuchen, das persönlich mit den zuständigen Leuten zu klären, das geht nicht übers Telefon. Und Gotthelf kann ich das auch nicht überlassen, dafür ist er nicht der Richtige.«

Der Termin war schon länger vereinbart, dennoch wäre es Annie lieb gewesen, wenn Kurt ihn an diesem Morgen abgesagt hätte. Und sie hatte auch das deutliche Gefühl, dass Kurt ihr nur zu gerne das Telefonat mit Fritz überließ, nachdem Jürgen von dem möglichen Aufenthaltsort seines Vaters erzählt hatte. Aber dazu musste sie ins Büro, ihr neuer Apparat zu Hause war noch nicht angeschlossen.

Sie hatte gewartet, bis Jürgen in die Schule gefahren war, seine Stimmung war immer noch bedrückt gewesen, obwohl sie ihm versichert hatten, dass sein Unfug vom vergangenen Tag nichts an ihrer Entscheidung ändern würde, ihn bei sich zu behalten.

»Aber lass es dir eine Lehre sein, so etwas darf nicht noch mal passieren. Wir müssen uns auf dich verlassen können! Und wenn wir deinen Vater wirklich erreichen sollten, werden wir nichts unternehmen, ohne es auch mit dir zu besprechen. Aber bitte versteh auch, dass wir mit ihm reden wollen, er ist schließlich dein Vater.«

»Klar«, hatte Jürgen geantwortet, sein flackernder Blick allerdings verriet nur zu deutlich, dass er Angst hatte. Und Annie war sich fast sicher, dass er inzwischen bereute, ihnen den Namen der Frau in Kopenhagen gegeben zu haben, die schon länger »so was wie die Freundin« von Fritz war.

Annie hatte über eine Stunde gebraucht, um mit dem Kinderwagen bis in die Stadt zu kommen, aber der lange Weg und die frische Luft hatten ihr gutgetan, sie war bereit für das Telefonat, wie auch immer es ausgehen würde.

Das Büro empfing sie mit dem altbekannten Geklapper der Schreibmaschinen und dem üblichen Zigarettenqualm, der sich trotz der weit geöffneten Fenster für immer in den Tapeten und den Aktenschränken festgesetzt zu haben schien.

Es dauerte eine Weile, bis Schmidtchen und die anderen die kleine Claudia gebührend begrüßt und bewundert hatten – Claudia gelang es problemlos, mit ihrem Lächeln selbst den dicken Hartmann zu bezirzen, der zurzeit ein ausgemachter Miesepeter zu sein schien. Schmidtchen glaubte, dass in seiner Ehe etwas nicht stimmte, wie sie Annie hinter vorgehaltener Hand anvertraut hatte. Aber jetzt pikste er Claudia mit dem Finger in den Bauch und konnte nicht genug von den glucksenden Lauten bekommen, die sie als Antwort hervorstieß.

Dennoch hatte Annie den Eindruck, eine merkwürdige Unsicherheit ihr gegenüber bei den Angestellten zu spüren, die sie so von früher nicht kannte. Vielleicht lag es aber auch an ihr selber, vielleicht war sie einfach zu lange nicht im Büro gewesen und musste jetzt erst wieder den Kontakt finden – ganz davon abgesehen, dass sie ja die Frau des Chefs war und keiner wusste, was ihr plötzliches Auftauchen zu bedeuten hatte …

Aber als sie dann das Büro betrat, in dem Kurt und Gotthelf ihre Schreibtische hatten, verstärkte sich ihr Gefühl, eine vollkommen Fremde zu sein, nur noch. Gotthelf ruckte nervös an seiner Brille und fegte im Aufspringen einen Stapel Aktenordner zu Boden, als er ihr einen Stuhl an den Tisch rücken wollte.

»Was ... was macht ihr hier? Soll ich dir einen Kaffee holen oder ... brauchst du ein Glas Wasser für die Kleine?«

»Es ist alles in Ordnung, Gotthelf, danke. Ich bin nur hier, um zu telefonieren. Aber sag doch mal, wie es überhaupt geht! Kurt erzählt mir ja auch nicht alles, und .... ich weiß kaum noch, wie es war, hier zu arbeiten. Womit seid ihr gerade beschäftigt? Wie ist die Auftragslage? Wie läuft das mit dem neuen Katalog? Ich habe so viele Fragen, ich ... Es tut mir leid, aber ich merke, wie weit weg ich von allem bin! Das ist wohl so als Mutter«, setzte sie leiser hinzu. »Alles dreht sich nur noch um das Kind, aber ... wir suchen gerade ein Kindermädchen, und ich hoffe, dass ich dann wieder einsteigen kann, ich freu mich drauf, sehr sogar!«

Gotthelf nahm die Brille ab und rieb sich müde die Augen, als er sich wieder auf seinen Stuhl sinken ließ, wirkte er plötzlich alt und erschöpft. Es dauerte lange, bis er antwortete.

»Du sagst es ja selber, Kurt erzählt kaum was, alles, was er vorhat und macht, erfahren wir erst, wenn er es schon in die Wege geleitet hat. Und ich kann ihn noch nicht mal vernünftig vertreten, so gerne ich das tun würde, aber es gibt kaum Aktenvermerke oder Memos, mit denen etwas anzufangen wäre. Kurt hat alles im Kopf und beteiligt niemanden. Er ist gut, natürlich, er versteht seine Sache, und die Entscheidungen, die er trifft, sind ... durchaus überzeugend. Aber ich muss jeden Namen, jede Absprache, jede Kleinigkeit erst aus ihm herauslocken – und das macht es manchmal sehr, sehr schwierig.«

Für einen Moment war Annie weniger über Gotthelfs Aussage irritiert als vielmehr über die offensichtliche Resignation, die in seinen Sätzen mitschwang. Und sie ertappte sich dabei, ihre Einstellung gegenüber Gotthelf korrigieren zu müssen, die Erkenntnis, dass es ihm tatsächlich um die Firma ging, ließ sie ihn plötzlich mit völlig anderen Augen sehen. Er machte sich ernsthaft Gedanken, die so gar nicht zu seinem üblichen aufgeblasenen Verhalten passen wollten.

»Ich entschuldige mich«, sagte er jetzt leise. »Ich hätte das gar nicht erwähnen sollen. Lassen wir es dabei, Kurt weiß, was er tut, und wir anderen müssen eben sehen, wie wir damit zurechtkommen. Es geht schon, kein Grund zur Sorge«, versicherte er Annie mit dem Anflug eines Lächelns, das ihm nicht recht gelingen wollte.

Bevor Annie noch etwas erwidern konnte, wurde sie von Claudia abgelenkt, die mit ihrem kleinen Finger auf die großformatige Zeichnung an der Wand zeigte: »Dada!«

Vielleicht waren es die rot schraffierten Felder, die ihre Neugierde geweckt hatten, oder einfach nur die Größe der Zeichnung. Annie stand auf, um Claudia den Gefallen zu tun und näher an die Wand zu treten. »Das ist kein Bild, das ist nur ... ein Plan, so was wie eine Landkarte.« Sie beugte sich noch weiter vor, um die Beschriftung zu lesen, im selben

Moment spürte sie, wie ihr eine Gänsehaut über den Rücken kroch.

Lehnerz, entzifferte sie die mit Kopierstift eingefügten Ortsnamen, *Petersberg, Galgenberg, Magdeburger Straße.*

»Was ist das, Gotthelf? Was bedeuten die schraffierten Felder direkt oberhalb der Straße, in der wir wohnen?«

»Auch so was«, kam umgehend die Antwort, während Gotthelf aufstand. »Ich habe es erst erfahren, als er schon die Verträge unterzeichnet hatte ...«

»Was für Verträge, wovon sprichst du?«, unterbrach ihn Annie und fing schnell Claudias spuckeverklebte Finger ein, die die Zeichnung berühren wollten.

Gotthelf stutzte. »Du weißt von nichts? Er hat es dir nicht gesagt?«

»Was? Gotthelf, bitte!«

»Wahrscheinlich sollte es eine Überraschung für dich werden«, versuchte er einen eher kläglichen Rückzug. Dann holte er tief Luft. »Aber gut, auch auf die Gefahr hin, dass er mir die Hölle heißmacht, pass auf, ich erklär es dir! Du weißt, dass nicht nur unser Büro aus allen Nähten platzt und die räumliche Trennung von Lager und Büro ohnehin idiotisch ist, sondern wir haben schon länger ein echtes Problem mit dem Lager. Unser Sortiment ist mittlerweile so groß, dass der Platz in der Halle am Bierturm nicht mehr reicht. Außerdem ist da der Weg quer durch die Innenstadt, um die Sachen zum Bahnhof zu kriegen, das hat jetzt wiederholt Beschwerden von Anwohnern gegeben, die sich an dem ständigen Hin und Her der Laster stören. Kurts Überlegung ist deshalb nur folgerichtig gewesen, und der Vertrag, den er mit der Ortsverwaltung von Lehnerz ausgehandelt hat, ist ... ein echtes Schnäppchen. Nicht nur, dass er das Land spottbillig bekommen hat, sondern wir zahlen auch kaum Gewerbesteuer, verglichen mit Fulda jedenfalls. Ich weiß nicht, wie er es gedreht hat, aber das ist bereits durch alle Verwaltungsgremien durch, auch die Baugenehmigung für die Zufahrtsstraße hinter dem Galgenberg entlang als direkte Verbindung zum Bahnhof.«

»Kurt hat das Gelände oben am Petersberg gekauft, um da ... ein neues Lager zu bauen?«

»Oberhalb von eurem Haus, den gesamten Wald. Für einen Spottpreis, wirklich! Lehnerz garantiert uns für das über sechstausend Quadratmeter große Gelände auf neunundneunzig Jahre einen Pachtzins von einer Mark pro Quadratmeter, und Kurt verhandelt noch über eine Ausfallbürgschaft für die Neubauten! Zunächst werden wir zwei Hallen errichten, aber es ist genug Platz, um bei Bedarf zu expandieren. Natürlich hat sich Lehnerz nur darauf eingelassen, weil sie hoffen, dass andere Firmen nachziehen, deshalb auch die problemlose Zustimmung, eine Zufahrtsstraße hochzulegen. Angeblich hat die Zelt- und Planenfabrik schon Interesse angemeldet, es wird vielleicht nicht mehr lange dauern, und ihr sitzt nicht mehr am Rand eines langweiligen Vororts, sondern mittendrin im prallen Leben!«

Als er sah, dass Annie so fassungslos war, dass ihr die Worte fehlten, griff er nervös nach seinen Zigaretten und steuerte die Tür an. »Ich lass euch mal für einen Moment alleine. Du wolltest ja telefonieren, und ich muss sowieso noch ein paar Sachen mit Hartmann besprechen, das kann eine Weile dauern, also fühl dich völlig ungestört. Ruf mich, wenn du etwas brauchst oder noch eine Frage hast.« Er war bereits über die Schwelle, als er sich noch einmal zurückwandte: »Nur um es ganz deutlich zu sagen, Annie – was Kurt da eingefädelt hat, wird uns eine Menge Probleme vom Hals schaffen. Ich hatte nicht geahnt, dass du nicht informiert warst, aber Kurts Entscheidung war richtig. Die Zukunft wird das zeigen, glaub mir.«

Annie starrte noch auf die Tür, als er sie schon lange hinter sich geschlossen hatte. Die weiße Farbe war um die Klinke herum abgegriffen und stumpf. Ein Stück weiter oben hatte bereits jemand versucht, eine schadhafte Stelle auszubessern, war dabei aber so unachtsam gewesen, dass die Farbe lange Nasen gezogen hatte. Annie wusste nicht, warum ihr das gerade jetzt auffiel, aber es schien ihr plötzlich von einer unklaren Bedeutung, als würde die fehlerhafte Arbeit ein Zeichen dafür sein, dass nichts so war, wie es sein sollte.

Als Claudia quengelnd an ihrer Bluse zupfte, riss sie sich mit einem Ruck zusammen – sie musste etwas tun, sie musste sich beschäftigen, vor allem musste sie raus aus dem Büro! Wahrscheinlich hatte Gotthelf den anderen schon brühwarm erzählt, dass die Frau des Chefs nicht die leiseste Ahnung von den Ideen ihres Mannes hatte, und der Weg an den Schreibtischen vorbei würde zu einem Spießrutenlaufen werden, aber das musste sie in Kauf nehmen, und je eher sie es hinter sich brachte, umso besser ...

Noch einmal ließ sie den Blick durch den Raum wandern, als sollte es ein Abschied für immer sein – von dem Lageplan an der Wand, den Graslilien auf dem schmalen Fensterbrett, den Aktenschränken, den beiden Schreibtischen mit den Kaiser-Idell-Lampen, die für Kurt den Inbegriff von zeitloser Eleganz und Funktionalität darstellten. Erst als sie das Telefon auf dem Gestell mit dem ausziehbaren Scherengitter sah, fiel ihr wieder ein, weshalb sie eigentlich hergekommen war. Sie zögerte nur kurz, dann setzte sie Claudia mit dem Löschpapier und einem Zettelkasten als Spielzeug auf den Teppich und zog das Telefon zu sich heran.

Es war nicht weiter schwierig, über die Auslands-Auskunft die Nummer der Frau in Kopenhagen zu erfragen, es gab nur diese eine Lisa Hojlund mit Telefon in der Stadt.

»Brauchen Sie noch die Adresse? Strandvejen ...«

»Nein, vielen Dank, die Telefonnummer reicht mir.«

Annie vergewisserte sich mit einem kurzen Blick, dass ihre Tochter vollauf damit beschäftigt war, die Zettel aus dem Kasten zu zupfen, dann wählte sie die Ziffern, die sie auf der Schreibtischunterlage vor sich notiert hatte.

Das Klingeln am anderen Ende hatte einen fremdartigen Klang, kürzer und schriller als in Deutschland. Als der Hörer abgenommen wurde und sich eine Frauenstimme meldete, war Annie kurz versucht, wieder aufzulegen. Sie wusste ja noch nicht mal, ob die Frau überhaupt Deutsch verstehen würde!

»*Hej! Hvem er det?*«, kam es mit leichtem Rauschen aus dem Hörer.

»Entschuldigung, ich spreche kein Dänisch, ich rufe aus Deutschland an, können Sie mich verstehen?«

»*Selvfølgelig*, selbstverständlich! Ich spreche ein wenig Deuts, Sie dürfen nur nicht so snell sein, dann geht das.«

»Das ist gut, danke. Mein Name ist Annie Laube, aber Sie kennen mich nicht, es ist ein wenig kompliziert, ich suche einen Fritz Koslowski ...«

»Von wem hast du meine Nummer? Bist du eine Freundin von Fritz? Hat er sie dir gegeben?«

»Nein, es ist anders, er ist ein Freund meines Mannes, und wir haben seinen Sohn hier bei uns und ...«

O Gott, dachte sie, was tue ich hier? Wenn die Frau nun gar nichts davon weiß, dass Fritz überhaupt einen Sohn hat! Aber zumindest bin ich richtig, sie kennt Fritz!

»Wie heißt der Sohn?«, kam im selben Moment schon die nächste Frage der Dänin.

»Jürgen. Und mein Mann heißt Kurt! Fritz kennt ihn, sie waren lange befreundet und ... Ist er denn bei Ihnen, kann ich mit ihm sprechen?«

»Er ist im Garten, weil das Wetter so sön ist. Ich glaube, er släft. Aber ich hole ihn, bleib du am Apparat.«

Während Annie auf das Rauschen und Knacken in der Leitung horchte, spürte sie, wie nervös sie plötzlich war. Sie hatte Fritz tatsächlich gefunden! Aber sie hatte keine Ahnung, wie sie jetzt mit ihm reden sollte. Sie erinnerte sich an keinen einzigen der Sätze, die sie sich vorher zurechtgelegt hatte. Es war, als wäre ihr Kopf vollkommen leer ...

»Hallo. Hier ist Fritz. Mit wem spreche ich bitte?«

»Ich bin Annie, Kurts Frau. Ich bin froh, Sie endlich zu erreichen, wir haben sonst was versucht, aber immer ohne Erfolg ...«

»Nun, jetzt ist es Ihnen ja offensichtlich gelungen. Worum geht es?«

»Bitte was?« Annie war von seiner Frage so irritiert, dass sie regelrecht nach Luft rang. »Entschuldigung, aber ... Ihr Sohn ist bei uns, das haben wir Ihnen doch geschrieben, wir haben auch ein Telegramm geschickt und darum gebeten, dass Sie sich bei uns melden. Wir haben Jürgen aus dem Internat geholt, weil ... weil ...« Annie wusste nicht weiter, das ganze Gespräch erschien ihr vollkommen absurd. Und der nächste Satz von Fritz machte es nicht besser.

»Natürlich, ich weiß Bescheid.«

Annie wartete darauf, dass er noch etwas hinzusetzen würde, aber die Leitung blieb stumm.

»Interessiert es Sie gar nicht, wie es ihm geht? Warum fragen Sie noch nicht mal nach, was Jürgen macht, ob er gesund ist, ob er ... Sie vermisst?«

»Ich hoffe, er macht Ihnen keine allzu großen Probleme.«

Annie schnappte nach Luft. Was war mit diesem Mann los, dass er selbst über seinen eigenen Sohn so unbeteiligt sprach wie über einen Wildfremden?

»Und das ist alles, was Sie dazu zu sagen haben? Hören Sie mal, so funktioniert das nicht.« Bei jedem Wort, das sie hervorstieß, merkte sie, wie sie immer ungehaltener wurde. »Wir müssen persönlich miteinander reden, wir müssen uns treffen, um zumindest zu besprechen, wie es weitergehen soll!«

»Und Kurt war zu feige, um sich bei mir zu melden? Oder

hat er gedacht, wenn er seine kleine Frau vorschickt, schafft sie es vielleicht, mich zu besänftigen?«

»Wie bitte?«, reagierte Annie jetzt, ohne ihre Empörung noch länger zurückzuhalten. »Was reden Sie denn da die ganze Zeit? Nein, mein Mann, Kurt, hat ja versucht, einen Kontakt zu Ihnen zu bekommen, aber wir haben erst gestern davon erfahren, dass Sie vielleicht in Kopenhagen sind, und Kurt hat einen Termin heute Morgen, deshalb rufe ich an. Wir haben gemeinsam entschieden, Jürgen zu uns zu nehmen, und Sie wissen doch auch ganz genau, wer ich bin, Ihr Brief war ja an uns beide adressiert, warum sollte nicht auch ich Sie dann anrufen dürfen? Im Übrigen finde ich es vollkommen unmöglich, wie Sie sich gerade verhalten. Wenn Sie glauben, dass Sie mich so abkanzeln können, dann ...«

»Ich glaube gar nichts«, unterbrach er Annie barsch. »Aber ich stelle fest, dass Kurt sich mit Ihnen ja eine richtige Kratzbürste geangelt hat.« Er lachte leise, sein Lachen klang nicht besonders freundlich. »Dann haben Sie ja wohl jetzt die Hosen an, und Kurt tanzt nach Ihrer Pfeife, ja? Aber das tut ihm mal ganz gut, er hat viel zu lange den dicken Max gespielt, es wird Zeit, dass er etwas dazulernt!«

Schon bei dem Wort »Kratzbürste« war Annie unwillkürlich ein Schauer über den Rücken gelaufen. Sie hatte das Wort lange nicht gehört, und auch die ganze Art, wie Fritz ihr seine Sätze mit kaum verhohlener Bösartigkeit entgegenschleuderte, weckte eine Erinnerung in ihr, die sie lange vergessen zu haben glaubte. Gleich darauf kam ihr seine Stimme plötzlich so bekannt vor, dass ihr schwindlig wurde. Als sie den Hörer ein Stück von ihrem Ohr weghielt, zitterte ihre Hand, dann nahm sie allen Mut für ihre nächste Frage zusammen. Aber sie ahnte schon die Antwort, noch bevor sie die ersten Worte, die ihr in den Sinn kamen, aussprach.

»Kann es sein, dass wir uns schon mal ... begegnet sind? Vor langer Zeit, ich weiß nicht genau, wie lange, aber ich war noch ein Kind, es war in München, bei meiner Mutter! Und Sie hatten uns besucht, Sie waren ... ein Cousin meiner Mutter? Grete. Das sind Sie damals gewesen, richtig?«

Ohne ein weiteres Wort legte Fritz auf.

Draußen vor dem Fenster ließ sich eine Taube auf dem Sims nieder und gurrte so laut, dass Claudia ihr Spiel vergaß und mit großen Augen »Dada!« rief. Die Taube pickte mit dem Schnabel gegen die Scheibe, dann flatterte sie davon.

11.

Nicht verzagen, erst mal Eulendorf fragen!
Die Triumph-Schreibmaschine
ist DIE Kleinschreibmaschine unserer Zeit –
natürlich bei Eulendorf!
Das Schreibgerät für den modernen Menschen, im eleganten Koffer,
leicht zu tragen. Besondere Vorzüge:
Wagenauslösehebel auf beiden Seiten, herausnehmbare Walze
mit zwei Handrädchen, solide, gefällige Form, geringes Gewicht,
schöne und exakte Schrift –
spielend leichte Bedienung auch ohne Vorübung!
Ihr Wert ist höher als ihr Preis! 298.- DM, Koffer 29.50 DM
(Zeitungsanzeige)

Fulda/München 1958

Bereits am Tag drauf saß Annie frühmorgens mit ihrer Tochter im Zug nach München. Zum Glück hatten sie ein Abteil für sich alleine, Claudia weinte viel, als würde sie die nervöse Spannung ihrer Mutter spüren. Als Annie ihr den

Handrücken auf die Stirn legte, war ihr Kopf heiß. »Werd mir jetzt bloß nicht krank, Engelchen«, flüsterte Annie besorgt. »Tu mir das nicht an, ich habe auch so schon genug Kummer.«

Mit ihrem Mantel baute sie auf den beiden Sitzen neben sich ein Bett für Claudia, ein paar frischen Windeln aus dem Koffer als Kopfkissen. Die Kleine warf sich unruhig hin und her, Annie schaffte es kaum, die verschwitzten Händchen für mehr als ein paar Augenblicke festzuhalten.

In Würzburg stieg ein Mann zu, der einen alten Wehrmachtsrucksack trug und sich mit einem flüchtigen Nicken auf der gegenüberliegenden Bank niederließ.

»Meine Tochter ist krank«, sagte Annie leise. »Ich weiß nicht, was ihr fehlt, aber sie hat Fieber.«

Als der Mann nicht reagierte, sondern nur mit unbeweglicher Miene aus dem Fenster starrte, setzte sie hinzu: »Mein großer Sohn hatte gerade erst Scharlach, ich hoffe nur, dass er uns nicht alle angesteckt hat.«

Wortlos griff der Mann nach seinem Rucksack und verließ das Abteil so eilig, dass Annie Mühe hatte, die Genugtuung über ihre kleine Lüge nicht allzu deutlich zu zeigen.

Endlich schlief Claudia ein, mit weit offenem Mund und glühenden Bäckchen, Annie hielt ihre Hand und lehnte erschöpft den Kopf zurück. Bei jedem Rumpeln der Schwellen warf sie einen besorgten Blick zu Claudia, aber das Kind schlief jetzt tief und fest, auch als der Schaffner auf seiner nächsten Runde kam, um die Fahrkarten zu kontrollieren, wachte Claudia nicht auf.

Annie nutzte die Zeit, um die Notizen aus ihrer Tasche

zu holen, die sie sich noch in der Nacht eilig gemacht hatte. Alles wenigstens in Stichworten festzuhalten, war ihre Art, mit Problemen umzugehen, von denen sie nicht wusste, wie sie sie bewältigen sollte.

Das Telefongespräch mit Fritz hatte sie in einem Maße durcheinandergebracht, das selbst ihre Empörung über Kurts Alleingänge in den Hintergrund rückte. Natürlich hatte sie ihm am Abend bittere Vorwürfe gemacht, es war wie eine Wiederholung der Situation gewesen, als Kurt ohne ihr Wissen das Haus am Petersberg hatte bauen lassen – aber diesmal fühlte sie sich noch weitaus mehr von ihm hintergangen, vielleicht weil sie so überzeugt davon gewesen war, dass Kurt doch verstanden haben musste, wie sehr es sie verletzt hatte, nicht an seiner Entscheidung beteiligt gewesen zu sein.

»Ich begreife es einfach nicht, Kurt! Es ist deine Firma, ja, und ich habe keine große Ahnung von Soll und Haben und den Kalkulationen für die Banken oder welche Kredite wir laufen haben und wie wir finanziell überhaupt dastehen. Ich weiß es nicht, und ich will mich da auch gar nicht einmischen, das ist deine Sache, und ... Gotthelfs, dafür hast du ihn ja extra eingestellt. Aber wenn du Entscheidungen triffst, die ja wohl offensichtlich unsere ganze Zukunft bestimmen, dann möchte ich, dass du wenigstens mit mir darüber sprichst! Und nicht, dass ich es durch Zufall erfahren muss und vor den Mitarbeitern dastehe wie die dumme Gans, deren Mann es noch nicht mal für notwendig hält, sie zu informieren ...«

»Du sagst es doch selbst«, war Kurts Antwort gewesen.

»Vom Geschäftlichen hast du keine Ahnung, und bislang hat dich das ja auch nicht weiter gestört. Jetzt komm, Annie«, hatte er versucht, sie zu besänftigen. »Ohne dich läuft in der Firma gar nichts mehr, und das weißt du, deine Ideen und dein unternehmerischer Weitblick sind für mich nicht mit Gold aufzuwiegen, aber wir haben uns immer daran gehalten, dass wir die Arbeitsbereiche strikt trennen. Und das ist auch sinnvoll, warum sollst du dich mit Zahlen belasten, die dir nichts sagen? Ich brauche dich für ... dein schnelles Denken, für deine Offenheit, für den Mut, mit dem du dich an Neues heranwagst! Das ist eine Fähigkeit, die sonst keiner von uns hat, und mit der du auch mich weit in den Schatten stellst. Und ganz davon abgesehen, gibt es ja immer noch unser Kind, um das du dich kümmern musst«, hatte er hinzugesetzt. »Ich weiß nicht, wie das alles ohne dich funktionieren sollte, da kannst du doch jetzt nicht kommen und dich beschweren, wenn ich versuche, dir soweit es geht den Rücken freizuhalten. Ich verstehe ja, dass du verärgerst bist, weil du als Letzte davon gehört hast, aber ich hätte es dir schon noch erzählt, wenn die Sache erst mal in trockenen Tüchern ist. Wer weiß, was die Gemeindeverwaltung uns noch für Steine in den Weg legen wird! Aber glaub mir, wenn wir das über die Bühne kriegen, dann sind wir nicht nur einen Schritt weiter, sondern dann stehen uns alle Türen offen auf dem Weg zum Marktführer, da wird sich die Konkurrenz noch gehörig wundern!«

»Hör auf!«, hatte Annie ihm entgegengeschleudert. »Ich will deine Entschuldigungen nicht hören, nicht in dieser Form. Wenn es denn überhaupt eine Entschuldigung sein soll! Manchmal weiß ich wirklich nicht, wie du dir das überhaupt mit uns vorstellst! Und ganz bestimmt lasse ich mich nicht damit abspeisen, dass es meine Aufgabe ist, unser Kind großzuziehen. Da musst du dir etwas Besseres einfallen lassen, oder … oder ich bin weg.«

Der Satz war ihr rausgerutscht, noch bevor sie eigentlich wusste, was sie da sagte.

»Jetzt warte aber mal, Annie! Du machst gerade aus einer Mücke einen Elefanten. Ich will doch nur, dass wir es gut haben miteinander. Und dazu gehört nun mal, dass ich mich um bestimmte Dinge alleine kümmere, genauso wie du als … als Mutter!«

»Schön, wenn du das so siehst, weiß ich nicht, worüber wir hier überhaupt noch reden. Aber nur dass du Bescheid weißt – ich fahre morgen mit Claudia nach München, um … meine Mutter zu besuchen.«

»Was? Aber wieso …?«

Und dann war Annie in Tränen ausgebrochen. Stockend hatte sie Kurt von dem Telefongespräch mit Fritz erzählt. Und von ihrer festen Überzeugung, dass sie Fritz vor Jahren kennengelernt hatte, dass er ihre Mutter und sie in München besucht hatte. Dass seine Reaktion auf ihre Frage so eindeutig gewesen war, dass es keinen Zweifel geben konnte …

Kurt war kreidebleich geworden, mit einer hilflosen Geste machte er einen Schritt auf Annie zu.

»Er kennt … dich und deine Mutter?«

»Er war da, ja. Ich bin mir sicher.«

Ohne es eigentlich zu wollen, flüchtete Annie in Kurts Arme und klammerte sich an ihn. Alle Vorwürfe, alles, was zwischen ihnen stand, war in diesem Moment unwichtig geworden, sie fühlten beide unbewusst eine Bedrohung, auf die sie keine Antwort kannten.

Den größten Teil der Nacht hatten sie damit verbracht, sich an eine Vergangenheit heranzutasten, die sich nur bruchstückhaft erschließen lassen wollte. Und jede neue Frage, die sich aus ihren Erinnerungen ergab, verstärkte den Eindruck, dass sie sich durch ein Dickicht aus Lügen und Halbwahrheiten kämpften, ohne die Zusammenhänge zu erkennen.

»Als Fritz euer Freund war, damals in Polen, was weißt du aus dieser Zeit über seine Eltern? Wer waren sie?«

»Sein Vater war der Gutsbesitzer, ihm gehörte mehr oder weniger das Dorf. Seine Mutter ist tödlich verunglückt, als er zwölf oder dreizehn war. Sie ist von einem Fuhrwerk überrollt worden, bei dem die Pferde durchgegangen waren. Ich weiß noch, dass alle wochenlang über nichts anderes geredet haben. Und später hat der Gutsbesitzer wieder geheiratet, eine wesentlich jüngere Frau, die fast seine Tochter hätte sein können. Aber wo siehst du da einen Zusammenhang? Das war in Polen. Was hat das mit deiner Mutter zu tun?«

»Meine Eltern haben nie darüber gesprochen, und ich bin in München geboren, aber ... sie kamen nicht aus München. Sie sind geflohen, als meine Mutter schwanger mit mir war, das weiß ich, weil sie mir die Geschichte erzählt hat, als ich ein Kind war. Wie ein Bauer sie auf seinem Ochsenkarren mitgenommen hat und sie sich mit ihrem dicken Bauch bei dem Stoßen und Rütteln auf den Feldwegen kaum halten konnte. Ich habe damals als Kind gar nicht verstanden, was das mit der Flucht bedeutete, nur dass sie Angst hatte, mir könnte etwas passieren. Und ich weiß auch nicht, von wo sie geflohen sind, aber ... es war Polen! In meiner Geburtsurkunde steht, dass meine Eltern aus Krakau sind.«

»Gut, sie kommen aus Polen, aber Krakau ist weit weg von Posen, Pleschen, Eulendorf ...«

»Warte, Kurt! Als mein Vater schon nicht mehr lebte, habe ich einen Karton mit Fotos entdeckt, von ihm und meiner Mutter. Auf einem Bild haben sie unter großen alten Bäumen gestanden, dahinter war ein Haus zu sehen, das mich sehr beeindruckt hat, deshalb erinnere ich mich so genau. Weil es riesig war, mit einer Freitreppe und einer geschnitzten Inschrift über der Eingangstür. Und wir lebten damals in zwei Zimmern in einer Wohnung unterm Dach! Und vorher noch ärmlicher, in einem gottverlassenen Kaff bei München! Ich habe meine Mutter natürlich nach dem Haus gefragt ...«

»Und?«

»›Das ist aus einem anderen Leben‹, hat sie gesagt. Oder so was Ähnliches jedenfalls. Und dass es nichts gebe, was ich darüber wissen müsste. Danach hat sie den Karton so gut versteckt, dass ich ihn nie wiedergefunden habe.«

»Aber ich verstehe immer noch nicht, worauf du hinauswillst.«

»Du sagst, dass Fritz' Vater Gutsbesitzer war! Und auf dem Foto, von dem ich dir gerade erzählt habe ... Das Herrenhaus, vor dem meine Eltern standen!«

»Annie, bitte, so sahen die großen Gutshöfe doch wahrscheinlich alle aus! In Oberschlesien genauso wie bei Posen. Und warum sollten deine Eltern ihre Geburtsurkunde gefälscht haben?«

»Ich weiß es nicht, aber da gibt es noch etwas, auf diesem Foto. Das Haus im Hintergrund war über und über mit wildem Wein bewachsen und …«

Kurt stutzte, zwischen seinen Augenbrauen bildete sich eine steile Falte. »Wein oder Efeu? Könnte es auch Efeu gewesen sein?«

Annie nickte. »Ja, natürlich, das Foto war schwarz-weiß, ich erinnere mich nur, dass die Ranken um die Fenster herum sorgfältig beschnitten waren, sodass es aussah, als würde der Junge aus einem Versteck mitten im Dickicht blicken …«

»Was für ein Junge?«

»Da war ein Junge hinter einem der Fenster! Ein bisschen unscharf, als hätte er sich gerade noch weggedreht, um nicht aufs Bild zu kommen, aber das Gesicht war noch zu erkennen. Ein Junge mit schwarzen Haaren.«

»Wie alt? Ungefähr, was glaubst du?«

»Eher schon größer, aber … ich weiß es wirklich nicht, Kurt. Glaubst du, es könnte … Es kann nicht sein, oder doch?«

Für einen Moment schwiegen sie beide. Dann schüttelte Kurt unwillig den Kopf.

»Fritz heißt Koslowski mit Nachnamen, so hieß auch der Gutsbesitzer. Aber dein Vater …«

»So wie ich natürlich, bevor ich dich geheiratet habe: Mann, August Mann.«

»August? Nein, das sagt mir gar nichts. Aber ich denke, da haben wir die Antwort: Es passt nicht, der Gutsbesitzer hieß Koslowski! Als Fritz euch in München besucht hat, als was hat deine Mutter ihn dir da vorgestellt, ich meine, was hat sie gesagt, wer er ist?«

»Ein Cousin, angeblich. Aber ich sollte ›Onkel‹ zu ihm sagen, er wollte auf keinen Fall, dass ich ihn einfach nur Fritz nenne. Ich mochte ihn nicht, ich war ja schon Mitte zwanzig, und ich fand ihn unmöglich! Er hat mir lauter komische Fragen gestellt und mich behandelt, als wäre ich noch ein Kind. Ich weiß noch, dass ich behauptet habe, mir wäre übel, ich hätte etwas Falsches gegessen, nur damit ich nicht länger mit ihm am Tisch sitzen bleiben musste. Und es muss etwas vorgefallen sein zwischen ihm und meiner Mutter, denn als ich am nächsten Tag von der Arbeit nach Hause kam, war er verschwunden, meine Mutter hat ihn auch nie wieder erwähnt. Aber ich bin mir sicher, Kurt, ich irre mich nicht. Es war ... Fritz!«

»Es gibt nur eine Möglichkeit, um das wirklich rauszufinden ...«

»Ich muss nach München und mit meiner Mutter reden.«

»Wir könnten versuchen, ob sie inzwischen Telefon hat. Oder wir rufen den Vermieter an, dessen Nummer zu besorgen, sollte kein Problem sein.«

»Nein, das geht nicht am Telefon. Nicht nach allem, was gewesen ist. Ich muss hin und ihr meine Fragen persönlich stellen.«

»Ich weiß, was das für dich bedeutet, aber ...«

»Ich mache das. Ich fahre hin!«

»Und wenn ich mitkomme?«

»Das wäre wahrscheinlich so ziemlich das Letzte, was sie überzeugen könnte, mir die Wahrheit zu sagen. Nein, Kurt, das muss ich alleine machen. Aber vielleicht hilft es, wenn sie Claudia sieht. Sie weiß ja noch nicht mal, dass sie Großmutter ist. Vielleicht hält sie das davon ab, mir gleich die Tür vor der Nase wieder zuzuschlagen.«

»Wenn du frühmorgens fährst, könnt ihr noch mit dem Nachtzug wieder zurück. Und ich bringe auch Jürgen mit seinem Rucksack fürs Schullandheim rechtzeitig zum Bahnhof, du musst dir seinetwegen keine Gedanken machen. Aber du bist dir wirklich sicher, dass du …?«

»Jetzt bist du derjenige, der sich unnötige Gedanken macht«, hatte Annie erwidert, obwohl ihr selbst vor der Fahrt bangte. Nein, nicht vor der Fahrt, vor dem Wiedersehen mit ihrer Mutter!

Annie starrte so lange auf ihre Notizen, bis die Zeilen vor ihren Augen verschwammen. Das eintönige Rattern der Räder auf den Gleisschwellen ließ ihre Gedanken in endloser Folge die immer gleichen Sätze wiederholen: *Fritz kennt nicht nur Kurt von früher, sondern auch meine Mutter. Meine Eltern sind aus Polen, aber vielleicht nicht aus Krakau, sondern aus demselben Dorf wie Kurt. Dann hätten sie ihre Geburtsurkunden gefälscht! Aber warum?* Und wieder von vorne: *Meine Eltern sind aus Polen, vielleicht aus demselben Dorf wie Kurt.* Wie ein Mantra, dem die beschworenen Heilkräfte fehlten.

Als Claudia im Schlaf wimmerte, zog Annie das Fenster einen Spalt weit auf und hielt ihre Hände in den Fahrtwind, bis die Haut so kühl war, dass sie die Handflächen sanft auf Claudias fiebrige Stirn und die geröteten Wangen legen konnte, um ihrem Kind Linderung zu verschaffen. Sie wartete, bis Claudias Atem ruhiger wurde, dann griff sie wieder nach dem Notizbuch und zog den dünnen Drehbleistift aus der Lasche im Einband, um in Steno hastig ihre Notizen mit weiteren Fragen zu vervollständigen, die ihr jetzt beim Lesen in den Kopf kamen – als wollte sie sich selbst vergewissern, dass sie nichts übersah, was ihr womöglich Aufschluss geben konnte. Und um eben diese Fragen ihrer Mutter zu stellen …

Sie war im Krankenhaus in München geboren, hatte ihre Kindheit aber auf einem Dorf bei Germering verbracht, gut zwanzig Kilometer außerhalb der Stadt. Ihre Mutter war gelernte Schneiderin und nähte zu Hause für andere Familien. Der Vater arbeitete als Knecht auf dem Hof, auf dem sie in der winzigen Wohnung direkt über dem Pferdestall lebten. Zu Annies frühesten Kindheitserinnerungen gehörte der Geruch nach frischem Mist, der den Vater umgab. Und dass der Vater nie mit ihr spielte! Meistens beachtete er sie noch nicht mal, als würde sie gar nicht existieren. Wenn er nicht im Stall oder auf der Weide war, hockte er regungslos in der Küche und starrte vor sich hin. Aber er konnte gut mit Pferden umgehen, als hätte er sein Leben lang nichts anderes getan. Und später, als Annie in der Dorfschule war, lieh er sich von ihrem Lehrer regelmäßig Bücher aus, in denen er dann bis in die Nacht hinein bei Kerzenlicht las.

Welchen Beruf hatte er, ehe er sich als Knecht verdingte?, schrieb

Annie in ihr Notizbuch. *Wieso kannte er sich so gut mit Pferden aus?* Und die Bücher, die er gelesen hat, waren ausnahmslos die großen Klassiker, sie erinnerte sich an die Namen auf den Umschlägen. Goethe. Schiller. Fontane. Auch ausländische Autoren waren darunter gewesen, einmal sogar ein Roman auf Französisch: »Le Comte de Monte-Cristo«.

Annie hatte den Titel auswendig gelernt, um in der Schule damit angeben zu können, wenn ihre Mitschüler sie wieder wegen der Näharbeit ihrer Mutter mit »Schneider, Schneider, meck, meck, meck« hänselten.

Wieso konnte mein Vater Französisch?

Eine andere Erinnerung schoss ihr durch den Kopf. Sie hatten einen Ausflug gemacht, der Bauer hatte ihnen Fahrräder geliehen. In einem Biergarten am Wörthsee hatte der Vater Streit mit dem Kellner angefangen, der ihnen einen Tisch direkt neben der Tür zu den Toiletten geben wollte, der Vater hatte den Wirt verlangt und ihn angebrüllt: »Wissen Sie nicht, wen Sie vor sich haben? Es gab Zeiten, da hätte ich Ihren Laden einfach gekauft!« Annie war es peinlich gewesen, weil ihr Vater doch nur Pferdeknecht war.

Könnte das ein Hinweis sein – war er früher wirklich Gutsbesitzer? War das mit der Beschimpfung des Wirts gemeint? Das würde auch zu seinem Wissen über Pferde passen. Und zu den Büchern!

Um 1930 waren sie nach Pasing gezogen. In die Dachwohnung eines Hauses mit einem großen Garten, um den sich der Vater kümmerte. Deshalb mussten sie nicht die volle Miete zahlen. Er wusch auch das Auto des Vermieters und erledigte kleinere Reparaturen am Haus. Außerdem nahm er eine Stelle als Hilfstankwart an, jetzt roch er nicht mehr nach Pferdemist, sondern nach Benzin. Und er redete noch weniger als zuvor, auch kaum noch mit Annies Mutter. Eine Schulfreundin von Annie hielt ihn für Annies Großvater, weil seine Haare bereits grau waren.

Warum hat meine Mutter ihn überhaupt geheiratet? Einen Knecht, der fast 20 Jahre älter als sie war! Aber wenn er gar nicht Knecht gewesen war, sondern Geld hatte, weil ihm der Gutshof gehörte?

Annie hatte die Mittelschule besucht, bis sie sechzehn war. Danach machte sie eine Lehre als Stenotypistin beim Arbeitsamt und wurde Behördenangestellte. Als sie nach der ersten Woche in ihrer neuen Anstellung erzählte, dass ihr Chef sie gelobt hatte, weil sie alle Diktate fehlerfrei erledigte, lachte ihr Vater sie aus: »Bilde dir bloß nicht ein, dass du was Besseres bist! Mehr als ein kleines Schreibmädchen wird aus dir ohnehin nicht werden!«

Warum war er immer so ablehnend? Warum konnte er mir nicht ein einziges Mal zeigen, dass er stolz auf mich ist? Hat er sich zurückgesetzt gefühlt? Sollte ich nicht erreichen, was ihm verwehrt geblieben war? War es das? Oder wollte er nur nicht daran erinnert werden, dass er selber früher ein ganz anderes Leben geführt hatte? Und war dann da auch die Behördenangestellte für ihn indiskutabel? Unter dem Niveau der Tochter eines Gutsbesitzers?

Annies Gehalt reichte gerade so, um sich ein möbliertes Zimmer nicht weit von ihrer Arbeitsstelle leisten zu können, sie war froh, der häuslichen Enge entkommen zu sein. Wenn sie die Eltern am Wochenende besuchte, war es ausschließlich die Mutter, mit der sie redete, der Vater ließ sich kaum blicken, Annie hatte das Gefühl, dass er ihr bewusst aus dem Weg ging.

Dann kam der Krieg. Ihr Vater wurde eingezogen. Annie hatte Ernteeinsätze organisiert, zweimal war sie in Ruhpolding selbst dabei gewesen. Im letzten Kriegsjahr wurde sie Flakhelferin. Der Vater kam nicht wie andere Väter auf Heimaturlaub, er war weit weg in Finnland. Und er kam auch nie wieder zurück, kurz nach Kriegsende wurde er als verschollen gemeldet.

Das Haus in Pasing hatte den Krieg ohne Schäden überstanden, Annie zog wieder zu ihrer Mutter. Nicht nur weil es billiger war, sondern weil sie das Gefühl hatte, sich um sie kümmern zu müssen. Annie ging nicht mehr zurück zum Arbeitsamt, sondern nahm eine besser bezahlte Stelle in der neu gegründeten Esso-Niederlassung an.

Als ich den Karton mit den alten Fotos meiner Eltern finde, will meine Mutter nicht auf meine Fragen antworten. Sie macht mir eine Szene. Wir schreien uns an, weil ich behaupte, ein Recht darauf zu haben, etwas über ihre Vergangenheit zu erfahren. Sie sagt etwas, das für mich keinen Sinn ergibt: »Es ist nur zu deinem eigenen Besten, wenn du nicht alles weißt.«

Danach reden wir nie wieder darüber. Ich komme mir manchmal UNVOLLSTÄNDIG *vor, weil ich das Gefühl habe, meine Eltern nicht wirklich zu kennen. Ungefähr zu dieser Zeit taucht eines Abends Fritz auf. Er benimmt sich unmöglich, als wäre er der Herr im Haus. Ich mag ihn nicht, ich habe Angst, dass er bei uns einziehen will. Meine Mutter setzt ihn nach zwei Tagen vor die Tür. Ich höre nie wieder etwas von ihm. Bis ich seine Stimme am Telefon erkenne!*

Ist er wirklich ein Cousin meiner Mutter? Ich glaube nicht. Aber was dann? Er war viel jünger als meine Mutter. Wenn er sie aus Polen kannte und sie aus demselben Ort stammten, war er dann der Junge hinterm Fenster auf dem Foto? Hat er bei meinen Eltern gewohnt? Gehörte er zur Familie? Das muss Mutter mir beantworten!

Annie wohnte weiter in Pasing, obwohl sie sich nach einem Privatleben sehnte, aber sie wollte die Mutter, die häufig krank war, nicht im Stich lassen. Sie arbeitete auch weiterhin bei der Esso, aber es war nicht das, was sie sich erhofft hatte, sie wurde bei jeder Beförderung übergangen, obwohl sie mehr leistete als die durchweg männlichen Kollegen.

Ins Stockwerk unter ihnen waren Flüchtlinge eingezogen, ein älteres Ehepaar, nette Leute. Die Mutter war stolz darauf, sie zu kennen, der glatzköpfige Mann, der sich Milsch nannte, hatte im Dritten Reich angeblich eine Flugzeugfabrik geleitet, Junkers in Dessau. Als Annie erzählte, wie unzufrieden sie bei der Esso war, vermittelte ihr Milsch den Kontakt zu einem alten Freund, der als Rechtsanwalt in Fulda arbeitete. Dieser Anwalt machte auch die Verträge für Kurts Versandhandel und empfahl Annie an Kurt, der eine Sekretärin suchte.

Annie bekam die Stelle auf Anhieb und zog nach Fulda. Die Mutter redete ihr zu, endlich ein eigenes Leben zu beginnen. Annie war begeistert von Kurts Ideen und der Zusammenarbeit mit ihm. Endlich fühlte sie sich so wertgeschätzt, wie sie es die ganzen Jahre über bei der Esso vermisst hatte. Allerdings fing Kurt schon bald an, ihr offen den Hof zu machen, dann folgte der Heiratsantrag. Es ging Annie alles viel zu schnell, aber tatsächlich hatte sie sich bereits in Kurt verliebt. Als sie ihre Mutter über das Telefon bei Milsch anrief und ihr von den Hochzeitsplänen erzählte, war die zunächst noch hocherfreut über die »gute Partie«.

Erst als Annie ihr dann davon vorschwärmte, was Kurt schon alles ganz alleine auf die Beine gestellt hatte, reagierte sie plötzlich ungehalten und versuchte, Annie die Hochzeit auszureden. Das Gespräch endete damit, dass sie rundweg erklärte: »Er ist nicht der Richtige für dich, glaub mir! Wenn du es wirklich wahr machst und ihn heiratest, brauchst du dich nicht mehr bei mir zu melden.«

Annie war empört und verletzt gewesen, sie fand auch keine andere Erklärung für die Reaktion der Mutter, als dass die Mutter Kurt ablehnte, weil er deutlich älter war als Annie! Obwohl der Altersunterschied lange nicht so groß war wie bei ihr und Annies Vater. Aber seit ihrer unglücklichen Ehe waren ältere Männer ein rotes Tuch für Annies Mutter. Es hatte bereits in München schon einmal Streit gegeben, als Annie einen Freund vorstellte, der älter als sie gewesen war …

Annie schrieb ihrer Mutter noch einen langen Brief, bekam aber keine Antwort. Und die Mutter reagierte weder auf die Einladung zur Hochzeit noch – später dann – auf die Geburtsanzeige von Claudia.

Annie spürte, wie ihr der Atem stockte, als ihr plötzlich ein Gedanke durch den Kopf ging, auf den sie bisher nicht gekommen war. Sie erinnerte sich nicht mehr genau an das unglückliche Telefonat, aber konnte es sein, dass ihre Mutter in dem Moment so unerwartet reagiert hatte, als sie zum ersten Mal den Namen der Firma hörte? Den neuen Namen, für den sich Kurt da gerade erst entschieden hatte: Eulendorf! Als Annie nach Fulda gegangen war, hieß der Versandhandel noch schlicht »Spezialversandhaus Laube«!

Hat »Eulendorf« sie erst darauf gebracht zu fragen, woher Kurt eigentlich stammte? Sie hat gefragt, das weiß ich! Und natürlich habe ich ihr dann erzählt, dass Kurts Familie aus Polen kommt. War das der Grund, dass sie sich in dem Moment an Kurt erinnert hat, weil sie ihn schon von damals kannte?

Aber Kurt meint, ihren Namen noch nie gehört zu haben. Er hat sie auch auf dem Foto nicht erkannt, das ich ihm gezeigt habe. Er weiß aber auch nicht, wie die Frau des Gutsbesitzers in Eulendorf mit Vornamen hieß. Sie war immer nur die »gnädige Frau« für die Leute im Dorf. Und der Gutsbesitzer hieß Koslowski! Es passt nicht. Ich drehe mich im Kreis.

Meine Mutter muss die Antwort kennen!!! Ich habe Angst, sie zu treffen.

Claudia schlief, bis der Zug in Pasing einfuhr. Als Annie sie vorsichtig auf den Arm nahm, schien das Fieber deutlich gesunken zu sein, wenn auch ihre Augen noch glasig wirkten. Aber sie trank gierig aus dem Fläschchen, das Annie ihr hinhielt. Und sie quengelte auch im Bus nicht, sondern blickte aufmerksam um sich, wenn an den Haltestellen neue Fahrgäste zustiegen. Vielleicht war es nur die Aufregung und die ungewohnte Fahrerei, dachte Annie, oder ein Zahn, der mit ein paar Stunden Schlaf den Durchbruch geschafft hatte. Aber ich hätte ihre Windel noch mal wechseln sollen, im Zug wäre genug Zeit gewesen, jetzt müssen wir das als Erstes machen, wenn wir bei meiner Mutter sind. Eine schöne Begrüßung!

Auf dem Weg von der Bushaltestelle zur Wohnung ihrer Mutter war Annie froh, die Sportkarre für Claudia dabeizuhaben, ein Modell mit extragroßen Rädern, das sich mühelos auch über das Kopfsteinpflaster schieben ließ. Sie hatten die Karre dennoch nicht ins Sortiment genommen, weil Kurt behauptete, allein schon das quietschbunte Muster würde ihn an »die Geisterbahn auf einem Rummelplatz« erinnern, »von dem unverschämten Einkaufspreis für das Ding mal ganz zu schweigen«.

Das Haus in der Wilhelm-Hey-Straße kam Annie kleiner vor, als sie es in Erinnerung hatte. Vor der Garage parkte der Wagen des Vermieters, wie auch früher schon ein Mercedes, aber fabrikneu, dunkelgrau, mit chromglänzenden Radkappen und einem Schiebedach. Aus dem Garten dröhnte das Rattern eines Motor-Rasenmähers.

Annie hatte schon den Finger auf dem obersten Knopf des Klingelschildes, als sie sich irritiert vorbeugte. Der Name des Vermieters war unverändert, aber auf den beiden Schildern darüber gab es weder Milsch noch Mann.

Im selben Moment fing ein Hund an zu bellen. Der Rasenmäher verstummte. Kaum dass die Metalltür in dem überdachten Durchgang zwischen Haus und Garten aufgeschlossen wurde, preschte ein Dackel durch den Spalt, um schwanzwedelnd erst an Annie und dann an der Karre hochzuspringen.

»Aus! Hierher! Mach Platz!«

Annie erkannte den Vermieter sofort, wenn sie sich nicht sehr täuschte, waren auch die zerknitterte Leinenjacke und der breitkrempige Hut immer noch dieselben Kleidungsstücke, die er schon vor Jahren bei der Gartenarbeit getragen hatte.

Er musterte sie mit zusammengezogenen Augenbrauen, es war eindeutig das Kind in der Karre, das ihn irritierte.

»Sie heißt Claudia«, beeilte sich Annie zu erklären. »Und wir sind gekommen, um …«

»Ihre Mutter zu besuchen, natürlich. So ist das, wenn man sich nicht anmeldet. Dann steht man schnell vor Türen, hinter denen längst andere Menschen wohnen, Fremde. Ihre Mutter ist umgezogen.«

»Aber …« Annie hob hilflos die Schultern. Sie war wie selbstverständlich davon ausgegangen, dass ihre Mutter noch in der Wohnung unter dem Dach leben würde, die Information überraschte sie so, dass sie sich für einen Moment vollkommen überfordert fühlte. Claudia musste gewickelt werden, und sie selber musste dringend auf die Toilette, außerdem brauchte sie etwas zu essen und zu trinken, jetzt erneut mit Kind und Koffer durch die Straßen zu laufen, war das Letzte, was sie sich wünschte. Und der Vermieter machte keine Anstalten, sie ins Haus zu bitten! Schon früher war er sorgsam darauf bedacht gewesen, den Kontakt zu seinen Mietern möglichst auf den Tag im Monat zu beschränken, an dem er persönlich die Miete kassierte. Und ganz offensichtlich hatte sich an seinem Verhalten nichts geändert. Annie konnte nur hoffen, dass er ihr wenigstens erlaubte, die Toilette zu benutzen, bevor sie sich wieder auf den Weg machen musste. Umso überraschter war sie von seiner Reaktion, als Claudia plötzlich mit dem Finger auf den Dackel zeigte – und er einen Schritt näher trat, um vorsichtig die kleine Hand zu streicheln. Dann verbeugte er sich und zog mit einer weit ausholenden Armbewegung den Hut, gleich darauf schnitt er eine Grimasse für Claudia, die sie mit einem quietschenden Lachen quittierte.

»Ein süßer Fratz! Wie alt ist sie?«

»Vierzehn Monate schon ...«

»Da haben Sie Ihre Mutter also zur Oma gemacht! Weiß sie etwas davon?«

»Nein, wir haben ja gar keinen Kontakt mehr gehabt, seit ... meiner Heirat.«

»Sie hat mal so was gesagt, ja. Aber das geht mich nichts an, das müssen Sie unter sich ausmachen. – Milsch wohnt übrigens auch nicht mehr hier«, setzte er dann unvermittelt hinzu und wies auf das Klingelschild mit dem fremden Namen. »Er ist vor einigen Wochen erst mit seiner Frau ins Ausland gegangen, ohne eine neue Anschrift zu hinterlassen. Aber er wird wohl seine Gründe dafür gehabt haben, ich sage nur: Größter Flugzeughersteller im Dritten Reich, das sollte als Erklärung genügen.«

»Aber meine Mutter, ich meine ... ihre Adresse haben Sie doch?« Annie spürte, wie ihr bei der Frage das Herz anfing zu rasen, und die Antwort verschlug ihr für einen Augenblick die Sprache.

»Sie lebt jetzt in Mittenwald. Sie hat wohl eine kleine Ladenwohnung in der Hauptstraße gemietet, als Schneiderei. Sie hat ja immer schon genäht, wie Sie wissen, und sie versteht ihr Handwerk. Mit ein bisschen Glück kann sie da ...«

»In Mittenwald?«, unterbrach ihn Annie. »Aber ... wie soll ich da jetzt hinkommen? Ich ...«

»Es gibt einen Abendzug nach Innsbruck. Den sollten Sie noch ohne Probleme erreichen können.« Wieder schnitt er eine Grimasse für Claudia. Als sie nach seinem Hut grapschte, blickte er kurz auf seine Uhr und sagte dann: »Ich kann Sie zum Bahnhof fahren. Ich muss mir nur andere Sachen anziehen und eben meiner Frau Bescheid geben.«

Annie war vollkommen klar, dass sie dieses Angebot ausschließlich Claudia zu verdanken hatte. Und mehr würde sie nicht erwarten können, es grenzte ohnehin schon an ein Wunder, dass der Vermieter bereit war, sie zum Zug zu bringen.

Auf ihre hastig vorgebrachte Bitte hin durfte sie Claudias Windel auf einer Bank im Garten wechseln und auch die Gästetoilette im Erdgeschoss benutzen, als sie danach an der Küche vorüberkam, stand die Frau des Vermieters in der Tür, als hätte sie auf Annie gewartet. Mit einem Blick auf den Flur vergewisserte sie sich, dass ihr Mann nicht in der Nähe war, dann drückte sie Annie zwei Äpfel und eine Packung Kekse in die Hand und flüsterte: »Für Sie und die Kleine! Ich hätte Ihnen ja schnell noch was gekocht, aber Sie wissen doch, wie er ist! Er sieht es nicht gerne, wenn ... Und der Zug geht ja auch bald.« Sie schüttelte den Kopf und strich Annie flüchtig über den Arm. »Ich habe Sie und Ihre Mutter immer gerne als Mieter im Haus gehabt, schon als Sie noch ein kleines Mädchen waren. Und jetzt sind Sie eine ... so schöne, erwachsene Frau, ich kann es kaum fassen! Aber was rede ich da, richten Sie Ihrer Mutter bitte viele Grüße aus. Ich will auch versuchen, meinen Mann zu überreden, dass wir mal nach Mittenwald zu ihrem Laden fahren. Dann muss Ihre Mutter mir aber unbedingt ein Dirndl nähen, sagen Sie ihr das! Und vertragen Sie sich wieder mit ihr, sie ist sehr unglücklich darüber, wie es zwischen Ihnen gekommen ist. Aber einer muss den ersten Schritt tun, und vielleicht hilft ja die Kleine, alte Wunden zu heilen, das wünsche ich Ihnen beiden.«

12.

Bei Eulendorf bestellt, spart Zeit und Geld!
(Litfaßsäulen-Werbung in Frankfurt)

Mittenwald 1958

Als der Zug in Mittenwald einfuhr, dämmerte es bereits. Die Straßenlampen warfen ein gelbliches Licht auf die bemalten Hausfassaden, hinter denen sich steil und unnahbar die zerklüftete Felswand des Karwendels erhob. Annie fragte sich zur Hauptstraße durch, mit jedem Schritt schien sich die Karre schwerer schieben zu lassen, immer wieder schlug ihr der Koffer schmerzhaft gegen das rechte Knie. Sie fühlte sich so erschöpft, dass sie meinte, auf der Stelle einzuschlafen, sowie sie auch nur einen Moment ausruhen würde. Gleichzeitig spürte sie ein nervöses Kribbeln im Bauch, das nicht von ihrem Hunger herrührte.

Der Laden ihrer Mutter war nicht weit von der Kirche mit dem Denkmal des berühmten Geigenbauers entfernt, fast wäre Annie dann an dem schmalen Schaufenster vorübergelaufen, in dem ein samtblaues Dirndl mit weißem Blümchenmuster und gewagtem Dekolleté die einzige Auslage darstellte. Erst als sie einen Schritt zurücktrat, konnte sie im Hintergrund ihre Mutter ausmachen, die im Lichtschein einer Arbeitslampe gebeugt über ihrer Nähmaschine saß. Als sie die Tür öffnete, ertönte ein Glockenspiel, das Claudia fasziniert die Augen aufreißen ließ.

»Ich habe geschlossen, es ist spät«, sagte ihre Mutter halblaut, ohne von der ratternden Nähmaschine aufzublicken.

»Ich bin's, Grete! Wir sind es, deine Tochter mit deinem Enkelkind.«

Für einen Moment ließ ihre Mutter die Nadel weiterlaufen, ohne den Stoff nachzuschieben. Ihre Hände fingen an zu zittern, im Profil wirkte ihr Gesicht müde und verhärmt. Annie hatte nicht gewusst, dass sie mittlerweile eine Brille trug, auch die Frisur war anders, kürzer und mit einem Mittelscheitel, der sich als graue Linie vom Blond der Haare abhob.

»Grete?«, wiederholte Annie, während sie ihren Koffer absetzte und Claudia aus der Karre hob, um gerade noch rechtzeitig ihre Hände einzufangen, bevor sie über die Kreidestriche auf der Schneiderpuppe wischen konnten. »Mutti!«

Als Grete aufsprang und auf sie zustürmte, war ihr Gesicht tränenüberströmt, ohne ein Wort schloss sie Annie und Claudia schluchzend in die Arme.

Annie strich ihr mit der freien Hand über die Schulter und den Rücken, und ohne dass sie es wollte, stiegen auch ihr die Tränen in die Augen, Claudia patschte nach den nassen Spuren auf ihren Wangen. Eine lange Zeit standen sie so, eng umschlungen und ohne etwas anderes zu sagen, als immer wieder ihre Namen zu flüstern.

»Grete, Mutti ...«

»Annie ... Claudia! Meine Mädchen ...«

Dann machte Grete sich los und wischte sich noch einmal über die Augen, bevor sie mit einem unsicheren Lächeln zu ihrem Arbeitsplatz hinüberwies: »Das ist jetzt mein ganzes Reich! Was sagst du zu meiner neuen Nähmaschine? Eine Zündapp. Mit automatischer Garnspule und ...«

»Ich weiß, das neueste Modell! Wir haben die Maschine auch im Angebot«, rutschte es Annie heraus. »Du hättest sie bei uns billiger bekommen können. Oder ich hätte sie dir geschenkt.«

Für eine Sekunde verdüsterte sich Gretes Miene, sie wich Annies Blick aus und schüttelte den Kopf, als wollte sie nicht hören, was ihre Tochter sagte.

»Entschuldigung, es tut mir leid«, murmelte Annie. »Das war dumm von mir. Unnötig. Aber ...«

»Du bist auch ganz sicher nicht gekommen, um dich mit mir über Nähmaschinen zu unterhalten. Ich bin also diejenige, die sich entschuldigen muss! – Wie geht es euch? Seit wann seid ihr unterwegs? Habt ihr schon etwas gegessen? Muss die Kleine vielleicht ... Ach, was rede ich da alles, warte, ich habe Garnröllchen hier, buntes Garn, in allen Farben, das wird ihr gefallen, und ein paar Stoffreste, mit denen sie spielen kann.« Mit fahrigen Bewegungen suchte sie

Garn und Stofffetzen zusammen, erst als Annie nach ihrem Arm griff, blickte sie irritiert auf.

»Mutti, lass uns erst einmal ankommen! Und ja, wir haben Hunger, und etwas zu essen wäre schön. Außerdem möchte ich mir die Hände waschen und mich frisch machen, und Claudia braucht bestimmt eine neue Windel. Und ... ist es möglich, dass wir heute Nacht bei dir bleiben?«, setzte sie dann zögernd hinzu, ohne sich wirklich sicher zu sein, ob sie das überhaupt wollte. Doch es schien ihr plötzlich selbstverständlich, die Mutter danach zu fragen. »Ich habe nicht damit gerechnet, dich in Mittenwald zu finden, wir waren erst in München, bei der alten Wohnung! Aber wenn du nicht genug Platz hast, dann müssen wir uns jetzt schnell noch ein Hotel suchen. Ich weiß nicht, wie lange Claudia noch durchhält, auf der Fahrt heute dachte ich schon, sie wird krank ...«

»Natürlich bleibt ihr hier! Ich habe zwar nur ein Zimmer hinten und eine winzige Küche, aber das geht schon. Mein Bett ist breit genug, da passen wir auch zu dritt hinein. Nur ... das Klo ist im Hof, ich teile es mir mit den Leuten aus der Wohnung über dem Laden, tut mir leid, besonders schön ist es nicht.«

»Wie früher«, erwiderte Annie, »auf dem Hof in Germering. Ich hatte immer ein bisschen Angst vor dem Loch im Holzsitz.«

»Daran erinnere ich mich.« Ihre Mutter lächelte und strich Annie flüchtig über die Wange. »Und jetzt hast du selber ein Kind. – Ich danke dir, dass du gekommen bist. Ich ... wir müssen miteinander reden, nicht?«

»Morgen, Mutti. Jetzt zeig mir den Weg zum Hof, und nimm Claudia für einen Moment, ja? Sie fremdelt überhaupt nicht, du musst dir keine Gedanken machen.«

»Wir beide werden schon mal den Tisch in der Küche decken, ich habe noch Brezeln von heute Nachmittag, und Bergkäse.«

»Brezeln mit Bergkäse klingt wunderbar.«

Als Annie Claudia hochhob und ihre Mutter sie auf den Arm nahm, hatte sie das Gefühl, als wäre sie nach langer Zeit wieder nach Hause gekommen.

Claudia schlief noch beim Essen ein, und nachdem Annie sie ins Bett gelegt hatte, lief sie noch einmal die paar Meter zurück zur Kirche, um von der öffentlichen Telefonzelle aus Kurt anzurufen. Schon am Nachmittag hatte sie kurz mit ihm gesprochen, jetzt konnte sie ihm immerhin mitteilen, dass sie ihre Mutter gefunden hatte und so herzlich empfangen worden war, wie sie es kaum zu hoffen gewagt hatte.

»Es war gut, dass ich hierhergefahren bin. Aber wir werden erst morgen über alles reden. Es ist besser so, denke ich. Wir haben ja gerade erst zueinandergefunden.«

Als sie zurück in die Ladenwohnung kam, hatte Grete bereits abgewaschen und saß im Nachthemd am Küchentisch. Der Blick, mit dem sie Annie zunickte, war so unsicher, dass es ihr einen Stich versetzte.

»Morgen, Mutti«, beeilte sie sich zu sagen. »Jetzt lass uns schlafen, ich kann mich kaum noch auf den Beinen halten. Aber ich bin froh, hier zu sein, das sollst du wissen. Und wir werden das alles klären, ohne ... Hass und Streit, ja?«

»Ja«, erwiderte ihre Mutter nur und tappte vor ihr her in das Zimmer, das ihr als Wohn- und Schlafraum diente. Claudia lag friedlich schlummernd auf dem breiten Bett und wurde auch nicht wach, als sie links und rechts von ihr unter die Decken krochen.

Als Grete die Nachttischlampe ausgeknipst hatte, lag Annie noch lange wach und starrte in die Dunkelheit. Sie konnte spüren, dass auch ihre Mutter nicht schlief. Erst als Gretes Hand über Claudia hinweg nach ihr tastete, versank sie in einen traumlosen Schlaf, der alle Ängste und Sorgen mit sich nahm.

Am nächsten Morgen war dann noch vor dem Frühstück die Unruhe wieder da. Annie konnte deutlich sehen, dass es ihrer Mutter ähnlich ging, sie hatten sich nur eine Gnadenfrist ertrotzt, sie wussten beide, dass alles, was vor ihnen lag, jetzt nicht mehr länger aufzuschieben war. Kaum dass Claudia ihr Fläschchen bekommen hatte, hängte Grete ein Schild ins Schaufenster, HEUTE RUHETAG, und verschloss sorgfältig die Tür.

»Es ist leichter zu reden, wenn wir dabei laufen«, hatte sie erklärt, ohne Annie auch nur zu fragen. »Wir wandern zum Lautersee hinauf, der Weg ist schön, und direkt am Wasser gibt es ein kleines Ausflugslokal. Da bekommen wir auch einen Kaffee.«

Abwechselnd schoben sie die Sportkarre an den Häusern mit ihren Holzbalkonen und den Lüftlmalereien vorüber bis zum Burgberg. Grete ignorierte die neugierigen Blicke der Dorfbewohner, die ihnen begegneten, und schlug ein

Tempo an, das mehr als deutlich werden ließ, wie nervös sie war.

Annie wartete darauf, dass ihre Mutter das Gespräch beginnen würde, aber entgegen ihrer Ankündigung blieb sie schweigsam, sie machte nur hin und wieder Claudia auf etwas am Wegrand aufmerksam, einen Teppich aus leuchtenden Fliegenpilzen, eine krumm gewachsene Kiefer, einen vorspringenden Felsen, der wie ein Gesicht aussah. Annie beschloss, ihrer Mutter die Zeit zu lassen, die sie brauchte, ihre Fragen würde sie noch früh genug stellen können.

Es dauerte eine gute halbe Stunde, bis das Wasser des Sees im Sonnenlicht zwischen den Bäumen aufblitzte, die Kulisse ließ Annie für einen Moment alles um sie herum vergessen.

Wie aus weiter Ferne hörte sie die Stimme ihrer Mutter: »Vor dir ist das Karwendel, der Gipfel rechts ist der Wetterstein, dahinter liegt das Zugspitzmassiv. Ich bin viel hier oben, um mit mir ins Reine zu kommen. Manchmal funktioniert es, aber leider nicht allzu oft.«

Sie warf Annie ein zögerliches Lächeln zu, als wollte sie im Voraus schon um Verzeihung für das bitten, was zwischen ihnen stand.

Sie waren die einzigen Gäste auf der Caféterrasse, das Lokal hatte noch nicht geöffnet, aber der Wirt erklärte sich bereit, ihnen einen Kaffee zu bringen.

Eine Weile beobachteten sie Claudia, die auf den Knien im Ufersand herumrutschte und Kieselsteine sammelte, die sie mit hoch konzentrierter Miene zu kleinen Hügeln aufschichtete. Nachdem der Wirt den Kaffee serviert hatte, holte Annie tief Luft: »Wollen wir, Mutti? Ich habe ein paar Fragen an dich …«

»Das ist mir klar.« Ihre Mutter biss sich auf die Unterlippe, bevor sie mit gepresster Stimme herausbrachte: »Du hast es also erfahren. Dein … Mann hat es dir erzählt? Kurt? Das war das, wovor ich mich am meisten gefürchtet habe, aber es musste ja so kommen.« Sie zuckte hilflos mit den Schultern.

»Wovon sprichst du? Was soll mir Kurt erzählt haben?« Annie zog die Augenbrauen zusammen, die Gedanken in ihrem Kopf rasten, ohne dass sie sich einen Reim auf die Sätze ihrer Mutter machen konnte.

Grete schien ihre Irritation nicht wirklich zu bemerken, es war, als würde sie verzweifelt nach den richtigen Worten suchen.

»Fritz! Du hast ihn kennengelernt, er hat uns kurz nach dem Krieg in München besucht. Du mochtest ihn nicht! Und er wusste nicht, wie er sich dir gegenüber verhalten sollte …«

»Nach Fritz wollte ich dich ohnehin fragen, ja«, unterbrach Annie ihre Mutter. »Du hast gesagt, er wäre ein Cousin von dir, aber wer war er wirklich? Wer ist Fritz?«

Grete hob ruckartig den Kopf, als würde ihr jetzt erst klar, dass sie aneinander vorbeiredeten. »Ich denke, Kurt hat dir … Ich dachte, nur deshalb bist du hier!«

»Ich verstehe im Moment gar nichts, Mutti! Ich habe keine Ahnung, was du sagen willst.«

Grete gab keine Antwort. Das Schweigen hing zwischen ihnen wie eine unsichtbare Wand.

Vor ihnen am Ufer hatte Claudia entdeckt, dass sie die Steine auch ins Wasser werfen konnte. »Da! Dada!«, rief sie jedes Mal, wenn ein Kiesel glucksend versank und nichts als ein paar Kreise an der Wasseroberfläche zurückblieben.

»Würdest du mir jetzt bitte mal ...«, setzte Annie an.

»Mach es mir doch nicht so schwer, Kind. Ich glaube, du kennst die Antwort längst.«

»Nein, ich ...«

Grete hob die Hand, um Annie zu stoppen. Ihre Stimme war brüchig, als sie sagte: »August war nicht dein Vater.«

Es war nicht dieser Satz, der Annie unwillkürlich die Augen schließen ließ. Sie spürte, wie ihr schwindlig wurde. Es war die Konsequenz, die aus diesem Satz folgen musste, ohne dass es eine andere Erklärung geben konnte. Für einen kurzen Moment wünschte sich Annie weit weg, um der Wahrheit zu entkommen, die ihr die Luft zum Atmen nahm. Wäre sie bloß nie hierhergekommen!

»Soll das heißen, dass ...?«

»Fritz, ja. Fritz ist dein Vater. Es tut mir leid, dass du es so erfahren musst. Aber vielleicht kann es auch gar keinen richtigen Zeitpunkt geben, um endlich reinen Tisch zu machen. Und bevor du mich verurteilst, hör dir wenigstens an, was ich als Erklärung sagen kann. Bitte!«

»Nein«, stieß Annie hervor, während sie bereits den Stuhl zurückschob und aufstand. »Nicht jetzt, später. Ich muss erst mal ... Gib mir einen Moment, ja?«

Sie eilte an ihrer Mutter vorüber zum Ufer. Als sie Claudia aus dem Sand hob, kam es ihr vor, als wäre das Kind ihre einzige Rettung, um nicht vollständig den Boden unter den Füßen zu verlieren.

Ich muss Kurt anrufen, ich muss ihm alles erzählen, schoss es ihr durch den Kopf, während sie mit Claudia auf dem Arm ziellos am Ufer entlanglief. Gleichzeitig stürmten bereits die Fragen auf sie ein, die sich jetzt auftaten, ohne dass sie wusste, wo sie sie hinführen würden. Und die Erklärung für so vieles, was sie nie verstanden hatte ...

»Deshalb war mein Vater so ... unnahbar für mich«, flüsterte sie Claudia ins Ohr. »Mein Vater, der gar nicht mein Vater war! Deshalb hatte ich immer das Gefühl, dass ich für ihn nicht existiere. Ich war ... ein Bastard für ihn, ein fremdes Balg, dem er die Schuld daran gab, dass es ihn immer an den Fehltritt meiner Mutter erinnerte. Und dann stimmt es also, dass Fritz nicht nur Kurt von früher kennt, sondern dass sie alle aus demselben Ort in Polen kommen! Deshalb hat meine Mutter auch die Heirat mit Kurt abgelehnt! Sie hatte Angst, dass Kurt etwas davon wusste, von Fritz und ihr, und dass er irgendwann herausfinden würde, wer ich eigentlich bin ...«

Hinterher konnte Annie nicht mehr sagen, wie lange sie ziellos umhergelaufen war. Die friedliche Stimmung des Bergsees stand in krassem Gegensatz zu dem Aufruhr in ihrem Inneren. Als sie zur Terrasse zurückkehrte, saß ihre Mutter in der gleichen Haltung wie zuvor über die leere Kaffeetasse gebeugt.

»Wenn du sofort wieder zurück nach Fulda fahren möchtest, kann ich das verstehen«, sagte sie, ohne aufzublicken.

»Und auch, wenn du jetzt glaubst, dass es besser ist, wenn wir uns nie wiedersehen.«

»Ich weiß noch nicht, wie ich mich verhalten soll oder ... was ich tun werde. Aber ich möchte, dass du mir eine Reihe von Fragen beantwortest, damit ich eine Entscheidung treffen kann. Und sei bitte absolut ehrlich zu mir, es muss endlich Schluss sein mit all den Lügen! Fang am besten ganz von vorne an, mit der Zeit in Polen, zum Beispiel damit, dass weder du noch ... August aus Krakau stammt. Ihr kommt aus demselben Dorf wie Kurts Familie! Und da hast du auch Fritz kennengelernt ...«

»Nein, Annie, ich bin wirklich aus Krakau, nur dein ... nur August nicht, da hast du recht. Mein Vater kannte ihn aus dem Krieg 70/71. Als Augusts Frau tödlich verunglückt ist, haben sie ... meine Hochzeit mit August arrangiert. Mein Vater hat das bestimmt. Es war zu einer Zeit, als das noch so üblich war. Ich habe August Koslowski nie geliebt, aber ich habe mich dem Willen meines Vaters gebeugt. Ich war gerade mal Anfang zwanzig, Annie! Ich wollte nicht auf dieses Dorf bei Pleschen ziehen. Ich wollte auch nicht die Frau eines Gutsbesitzers werden, der mehr als doppelt so alt war wie ich. Ich war unglücklich, ich habe wochenlang nur geheult ...«

»Wieso hat er später einen anderen Namen angenommen?«, unterbrach Annie ihre Mutter. »Wieso ist er als Knecht in einem Dorf bei München gelandet, er war Gutsbesitzer, er muss doch Geld gehabt haben!«

Erst als ihre Mutter den Kopf schüttelte, fiel Annie ein, was Kurt über die Geschichte mit dem gestohlenen Gold erzählt hatte – das Gold war das Vermögen des Gutsbesitzers gewesen, und sein eigener Sohn hatte es ihm gestohlen! Fritz!

»Dass er seinen Namen geändert hat, unseren Namen, war sein Weg, um mit der Vergangenheit abzuschließen.«

Annie brauchte einen kurzen Moment, bevor sie begriff, dass ihre Mutter noch von August sprach. »Natürlich hatten wir Geld, August hatte sein ganzes Vermögen in Goldbarren angelegt, die er wegen unserer Ausweisung heimlich über die Grenze schmuggeln wollte. Aber als die Kisten in München eintrafen, waren sie nur mit Dreck und Schotter gefüllt. Und wir besaßen nichts mehr außer den paar Sachen in unseren Koffern. Er hat sich von dem Schlag nie erholt, er hat aufgegeben, sich in sein Schicksal gefügt, nenn es, wie du willst. Und ich war diejenige, der er die ganze Schuld daran gegeben hat! Vielleicht stimmte es ja auch, weil ... Es war Fritz gewesen, der ihn bestohlen hat ...«

»Den Teil der Geschichte kenne ich, und ich weiß auch von Kurt, dass sein Vater Fritz dann hintergangen hat. Aber ... du und Fritz ...? Wie ist das gekommen? Wieso hast du ...?«

Annie brachte die Frage kaum über die Lippen, es schien ihr immer noch so ungeheuerlich, dass sie nicht wusste, was sie eigentlich denken sollte.

Grete erzählte jetzt in kurzen Sätzen, die fast abgehackt klangen, aber ohne jedes Zögern, als würden die Worte schon lange darauf warten, endlich ausgesprochen zu werden. Nach ihrer Heirat mit August Koslowski hatte sie zunächst Schwierigkeiten mit Fritz gehabt, der sich weigerte, sie als Stiefmutter zu akzeptieren. Aber schon rein altersmäßig war sie ihm ja so viel näher gewesen als ihrem Ehemann, der ihr verknöchert und steif vorkam! Ganz anders als Fritz, mit dem sie sich immer besser verstand, je weniger sie versuchte, ihm die Mutter zu ersetzen, die sie gar nicht sein konnte. Sie entdeckten immer mehr Gemeinsamkeiten, wie zwei Jugendliche, die nichts weiter wollten als ein bisschen Spaß und Freude am Leben statt der strengen Regeln des Gutsbesitzers. Und es kam, wie es kommen musste – sie verliebten sich ineinander, fast ohne es zu bemerken.

»Als er mich zum ersten Mal geküsst hat, schien es mir das Selbstverständlichste auf der Welt zu sein. Natürlich wusste ich, dass es ... etwas Verbotenes war, wir beide wussten es, aber ... wir konnten nichts dagegen tun. Es war, als wären wir einfach nur zwei junge Leute, für die nichts weiter existierte als ihre Liebe zueinander. Als ich schwanger von Fritz wurde, haben wir überlegt, gemeinsam wegzugehen, irgendwohin, wo wir glücklich miteinander werden konnten. Aber dann ...«

Als Grete ihre Schwangerschaft nicht länger verheimlichen konnte, hatte August Koslowski verstanden, was da direkt vor seinen Augen geschehen sein musste. Grete hatte ihn schon seit Monaten mit allen möglichen Ausflüchten nicht mehr in ihr Bett gelassen, ihre Schwangerschaft konnte also nur eins bedeuten – das Kind war von einem anderen! Und die Zuneigung zwischen Grete und Fritz war trotz allem Bemühen um Heimlichkeit längst so offensichtlich, dass es keinen Zweifel gab.

Koslowski zwang Grete zum Stillschweigen. Das Kind

sollte nach der Geburt als sein eigenes ausgegeben werden, um jeden Skandal zu vermeiden. Und er enterbte Fritz und verwies ihn des Gutshofs. Jeder Kontakt zu ihm war Grete untersagt. Sie sahen sich nur noch ein einziges Mal, als eine Magd, der Grete vertraute, ein Treffen auf dem Wochenmarkt in Pleschen arrangierte.

»Da habe ich ihm auch mein Collier mit dem Rubin geschenkt, das ihn später reingerissen hat, als er mit der Hilfe von Kurts Familie seinen Vater bestehlen wollte, um sich an ihm zu rächen. Und auch, weil er den Plan hatte, mich und sein Kind von August wegzuholen, sowie er in Deutschland einen Platz für uns gefunden hatte. – Du weißt, dass er in Polen im Gefängnis war? Fast ein halbes Jahr lang, wegen schweren Diebstahls.«

»Nein, ich glaube, das weiß auch Kurt nicht. Er war ja noch viel zu klein damals, er hat sich erst später zusammengereimt, wie die ganze Geschichte abgelaufen ist. Aber woher weißt du das, mit dem Gefängnis, meine ich?«

»Er hat es mir bei seinem Besuch in München erzählt.« Annies Mutter presste die Lippen so fest aufeinander, dass sie wie zwei weiße Striche wirkten.

»Was war da noch, Mutti? War es wirklich das erste Mal nach sechsundzwanzig Jahren, dass ihr euch wiedergesehen oder voneinander gehört habt?«

»Nach siebenundzwanzig Jahren!« Grete schluckte, als würde es ihr schwerfallen, die Erinnerung an das Wiedersehen zuzulassen. »Er war nicht mehr der Fritz, den ich ... kannte und den ich geliebt habe. Es war, als würde ein Fremder vor mir stehen. Er war ... ich weiß nicht, wie ich es ausdrücken soll, von Hass zerfressen, als wäre Rache das Einzige, was sein Leben bestimmte. Ich weiß auch gar nicht, wie er mich unter dem anderen Namen überhaupt gefunden hat. Dass ich bei August geblieben war, hat ihn ... empört, verletzt. Das konnte ich verstehen, aber er wollte gar nicht wissen, wie es mir, wie es uns in all den Jahren ergangen ist. Er wollte nur ... Er hatte einen Sohn, einen kleinen Jungen, und seine Frau war gerade gestorben. Ich habe immer gedacht, dass er vielleicht nur deshalb nach uns gesucht hat, weil ... Ich weiß nicht, was er wirklich wollte. Und deine Ablehnung ihm gegenüber hat ihn nur noch darin bestärkt, dass sich alle Welt gegen ihn verschworen hat.«

»Aber ich hatte doch keine Ahnung, dass ...«

»Du hast keine Schuld daran, das meinte ich nicht.«

»Hat er damals etwas gesagt, über ... Kurt? Wusste er, was aus Kurt geworden war? Oder aus Kurts Vater, aus dem großen Bruder, Willi, mit dem er befreundet gewesen war?«

Annie spürte, dass sie ganz dicht davorstand, endlich etwas zu erfahren, was auch die letzte der Fragen beantworten würde, wegen denen sie gekommen war.

»Er hat von kaum etwas anderem gesprochen als dem Verrat an ihm! Und ja, er wusste zumindest, dass Willi und dein Mann sich von ihrem Vater losgesagt hatten, dass Willi nach Amerika ausgewandert war, dass Kurt noch vor dem Krieg eine Firma gegründet hatte und aus der Ostzone in die neu gegründete BRD gegangen war. Ich glaube, er hatte auch schon lange vor dem Krieg noch den Vater der beiden aufgespürt, in Magdeburg. Und ich erinnere mich an den Satz, den er über Willis und Kurts Bruch mit dem Vater gesagt hat: ›Das spricht sie nicht frei! Sie haben mein Geld dazu benutzt, um sich genau das schöne Leben zu machen, das eigentlich mir zugestanden hätte.‹«

»Das ist es also«, stellte Annie fest. »Es geht um das Geld, um nichts anderes.«

Jetzt erzählte sie ihrer Mutter von Fritz' Brief, von der Geschichte mit Jürgen, von ihrem Telefonat nach Kopenhagen. »Er hat in dem Moment aufgelegt, in dem ich ihm auf den Kopf zugesagt habe, dass ich seine Stimme erkenne und mich an den Besuch von ihm in München erinnere.«

Grete wurde kreidebleich, das Entsetzen stand ihr deutlich ins Gesicht geschrieben. »Er hat gewusst, dass du daraufhin zu mir fahren wirst, mehr wollte er nicht«, stammelte sie. »Ich sollte diejenige sein, von der du die Wahrheit erfährst, damit du ... mich hasst! Und es ist ihm dabei vollkommen egal, dass du seine Tochter bist, das passt nur umso besser zu dem Ziel, das er verfolgt – er will uns alle zerstören, Kurt, deine Ehe, dein Leben, mein Leben, das ist jetzt seine Rache, weil er uns verantwortlich für sein Unglück macht ...«

Grete hob hilflos die Hände, aber bevor Annie noch etwas erwidern konnte, drangen aufgeregte Stimmen von der Schafweide neben dem Café zu ihnen herüber, gleich darauf mischte sich Claudias »Dada!« in die Rufe.

Annie erfasste die Situation mit einem Blick, Claudia musste es mit ihren wackligen Schritten bis zu den Schafen hinüber geschafft haben und unter dem Zaun durchgekrabbelt sein. Die Tiere standen blökend mit vorgestreckten Köpfen um sie herum und beobachteten neugierig, wie das

Kind die kleinen schwarzbraunen Köttel aus dem Gras aufsammelte, um sie stolz den Wanderern am Zaun zu zeigen.

Mit wenigen Schritten war Annie an der Weide, die Schafe rannten erschrocken davon, als sie eilig über das Gatter kletterte und ihr Kind auf die Arme nahm, das augenblicklich zu weinen begann, weil es den gerade entdeckten Schatz nicht behalten durfte.

»Unglaublich! Das geht doch nicht!«, empörte sich die Gruppe der Wanderer. »Aber das ist dann wohl die neue Art von Erziehung, dass die Kinder jetzt alles dürfen, während die Mutter lieber in der Sonne sitzt, statt sich um die Kleine zu kümmern.«

Annie schluckte jeden Kommentar hinunter. Die Leute haben ja gar nicht so unrecht, dachte sie, ich habe nicht aufgepasst, wenn Claudia statt auf die Weide zu laufen ins Wasser gefallen wäre, dann ...

Sie schüttelte unwillig den Kopf und versuchte, Claudias Finger mit der Serviette zu säubern, die Grete ihr mit zitternden Händen reichte.

»Ich glaube, es ist besser, wenn wir uns auf den Rückweg machen. Ich muss überlegen, wie es jetzt weitergehen soll. Ich ... ich weiß es einfach nicht. Es war ein bisschen viel auf einmal ...«

Zwei Stunden später stand Annie wieder in der Telefonzelle an der Kirche. Als sie erklärt hatte, dass sie mit Kurt sprechen musste, hatte ihre Mutter nur wortlos genickt und das Nähkästchen mit den bunten Garnrollen geholt, um Claudia zu beschäftigen.

Natürlich war es falsch, Kurt ausgerechnet am Telefon

mit dem zu konfrontieren, was Annie von ihrer Mutter erfahren hatte. Aber sie hatte es nicht mehr länger ausgehalten, sie hatte das Gefühl, dass ihr Wissen sie ersticken würde, wenn sie es noch länger für sich behielt. Fritz war ihr Vater, das veränderte alles!

»Kurt, hör mir jetzt bitte nur ganz ruhig zu. Ich kann nicht warten, bis wir zurück sind, ich muss es jetzt loswerden …«

13.

Susa Miederwaren, exklusiv bei Eulendorf –
ein Begriff für Passform und Qualität!
Eine Schöpfung, die als Meisterstück der Wäsche-Haute-Couture
anzusehen ist! Zart wie ein Hauch,
weich und anschmiegsam wie Frühlingsluft! 34.- DM
(Eulendorf-Katalog Frühjahr/Sommer 1958)

Fulda 1958

Kurts Reaktion fiel heftiger aus, als Annie erwartet hatte. Schon am Telefon war er kaum in der Lage gewesen, seinen Schock über die Nachricht zu verbergen, immer wieder hatte er nur gefragt: »Bist du dir ganz sicher? Gibt es keinen Zweifel? Kann es nicht sein, dass es vielleicht ... doch alles ganz anders ist?«

»Aber was soll daran denn anders sein, Kurt? Das hat meine Mutter sich doch nicht ausgedacht! Wir müssen jetzt entscheiden, was das bedeutet, wie wir mit der Situation umgehen. Es ist ja nicht nur das Wissen, dass ... Fritz mein

Vater ist und ich mein halbes Leben lang nichts davon gewusst habe, damit werde ich schon irgendwann zurechtkommen, auch wenn es dauern wird. Das betrifft ja aber vor allem mich, das ist meine Sache. Nur … wenn es stimmt, was meine Mutter denkt, dann will Fritz alles daransetzen, um Rache zu nehmen – und das hat mit eurer Geschichte zu tun! Es geht um das verfluchte Gold von damals, um das dein Vater ihn betrogen hat, dein Vater, ich weiß, nicht ihr. Aber das spielt keine Rolle für Fritz, er macht auch dich dafür verantwortlich. Und das erklärt auch seinen Brief, diese ganze Sache mit Jürgen, obwohl ich nicht verstehen kann, dass er seinen Sohn dazu benutzt, um … Aber vielleicht ist es ihm wirklich vollkommen egal, er will nur seine Rache. Er spielt mit uns, er benutzt uns, Jürgen genauso wie mich! Und er weiß genau Bescheid über uns, er weiß auch, dass du seine Tochter geheiratet hast. Damit konnte er nicht rechnen, das konnte niemand ahnen, aber jetzt passt es zu seinem Plan, dir heimzuzahlen, was deine Familie ihm angetan hat. Und deshalb dürfen wir es nicht zulassen, dass er uns … auseinanderbringt, falls es das ist, was er beabsichtigt. – Kurt? Warum sagst du nichts? Wir dürfen uns von ihm nicht …«

»Vielleicht hat er es schon längst geschafft. Vielleicht hat er sein Ziel schon erreicht.«

»Was? Ich verstehe nicht, was meinst du?«

Erst nach einer langen Pause hatte Kurt mit einer Frage das Gespräch wieder aufgenommen, die Annie auch am nächsten Tag noch, als sie mit Claudia zurück nach Fulda fuhr, immer wieder durch den Kopf ging: »Kommst du zurück? Kommt ihr zurück, ihr beide?«

»Natürlich«, hatte Annie erwidert. »Wie kommst du darauf, dass wir ... Ich will nur meine Mutter jetzt nicht sofort wieder alleine lassen. Es gibt noch so vieles, was wir besprechen müssen! Gib uns noch ein paar Stunden zusammen, aber morgen Vormittag machen wir uns auf die Heimreise, das ist ganz sicher, Kurt, darüber müssen wir doch gar nicht erst reden. Holst du uns vom Bahnhof ab?«

Aber dann war Kurt nicht am Bahnhof. Und als Annie mit Claudia nach Hause kam, war das Haus leer. Neben dem Sofa lag eine ganze Batterie leerer Flaschen, und der Aschenbecher war so vollgehäuft, dass die Kippen auf die Tischplatte gerollt waren, sonst gab es keine Spur von Kurt. Auch das Bett war nicht benutzt.

In Jürgens Zimmer fand sie das übliche Chaos vor, Schulhefte und Bücher lagen verstreut auf dem Boden, auf dem Schreibtisch stapelten sich dafür Schallplatten und Fotos, die er aus einem Magazin ausgeschnitten hatte, ausschließlich Bilder von Elvis-Filmen. Die Schranktüren standen offen, ein Teil von Jürgens Hosen und Hemden fehlte, ebenso wie sein Rucksack, Annie brauchte einen Moment, bevor sie sich erinnerte, dass Jürgen ja mit seiner Klasse im Landschulheim in der Rhön war.

Ihr Telefon war immer noch nicht angeschlossen, Annie ärgerte sich jetzt über sich selbst, dass sie nicht gleich vom Bahnhof aus ins Büro gelaufen war. Es war bereits später Nachmittag gewesen, aber wo sonst sollte Kurt sein? Er arbeitete häufig bis weit in den Abend hinein, das würde auch heute nicht anders sein, versuchte sie, sich zu beruhigen.

Aber sie spürte, wie die Unruhe sie nicht losließ. Nachdem sie Claudias Windel gewechselt und ihr etwas zu essen gegeben hatte, ohne dass Kurt aufgetaucht wäre, lief sie zur Nachbarin hinüber und bat sie, für eine kleine Stunde auf Claudia aufzupassen.

»Ich bin rechtzeitig zurück, um sie ins Bett zu bringen«, versprach sie und nahm ihr Fahrrad, um zum Büro zu fahren.

Die Isabella stand nicht auf dem Parkplatz, und für einen Moment dachte Annie, dass sie Kurt ärgerlicherweise verpasst hätte und er nun doch bereits nach Hause gefahren wäre. Aber wenn sie schon mal hier war, konnte sie auch schnell einen Blick ins Büro werfen ...

Nur Gotthelf saß noch an seinem Schreibtisch. Als Annie plötzlich in der Tür stand, sprang er so schnell auf, dass sein Stuhl nach hinten kippte und polternd auf den Boden schlug. Gotthelf schluckte mehrmals, bevor er fragte: »Du suchst Kurt?«

Annie nickte. »Entschuldigung, dass ich so reinplatze, ich hatte gehofft, dass er noch da wäre, aber ... Er ist schon nach Hause gefahren, nicht? Ich bin mit dem Fahrrad hergekommen, blöderweise habe ich die Abkürzung über den Galgenberg genommen, das war natürlich dumm von mir, sonst hätte ich ihn ja gesehen ...«

Gotthelf nahm die Hornbrille ab und begann umständlich, die Gläser mit dem Zipfel seiner Krawatte zu putzen.

Annie kannte die Geste mittlerweile gut genug, um zu wissen, dass er etwas zu sagen hatte, wovor er sich fürchtete.

»Was ist los, Gotthelf?«

»Es wird dir nicht gefallen, aber ... Kurt war heute den ganzen Tag noch nicht hier. Keine Sorge, wir kommen auch so zurecht, die Arbeit leidet nicht darunter, wenn er mal fehlt, das ist nicht das Problem, nur ... Es wird dir nicht gefallen«, wiederholte er, während er die Brille wieder aufsetzte. »Ich kann dich hinbringen, dann macht ihr das am besten untereinander aus.«

»Wo willst du mich hinbringen? Wo ist er denn?«

»Adolphseck. Nehme ich zumindest an. Er hat so was gesagt, gestern Nachmittag, nachdem er mit dir gesprochen hatte. Und wenn er nicht zu Hause ist, dann ... Du weißt ja, dass er Freunde bei den Reitern da hat.«

Gotthelf brachte sie bis zu dem schmiedeeisernen Tor, hinter dem an der Rückseite des Schlosses die Stallungen lagen. Mit einem Kopfnicken wies er auf die Isabella, die neben einem hoch mit Strohballen beladenen Hänger geparkt war. »Wie ich es mir dachte! Du wirst ihn bei den Pferden finden. Aber ich mach mich gleich wieder auf den Rückweg, ich muss noch ein paar Sachen vom Tisch kriegen, die nicht länger aufgeschoben werden sollten. Ihr habt ja seinen Wagen, um zurückzukommen.«

Annie hatte das deutliche Gefühl, dass er nur zu froh war, sich so schnell wie möglich verabschieden zu können.

Mit weit ausholenden Schritten lief sie den Kiesweg hinauf. Als sie sich der Stallgasse näherte, hörte sie Stimmen und Gelächter, dazwischen das Schnauben der Pferde. Drei Männer kamen ihr aus der geöffneten Flügeltür entgegen, alle trugen sie Reithosen und Stiefel, die Helme hatten sie unter die Arme geklemmt, die roten Reiterjacken über die Schulter geworfen.

Annie erkannte sie sofort wieder, auch wenn sie sie seit ihrer Hochzeit nicht mehr gesehen hatte. Fritz Thiedemann, Alwin Schockemöhle, Hans Günter Winkler, die Springreiter, von denen sie kaum mehr wusste, als dass sie eben mit Kurt befreundet waren. Sie hatte seine regelmäßigen Treffen mit ihnen akzeptiert als etwas, was nur ihn betraf, sie interessierte sich weder für Pferde noch für die Reiterei. Es war Kurts Ausgleich von der Arbeit, wie ein Hobby, das sie ihm gerne gönnte. Aber jetzt war er nicht bei ihnen, die Reiter waren alleine, obwohl Kurts Wagen vor dem Stallgebäude stand.

Winkler war der Erste, der auf sie zutrat, um ihr die Hand zu schütteln.

»Es ist alles in Ordnung. Wir haben ihm gerade ein schönes Bett in der letzten Box gebaut, morgen ist er wieder ganz der Alte.«

Seine Aussprache klang verwaschen, und Annie meinte, eine deutliche Fahne zu riechen. »Alles bestens«, wiederholte er. »Wir haben nur ein bisschen gefeiert und Kurt ordentlich hochleben lassen, das hat er sich redlich verdient nach allem, was er für uns getan hat.«

Thiedemann und Schockemöhle nickten geflissentlich, bevor sie Winkler unter die Arme griffen, um ihn mit sich zu ziehen. Annie hörte noch, wie einer von ihnen hinter ihr herrief: »Lass ihn einfach seinen Rausch ausschlafen, er ist ein Prachtkerl!«

»›Ein Freund, ein guter Freund‹«, fielen die anderen beiden singend ein, während Annie bereits im Dämmerlicht der Stallgasse an den Pferden vorübereilte, die neugierig und mit gespitzten Ohren die Köpfe über die Boxentüren streckten.

Die letzte Box stand offen, Kurt lag auf dem Rücken, mit einer Sektflasche in der Hand, und winkte Annie mit glasigen Augen zu. »Da bist du ja! Das freut mich aber. Komm, setz dich zu mir, trink ... trink noch ein Schlückchen mit mir!«

»Nein, Kurt, ich glaube, du hast genug gehabt. Und ich will nicht. Ich bringe dich jetzt zum Auto und fahr dich nach Hause, hörst du?«

Annie wand ihm die Flasche aus der Hand und packte ihn an der Schulter, um ihn hochzuziehen. Aber er war zu schwer für sie, und er wehrte sich.

»Lass mich! Ich will nicht nach Hause! Ich will bei meinen Pferden bleiben ...« Mit einer fahrigen Handbewegung deutete er auf die Boxen. »Ich hab was Großartiges gemacht! Du solltest stolz auf mich sein!«

»Was? Was hast du gemacht?«

»Hab mir ein Pferd gekauft! Geh jetzt selber unter die Reiter.« Kurt hatte Mühe, ihrem Blick standzuhalten, als er nach ihrer Schulter griff, um sich aufzusetzen. »Na ja, gut, du wirst es ja sowieso erfahren. Hab auch die anderen Pferde alle gekauft ...«

»Du bist heillos betrunken, du weißt nicht, was du redest!«

»Doch, doch! Ich hab meinen Freunden aus der Patsche geholfen, ich musste das tun. Sind ja alles arme Schlucker, verglichen mit mir. Aber sie sind die besten Springreiter, die Deutschland je hatte. Und sie sind meine Freunde! Deshalb, verstehst du?«

Langsam dämmerte es Annie, dass er die Wahrheit sagte. Aber sie wollte es immer noch nicht glauben, sie hoffte inständig, dass er in seinem betrunkenen Zustand maßlos übertrieb. Dass es vielleicht zwei oder drei Pferde waren, aber nicht mehr. Pferde waren teuer, das wusste sie, auch ohne große Ahnung zu haben, und die Tiere der Springreiter waren sicher nicht irgendwelche Pferde, sondern ...

»Versuch, dich zu konzentrieren, Kurt! Wie viele Pferde genau?«

Ohne es zu wollen, hatte sie ihn hart gepackt und schüttelte ihn, dass sein Kopf von einer Seite zur anderen pendelte.

»Au! Du tust mir weh! Ich hab's doch gesagt, alle, die hier stehen. Sechs! Und meins noch dazu, macht ... sieben. Aber das ist ein gutes Geschäft, wenn sie weiter so wie bisher von Sieg zu Sieg laufen, können wir ein Vermögen mit ihnen verdienen! Denk nur mal, Halla, die berühmte Halla, die mehr oder weniger ganz alleine die Goldmedaille in Stockholm geholt hat, die Wunderstute! Und der Holsteiner von Fritz, und Alwins Ferdl natürlich, plus zwei, drei vielversprechende Wallache vom Gestüt, das sind jetzt alles unsere Pferde!«

»Von wie viel Geld reden wir? Sag mir die Summe, die du bezahlt hast!«

»Willst du gar nicht wissen! Ist viel, aber ich sag doch, das rechnet sich! War heute schon bei der Bank, aber die Feiglinge da tun sich ein bisschen schwer, weil sie noch nicht mal begreifen, wann ihnen ein Haufen Geld auf dem Silbertablett serviert wird. Haben behauptet, die Firma reicht ihnen nicht als Sicherheit, kannst du dir das vorstellen? Eulendorf ist ihnen plötzlich nicht gut genug! Muss morgen noch mal hin, da kommt extra einer aus Frankfurt, weil sie sich hier alleine nicht trauen. Aber ich krieg das hin! Muss ich ja. Ist ja alles per Handschlag mit meinen Freunden besiegelt. Und Handschlag gilt.«

»Wie viel, Kurt?« Annies Stimme überschlug sich, als sie die Worte wiederholte. »Wie viel?«

»Knapp eine halbe Million. Aber das ist nichts, das holen wir schon bei den nächsten Siegen wieder rein ...«

Noch in derselben Nacht fuhr Annie zu Hans Günter Winkler, er war der Einzige, dessen Adresse sie kannte, er wohnte nur wenige Schritte von der Bäckerei entfernt, ein Stück die Adalbertstraße hinauf. In einer Mischung aus Entsetzen und Verzweiflung hatte sie Kurt in der Pferdebox zurückgelassen, er war bereits eingeschlafen, als sie ihm die Autoschlüssel aus der Jacke nahm. Die Nachbarin, die auf Claudia aufgepasst hatte, musste ihr angesehen haben, wie es um sie stand, und nickte nur, als Annie sie bat, Claudia über

Nacht bei sich zu behalten. Das Kind schlief tief und fest, mit wild klopfendem Herzen steuerte Annie den Borgward zurück durch die nächtlichen Straßen, bis sie das rot geklinkerte Haus mit dem vorspringenden Erker erreichte. Hinter dem Fenster der Dachwohnung brannte noch Licht, aber die Haustür war abgeschlossen. Nachdem Annie geklingelt hatte, dauerte es nur wenige Augenblicke, bis Winkler die Treppe herunterkam, um ihr die Tür zu öffnen. Fast hatte Annie den Eindruck, dass er ihren Besuch erwartet hatte.

Im Gegensatz zu ihrer kurzen Begegnung vor den Stallungen schien Winkler jetzt wieder halbwegs nüchtern. Als er sie in seine winzige Küche bat, sah sie die Kaffeekanne auf dem Tisch, daneben lag ein angeschnittener Laib Brot und ein Messer, an dem noch die Butterreste klebten.

»Entschuldigung«, sagte Winkler. »Ich habe versucht, wieder einen klaren Kopf zu bekommen. Wir hatten reichlich was weggeschluckt, es tut mir leid ... Wie geht es Kurt?«

Ohne zu fragen, griff Annie nach der Kaffeekanne und goss sich den letzten Schluck in die Tasse, die Winkler ihr eilig hinschob. Erst dann gab sie eine Antwort. »Er schläft. Ich habe ihn im Stall liegen lassen. Aber ich will gleich zur Sache kommen. Stimmt das, was er mir erzählt hat? Er hat eure Pferde gekauft?«

»Ja und nein«, wand sich Winkler. »Wir haben es bislang nur ...«

»Per Handschlag besiegelt, ich weiß«, unterbrach ihn Annie. »Aber ... das geht nicht. Ihr müsst die Vereinbarung mit Kurt auflösen! Ich bitte euch inständig, dass ihr alle drei von … dieser Abmachung zurücktretet. Es geht nicht«, wiederholte sie.

»Kurt hat gesagt, es ist kein Problem, die Firma steht so gut da, dass er es sich ohne Weiteres leisten kann.«

»Kurt war betrunken, können wir uns darauf einigen? Und er hat gestern etwas … sehr Persönliches erfahren, was ihn vollkommen aus der Bahn geworfen hat, ich möchte aber nicht weiter darüber sprechen, wie gesagt, es ist etwas Persönliches.«

Winkler nickte. »Wir waren alle betrunken. Ich weiß nicht, inwieweit Sie … Auch wenn wir Medaillen gewinnen, ist es immer noch nicht ganz einfach, den Unterhalt der Pferde und alles, was mit unserem Beruf zusammenhängt, zu finanzieren. Für keinen von uns, wir müssen tatsächlich jeden Pfennig zweimal umdrehen, bevor wir ihn ausgeben. Da erschien uns die Abmachung mit Kurt eine gute Möglichkeit, von der wir letztlich alle profitieren würden. Aber ich verstehe, dass Sie … Zweifel haben.«

»Nein, es geht nicht darum, dass ich Zweifel habe! Es ist schlicht und einfach so, dass ich davon überzeugt bin, dass Kurt sich das gar nicht leisten kann. Wir können es uns nicht leisten, es ist Firmenkapital, das er aufs Spiel setzen will! Und wenn schon die Bank zögert, überhaupt darüber zu verhandeln, dann dürfte das wohl deutlich genug sein.«

»Ich kann mit Thiedemann und Schockemöhle sprechen«, erwiderte Winkler zögernd. »Gefallen wird es keinem von uns, so viel ist sicher.«

Winkler war deutlich anzumerken, dass er mit der Entwicklung des Gesprächs nicht einverstanden war. Aber Annie war nicht bereit, ihm ohne jede Rückendeckung irgendwelche Zugeständnisse zu machen. Im Moment gab es nur einen Weg – sie musste aus dieser Handschlag-Geschichte wieder herauskommen, bevor es zu spät war.

»Das ist mir völlig klar. Und natürlich kann ich das auch gegenüber den anderen beiden noch mal persönlich klarstellen. Aber das wird nichts an meiner Haltung ändern. Die Abmachung, die ihr mit Kurt getroffen habt ... Bitte, ja, können wir das Ganze als hinfällig betrachten, ohne auf etwas zu beharren, was Kurt ja ganz offensichtlich im Vollrausch zugesagt hat? Und das er selber als ... unmöglich ansehen wird, sowie er wieder nüchtern genug ist, um klar denken zu können.«

»Ich wusste nicht, dass Sie die Befugnis haben, sich ... als Ehefrau so weit in die Entscheidungen Ihres Mannes einzumischen ...«

Winklers Antwort klang eher wie eine Frage, Annie reagierte mit einem Schulterzucken, in dem ihr gesamter Unmut über Winklers Worte lag.

»Jetzt wissen Sie es!« Sie stand auf und streckte Winkler die Hand hin. »Haben wir eine Abmachung?«

Winkler gab keine Antwort, griff dann aber doch zögernd nach ihrer Hand.

Als Annie wieder auf die Straße trat, musste sie sich für einen Moment gegen das Zaungitter neben dem Eingang lehnen. Sie hatte über Kurts Kopf hinweg gehandelt, aber sie zweifelte nicht daran, dass es richtig gewesen war. Und sie musste dringend mit Gotthelf reden, sie musste Einblick in die finanzielle Situation der Firma bekommen, Kurts Aussage über die Reaktion der Bank hatte alle Alarmglocken in ihrem Kopf schrillen lassen. Zum ersten Mal wurde ihr jetzt bewusst, wie sehr sie sich selber etwas vormachte, wenn sie darauf vertraute, dass Kurt den Überblick hatte und die Verantwortung für die Firma wirklich ernst genug nahm, um nicht leichtfertig und aus einer bloßen Laune, einer Stimmung heraus, alles zu gefährden, was er sich aufgebaut hatte. Schon beim Erwerb der Grundstücke auf dem Petersberg und dem Plan, die Firma umzusiedeln und noch weiter zu vergrößern, hatte sie im Stillen gefürchtet, dass er sich dabei übernehmen könnte, dass das Ganze eine Nummer zu groß für Eulendorf war. Und diese idiotische Geschichte mit den Pferden jetzt zeigte nur umso deutlicher, wie sprunghaft Kurt in seinen Entscheidungen sein konnte!

Was Annie im Moment aber noch viel mehr irritierte, war Kurts Verhalten, sie verstand seine Reaktion nicht – nicht er hatte etwas erfahren, was einen Teil seines Lebens als Lüge erscheinen ließ, sondern sie war doch diejenige, die damit zurechtkommen musste! Es konnte nicht sein, dass Kurt jetzt so tat, als wäre er in all seinen Grundfesten erschüttert, und sich einfach volllaufen ließ, anstatt für sie da zu sein. Und das war es auch, was ihr tatsächlich Angst machte: Es stand so viel mehr für sie auf dem Spiel als nur die Geschicke der Firma!

Verzweifelt warf sie einen Blick zu dem sternenbedeckten Nachthimmel hinauf, als könnten das Funkeln und Glitzern ihr die Kraft geben, die sie brauchte, der große Wagen, der Polarstern, die Wolken, die eilig vor dem Mond dahinzogen.

Es wird alles gut, versuchte sie, sich selbst einzureden, ich muss mit Kurt sprechen, wir werden das hinkriegen, ich darf jetzt nicht aufgeben. Und ich werde gleich morgen noch ein Gespräch mit Gotthelf führen! Und mit Jürgen, sowie er wieder da ist. Er muss Bescheid wissen, was sein Vater für ein Mensch ist, ich muss es ihm sagen. Er muss erfahren, dass ich seine ... Halbschwester bin!

Ihre Tränen und das Zittern, das ihren ganzen Körper erfasste, kamen erst, als sie bereits wieder auf der Leipziger Straße war. Sie schaffte es gerade noch, den Wagen in die Einfahrt der Gärtnerei hinter dem Bahnübergang zu lenken, dann presste sie die Stirn gegen das Lenkrad und wartete bei laufendem Motor, bis die Panik langsam abebbte. Von dem brachliegenden Grundstück neben der Gärtnerei drang lautes Grillenzirpen bis ins Wageninnere, die auf- und abschwellenden Töne schienen Annie wie eine Antwort auf das Chaos in ihren Gedanken. Als eine Katze wie ein schwarzer Schatten über den Gehweg strich, verstummte das Zirpen so schlagartig, dass die plötzliche Stille fast unheimlich wirkte. Nur der Motor brummte noch leise vor sich hin. Annie legte den Gang ein und ließ die Kupplung kommen.

Kurt tauchte zerknirscht am nächsten Vormittag zu Hause auf, als Annie gerade mit Claudia in der Sportkarre zum Einkaufen wollte. Sie fragte ihn nicht, wie er von Adolphseck zurückgekommen war, kochte ihm dann aber eine Kanne Kaffee und stellte ihm Frühstück hin, während er duschte.

Mit nassen Haaren und rot geäderten Augen setzte er

sich an den Tisch, Claudia zog sich an seinen Beinen hoch und quengelte, bis er sie auf die Knie nahm.

»Wir können es auch jetzt gleich hinter uns bringen«, sagte Annie halblaut. »Was war gestern los, Kurt? So kenne ich dich nicht – und es macht mir Angst! Geht es tatsächlich um ... Fritz und mich? Dass er mein Vater ist? Oder gibt es noch etwas anderes, das ich wissen sollte?«

Kurt schüttelte den Kopf, ohne sein Spiel mit Claudia zu unterbrechen – ein Löffel Ei für ihn, ein Löffel Ei für sie, einer für ihn.

»Dann verstehe ich es nicht, erklär es mir!«

»Da gibt es nichts zu erklären, ich verstehe mich ja selbst nicht.« Er setzte Claudia langsam auf den Boden und begann, im Zimmer auf und ab zu laufen. Wie ein Tier, das eingesperrt ist und keinen Ausweg findet, dachte Annie unwillkürlich. Was ist nur mit ihm? Was stimmt nicht?

»Du weißt, dass du ... die Pferde deiner Freunde gekauft hast?« Annie wartete nicht, bis er antwortete. »Aber das Geld haben wir nicht, Kurt! Eine halbe Million! Das ist unmöglich, das können wir uns nicht leisten ...«

Kurt zündete sich eine Zigarette an, seine Hände zitterten so stark, dass er kaum das Feuerzeug halten konnte.

»Wahrscheinlich hast du recht. Und die Bank ist ja derselben Meinung. Aber ... wer nicht wagt, der nicht gewinnt!«

Das schiefe Grinsen, das er ihr zuwarf, wirkte so kläglich, dass es Annie fast die Tränen in die Augen trieb. Mit aller Macht riss sie sich zusammen und ließ seinen Blick nicht los, als sie erwiderte: »Pass auf, Kurt, ich war gestern noch bei Winkler. Ich habe versucht, eure Absprache rückgängig zu machen. Ich hoffe, dass sie sich darauf einlassen, aber … zumindest Winkler hat es mir versprochen.«

Kurt wurde so bleich, dass sie fast damit rechnete, er würde jeden Moment zu brüllen anfangen. Doch der Wutanfall blieb aus, stattdessen drehte er sich zum Fenster und starrte lange in den Garten hinaus. Als er antwortete, klang seine Stimme vollkommen unbeteiligt.

»Gut. Wenn du meinst, dass es der richtige Schritt war, dann akzeptiere ich das. Ich vertraue dir, und das weißt du!«

»Dann möchte ich gleich noch etwas ansprechen, Kurt.« Annie schluckte und suchte nach den richtigen Worten, aber es half nichts, lange drum herumzureden, ebenso gut konnte sie auch mit der Tür ins Haus fallen: »Ich habe vor, heute Nachmittag ins Büro zu gehen, damit Gotthelf mir Einblick in die Finanzen gibt. Versteh mich bitte nicht falsch, aber ich kann so nicht weitermachen, wir können so nicht weitermachen. Ich muss wenigstens eine Idee davon bekommen, wie viel Geld uns zur Verfügung steht, welche Außenstände wir haben, auf welcher Grundlage wir überhaupt Entscheidungen treffen können …«

»Du zweifelst an mir?«

Annie zögerte einen winzigen Moment zu lange, sie kam sich unfair vor, erbärmlich, aber es entsprach der Wahrheit, sie war sich nicht mehr sicher, inwieweit Kurt die Firma, die so rasant gewachsen war, tatsächlich noch alleine führen konnte. Sie brauchte Gewissheit, um ihm wieder vertrauen zu können! Und dazu musste sie über ihren eigenen Schatten springen und wenigstens versuchen, auch den kaufmännischen Bereich zu verstehen, mit dem Eulendorf entweder weiter expandieren konnte oder vielleicht schneller als erwartet auf eine Katastrophe zusteuern würde. Sie wären nicht die erste Firma, der genau das widerfahren war.

»Gestern habe ich an dir gezweifelt, ja ...«

»Ich war betrunken.«

»Es geht um etwas anderes, Kurt! Ich komme mir ... ohnmächtig vor, wenn ich gar nicht weiß, ob meine Vorschläge, die Ideen, die ich mit dir ausarbeite, überhaupt ...«

»Ich verstehe, was du sagen willst«, unterbrach Kurt sie, immer noch ohne sich umzudrehen, mit dem Blick zum Fenster hinaus. »Und ich bin froh, dass du es zur Sprache bringst. Ich habe schon daran gedacht, dich offiziell als Mitinhaberin der Firma eintragen zu lassen und zur stellvertretenden Direktorin zu ernennen.« Kurt wandte den Kopf zu Annie, sein Blick bohrte sich tief in ihre Augen, als wollte er sich vergewissern, dass sie jedes seiner Worte verstand. »Das ist selbstsüchtiger, als es vielleicht erscheint! Aber ... manchmal denke ich, dass mir das alles über den Kopf wächst, dass ich müde bin, die ganze Verantwortung alleine zu tragen. Dass ich vielleicht Fehler machen könnte, die zu vermeiden wären, wenn ich endlich damit aufhöre, über jede Kleinigkeit, jeden einzelnen Schritt persönlich entscheiden zu wollen. – Ich werde alles Notwendige in die Wege leiten, um dir zunächst mal Prokura zu erteilen, das kannst du auch Gotthelf sagen, damit er dir alles offenlegt, was du wissen willst.«

Mit einem langen Schritt stieg er über Claudia hinweg

und war schon in der Tür, als Annie stammelte: »Aber ... wo willst du denn jetzt hin? Was ...?«

»Ich brauche ein bisschen Zeit für mich alleine. Ich nehme mein Rad. Du kannst den Borgward haben, um in die Stadt zu fahren.«

»Warte mal, wir können doch jetzt nicht ... Kurt! Und was ist mit Claudia? Ich meine, wenn du nicht ins Büro fährst, dann ...«

Ratlos zuckte Annie die Achseln, als die Haustür ins Schloss fiel.

Sie hatte das Gefühl, jetzt noch weniger zu verstehen als vorher. Mit allem hatte sie gerechnet, aber ganz bestimmt nicht mit dem Vorschlag, den Kurt ihr gerade unterbreitet hatte. Für eine Sekunde schoss ihr der Gedanke durch den Kopf, dass Kurt vielleicht ... krank war! Dass er in den zwei Tagen, die sie in Mittenwald verbracht hatte, vielleicht beim Arzt gewesen war. Dass der Grund für seine merkwürdigen Sätze am Telefon, für sein Besäufnis, seinen so völlig unerwarteten Vorschlag, sie gleichberechtigt mit ihm in die Firma zu holen, womöglich eine Diagnose war, die sein ganzes Verhalten erklärte. Und dass er sie nur schützen wollte, indem er ihr nichts davon sagte ...

Als Claudia sich die Hand an einer Schublade quetschte, die halb offen gestanden hatte, und bitterlich zu weinen begann, verdrängte Annie den Gedanken wieder, sie würde Kurt darauf ansprechen, sowie sie ihn heute Abend wiedersah. Jetzt musste sie erst mal ihr Kind trösten. Und dann mit Claudia zum Einkaufen fahren und sie mit ins Büro nehmen! Es schien ihr Los als Mutter zu sein, dass es selbstverständlich ihre Aufgabe war, sich um Claudia zu kümmern, egal, was sie eigentlich vorhatte. Auch darüber würde sie mit Kurt reden müssen!

Gotthelf zeigte mit keiner Reaktion, dass er verwundert über ihr Anliegen war, die Bücher einzusehen. Aber mit Claudia, die unentwegt quengelte, war es Annie nahezu unmöglich, sich auf Gotthelfs Erklärungen zu konzentrieren. Schließlich half er ihr, einen Karton mit den Aktenordnern und Rechnungsbüchern zu packen, die die gesamten buchhalterischen Vorgänge der letzten sechs Monate enthielten. Als er den Karton vor ihr her zum Borgward trug, versicherte er ihr, dass sie ihn jederzeit ansprechen konnte, wenn ihr etwas unklar war.

»Und wenn es wegen der Kleinen nicht anders geht, komme ich selbstverständlich zu euch nach Hause. Aber du wirst selber sehen, dass die Firma im Großen und Ganzen auf soliden Füßen steht. Da gibt es ein paar Sachen, die dir vielleicht riskant erscheinen mögen, auch ein paar Wechsel, die demnächst fällig werden, aber bislang haben wir noch immer alles so hingebogen, dass wir schlimmstenfalls mit einem blauen Auge davongekommen sind. Buchhaltung ist immer auch ... ein bisschen Zauberwerk und Trickserei, lass dich davon nicht irritieren.«

14.

Besser schlafen mit Schlaraffia-Matratzen von Eulendorf!
(Eulendorf-Katalog Herbst/Winter 1958)

Fulda 1958

Die nächsten Tage lang saß Annie bis weit in die Nacht über den Büchern, die mechanische Rechenmaschine, die sie aus dem Büro mitgenommen hatte, ratterte ohne Pause und spuckte ihre langen Papierstreifen über die Schreibtischkante bis auf den Fußboden.

Annie war jetzt froh, dass sie in den Jahren bei der Esso genug aufgeschnappt hatte, um zumindest die wesentlichen Vorgänge in den Rechnungsbüchern nachvollziehen zu können. Dennoch blieben die Zahlenkolonnen ihr fremd, sie musste sich immer wieder zwingen, nicht resigniert das Licht zu löschen und einfach ins Bett zu gehen. Mehrmals telefonierte sie mit ihrer früheren Kollegin aus der Lohnbuchhaltung der Esso, die ihr bereitwillig half, wenn sie gar nicht mehr weiterwusste. Gotthelf wollte sie nicht fragen, es war vor allem die Sorge, dass er ihr womöglich etwas vormachen könnte, was sie eventuelle Ungereimtheiten übersehen ließ. Sie wusste nicht, ob ihre Befürchtung berechtigt war, aber sie hatte seine Worte noch deutlich im Ohr: »Buchhaltung ist immer auch Zauberwerk und Trickserei«, das reichte ihr, um auf seine Hilfe zu verzichten.

Ähnlich verhielt es sich mit Kurt, wenn sie es auch kaum wagte, sich die Gründe einzugestehen, die sie davon abhielten, ihn mehr als unbedingt notwendig zurate zu ziehen. Aber sie rechnete es ihm hoch an, dass er sich zurückhielt und sie machen ließ, ohne sich weiter einzumischen, als bereitwillig auf ihre gelegentlichen Fragen zu antworten – und seine Antworten schienen grundsätzlich offen und plausibel.

Nach dem Vorfall in Adolphseck trank Kurt jetzt auch nicht mehr. Wenn er spätabends nach Hause kam und ihr einen Kuss auf die Haare drückte, roch sie nichts als Zigarettenrauch und den unverkennbaren Geruch des Pferdestalls. Er war häufig schon vom Nachmittag an in den Stallungen, die Hannoveraner-Stute, die er für sich gekauft und mit Annies Zustimmung auch behalten hatte, war sein ganzer Stolz. Annie war vor allem froh, dass ihre Intervention offensichtlich nichts an der Freundschaft zwischen Kurt und den Springreitern geändert hatte. Ihr Unverständnis darüber, dass er im Moment mehr Zeit mit seinem Pferd als mit seinem Kind verbrachte, versuchte sie möglichst nicht allzu deutlich zu zeigen, sie hoffte, dass er sich ändern würde, wenn Claudia erst mal ein wenig älter und selbstständiger war.

Sie hatten jetzt ein Kindermädchen, Gertrud, eine ältere Frau, die als Krankenschwester im Waisenhaus gearbeitet hatte und nicht weit entfernt im alten Dorfkern von Lehnerz wohnte. Claudia liebte »Trud«, und nachdem Annie gesehen hatte, wie aufmerksam und gleichbleibend fröhlich Gertrud mit Annie umging, hatte sie keine Bedenken mehr, ihr ihre Tochter für den größten Teil des Tages zu überlassen. Und bei allen Schwierigkeiten, sich in die Unterlagen der Firma einzuarbeiten, genoss sie es doch, eine Perspektive für sich zu sehen, die sie nicht nur auf ihre Rolle als Mutter und Gattin des Firmeninhabers beschränkte. Wenn sie dann wie geplant bei Eulendorf als Geschäftsführerin einstieg, wollte sie auch beweisen, dass sie ihre neue Aufgabe wirklich erfüllen konnte. Und die Verbissenheit, mit der sie sich in ihre Arbeit stürzte, hatte noch einen willkommenen Nebeneffekt – sie machte es ihr leichter, sich auch jetzt wieder, trotz der neuen Situation, jeden Gedanken an Fritz zu verbieten, sie brauchte ihre Zeit und ihre Nerven für Wichtigeres. Solange Fritz sich nicht von sich aus erneut meldete, würde sie seine Existenz einfach ignorieren. Wobei sie wusste, dass spätestens mit Jürgens Rückkehr aus dem Landschulheim das Thema doch wieder unvermeidlich sein würde ...

Und sie hatte Angst vor diesem Gespräch! Sie hatte keine Vorstellung davon, wie Jürgen reagieren würde. Kurt hatte dazu nur geäußert, dass er jede Entscheidung von ihr selbstverständlich mittragen würde. Diese neue Haltung von Kurt, ihr grundsätzlich zuzustimmen, irritierte Annie mehr, als sie es wahrhaben wollte. Sie hatte zunehmend das Gefühl, bei Kurt in Watte zu laufen, als würde er ganz bewusst jeder

Diskussion aus dem Weg gehen. Und auch als sie ihm endlich die Frage gestellt hatte, ob er gesundheitlich vollkommen in Ordnung war, hatte sie den Eindruck gehabt, dass er ihr auswich.

»Du bist doch gesund, Kurt, nicht? Dir fehlt nichts? Du würdest es mir sagen, wenn …?«

»Es gibt nichts, worüber du dir Sorgen machen musst. Ich bin ein bisschen überanstrengt, das ist alles. Aber das wird sich von ganz alleine ändern, wenn du dich eingearbeitet hast und wir die Aufgaben besser verteilen können.«

Mit ihrer Mutter hatte Annie nur einmal noch über Fritz gesprochen. Gretes Haltung bestärkte Annie in ihrem Entschluss. Grete hatte ihr zugestimmt. Das Verhältnis zwischen Mutter und Tochter war immer noch nicht ganz geklärt, aber sie bemühten sich beide, und sie telefonierten alle paar Tage miteinander. Grete hatte einen Bekannten, der als Portier im Hotel »Zur Post« schräg gegenüber von ihrem Laden arbeitete und sie über den Hotelanschluss mit Annie sprechen ließ. Grete hatte auch kurz nach Annies Besuch ein Paket geschickt, mit einem von ihr geschneiderten dunkelblauen Samtkleidchen für Claudia und mit einer kurzen Lederhose! Als sie Kurt die Hose mit dem Hirschhornschmuck auf den Trägern zeigte, hatte er ihr zum ersten Mal wieder wenigstens den Arm um die Schultern gelegt und lachend erklärt: »Eine Lederhose ist die einzig vernünftige Kleidung für unser Mädchen! Da macht es gar nichts, wenn sie sich die Hände daran abwischt oder mal mit dem Hintern voran auf den Misthaufen plumpst!«

»Warum sollte sie auf einen Misthaufen …?«

»Ich bitte dich, Annie, wenn sie weiter so wie bislang auf ihren kleinen Beinchen die Gegend unsicher macht, ist sie bald auch alt genug, um sie aufs Pferd zu setzen! Wir machen eine kleine Reiterin aus ihr, das ist doch klar! Es gibt da auch ein paar Shetlandponys auf dem Gestüt, da kann sie schon als Kind alles über Pferde lernen, was sie wissen muss ...«

Am nächsten Tag kam Jürgen aus dem Schullandheim zurück. Annie hatte entschieden, dass sie das Gespräch mit ihm allein führen wollte, vielleicht würde es das einfacher für ihn machen. Sie wartete, bis er geduscht hatte und kurz darauf laute Elvis-Musik aus seinem Zimmer schallte, dann klopfte sie an seine Tür. Er stand mitten im Raum, mit nacktem Oberkörper und einer klatschnassen Blue Jeans an den Beinen, auf dem Boden um seine Füße herum hatte sich bereits eine kleine Pfütze gebildet.

»Nicht aufregen!« Sein Mund verzog sich zu einem breiten Lachen, bevor er ganz ernsthaft erklärte: »Das macht man so. Man muss sie ein paarmal nass tragen, damit sie wirklich eng anliegen.«

Seine Begeisterung ließ Annie nur zu deutlich spüren, wie sehr sie sich längst daran gewöhnt hatte, dass er sie immer wieder mit etwas überraschte, woran sie nicht im Traum gedacht hatte. Auch wenn es oft genug schwierig mit ihm war – das Glück, das er einem vermitteln konnte, diese unbändige Lust am Leben waren Dinge, die sie nicht mehr missen wollte. Umso schwieriger war es jetzt, das loszuwerden, was sie ihm zu sagen hatte.

»Kannst du die Musik für einen Moment ...?«

»Klar!« Jürgen nahm den Tonarm von der Platte. Als er sich wieder zu ihr drehte, stand eine steile Falte zwischen seinen Augenbrauen. »Ist etwas passiert? Stimmt was nicht? Du siehst aus, als hättest du eine Kröte verschluckt oder so was.«

Er versuchte ein aufmunterndes Lächeln. Als Annie nicht reagierte, hockte er sich verkehrt herum auf seinen Schreibtischstuhl, trotz der triefenden Hose und der mageren Schultern wirkte er jetzt wie ein Erwachsener, der sich auf das Schlimmste gefasst machte. »Es geht um mich, stimmt's? Ihr wollt, dass ich zurück zu meinem Vater …«

Das ist tatsächlich immer noch seine größte Angst, dachte Annie, während sie schnell den Kopf schüttelte. »Nein, Jürgen, ganz bestimmt nicht. Aber … Ich weiß nicht, wo ich am besten anfangen soll, es hat mit meinem Besuch bei meiner Mutter zu tun. Ich habe etwas von ihr erfahren, das du wissen musst, weil es auch dich betrifft …«

Annie bemühte sich, die nächsten Sätze so neutral wie möglich zu formulieren, merkte aber gleichzeitig, wie wirr und verstörend ihre Worte klingen mussten. Kaum dass sie geendet hatte, begann Jürgen, sich mit dem Oberkörper vor und zurück zu wiegen, langsam erst, dann immer schneller, bis Annie fürchtete, er würde gleich mit der Stirn auf die Lehne schlagen.

»Jürgen, bitte!«

Jürgen stoppte so abrupt, dass ihm eine Haarsträhne über die Augen fiel, mit einem Geräusch, das wie ein verächtliches Lachen klang, stieß er hervor: »Nur damit ich das richtig verstehe: Mein Vater hat mit deiner Mutter gevögelt, obwohl sie mit einem anderen verheiratet war? Und du bist das Ergebnis davon? Aber das hast du nicht gewusst? Er hat sich auch nie bei dir gemeldet? Sondern stattdessen dann ... einfach noch mal ein Kind gemacht? Den süßen, kleinen Jürgen! Und das heißt ... du bist in Wirklichkeit meine Schwester?« Er tippte sich an die Stirn und sprang auf. »Ihr seid doch alle nichts als verlogene Spießer, die nur an sich denken! Irre, vollkommen irre! Ihr gehört eingesperrt, damit ihr nicht noch mehr ... Scheiße bauen könnt!«, schleuderte er ihr entgegen.

Mit fahrigen Bewegungen zerrte er sich die nasse Jeans von den Beinen und wühlte ein Hemd und eine Hose aus dem Rucksack neben der Tür, wo er ihn nach seiner Rückkehr achtlos hingeworfen hatte.

Als Annie die Hand nach ihm ausstreckte, schlug er ihren Arm zur Seite. »Hau ab! Hau einfach ab! Lass mich in Ruhe!«

»Aber ...«

»Was? Was willst du denn noch?«, schniefte er und wischte sich mit dem Handrücken über die Nase. Bei seinem nächsten Satz glaubte Annie eine Sekunde lang, sich verhört zu haben. »Ich kann nicht hierbleiben, das ist dir doch wohl klar. Ich fahre nach Kopenhagen, jetzt gleich. Ich will es von ihm hören, das soll er mir selbst sagen! Ich glaube das alles nicht!«

»Warte, Jürgen! Du kannst jetzt nicht einfach ... Du musst doch zur Schule und ...«

»Ich muss gar nichts. Außerdem ist Wochenende, da ist keine Schule, falls du das vergessen haben solltest. Ist das dein einziges Problem, ja? Und keine Angst, ich will kein Geld von euch für die Reise, ich fahre per Anhalter, irgendeiner wird mich schon mitnehmen. Ist mir egal, was ihr dazu sagt, interessiert mich nicht!«

Er griff nach seiner Jacke und warf sich den Rucksack über die Schulter.

Annie machte einen zögernden Schritt zur Tür, um ihm den Weg zu verstellen.

»Wag es bloß nicht, mich festhalten zu wollen. Du bist nicht meine Mutter, du hast mir gar nichts zu sagen!« Jürgen stieß Annie zur Seite und drückte sich an ihr vorbei zur Treppe.

»Vergiss nicht, Schuhe anzuziehen«, rief Annie ihm nach, als er schon die Stufen hinunterpolterte. Sie hörte selber, wie bösartig sie klang, aber im Moment war sie so wütend auf Jürgen, dass es ihr schwerfiel, Verständnis für seine Reaktion aufzubringen. Dann war es eben so, dann sollte er sehen, wie er zurechtkam. Sie konnte jetzt nicht hinter ihm herlaufen. Entweder würde er von alleine wieder zur Besinnung kommen, oder ...

»Warum?«, sagte sie halblaut zu sich selbst. »Warum musst du uns das antun, Fritz?«

Jürgen blieb genau zwei Tage verschwunden, ohne dass sie etwas von ihm hörten. Zwei Tage, in denen Annie kaum in der Lage war, sich wieder auf die Überprüfung der Rechnungsbücher zu konzentrieren, geschweige denn Claudia abends mit einer Gutenachtgeschichte ins Bett zu bringen, ohne erneut in Tränen auszubrechen. Sie machte sich bittere

Vorwürfe, Jürgen nicht zurückgehalten zu haben. Und sie tat sich selbst leid!

»Wir haben unser Bestes versucht«, war Kurts Fazit, mit dem er auf Annies Kummer und ihre quälenden Zweifel reagierte. »Mehr können wir nicht machen.«

»Und wenn wir hinfahren? Nach Kopenhagen, meine ich. Wenn wir hinfahren und versuchen, das irgendwie zu klären? Ich weiß, ich habe selber gesagt, dass ich nie wieder etwas mit Fritz zu tun haben will, aber das können wir nicht auf Jürgens Rücken austragen! Wir müssen es für ihn tun, er kann ja nichts dazu, wie alles gekommen ist.«

»Nein, vergiss das. Es war von Anfang an idiotisch, dass wir uns überhaupt darauf eingelassen haben. Er ist nicht unser Sohn, Annie. Und vielleicht können wir jetzt endlich einen Schlussstrich unter diese leidige Angelegenheit ziehen.«

»Aber er ist noch nicht mal sechzehn, er ist doch eigentlich fast noch ein Kind!«

»Unsinn. Du scheinst zu vergessen, dass sein Vater auch nicht älter war, als er ...« Kurt ließ das Ende seines Satzes offen, aber es war ja klar, worauf er anspielte. Und in Annies Ohren klang es wie ein indirekter Vorwurf, als wäre es ihre Schuld gewesen, was Fritz getan hatte.

Es war kurz vor Mitternacht, als Kurt bereits ins Bett gegangen war und Annie noch auf dem Sessel im Wohnzimmer saß und vergeblich versuchte, sich auf das Buch zu konzentrieren, das am Vormittag mit der Post gekommen war. Sie war seit Kurzem Mitglied im Bertelsmann-Lesering, fand aber kaum die Zeit, die Bücher auch zu lesen, die ihr jetzt jeden Monat zugeschickt wurden. Der neue Band hieß Stür-

misches Leben und war von Ernst Heinkel geschrieben, dem Flugzeugbauer aus dem Dritten Reich. Natürlich kam auch Junkers als Konkurrent in der Geschichte vor, deshalb hatte die Inhaltsangabe zunächst auch Annies Interesse geweckt, aber die Zeilen verschwammen immer wieder vor ihren Augen, ohne dass sie beim Umblättern noch wusste, was auf der gerade gelesenen Seite gestanden hatte.

Sie hörte die Schritte an der Haustür schon, bevor der Schlüssel ins Schloss geschoben wurde. Und dann stand Jürgen vor ihr! Er stank nach Zigarettenrauch und ungewaschener Kleidung, aber wichtig waren allein die Worte, die er zur Begrüßung sagte: »Na, große Schwester, wie sieht's denn hier aus in der Provinz? Ist mein Zimmer noch frei, oder habt ihr es inzwischen an einen Handelsvertreter vermietet? Mensch, jetzt sag schon was! Freust du dich wenigstens, mich wiederzusehen?«

Annie konnte nichts sagen, für einen Moment war ihr schwindlig vor Erleichterung und – Glück! Sie nahm Jürgen nur in ihre Arme und drückte ihn fest an sich, während sie die Lippen aufeinanderbiss, um nicht laut aufzuschluchzen.

»Na, na, du tust ja gerade so, als hättest du gedacht, dass du mich nie wiedersiehst. – Ist noch was zu essen im Kühlschrank? Brüderchen hat nämlich Hunger, weißt du?«

»Brüderchen muss sich vor allem erst mal waschen, ich mach ihm so lange was zu essen. Was möchtest du? Sind Rühreier in Ordnung? Oder lieber Spiegelei und Bratkartoffeln? Wir haben auch Leberkäse da, ich kann dir einen Strammen Max machen, wenn du möchtest!«

»Klingt gut. Als wäre ich wieder zu Hause ...«

Jürgen erzählte nicht viel von seiner Fahrt nach Kopenhagen, aber das meiste konnte sich Annie auch von alleine zusammenreimen. Es war kein glückliches Treffen gewesen – wenn sie Jürgen richtig verstand, hatten sie kaum länger als eine Stunde miteinander verbracht. Jürgen hatte Fritz wohl vor allem beschuldigt, überhaupt nicht zu wissen, was es bedeutete, »Vater« zu sein, und ihm auf den Kopf zugesagt, dass er ihm nie wieder ein Wort glauben werde, dass er auch nicht länger bereit sei, so zu tun, als ob Fritz ihn nur aus der Not heraus erst aufs Internat und dann zu Kurt und Annie gegeben hätte.

»Und weißt du, was das Einzige war, was er dazu zu sagen hatte?« Noch jetzt war Jürgen so empört, dass er mit der aufgespießten Bratkartoffel in der Luft herumfuchtelte, statt die Gabel in den Mund zu schieben. »Nichts, gar nichts! Es gab nur eine Sache, die ihn interessiert hat. Er wollte unbedingt wissen, wie es dir und Kurt so geht. Und wie es in der Firma läuft. Er hat immer wieder nach Eulendorf gefragt.«

»Und ... was hast du geantwortet?«

»Na, was wohl? Dass Kurt den halben Berg gekauft hat und dass wir ex-pan-die-ren natürlich. Aber ich glaube, das hat ihm nicht gepasst. Er hätte lieber gehört, dass die Firma gerade den Bach runtergeht. Oder wenigstens, dass du Kurt die Hölle heißgemacht hast neulich, ich hab euren Streit ja mitgekriegt, ihr wart ja laut genug. Aber davon habe ich nichts gesagt, weil ihn das nämlich nichts angeht. Weil er ... ein Arschloch ist!«

»Jürgen ...«

»Ist doch so! Er ist für mich gestorben. Ich bleibe hier

bei euch. Und jetzt hab ich ja sogar zwei Schwestern, eine große und eine kleine, da brauche ich keinen Vater in Kopenhagen, der wahrscheinlich sowieso nur überlegt, wie er mit seiner Neuen noch ein drittes Kind in die Welt setzen kann, bevor er sich auch da wieder verdrückt.«

Jetzt erst schob Jürgen die Gabel in den Mund, als wäre alles gesagt, setzte aber dann mit vollen Backen noch hinzu: »Ich nehme Kurt als Vater. Es gibt Schlimmeres, was einem passieren kann, obwohl Kurt ein echter Spießer ist, das musst du zugeben! Keine Ahnung von Elvis oder sonst irgendwas. Da kommt noch viel Arbeit auf mich zu, fürchte ich.«

Kurt reagierte auf Jürgens Anwesenheit am nächsten Morgen mit einem Stirnrunzeln, erst als Jürgen nicht aufhörte, ihn anzustrahlen, klopfte er ihm kurz auf die Schulter. Annie hatte den Eindruck, dass er sich überwinden musste, um wenigstens zu sagen: »Schön, dass du wieder da bist. Aber in Zukunft redest du gefälligst erst mit uns, bevor du einfach wegläufst.«

»Aye, aye, Sir!«, kam es prompt von Jürgen. »Habe verstanden. Erst reden, dann weglaufen!«

Jürgen schien Kurts Zurückhaltung gar nicht zu bemerken, aber tatsächlich war von der früheren Wärme, mit der Kurt Jürgen immer begegnet war, auch in den folgenden Tagen kaum noch etwas zu spüren. Annie schob es darauf, dass Kurt alles, was im Zusammenhang mit Fritz stand, am liebsten vollständig ausgeblendet hätte. Und ihr selbst ging es ja kaum anders! Fritz war für sie zu einer Person geworden, von der sie sich wünschte, sie hätte nie existiert. Umso glücklicher aber machte es sie, dass Jürgen tatsächlich bleiben wollte.

Und es schien, als wäre mit seiner Rückkehr eine Zeit angebrochen, in der sich auch anderes plötzlich zum Guten wendete. Annie vermochte ihre Zuversicht kaum zu verhehlen, als sie Kurt nach einer letzten langen Nacht über den Rechnungsbüchern mitteilen konnte: »Ich bin durch! Und ich glaube, ich habe auch nichts übersehen. Gotthelf hat gute Arbeit geleistet, da gibt es nichts dran auszusetzen. Eulendorf steht nicht schlecht da, Kurt, trotz einiger Kalkulationen, die ein wenig waghalsig waren, aber im Endergebnis sieht es so aus, als würdest du recht behalten – wer nicht wagt, der nicht gewinnt! Wenn es so weitergeht, sind wir tatsächlich auf dem besten Weg, uns gegen die Konkurrenz nicht nur behaupten zu können, sondern sie über kurz oder lang zu überbieten. Wir haben jetzt schon einen Jahresumsatz von fast zehn Millionen Mark, Tendenz deutlich steigend. Du giltst mit Recht als ... großer Unternehmer, Kurt – und ich liebe dich, dass du es nur weißt!«

Aber obwohl Kurt ihre Sätze mit einem befriedigten Nicken registrierte, wusste Annie, dass er sie gut genug kannte, um zu ahnen, dass sie noch nicht fertig war.

»Und der Haken an der Sache? Du schmeichelst mir doch nicht umsonst, worauf willst du hinaus?«

»Eine Sache, die mir so wichtig erscheint, dass ich glaube, da müssen wir in unserer Planung etwas ändern, sonst ist es zu riskant. Es geht um die Kredite für die Neubauten oben am Berg. Allein schon die Kostenvoranschläge der Baufirmen und Handwerker sprengen unseren Rahmen, von der notwendigen technischen Ausstattung des Lagers und der Einrichtung der Büros ganz zu schweigen. Wenn wir uns da übernehmen, haben wir keine Luft mehr, um das auszugleichen.«

»Höhere Kredite bekommen wir nicht bewilligt, ich habe das schon bis aufs Letzte ausgereizt.«

»Das ist mir klar. Also müssen wir das auf andere Weise lösen. Und ich habe mir dazu auch schon etwas überlegt, es ist … ungewöhnlich, aber ich glaube, es könnte tatsächlich eine Chance sein …«

Kurt zog sich einen Stuhl heran, als Annie die Skizzen auf dem Tisch ausbreitete, die sie gemacht hatte, um ihre Idee besser verdeutlichen zu können. Die Grundlage ihrer Überlegungen war, dass sie die Baukosten erheblich reduzieren mussten, das würde aber nicht damit getan sein, Grundflächen zu verkleinern oder an Material und Ausstattung zu sparen. Sie brauchten dieses um ein Vielfaches größere Lager, wenn die Firma fähig sein sollte, auch bei einer Ausweitung des Warenangebots ohne Verzögerung liefern zu können. Und sie brauchten neue und größere Büros, sie würden in absehbarer Zeit auch neue Mitarbeiter einsetzen müssen. Die gesamte Logistik des Unternehmens hing davon ab, dass die verschiedenen Abteilungen Hand in Hand arbeiten konnten.

»Aber was wir nicht brauchen, ist ein eigenes Bürogebäude, so wie die Architekten es geplant haben.«

»Entschuldige, aber das verstehe ich nicht. Du hast doch gerade selber gesagt, dass wir …«

»Warte! Wir haben die Halle für das neue Lager …« Annie tippte auf ihre Skizzen. »Und das ist das neue Gebäude für die Büros. Ich sage noch nicht mal, dass es überdimensioniert ist, aber es ist teurer als alles andere zusammen und deshalb – pass auf, ich habe mir Folgendes gedacht: Wir bauen eine zweite Halle, identisch mit dem Lager, das spart uns reichlich Kosten. Die Höhe der Halle reicht, um ein Zwischengeschoss einzuziehen, im unteren Bereich siedeln wir die gesamte Verpackungsabteilung an, und darüber liegen die Büros.«

»In einer Lagerhalle?«

»Nur von außen wird es so wirken, abgesehen von den Fenstern im oberen Geschoss natürlich. Aber den Eingangsbereich ziehen wir als Luftraum bis unters Dach, mit einer umlaufenden Galerie, auf der wir alle Produkte ausstellen, die wir im Angebot haben. So bekommt jeder Besucher, den wir empfangen, gleich einen Eindruck von der gesamten Bandbreite unserer Waren, als würde er mitten durch unseren Katalog laufen! Und unten hat man durch eine Wand mit großen Fensterflächen freien Blick auf die Packtische, die ja das Herzstück unserer Arbeit sind, sodass jeder eine Vorstellung davon bekommt, was wir hier tun.«

Als Kurt nicht reagierte, wartete Annie, bis er sich eine neue Zigarette angezündet hatte, dann wedelte sie den Rauch mit der Hand zur Seite, bevor sie sagte: »Zu dem Konferenzraum, in dem wir ja auch unsere Geschäftspartner empfangen, möchte ich noch eine Veränderung vorschlagen. Ich will da keinen langweiligen Tisch wie in der Planung, mit zehn oder zwölf Stühlen, sondern so was wie ein

Clubzimmer! Mit Sesseln und Rauchertischchen, wie sie es in England haben. Der Raum soll eine persönliche Atmosphäre ausstrahlen, in der sich jeder gleich zu Hause fühlt. Und jeder, der einmal bei uns war, wird darüber reden, wie anders es bei uns ist. Das ist das Bild, das sie im Kopf behalten sollen: Eulendorf ist anders! Und wer mit uns Geschäfte macht, kann sich sicher sein, dass er an etwas Besonderem beteiligt ist.«

Annie blickte irritiert auf, als Kurt zu der Anrichte hinüberging und sich ein Glas Kognak einschenkte. Um nach dem ersten Schluck tief Luft zu holen und zu sagen: »Unmöglich! Du bist verrückt!«

Annie hob hilflos die Hände, dann schob sie die Skizzen zusammen und stand ebenfalls auf. Die Enttäuschung über Kurts Antwort war so groß, dass sie sich wie gelähmt fühlte.

Als er ein zweites Glas einen guten Fingerbreit mit Kognak füllte und ihr hinstreckte, verstand sie nicht, was er wollte.

»Trink! Auf uns! Auf die Firma! Es bleibt dabei, alles, was du vorschlägst, ist vollkommen unmöglich, und genau deshalb liebe ich dich. Und genau deshalb werden wir es genau so machen!«

Zwei Monate später kam die Ernüchterung. Die Bank teilte ihnen mit, dass sie die abgesprochenen Kredite für die Neubauten am Petersberg zurückziehen würde. Die Mitteilung wirkte wie ein Schock und zog ihnen buchstäblich den Boden unter den Füßen weg. Die erste Halle stand kurz vor der Fertigstellung, auch für die zweite waren die Fundamente bereits gegossen, die Baufirma zog schon die Grundmauern hoch. Und die alten Lagerräume waren zum nächstmöglichen Zeitpunkt gekündigt, ebenso wie das Büro in der Sturmiusstraße, außerdem hatten sie neue Mitarbeiter eingestellt, um sofort nach dem Umzug weiterarbeiten zu können und doppelte Kosten zu vermeiden. Alles war bis ins Detail geplant, alle Verträge waren unterschrieben, und die beauftragten Firmen würden in Kürze ihr Geld sehen wollen.

Annie hatte den Brief geöffnet, fassungslos reichte sie ihn jetzt weiter an Kurt.

Kurt hatte das Schreiben kaum zu Ende gelesen, als er aufsprang. »Was zum Teufel soll das heißen?« Laut las er noch einmal Satz für Satz, als würde er hoffen, dass allein der Klang seiner Stimme ausreichte, um den Inhalt für nichtig zu erklären:

Uns liegen Informationen vor, die die Kreditwürdigkeit Ihres Unternehmens infrage stellen. Wir treten deshalb von dem Ihnen unterbreiteten Kreditangebot für das Bauvorhaben am Petersberg, Gemeinde Lehnerz, zurück, ohne weitere Ansprüche an Sie geltend zu machen. Des Weiteren behalten wir uns vor, den ursprünglich für die Rückzahlung der bestehenden Darlehen vorgesehenen Termin auf Ende des laufenden Geschäftsjahres vorzuziehen.
Hochachtungsvoll,
Dr. Karl Nowack
Vorstand der Kreditabteilung

Kurt versuchte mehrmals vergeblich, Dr. Nowack in der

Bank zu erreichen, bei seinem letzten Anruf behauptete die Sekretärin rundheraus, dass Nowack für »einen Herrn Laube« nicht zu sprechen sei, Kurt könne sich selbstverständlich gerne an die Zentrale in Frankfurt wenden.

»Chancenlos. Brauchen wir gar nicht erst zu versuchen«, erklärte Gotthelf, den Annie und Kurt in den Inhalt des Schreibens eingeweiht hatten. »Die machen einen Rückzieher und haben sich mit ihren Juristen längst abgestimmt, sodass wir kaum etwas dagegen unternehmen können.«

»Uns liegen Informationen vor …«, zitierte Annie aus dem Gedächtnis den Beginn des Briefes. »Was soll das bedeuten?«

»Gar nichts! Das ist nur vorgeschoben.« Kurts Antwort kam fast zu schnell. Aber Gotthelf nickte und setzte hinzu: »Jemand von der Konkurrenz hat uns angeschwärzt. Da fühlt sich einer von den anderen bedroht, weil wir ihm zu groß werden.«

»Und die Bank reagiert auf so was?«

»Alles eine Frage von Beziehungen«, stellte Gotthelf fest. »Unsere sind nicht schlecht, aber es gibt zweifellos auch noch bessere, die sich eine Ebene höher abspielen.«

»Ich bin nicht bereit, das einfach so hinzunehmen«, erklärte Kurt kategorisch. »Und wenn ich persönlich nach Frankfurt fahre. Wer immer uns da an den Karren pissen will … Entschuldige, Annie, aber der wird sich noch wundern. Da ist das letzte Wort noch nicht gesprochen.«

Im selben Moment sah Annie, dass er stutzte. In dem kurzen Blick, den er ihr zuwarf, lag eine Frage, die Annie ebenfalls gerade durch den Kopf gegangen war: Könnte es sein, dass wir denjenigen, der uns da Steine in den Weg legen will, nur zu genau kennen? Tonlos formten Kurts Lippen den Namen: »Fritz?«

Sie waren vollkommen ratlos, was sie jetzt unternehmen sollten. Annie hätte gerne mit Kurt alleine gesprochen, aber als Kurt vorschlug, dass sie zu dritt in den »Stadtwächter« gehen sollten, »um den Ärger runterzuspülen und nach einer Lösung zu suchen«, konnte sie Gotthelfs Gesellschaft schlecht ablehnen. Ebenso wenig wollte sie Kurt alleine mit Gotthelf gehen lassen, sie ahnte, dass der Abend auf ein Besäufnis hinauslaufen würde. Eilig telefonierte sie mit Gertrud. Es war immer noch ungewohnt, eine Privatnummer zu haben, unter der sich eine Stimme mit »Hier bei Laube« meldete, aber ein Telefon machte manches so viel einfacher, gerade jetzt bewahrheitete sich das wieder. Und Gertrud sagte zu, im Haus zu bleiben, bis sie zurück wären.

»Ich gebe mir Mühe, dass es nicht zu spät wird«, versprach Annie.

»Ich bin es gewohnt, spät zu Bett zu gehen. Das macht mir gar nichts.«

Sie blieben nicht lange im »Stadtwächter«, Gotthelf schlug schon bald vor, in den »Felsenkeller« zu wechseln, wo er die Bedienung kannte. Annie versuchte mehrmals, Kurt unauffällig daran zu hindern, allzu schnell ein Bier nach dem anderen zu kippen. Als sie erkannte, dass es sinnlos war, überredete sie die beiden Männer, wenigstens noch etwas zu essen: »Was haltet ihr von ›Kerns Jakob‹?«

»Gute Idee«, stimmte Kurt ihr zu.

»›Pferdeklops und Bier für eine Mark und vier‹«, zitierte

Gotthelf grinsend den bekannten Reim auf die Kneipe in der früheren jüdischen Pferdemetzgerei. »Ich lade euch ein, das kann ich mir gerade noch leisten!«

An der Ecke zum Buttermarkt kamen ihnen zwei GIs entgegen, amerikanische Militärpolizisten. Beide waren an die zwei Meter groß und breitschultrig, die weißen Lederstiefel bildeten ebenso wie die Käppis und die Pistolentaschen am Koppel einen auffälligen Kontrast zu den schwarzen Gesichtern.

Kurt stellte sich ihnen in den Weg. »Und? Wen sucht ihr?«, pöbelte er ohne jede Vorwarnung. »Es ist spät, geht nach Hause! *It's late, sleep well in your* Bettgestell, *go home, Ami!«*

Das anfängliche Grinsen der beiden Soldaten wechselte zu warnenden Blicken, Annie versuchte vergeblich, Kurt von ihnen wegzuziehen.

»Go home, Ami! Back to Amerika*!«* Kurt hob die Fäuste und ging in Boxerstellung. Als die Amerikaner nach ihren Schlagstöcken griffen, drehte sich Gotthelf um und rannte davon.

Kurt hieb ein paar Schläge in die Luft.

»Entschuldigung«, stammelte Annie. »Er hat zu viel getrunken!« Sie deutete mit der Hand ein Glas an, das sie hinunterstürzte. *»Too much beer! Sorry. We had bad news today, you know?«*, suchte sie ihre wenigen Englischkenntnisse zusammen.

Der eine der beiden Soldaten spuckte seinen Kaugummi auf den Fußweg und schob Kurt mit einer lässigen Armbewegung zur Seite. »*Okay, forget it, let's go. Don't make any more trouble, Fritz!*«

Für eine Sekunde dachte Annie, sie hätte sich verhört. Kurt klappte die Kinnlade herunter. »Was? Wie hast du mich genannt? Wie hat er mich genannt? Hat er gerade Fritz zu mir gesagt?«

»*It's a German name, right?*« Der Amerikaner hieb Kurt auf die Schulter. »*All those funny names, Fritz, Wilhelm, Adolf! Very German, dude!*«

Annie sah, wie Kurt schluckte und einen Schritt zurücktrat.

»*You ... you are a bloody bastard!*«

Noch bevor sie ihn zurückhalten konnte, senkte er den Kopf und rammte ihn dem Amerikaner mit der Stirn voran in den Bauch. Nahezu gleichzeitig hörte Annie einen Motor, ein Militärjeep hielt mit quietschenden Reifen direkt neben ihnen – und dann waren es vier GIs, die sich auf Kurt stürzten! Es ging alles so schnell, dass Annie erst wieder zur Besinnung kam, als sie mit hartem Griff am Arm gepackt und hinter Kurt her in den Jeep gestoßen wurde.

Aus den Augenwinkeln sah sie Gotthelf in einem Hauseingang stehen. Als der Wagen mit aufgeblendeten Scheinwerfern an ihm vorüberfuhr, wandte er Annie schnell den Rücken zu.

Fünf Jahre später

1.

Warum Eulen nach Athen tragen?
Wer bei Eulendorf bestellt, spart sich die Mühe!
Zum Beispiel Dornbusch Herrenwäsche
nicht nur dem Auge des modernen Mannes ein Wohlgefallen!
Beste Qualität, perfekte Passform und ein stilsicherer Auftritt –
lässig, sportlich, elegant!
(Eulendorf-Katalog Sommer 1963)

Weimar 1963

Die Einreise in die DDR war ohne Probleme verlaufen, Annies Aufenthaltsgenehmigung galt für drei Tage, ebenso lange war auch das Zimmer im Hotel »Elephant« gebucht. Annie wusste nicht viel mehr über Weimar, als dass Goethe und Schiller hier gewesen waren, noch vom Bahnhof aus war sie den Umweg an Goethes Gartenhaus vorbeigelaufen, das ärmlicher auf sie wirkte, als sie es sich vorgestellt hatte. Von dem »grünen Flor«, der nach den Zeilen in Goethes Gedicht an den Hauswänden emporranken sollte, war nichts zu sehen, stattdessen gab es abblätternde Farbe an der grünlich grauen Fassade und gebrochene Schindeln auf dem Dach, auch der Garten war ungepflegt, die früheren Rosenbeete waren von Unkraut überwuchert, der Rasen schon lange nicht mehr gemäht.

Die Häuser entlang der Straßen, durch die Annie kam, boten einen ähnlichen Anblick und zeigten deutlich, wie sehr es in der DDR nach wie vor an Geld und Material mangelte. Vielleicht hatte es etwas damit zu tun, dass hier alles von oben vorgegeben und reguliert wurde, dachte Annie unwillkürlich, eine Art zwangsverordnetes Warten auf bessere Zeiten, bei dem sich niemand um all die Dinge kümmern musste, die den Alltag im Westen bestimmten, eine Wohnung, eine Ausbildung, einen Beruf, der die monatliche Miete sicherte – und wo es nichts zu kaufen gab, gab es auch keine Anreize, sich nach dem zu strecken, was im kapitalistischen System der BRD erstrebenswert, wenn nicht lebensnotwendig galt.

Es war nur ein Eindruck, der auf dem fußte, was auf den ersten Blick zu sehen war, Annie wusste viel zu wenig darüber, wie es war, hier tatsächlich zu leben, leben zu müssen! Aber es reichte, um ihr deutlich zu machen, dass Kurts Entscheidung richtig gewesen war, als er sich damals entschlossen hatte, die DDR zu verlassen und nach Fulda zu gehen, um im Westen einen Neuanfang zu wagen. Unter den Verhältnissen der DDR wäre alles, was er sich aufgebaut hatte und was sie jetzt nach bestem Wissen und Gewissen weiterführte, unmöglich gewesen.

Auch das altehrwürdige Hotel konnte zumindest vom äußeren Anschein her mit ähnlichen Häusern im Westen nicht mithalten, erst als Annie die weitläufige Lobby betrat und ein Page sie dann zu ihrem Zimmer führte, wurde ihr klar, dass man sie tatsächlich im ersten Haus am Platz untergebracht hatte. Die Einrichtung strahlte einen verblichenen Charme aus, der Annie immer noch den Luxus vergangener Zeiten spüren ließ. Wer hier abgestiegen war, hatte ganz sicher keine Not gelitten und war nicht nur gekommen, um für die Nacht ein Bett und ein Dach über dem Kopf zu haben.

Annie war für 19 Uhr im Restaurant verabredet. Nachdem sie sich frisch gemacht und umgezogen hatte, wurde es Zeit, in die Lobby hinunterzugehen. Vor dem großen Spiegel auf dem Treppenabsatz hielt sie noch einmal an, um ihre Erscheinung zu überprüfen – das eng anliegende graue Kostüm, das sie trug, wollte ihr fast zu streng erscheinen, die im Lampenlicht seidig schimmernden Strümpfe und die Schuhe mit den dünnen Absätzen zu schick für ein Abendessen. Aber sie musste unmissverständlich zeigen, dass sie als Geschäftsfrau auftrat, die ein großes Unternehmen leitete, nur so würde sie ernst genommen werden.

Mit zwei schnellen Handgriffen nahm sie die Ohrringe wieder ab und ließ sie in der Jackentasche verschwinden, die Perlenkette über der weißen Bluse würde genügen, um den Eindruck von wohlhabender Eleganz zu unterstreichen.

Kurz entschlossen zupfte sie eine Haarsträhne aus der

sorgfältig hochgesteckten Frisur, so war es besser, als hätte sie es in ihrer Position schon lange nicht mehr nötig, bei ihrem Äußeren auf absolute Perfektion zu achten.

Ein Kellner führte sie an ihren Tisch.

»Der Genosse Arbeitsdirektor wird sich verspäten. Er bittet um Entschuldigung und lässt ausrichten, dass Sie ohne ihn zu Abend essen möchten. Er bedauert es sehr, aber ein unerwarteter Termin lässt ihm keine andere Möglichkeit, er wird später mit einem Glas Kognak zu Ihrem Gespräch vorliebnehmen. – Wir haben heute als Tagesgericht Rollbraten mit Berliner Kartoffelauflauf und Schwarzwurzeln, dazu würde ich Ihnen einen trockenen Unstrut-Wein empfehlen.«

Annie nickte zu seinem Vorschlag, während sie gleichzeitig überlegte, ob die angebliche Verspätung ihres Kontaktes womöglich nichts weiter war als ein billiges Manöver, um sie zu irritieren. Sie kannte solche Tricks von ihren Geschäftspartnern in der BRD zur Genüge, es ging immer nur darum, die eigene Wichtigkeit zu unterstreichen und dem anderen zu zeigen, dass er nur einer unter vielen war, die etwas wollten. Sie würde sich davon nicht aus der Ruhe bringen lassen, auch wenn sie deutlich spürte, dass sie verärgert war. Der Termin stand bereits seit mehreren Wochen fest, sie hatte ein paar Beziehungen spielen lassen, um den Kontakt zu der entsprechenden Stelle im Ministerium für Außenhandel herzustellen, bei einem kurzen Treffen mit einem schwergewichtigen Mann, der wie ein Vertreter wirkte, waren ihr im Bahnhofslokal von Fulda die Einreisepapiere und der Name ihres Ansprechpartners übergeben worden.

Rudolf Mischke, Arbeitsdirektor der VEB Fahrzeug- und Gerätewerke Simson Suhl.

Und Annie hatte ihre Hausaufgaben gemacht. Sie wusste, dass der Arbeitsdirektor in der DDR zusammen mit dem Betriebsleiter und dem Technischen Direktor den Betriebsvorstand bildete, sie wusste auch, dass sich hinter VEB Simson Suhl ein Fahrzeugwerk verbarg, war sich aber dennoch sicher, dass Mischkes Position wesentlich höher sein und im Zusammenhang mit dem Ministerium stehen musste, sonst würde er kaum in der Lage sein, die Verhandlungen mit ihr zu führen.

Annie war gerade dabei, den letzten Bissen des ungewöhnlich zarten Rollbratens auf ihre Gabel zu schieben, als Mischke auftauchte. Er war wesentlich jünger, als sie erwartet hatte, und er sah zweifellos gut aus, wie Annie unwillkürlich registrierte – hochgewachsen und schmal, mit dunklem Bartschatten auf Kinn und Wangen, und Augen von einem so verblüffenden Blau, dass Annie kaum den Blick abwenden konnte, als er sich vorstellte und sie aufmerksam musterte.

»Ich bitte um Verzeihung, aber manchmal …« Er zog sich einen Stuhl heran. »Darf ich?« Noch bevor er sich gesetzt hatte, kam der Kellner mit einem doppelten Kognak. »Das brauche ich jetzt, es war ein schlimmer Tag. Ich bin heute nur von einem Termin zum nächsten gehetzt, was nicht heißen soll, dass ich es jetzt nicht schätzen würde, Sie persönlich kennenzulernen. Im Gegenteil! Ich freue mich, dass Sie hier sind, und ich sehe, dass Ihnen … das Fleisch geschmeckt hat?«

»Ja, danke, ausgesprochen gut. Auch das Hotel gefällt mir.«

»Wir wissen, wie wir unsere Gäste aus dem kapitalistischen Westen überzeugen können. Hier im Sozialismus ist nicht alles so ärmlich und rückständig, wie es die westliche Propaganda gerne darstellt.«

Seine Stimme hatte eindeutig einen ironischen Beiklang, als er mit einem Lächeln hinzusetzte: »Aber es ist noch ein weiter Weg, bis wir unser Ziel erreicht haben. Und das eine oder andere kleine Täuschungsmanöver ist dabei nun mal so notwendig wie die Luft zum Atmen.«

»Bitte wie …?«

Er stützte das Kinn auf die Hand und blickte Annie kopfschüttelnd an. »Wie soll ich's am besten sagen? Der ›Elephant‹ war Hitlers Lieblingsherberge, wenn er in Weimar war, er hatte sogar eine eigene Suite hier, wir sprechen nur verständlicherweise nicht so gerne darüber. Ebenso wenig wie über die Tatsache, dass das Fleisch eines Nutria mit der richtigen Zubereitung dem Geschmack von Kalbfleisch verblüffend nahekommt, wenn es ihn nicht sogar übertrifft.«

»Soll das heißen, dass ich eben … Das war gar kein Kalbfleisch, das war …«

»Nutria, ja, Biberratte. Nein, nein, keine Sorge, nicht aus dem nächsten Kanal, sondern aus den volkseigenen Betrieben, die auf die Zucht der Tiere spezialisiert sind. Absolut unbedenklich und veterinär-hygienisch für einwandfrei erklärt. Wobei es uns vor allem um die Pelze geht, die wir gerne gegen ordentliche Devisen an den Westen weiterreichen. Womit wir beim Thema wären, aber … darf ich Ihnen jetzt ebenfalls einen Kognak bestellen, Sie wirken ein wenig verstört …«

Annie warf einen Blick auf ihren leer gegessenen Teller und spürte, wie sich ihr Magen zusammenzog, aber sie würde Mischke jetzt nicht die Genugtuung geben, aufzuspringen und zur Toilette zu laufen.

Entweder versucht er, mich aus der Fassung zu bringen, dachte sie, oder er will mit seiner vorgeblichen Offenheit eine Vertrautheit herstellen, um mich leichter über den Tisch ziehen zu können.

»Gerne einen Kognak, ja.« Sie wies mit dem Kopf auf das noch halb volle Weinglas. »Der Unstrut-Wein, den mir der Kellner empfohlen hat, ist dann doch ein wenig … zu herb für meinen Geschmack. Da muss der Arbeiter- und Bauernstaat noch ein wenig nachbessern, bevor er das als ernst zu nehmendes Ersatzprodukt anpreisen kann.«

»Eins zu null für Sie! Aber der Kognak ist besser, wir verkaufen ihn nicht umsonst in großen Mengen an eine ganz bestimmte Westfirma, die sich längst einen Namen damit gemacht hat. Wir kümmern uns im Übrigen auch um die Etiketten, die jede Flasche als ›Qualitätsprodukt nach französischer Destillierkunst‹ ausweisen. Wie gesagt, kleine Täuschungen, die das Leben durchaus erleichtern, solange man nicht allzu genau hinsieht.«

»Womit wir beim Thema wären«, griff Annie seine vorherigen Worte auf. »Sie wissen, weshalb ich hier bin?«

Mischke nickte. »Gestatten Sie mir aber bitte eine Frage vorweg: Ist es richtig, dass Sie nicht nur Mitinhaberin von

Eulendorf sind, sondern die Verantwortung für die Geschäfte der Firma weitestgehend alleine tragen?«

»Das stimmt, ja.«

»Darf ich fragen, warum? Das ist ja doch eher ungewöhnlich.«

»Mein Mann und ich haben schon vor einiger Zeit die Geschäftsbereiche unter uns aufgeteilt, um effektiver arbeiten zu können«, gab Annie die Antwort, die sie für Fragen dieser Art parat hatte.

Aber Mischke war noch nicht zufrieden. »Und zu dieser Aufteilung gehört dann auch, dass Kurt Laube eher auf Reitturnieren anzutreffen ist als, sagen wir, in einem Verhandlungsgespräch oder ganz einfach an seinem Schreibtisch im Büro?«

Annie reagierte mit einem Lächeln, von dem sie hoffte, dass es über ihre Verblüffung hinwegtäuschte. Da hatte also noch jemand seine Hausaufgaben gemacht! Andererseits war damit zu rechnen gewesen, die DDR würde sicher nicht riskieren, Verträge abzuschließen, ohne Informationen über den Vertragspartner zu haben. Und Kurt tauchte gerade in letzter Zeit häufig in den Berichten über Turniere auf, bei denen er öfter auch einen der ersten Plätze belegt hatte.

»Auch das gehört dazu, ja«, antwortete sie immer noch lächelnd. »Nennen Sie es ein Arrangement, mit dem alle zufrieden sind.«

»Ich bin beeindruckt. Es scheint, als hätte ich mir nicht zu viel von Ihnen versprochen. Und ich beginne langsam zu verstehen, warum Ihre Belegschaft Sie heimlich ›die Königin‹ nennt.« Als er sah, wie Annie stutzte, setzte er mit gespielter Überraschung hinzu: »Wie? Das wissen Sie nicht?«

»Doch, aber ich wusste nicht, dass Sie es wissen.« Annie griff nach ihrem Glas und nahm einen Schluck Kognak, der wie Feuer in ihrer Kehle brannte, während sie spürte, wie ihr gleich darauf die Hitze ins Gesicht stieg. Und wieder waren es Mischkes Augen, die sie nicht losließen! Das war nicht mehr nur das gegenseitige Abklopfen zweier Geschäftspartner, da mischte sich etwas mit hinein, was sie noch nicht einschätzen konnte. Sie musste vorsichtig sein, das Eis, auf dem sie sich bewegte, schien mit jedem Satz zwischen ihr und Mischke dünner zu werden ...

In den folgenden zwei Stunden erfuhr Annie mehr über die Strukturen der Handelsbeziehungen zwischen der DDR und der BRD, als sie jemals für möglich gehalten hätte. Da existierten tatsächlich weitreichende Absprachen und Verträge, die im krassen Gegensatz zu den offiziellen Erklärungen standen, in denen die DDR nicht müde wurde, den westlichen Klassenfeind anzuprangern, während der weiterhin darauf beharrte, in der DDR nichts anderes zu sehen als den verlängerten Arm der Sowjetunion, geschweige denn bereit war, die neu gegründete Republik überhaupt als souveränen Staat anzuerkennen.

Die Liste der in der DDR produzierten und im Westen verkauften Waren war lang und reichte von Haus- und Heimtextilien über Kinder-, Damen- und Herrenkonfektion bis zu Möbeln und Elektrokleingeräten, auch Kühlschränke, Näh- und Schreibmaschinen zählte Mischke auf: »Wir liefern hervorragende handwerkliche Qualität, und das zu Preisen, die wohl kaum zu unterbieten sind, unsere Geschäftspartner im Westen wissen das sehr wohl zu schätzen. Wir reden von bis zu fünfzehn Prozent, die wir günstiger sind als die bei Ihnen produzierten Artikel, und zurzeit liegt der Anteil, den Westdeutschland an unserem gesamten Außenhandel hat, bei gut dreißig Prozent – ich denke, das ist eine Zahl, die für sich spricht.«

Annie spürte, wie ihr leicht schwindlig wurde, sie hatte keine Ahnung gehabt, in welchem Ausmaß Eulendorf hier offensichtlich schon länger den Anschluss verpasst hatte. Jetzt fiel es ihr wie Schuppen von den Augen, wieso gerade Neckermann und Quelle so weit unter Preis anbieten konnten, dass sie selbst bereits mehrfach verschiedene Produkte wieder aus dem Programm hatten nehmen müssen, weil sie ganz einfach nicht konkurrenzfähig gewesen waren.

»Sprechen Sie weiter«, forderte sie Mischke auf, als sie merkte, dass er sie fragend anblickte.

»Im Großen und Ganzen war es das schon von meiner Seite, bleibt mir eigentlich nur noch zu betonen, dass wir immer daran interessiert sind, diese wirtschaftlichen Kooperationen weiter auszubauen, wir brauchen die Devisen, ganz einfach. Davon profitieren letztlich beide Seiten. Grundbedingung ist, dass Ihre Kunden nichts von der tatsächlichen Herkunft der Waren ahnen, ebenso wie unsere Genossinnen und Genossen in den volkseigenen Betrieben und Kombinaten besser nichts über die Dimensionen dieser ... Geschäftsbeziehungen wissen sollten. Und schon gar nicht, dass das gleiche Produkt, das hier kaum erschwinglich ist, im Westen als Schnäppchen über den Tisch geht! Wobei ich nicht verschweigen will, dass es durchaus auch Artikel gibt, die man hier erst gar nicht bekommt, auch das ist etwas, was nicht unbedingt herausposaunt werden sollte, obwohl es eigentlich … fast schon amüsant ist und zeigt, was alles möglich ist, wenn man die verschiedenen Interessen über die gerne als unvereinbar propagierten Prinzipien stellt. – Sie haben eine kleine Tochter, richtig?«, wechselte Mischke dann scheinbar unvermittelt das Thema.

»Weshalb fragen Sie?«

»Ich nehme an, dass Sie mit einem kleinen Kind gerade bei Hautpflegeprodukten sehr auf Qualität achten …«

»Natürlich, ja.«

»Also … Penaten-Öl zum Beispiel?«

Annie nickte, sie hatte keine Ahnung, worauf er hinauswollte.

»Auch Nivea-Creme?«

»Auch Nivea-Creme, ja.«

Mischkes Grinsen wurde so breit, als würde er eine letzte Trumpfkarte aus dem Ärmel ziehen. »Wird in der DDR hergestellt! Einschließlich der dunkelblauen Dosen mit dem unverwechselbaren Schriftzug, der die Creme bei Ihnen zum Verkaufsschlager gemacht hat. Möchten Sie noch mehr hören? Ein paar Namen der Firmen, die ihre Produkte von uns beziehen? Namen, die Sie alle nur zu gut kennen dürften, wie Ihre Hauptkonkurrenten im Versandhandel natürlich, konkret Quelle, Neckermann, Otto. Aber auch Salamander, Schiesser, Adidas, Bosch, AEG … Beeindruckend, nicht wahr?«

Für einen Moment starrte Annie ihn nur ungläubig an.

Mischke lachte. »Ich würde sagen, Sie sind gerade noch rechtzeitig gekommen, um auf den Zug aufzuspringen, bevor es zu spät ist. – Sie haben die freie Wahl, bedienen Sie sich!« Mit einem Augenzwinkern schob er seinen Stuhl zurück, um gleich darauf mit schnarrender Stimme den Fahrstuhlführer eines Kaufhauses zu imitieren.

»Erster Stock: Herrenkonfektion, zweiter Stock: Damenober- und -unterbekleidung, dritter Stock: Haushaltswaren, Nähmaschinen, Elektrokleingeräte ...«

Die anderen Gäste im Speisesaal blickten irritiert zu ihnen herüber. Mischke schien sich kaum daran zu stören, beugte sich jetzt allerdings vor und senkte die Stimme zu einem fast vertraulichen Flüstern, es war offensichtlich, dass er alles daransetzte, Annie mit seiner kleinen Szene zu imponieren. »Vierter Stock: Fotoapparate und fotografisches Zubehör aus den Carl-Zeiss-Werken in Jena, aber wenn ich die Interessen der Dame richtig einschätze, fahren wir vielleicht noch ein Stockwerk höher, da haben wir auch die berühmte Erika, die Büroschreibmaschine, die mit ihrer perfekten Mechanik und beispiellosen Eleganz jeden zu überzeugen weiß, der sich bislang mit den schweren und unförmigen Apparaturen aus westlicher Produktion quälen musste ...«

Bei seinen gestelzten Formulierungen musste Annie unwillkürlich auflachen. Vielleicht ist das Ganze auch einfach nur nett gemeint, dachte sie für den Bruchteil einer Sekunde, vielleicht will er mir die Möglichkeit geben, mich von dem Schock über seine Informationen zu erholen, er muss gemerkt haben, dass er mich damit vollkommen unvorbereitet erwischt hat. Aber sie hatte sich schon wieder gefasst, jetzt war es angezeigt, eben diese Information für sich nutzbar zu machen – und sie hatte bereits einen Schritt weiter gedacht, auch wenn es vielleicht gewagt war und weit über das hinausging, was dem üblichen Prozedere entsprach.

»Warten Sie einen Moment«, stoppte sie Mischke. »Ihr Kaufhaus gefällt mir ausgesprochen gut. Ich werde da ganz sicher die eine oder andere Bestellung aufgeben. Aber mich interessiert noch etwas anderes: Wenn ich es richtig verstanden habe, sind Sie Arbeitsdirektor bei den Simson-Werken – und Sie produzieren auch Kleinkrafträder, Mopeds, richtig?«

Mischke setzte sich so abrupt, dass es schien, als hätte diesmal Annie eine Trumpfkarte ausgespielt.

»Den Gedanken hatte auch einer Ihrer Konkurrenten bereits, aber so naheliegend die Idee auch sein mag, wir haben da ein Problem! Die Firma Kreidler bei Ihnen im Westen beherrscht mit der Florett den Markt und hat selbst NSU und Heinkel in die Ecke gedrängt, dagegen kommen wir mit unseren Modellen bedauerlicherweise nicht an.«

»Ich spreche auch gar nicht davon, ein Moped von Ihnen zu übernehmen. Aber ich habe ja auch noch einen jüngeren Bruder, der gerade genau in dem Alter ist, in dem man sich für kaum etwas mehr interessiert als für Mopeds, von Elvis vielleicht mal abgesehen. Und ich glaube, Sie haben vollkommen recht, wenn Sie sagen, dass die Florett die Wünsche dieser Jungen oder jungen Männer recht gut erfüllt, da gibt es keinen Bedarf für ein neues oder vielleicht sogar besseres Produkt. Was wir dabei aber völlig außer Acht lassen, ist die Tatsache, dass sich die Zeiten verändert haben, wir reden jetzt von einer Generation, in der es nicht immer nur um Jungen geht – auch Mädchen haben Wünsche! Und sie fangen gerade erst damit an, diese auch zu formulieren und einzufordern ...«

»Ich bin ganz Ohr, sprechen Sie weiter.«

»Eine Freundin meines Bruders hat mich darauf gebracht, als sie sich ein wenig drastisch darüber beschwert hat, dass sie es leid sei, immer nur wie ein Affe auf dem Schleifstein hinter ihm hocken zu müssen und darauf zu hoffen, dass er die nächste Kurve kriegt, ohne mit ihr im Graben zu landen. Überhaupt hatte sie auch keine Lust mehr, auf ihn zu warten, damit er sie abholt oder abends wieder nach Hause bringt! Und da dürfte sie wohl nicht die Einzige sein, die endlich unabhängig sein möchte und selber entscheiden, wann sie wohin fährt.«

»Also ein Moped ... für Mädchen, verstehe ich Sie da richtig?«

»Fast richtig«, erwiderte Annie lächelnd. »Aber kein Moped«, setzte sie hinzu, als sie seinen ratlosen Blick sah. »Sehen Sie, ein Moped soll ja vor allem dazu dienen, die Zeit zu überbrücken, bis der Junge alt genug ist, um ein richtiges Motorrad fahren zu dürfen. Deshalb soll es so weit wie möglich auch schon aussehen wie ein Motorrad. Aber für ein Mädchen spielt das keine Rolle, eher im Gegenteil, es muss nicht laut knattern und furchtbar schnell sein, sondern bequem und ... elegant, schick! Mädchen verlieren immer mehr ihre Angst vor Technik, zum Glück, etwas, was von einem Motor angetrieben wird, ist nicht mehr länger eine reine Jungenssache, aber sie interessieren sich nicht dafür, wie das Ding funktioniert, wie viel PS es hat, wie viel Hubraum, es soll einfach nur fahren. In Italien ist es längst selbstverständlich, dass auch die Mädchen mit einem kleinen Motorroller durch die Gegend kurven, nur hier denkt alle Welt, es müsse unbedingt ein Motorrad sein.«

»Und vergisst dabei die Mädchen.« Mischke nickte. »Leicht, einfach zu handhaben, ohne irgendwelche Kraftmeierei …«

»Aber schick und elegant«, wiederholte Annie. »Und noch etwas ist wichtig! Mein Bruder könnte das sicher besser erklären, aber wenn ich es richtig verstanden habe, gehören die meisten Mopeds aufgrund ihres Gewichts nicht mehr in die führerscheinfreie Klasse. Aber erst einen Führerschein machen zu müssen, würde für viele Mädchen ganz sicher immer noch eine Hürde bedeuten, vor der sie zurückschrecken. Ich weiß die genauen Zahlen nicht oder ob es überhaupt möglich ist, unter dem entsprechenden Gewicht zu bleiben, aber wenn wir das hinkriegen, wenn Sie jetzt in Ihrem Werk einen leichten Motorroller entwickelten …«

»Dann versprechen Sie sich davon einen Verkaufserfolg, der die Konkurrenz in ihre Schranken weist, ich verstehe.«

Im Grunde genommen war es Annies alte Idee, ein Fahrzeug exklusiv für Eulendorf bauen zu lassen, so wie sie es vor Jahren bereits mit Borgward überlegt hatte. Nur dass es damals um ein Auto gegangen war und Autos und Versandhandel nicht übereinzubringen waren. Bei einem kleinen Motorroller würde das anders aussehen, Eulendorf verkaufte auch Fahrräder, eine Erweiterung des Zweirad-Angebots sollte leicht zu bewerkstelligen sein – und wenn sie einen solchen Roller in der DDR produzieren ließ, würde sie die Konkurrenz gewissermaßen mit ihren eigenen Waffen schlagen können. Annie zweifelte nicht einen Moment daran, dass sie den möglichen Markt dafür richtig einschätzte. Sie hatte sich auch damals bei Borgward nicht geirrt, der beste Beweis war ein mit den Entwürfen aus Bremen nahezu identisches Modell, das BMW vor zwei Jahren vorgestellt hatte und seitdem mit Erfolg verkaufte. Aber sie durfte jetzt nicht an Gotthelf und seinen Verrat denken, es war immer noch eines der Ereignisse, das sie ganz persönlich weitaus mehr getroffen hatte, als sie sich lange Zeit eingestehen mochte. Sie musste nach vorne blicken und darauf vertrauen, dass sie diesmal in keine Falle tappte.

Sie zuckte irritiert zusammen, als Mischke plötzlich fragte: »Hammerschlag?«

»Wie bitte? Ich verstehe nicht.«

»Hammerschlag-Lack ist das, was wir bieten können. Wahlweise in den Farben Kupferbraun/Beige oder Diaphanblau/Grau. Aber ich fürchte, das ist nicht das, was Sie sich vorstellen?«

»Nein, ganz bestimmt nicht«, stammelte Annie. »Wenn wir von zwei Farben reden, dann Rot/Weiß. Oder nur Rot, aber es muss auffallen, es muss ... modern wirken!«

»Sagen Sie es ruhig, es soll nicht aussehen wie aus der DDR.«

Als er lachte und ihr zunickte, wusste sie, dass sie gewonnen hatte.

»Und die Sache mit dem Gewicht?«, fragte sie trotzdem. »Damit man auch wirklich ohne Führerschein …«

»Wir können alles … nachbauen und auch entsprechend modifizieren. Wichtig ist alleine, dass es etwas Ähnliches schon irgendwo gibt, sodass wir weder Zeit noch Kosten darauf verschwenden müssen, es erst selber zu entwickeln. Aber das lassen Sie getrost meine Sorge sein.«

Noch in ihrem Beisein erfand Mischke den Begriff der »Gestattungsproduktion«: »Damit gestatten wir Unternehmern aus dem Westen, bei uns ihre Wünsche in Auftrag zu geben, dann wird hier produziert und ›drüben‹ verkauft. Allerdings ist das Neuland für uns. Ich werde meinen ganzen Einfluss geltend machen müssen, um das durchzukriegen.«

»Und ich kann mich dann auch darauf verlassen, dass Sie die Eule tatsächlich exklusiv für mich produzieren?«

»Was bitte?«

»Unseren kleinen Motorroller. Ich habe gerade entschieden, dass ich ihn ›Eule‹ nennen werde. Ich denke, das passt.«

Es war anders als mit Kurt. Es war auch anders als mit dem einzigen Mann, mit dem Annie vor Kurt geschlafen hatte. Sie hatte nicht geahnt, wie viele Möglichkeiten es gab, ihr Lust zu bereiten! Eine Lust, wie sie sie noch nie zuvor erlebt hatte. Und als seine Lippen jetzt eine Schneckenspur über ihren Bauch zogen und seine Zunge sich dann an der Unterseite ihrer Schenkel wieder zielstrebig nach oben arbeitete, ging ihr atemloses Keuchen in spitze Schreie über, die sie nicht länger zurückhalten konnte und auch gar nicht mehr zurückhalten wollte, bis die alles verschlingende Woge sie überrollte und das große Vergessen einsetzte.

Nur langsam fand sie zurück in die Wirklichkeit, immer noch leise wimmernd, die Hände in seine Haare gekrallt und seinen Kopf in das feuchte Dickicht zwischen ihren Beinen pressend, als würde sie den Moment fürchten, in dem sie ihm wieder in die Augen sehen musste ...

Sie waren die letzten Gäste in der Bar gewesen, lange schon hatte ihr Gespräch sich um persönliche Dinge gedreht, wobei es eher Annie war, die erzählte, von Claudia, von den Schwierigkeiten, die sie trotz des Kindermädchens hatte, ihre Tochter und ihre Arbeit unter einen Hut zu bekommen. Und von den Sorgen, die Jürgen ihr zunehmend bereitete: »Er hat kurz vor dem Abitur die Schule geschmissen, ich habe es mit Ach und Krach geschafft, ihm eine Lehrstelle in der Möbeltischlerei zu besorgen, die ganz zu Anfang für uns gearbeitet hat, als es noch um kleine Stückzahlen ging. Er wohnt auch nicht mehr zu Hause, sondern hat ein Zimmer in Löschenrod, wo die Tischlerei ist. Ich hoffe sehr, dass er durchhält! Manchmal könnte ich verzweifeln, wenn er von nichts anderem redet als von Mopeds und – Elvis! Aber dann kann er auch wieder so liebenswürdig sein, dass ich ihm nichts übel nehmen kann, und wenn er einen anlächelt ... Er hat ein Lächeln, das ist unbeschreiblich, als würde er einen damit ... verzaubern, ich weiß nicht, wie ich es anders ausdrücken soll!«

Bei Ihnen ist es ähnlich, war sie kurz versucht zu sagen, Ihr Lächeln erinnert mich an meinen Bruder. Gerade noch rechtzeitig schluckte sie die Worte hinunter, als Mischke auch schon sagte: »Ich bewundere Sie! Nein, nein, wirklich, ganz ernsthaft! Es kann nicht einfach sein, was Sie da jeden Tag, Woche für Woche meistern, eine kleine Tochter, die mehr von ihrer Mutter erwartet als die abendliche Gutenachtgeschichte, ein halb erwachsener Elvis-Fan, der mit seinem Moped durch die Gegend knattert, und gleichzeitig die Firma, die Sie am Laufen halten müssen! Und wenn ich es richtig verstanden habe, gibt es da auch niemanden, der ...«

Mischke zögerte, als würde er nach den richtigen Worten suchen, um ihr nicht zu nahe zu treten, aber es war vollkommen klar, dass er auf Kurt anspielte.

Für eine Sekunde legte Annie ihre Hand auf seine und sagte schnell: »Danke, aber ich bin nicht so gut darin, Komplimente zu bekommen. – Erzählen Sie doch ein wenig von sich, bitte, es interessiert mich!«

»Da gibt es nicht viel, es ist eher das typische Leben des allem Neuen gegenüber aufgeschlossenen DDR-Bürgers – man fährt im Sommer zum FKK-Urlaub nach Rügen, lernt jemanden kennen, heiratet und wird nach erstaunlich kurzer Zeit wieder geschieden – ganz ohne Probleme, das ist eine der wesentlichen Errungenschaften unseres Systems –, danach dann sieht man sich den immer gleichen Film mit Manfred Krug so lange an, bis man die Dialoge auswendig kennt, und ... fährt erneut an die Ostsee.«

Annie musste lachen. »Das ist Ihre Geschichte? Mehr wollen Sie mir nicht erzählen?«

»Ein anderes Mal vielleicht, ich denke, für heute sollten wir lieber Schluss machen.« Er wies mit dem Kopf auf den

Barkeeper, der sie schon länger mit mürrisch verzogenem Gesicht beobachtete und jetzt, auf Mischkes Nicken hin, eilig ihre leeren Gläser abräumte, um sie wortlos im Spülbecken zu versenken.

Mischke bot Annie seinen Arm an, um sie zum Fahrstuhl zu führen, die Spannung zwischen ihnen war nur zu deutlich zu spüren, in der engen Kabine ließ es sich kaum vermeiden, dass ihre Arme, ihre Schultern sich streiften, als der Fahrstuhl im zweiten Stockwerk mit einem Ruck zum Stehen kam.

Das Licht auf dem Flur funktionierte nicht, Mischke griff nach Annies Ellbogen und tastete sich an der Wand entlang bis zu ihrem Zimmer. »Hier, Nummer 26, richtig?«

»Richtig.«

»Haben Sie Ihren Schlüssel? Warten Sie, ich helfe Ihnen!«

Er öffnete ihre Tür, dann räusperte er sich: »Mein Zimmer liegt genau gegenüber. Zufall! Ich wünsche Ihnen eine gute Nacht, schlafen Sie gut. Und ...«

»Ja?«

»Ich danke Ihnen für den schönen Abend, es ist ein Vergnügen, mit Ihnen Geschäfte zu machen.«

Annie blickte hinter seinem Schatten her, bis er in seinem Zimmer verschwunden war, ohne sich noch einmal umzudrehen. Sie hatte nicht gewusst, was sie von diesem Abend eigentlich noch erwartet hatte, sie hatte sich einfach treiben lassen, es war angenehm gewesen, in Mischkes Gesellschaft die Zeit zu vergessen, angenehm und mit dem leichten Kitzel des Neuen und Aufregenden bei dem Gedanken daran, was vielleicht noch kommen würde. Annie war ja kaum noch gewohnt, außerhalb ihrer Arbeit jemanden kennenzulernen – und sie fühlte sich mehr zu Mischke hingezogen, als sie es seit Langem bei einem Mann erlebt hatte.

Als sie jetzt ihre Nachttischlampe anknipste, kam sie sich für einen Moment vor wie ein dummes Schulmädchen, das auf seinem ersten Ball nicht zum Tanz aufgefordert worden war. Sie biss sich auf die Unterlippe und schaltete die Deckenlampe ein, um sich vor dem Spiegel über dem Kofferhalter von einer Seite zur anderen zu wenden. Das Kostüm saß wie angegossen und betonte ihre Figur, aus den Haaren hatten sich noch weitere Strähnen gelöst, aber das passte zu der späten Stunde, ebenso wie die leichten Schatten unter ihren Augen, die die Pupillen nur noch dunkler und geheimnisvoller wirken ließen – sie sah gut aus, daran konnte es nicht liegen, dass Mischke sich ... so unerwartet distanziert verabschiedet hatte, ohne wenigstens den Versuch zu unternehmen ...

»Ja, was eigentlich?«, murmelte Annie kopfschüttelnd. »Was stört mich daran? Warum kann ich nicht einfach akzeptieren, dass alles andere ... falsch gewesen wäre? Ich habe zu viel getrunken, genauso wie er, und dabei sollten wir es belassen, Annie, hör auf, dir etwas vorzustellen, was du hinterher ohnehin bereut hättest!«

Aber es half nichts, ihre Unruhe blieb, dieses fast vergessene Gefühl, der leichte Schwindel, das Verlangen nach ... einer Hand, die ihre Haut berührte, nach Lippen, die sich auf ihre pressten.

Für einen Moment hielt sie die Luft an, als sie im Kopf

überschlug, wie lange es her war, seit Kurt das letzte Mal zu ihr gekommen war. »Fünf Jahre!«, flüsterte sie tonlos, während sie aus der Jacke schlüpfte und sich den Rock über die Hüften streifte. »Fünf lange Jahre, eine Ewigkeit …«

Seit sie damals aus Mittenwald zurückgekommen war! Seit Kurt erfahren hatte, dass Fritz ihr Vater war. Von da an war nichts mehr so gewesen wie vorher, wenn sie auch nach außen um den Eindruck eines glücklichen Ehepaares bemüht waren. Kurt führte sie am Arm zum Essen aus, wartete geduldig, wenn sie bei Kerber einen neuen Rock, eine Bluse, einen Mantel kaufen wollte und sich nicht entscheiden konnte, spielte viele Stunden mit Claudia auf dem Fußboden im Wohnzimmer. Meistens musste Kurt dann der nervöse Kunde sein, der in letzter Minute in Claudias Kaufmannsladen auftauchte und unbedingt noch Milch, Margarine, Waschpulver brauchte. Claudia machte ihm dann jedes Mal erstaunliche Sonderangebote, wenn er fünf Pakete Waschpulver kaufte, bekam er eins umsonst, auch die Margarine war gratis, wenn er noch ein Päckchen Zwieback dazu nahm. Und wenn er nicht genug Geld dabeihatte, durfte er den fehlenden Betrag hinter dem Verkaufstresen abarbeiten, musste sich dann allerdings regelmäßig mit einer äußerst zickigen Kundin herumschlagen, die an jedem Produkt etwas zu mäkeln fand.

Kurt war auch für Annie da, wenn es um die Probleme mit Jürgen ging, Kurt besprach mit ihr zumindest die wesentlichen Entscheidungen, wenn es um Eulendorf ging. Und er zeigte ihr oft genug, wie stolz er auf sie war, wie beeindruckt von ihrer Arbeit, von ihrem Verhandlungsgeschick, ihrem Umgang mit den Angestellten, die für sie alles andere stehen und liegen ließen, wenn Not am Mann war und sie am Wochenende Sonderschichten einlegen mussten, um die Termine halten zu können.

Aber es gab keine Nähe mehr zwischen ihnen, in den wenigen Momenten, die sie miteinander allein waren, wich er ihr aus, vermied jede Berührung, jede zärtliche Geste, als gäbe es eine unsichtbare Wand zwischen ihnen. Wenn er nachts überhaupt zu Hause war, schlief er auf dem schmalen Bett, das er in seinem Arbeitszimmer aufgestellt hatte, öfter noch blieb er auch über Nacht in Adolphseck, in der ehemaligen Kutscherwohnung, die er angemietet hatte.

Annie hatte schon lange aufgegeben, ihn mit ihren Fragen zu bedrängen. Sie hatte diese Wand zwischen ihnen akzeptiert, weil sie nichts daran ändern konnte, und ihre Verzweiflung darüber war mit der Zeit einer fast trotzigen Haltung gewichen, die es ihr ermöglichte, sich auf dieses Leben einzulassen: Wenn es nur so funktioniert, dann ist das eben so.

Zu Anfang hatte es noch Gerüchte gegeben, dass in ihrer Ehe etwas nicht stimmte, Fulda war in seiner vom Katholizismus bestimmten Enge prädestiniert für Klatsch und Tratsch, weil die Menschen hinter allem, was nicht dem von der Kanzel herab Gepredigten entsprach, etwas »Unmoralisches« witterten. Aber mittlerweile spürte Annie immer öfter auch eine Art stiller Bewunderung für die »moderne Ehe«, die Kurt und sie führten – die Frau, die ein Unternehmen leitete, das in ganz Deutschland bekannt war, und ihr Mann, der ihr vollkommen vertraute und sich einen Namen als Reiter machte, wobei er nicht müde wurde, in jedem Interview zu erwähnen, wie viel er Annie verdankte: »Alles. Ohne meine Frau wäre das nicht möglich. Weder der unaufhaltsame Aufstieg von Eulendorf noch meine leider erst so spät gefundene Berufung als Reiter, der noch lange nicht am Ziel angelangt ist.«

Große Worte, die er mit all seinem Charme einem willfährigen Publikum mitteilte, das ihn für die Hochachtung gegenüber seiner Frau und die Selbstverständlichkeit, mit der er sich in ihren Schatten stellte, maßlos bewunderte.

Aber auch das vermochte Annie nicht darüber hinwegzutäuschen, dass es Dinge gab, die sie sehnlichst vermisste. Und manchmal, nachts, wenn sie in ihrem Bett lag und keinen Schlaf fand, wünschte sie sich, dass sie eine Ehe führen würde wie andere Ehen auch. Und nur zu gerne wäre sie dafür auch bereit, etwas weniger Chefin zu sein und nicht »die Königin«, die allein das Zepter in der Hand hielt.

Ohne es selbst so recht zu bemerken, hatte sie jetzt auch die Strümpfe und die Unterwäsche abgestreift, mit beiden Händen hob sie ihre Brüste an und drückte die Schultern zurück, spannte die Muskeln ihres Pos und ließ wieder locker, drehte sich zum Spiegel und beobachtete, wie sich ihre Finger zwischen ihre Beine tasteten, während ihr Atem mit jedem Zentimeter, den sie vorwärts drang, schneller ging. Als ihr Blick zu ihrem Gesicht abschweifte und auf ihre eigenen Augen traf, zuckte sie unwillkürlich zurück. Als hätte eine Fremde sie beobachtet, sie bei etwas ertappt, was nicht sein sollte. Und doch …

Ihr Entschluss kam so plötzlich, dass sie schon die Ohrringe angesteckt hatte, die Halskette, bevor sie nach dem Nachthemd griff. Sie ließ das Licht im Zimmer brennen, als sie die Tür ins Schloss zog und im Dunkel des Flurs zu Mischkes Zimmer hinüberhuschte.

Sie klopfte nur einmal, dann drückte sie die Klinke hinunter. Mischke hatte nicht abgeschlossen, lag aber auch noch nicht im Bett. Barfuß, in Hose und Unterhemd, trat er auf sie zu. Sie konnte den Ausdruck in seinem Gesicht nicht deuten, aber seine Augen verrieten ihn, als er sagte: »Darf ich Ihnen noch ein weiteres Stockwerk in unserem Kaufhaus zeigen? Ganz oben, darüber ist nur noch Himmel.«

Er fasste nach dem Saum von Annies Hemd und hob es hoch, willig hob sie die Arme, während sie flüsterte: »Darf ich meinen Schmuck anbehalten, ich komme mir sonst ein wenig nackt vor mit Ihnen allein im Fahrstuhl.«

»Ich bitte darum.«

2.

Wie von Zauberhand gerührt –
der Starmix, die neue Küchenmaschine bei Eulendorf!
Unglaublich, aber wahr: »Starmix«, der elektrische Alleskönner
mit den tausend Möglichkeiten, hat es auch den Männern angetan,
immer und überall sind sie jetzt die eifrigsten Fürsprecher
des Starmix-Gedankens. Und wer die Starmix
einmal mit eigenen Augen gesehen hat, weiß warum!
Dieses technisch vollendete Gerät MUSS jeden Mann begeistern –
und das noch bevor die tüchtige Hausfrau
damit köstliche und bekömmliche Speisen und Getränke zaubert.
(Eulendorf-Katalog Sommer 1963)

Weimar 1963

Der Mond warf eine helle Lichtbahn ins Zimmer, die alle Konturen klar abzeichnete. Mischke hatte sich eine Zigarette angezündet und blies den Rauch zur Decke, wo er zwischen den Stuckverzierungen hängen blieb, bevor er sich langsam auflöste. Und zurück bleibt nichts als eine Erinnerung, dachte Annie, ein Duft, ein Bild, das kurze Aufglühen der Glut, ein Spuk, der verfliegt ...

Mischke räusperte sich neben ihr und schob ihren Arm von seiner Brust, um sich aufzusetzen. Mit dem Rücken zu ihr blieb er auf der Bettkante hocken, noch während er seine Zigarette im Aschenbecher ausdrückte, sah Annie, wie sich plötzlich die Muskeln in seinen Schultern anspannten.

»Wie schätzt du die politischen Verhältnisse ein, die wir zurzeit haben? Wie wird es weitergehen in dieser Welt, die nur noch in Ost und West denken kann und damit nichts anderes meint als Gut und Böse? Ohne zu bedenken, dass wir alle, nur wenige Hundert Kilometer entfernt geboren, ebenso gut Feinde sein könnten ...«

Seine Sätze waren so unvermittelt gekommen, dass Annie für eine Sekunde das Gefühl hatte, jeglichen Boden unter sich zu verlieren.

»Soll das jetzt ein Verhör werden? Oder ist das vielleicht deine Art, mir zu sagen, dass wir einen Fehler gemacht haben? Wir beide, heute Nacht, weil nicht sein kann, was nicht sein darf?«

»Nein, weder noch. Aber gib mir eine Antwort, bitte! Es ist mir wichtig, ich will wissen, was du denkst.«

Immer noch drehte er sich nicht zu ihr. Als sich eine Wolke vor den Mond schob, konnte sie ihn nur noch als vagen Schatten in der Dunkelheit ausmachen.

»Ich habe keine Ahnung, was ich dir darauf antworten soll. Du weißt, dass ich eine Tochter habe, vielleicht ist das die Antwort. Ein Kind bedeutet immer auch eine Hoffnung. Dass sich alles ändern wird. Dass es ... unsere Kinder sind, die die Welt zu einem besseren Ort machen. Dass sie nicht unsere Fehler wiederholen, sondern einen Weg finden, um ... in Frieden zu leben.«

Die nächsten Sätze kamen plötzlich wie von allein über ihre Lippen, als wäre es selbstverständlich, dass sie diesem Mann, den sie kaum kannte, hier in der Dunkelheit ihre Gedanken, Ängste, Zweifel anvertrauen konnte. »Ich erinnere mich noch deutlich an die Kuba-Krise, als wir dachten, jeden Moment würde der Dritte Weltkrieg ausbrechen, die Wiederbewaffnung der BRD, der Mord an Kennedy, auf den wir alle Hoffnung gesetzt hatten, der Kalte Krieg, der uns so lähmt, der unversöhnliche Hass auf Russland, den Politiker wie Franz Josef Strauß mit ihren Hetzreden jedes Mal aufs Neue schüren! Oder ganz konkret bei uns in Fulda, ein Alfred Dregger, der ... nichts begriffen hat, gar nichts, aber mir mit jedem Wort, das er sagt, nur noch mehr Angst macht, dass sich vielleicht niemals etwas ändern wird ...«

Sie brach mitten im Satz ab, als wäre ohnehin alles klar, was sie meinte. »Wolltest du das von mir hören?«

Es dauerte einen Moment, bevor Mischke antwortete.

»Vernehme ich da eventuell eine heimliche Sympathie für unseren noch jungen, aber umso hoffnungsvolleren Staat?«

»Nein, ganz sicher nicht«, brach es aus Annie hervor. »Wer hat denn die Mauer in Berlin gebaut? Das war die DDR, nicht wir!«

»Um uns vor dem Klassenfeind zu schützen, aus keinem anderen Grund.«

»Doch wohl eher, um zu verhindern, dass euch die Leute

davonlaufen! Aber man kann ein Volk nicht einsperren, das wird sich irgendwann rächen. Und das weißt du genauso gut wie ich. Hoffe ich jedenfalls ...«

Vorsichtig streckte Annie die Hand aus, um Mischke zu berühren. Seine Haut fühlte sich kalt an – und schien gleichzeitig unter ihren Fingern zu brennen. Annie richtete sich auf und schlang die Arme um seinen Oberkörper. Bis ihr Herzschlag im selben Rhythmus mit seinem schlug und die Zeit für einen langen Moment einfach stehen zu bleiben schien. Als gäbe es weder ein Gestern noch ein Morgen.

»Meine Freunde nennen mich übrigens Rudi«, kam es so leise von Mischke, dass sie ihn kaum verstand. »Nur für den Fall, dass du es wissen möchtest.«

»Ich werde es mir merken.« Sie drehte seinen Kopf zu sich und küsste sanft seine Stirn. »Und jetzt gehe ich!«

»Aber warum? Warte!«

»Nein ... Rudi! Alles ist gut, aber ich möchte in meinem eigenen Bett einschlafen, frag nicht, warum. Vielleicht weiß ich es auch selber nicht, es ist einfach so!«

Er zog die Hand zurück, mit der er eben noch nach ihrem Arm hatte greifen wollen, um sie festzuhalten. Annie konnte sehen, wie er sie musterte, als sie ihr Nachthemd überstreifte.

»Morgen zum Frühstück?«, fragte er. »Um halb neun?«

»Sicher. Und nun schlaf gut. Gute Nacht!«

Leise zog sie die Tür hinter sich ins Schloss. Sie wusste jetzt schon, dass sie gelogen hatte. Sie würde ihm eine kurze Notiz schreiben und das Hotel in aller Frühe verlassen, ohne ihn noch mal zu treffen. Die Verträge konnten sie auch mit der Post schicken, sie vertraute Mischke, er würde nicht aus verletzter Eitelkeit sein Wort brechen, nur weil sie heimlich gegangen war, ohne sich von ihm zu verabschieden. Er würde es verstehen. Sie bereute nichts, und sie hoffte, dass er auch das wissen würde.

Nachdem sie ihren Reisewecker gestellt hatte, wusch sie sich lange und gründlich, dann faltete sie das Nachthemd so klein wie möglich zusammen und schob es ganz hinten in das obere Fach des Kleiderschranks. Sie wollte es auf keinen Fall mit nach Hause nehmen, sie würde es ohnehin nie wieder anziehen, und wann immer es jetzt jemand im Schrank finden würde, gab es keinen Hinweis darauf, wer es vergessen hatte.

Den Rest der Nacht lag sie mit offenen Augen auf ihrem Bett. Wie auf einem Filmstreifen zogen die Bilder an ihr vorüber, manchmal ohne jeden Zusammenhang, sinnlos erscheinende kurze Momentaufnahmen, dann wieder lange Passagen, die kein Ende finden wollten, wie in Zeitlupe, als sollte kein Detail verloren gehen …

Die zähen und sich über Wochen hinziehenden Versuche, mit der Bank eine Einigung zu finden, die Verhandlungen mit dem Direktor in der Frankfurter Zentrale, der sie nicht nur von oben herab behandelte, sondern auch deutlich machte, dass er niemals eine Frau als Firmenleitung akzeptieren würde, die immer neuen Steine, die er ihr bei jedem Gespräch in den Weg legte, wohl wissend, dass von dem Erfolg oder Misserfolg ihrer Vorschläge das zukünftige Schicksal von Eulendorf und über sechzig Mitarbeitern abhing. Schließlich ihr letzter, verzweifelter Versuch, das Schlimmste zu verhindern – und dann die gänzlich unerwartete Wendung, die dazu führte, dass sie sich auf etwas einließ, was in ihren Augen einem Pakt mit dem Teufel gleichkam.

»Wenn Sie ernsthaft vorhaben, bei den Großen mitzuspielen, dann vergessen Sie den Kleckerkram. Nichts anderes ist das, worüber wir uns hier die Köpfe einschlagen: Kleckerkram, der anderswo als besseres Trinkgeld über den Tresen geht, bildlich gesprochen natürlich nur.«

Plötzlich war keine Rede mehr von den angeblichen Informationen gewesen, die die Kreditwürdigkeit infrage stellten. Plötzlich ging es nur noch darum, so hoch zu pokern, dass Annie endlich verstand, nach welchen Regeln dieses Spiel gespielt wurde – und es waren Dimensionen, die alles sprengten, was sie jemals für möglich gehalten hatte!

»Ich brauche keine buchhalterischen Details von Ihnen, und ganz ehrlich, Risikoprognosen interessieren mich einen feuchten Dreck! Aber ich will, dass Sie mich mit der Höhe der zu erwartenden Rendite überzeugen, ich will ein großes Stück von einem ganz großen Kuchen, verstehen Sie? Und ich bin lange genug dabei, um Ihnen versichern zu können, dass Sie entweder lernen, über Ihren eigenen Schatten zu springen – oder Sie bleiben eben für immer auf der Reservebank hocken. Anders formuliert: Bitten Sie mich nicht um eine halbe Million, fordern Sie drei, fünf, zehn, nur dann wird ein Schuh daraus.«

»Und ... Ihre Sicherheiten, die Sie dafür verlangen?«

»Eulendorf! Und damit auch Sie, Ihren Mann, alles, was Sie besitzen. Die Firma ist inhabergeführt, damit sind Sie persönlich haftbar. Und glauben Sie mir, wir wissen schon, wie wir unser Geld kriegen, wenn es hart auf hart kommen sollte. Aber das wird es nicht! Stattdessen holen wir uns jede Woche, jeden Monat, jedes Jahr einen noch genauer zu bestimmenden Anteil von Ihrem Profit, das ist das Geschäft, das ich Ihnen vorschlage. Es ist Ihre Entscheidung, machen Sie damit, was Sie wollen.«

Und Annie hatte sich auf das Geschäft eingelassen. Ein schmutziges Geschäft, das wusste sie, aber es war ihre einzige Rettung. Bis heute gehörte Eulendorf eigentlich der Bank, aber sie machten Profit, und ihr finanzieller Puffer war aufgrund des hohen Darlehens groß genug gewesen, um nicht nur Rückschläge abfedern zu können, sondern auch in Ideen zu investieren, die sonst nicht möglich gewesen wären. Die letzte Bilanz hatte gezeigt, dass sie auf dem besten Weg waren, sich in zwei oder drei Jahren vielleicht von dem Zugriff der Bank wenigstens so weit zu befreien, dass sie nicht länger vollkommen abhängig von den halbjährlichen Berichten des Wirtschaftsprüfers waren, dem sie Einsicht in ihre Bücher zu geben hatten.

Immer vorausgesetzt, es lief alles so weiter wie in den letzten Jahren. Wie schnell sich etwas anders entwickeln konnte als erhofft, war Annie bewusst. Und das war nicht nur abhängig von den Schwankungen auf dem Markt, die nach ganz eigenen Gesetzen verliefen, sondern auch von der Kompetenz und Verlässlichkeit, der Loyalität ihrer Mitarbeiter. Menschen verhielten sich nicht immer so, wie man es sich wünschte oder ihrem Auftreten entsprechend erwartete, der Schein konnte trügen. Gotthelf war das beste Beispiel dafür ...

Gotthelf, für den Kurt die Hand ins Feuer gelegt hätte! Dem sie selber trotz seiner manchmal unerträglichen Eitelkeit vertraut hatte. In dessen Buchführung sie keinen Fehler, keine Nachlässigkeit, nicht die kleinste Abweichung von einer unbedingten Korrektheit hatte finden können. Derselbe Gotthelf, dem sie wahrscheinlich irgendwann sogar seine Feigheit zu verzeihen bereit gewesen wäre, als er Kurt und sie bei der Auseinandersetzung mit den GIs so schmählich im Stich gelassen hatte. Und der sie doch in einem Maße hintergangen hatte, das alle Vorstellungen übertraf.

Annie würde nie vergessen, wie Kurt sie an dem Tag, an dem sie in letzter Minute das endgültige Aus für Eulendorf verhindert hatten, beiseitegenommen hatte, um mit abgewandtem Blick zu sagen: »Es ist noch nicht vorbei, Annie. Auch wenn wir es nicht wahrhaben wollen, aber an dieser Behauptung, dass ihnen bestimmte Informationen vorliegen würden, muss etwas dran gewesen sein. Das war mehr als ein Schuss ins Blaue, um uns auf den Zahn zu fühlen.«

Annie war klar, dass Kurt von dem ersten Schreiben der Bank sprach, das ja alles erst ausgelöst hatte, was danach passiert war.

»Aber wir waren uns doch einig, wer hinter dem Ganzen gesteckt haben muss. Ich bin mir sicher, dass es genau so auch war ...«

»Fritz, ja, natürlich, aber ... er muss etwas in der Hand

gehabt haben, er muss den Bankleuten mit einem konkreten Verdacht gekommen sein, sonst ...«

»Was denn? Wie denn? Egal, was er alles über uns in Erfahrung gebracht hat, er hatte keinen Einblick in unsere Bücher. Und da gab es ja auch nichts!«

»Es sei denn, wir täuschen uns, es gibt eben doch etwas! Fritz muss es ja noch nicht mal selber gesehen haben, sonst hätte er es sicherlich sofort gegen uns verwendet, aber es reicht, wenn er sich zumindest sicher war, dass ... Unregelmäßigkeiten existieren, und er wollte die Bank darauf stoßen ...«

»Wäre es dann nicht viel logischer gewesen, wenn er uns das Finanzamt auf den Hals geschickt hätte?«

»Vielleicht ja, vielleicht nein, wir wissen nicht, wie er tickt. Aber die Bank sollte uns den Hahn zudrehen, damit hätte er sein Ziel schneller erreicht als mit einer möglichen Steuerprüfung. Und nur darum ging es ihm!« Der Blick, den er Annie zuwarf, war von einer solchen Enttäuschung geprägt, dass Annie unwillkürlich versucht war, ihm zu widersprechen, bevor er seinen Verdacht in Worte fasste. Doch sie wusste längst, dass er recht hatte. »Es hilft nichts, noch lange drum herumzureden, Annie. Es gibt nur eine Person, von der er etwas erfahren haben kann, was auch wir nicht wissen. Noch nicht! Das werden wir jetzt ändern ...«

Ohne darüber reden zu müssen, war ihnen beiden klar, dass Gotthelf alles leugnen würde. Sie sahen nur eine Möglichkeit. Sie mussten Beweise finden, um ihm seinen Verrat auf den Kopf zusagen zu können, ohne ihm einen Ausweg zu lassen.

»Wo würdest du etwas verstecken, was niemand finden soll? So was wie einen geheimen Aktenordner mit allen Informationen, die besser nicht ans Tageslicht kommen sollten? Zu Hause unter der Matratze oder …?«

»Im Büro! Zwischen den anderen Ordnern, für jeden sichtbar.«

Kurt nickte. »Nur dass auf dem Etikett natürlich nicht *Geheimordner* steht, sondern …«

»Etwas völlig Belangloses, wonach niemand greift, der buchhalterische Vorgänge überprüfen will.«

»*Persönliche Unterlagen?*«

»Vielleicht. Oder *Kunden-Korrespondenz. Alt.* Nein, warte, eher etwas wie *Prospekte Porsche*, da würde ich jedenfalls ganz bestimmt nicht suchen.«

»Nicht schlecht!« Kurt grinste, obwohl ihm sicherlich alles andere als danach zumute war. Mit einem kurzen Blick auf die Uhr sagte er: »Im Büro ist jetzt keiner mehr, machen wir uns auf den Weg!«

Aber sie wurden weder in den beiden deckenhohen Aktenschränken fündig noch in den Schubladen von Gotthelfs Schreibtisch, dessen Rollläden auch nicht abgeschlossen, sondern für jeden zugänglich waren.

»Also doch bei ihm unter der Matratze. Aber selbst wenn er nicht zu Hause ist, wir können nicht einfach einbrechen.«

Kurt griff nach dem Spielzeug-Porsche, der neben Gotthelfs Federschale stand. Er stieß ihn mit dem Finger an und ließ ihn über die Schreibtischplatte rollen. Kurz bevor das kleine Auto die Kante erreichte, stoppte er es und setzte es zurück an seinen Platz.

»Der Porsche«, murmelte er. »Vergiss die Matratze, Annie, wenn ich Gotthelf auch nur halb so gut kenne, wie ich glaube, dann weiß ich, wo er den verdammten Ordner versteckt.«

Der Porsche war in der Straße Am Waldschlösschen geparkt, ein ganzes Stück von der Hausnummer 33 entfernt, wo Gotthelf seine möblierte Wohnung hatte. Die Fenster waren dunkel, die Straße menschenleer, der Schein der nächsten Laterne wurde von den Blättern eines weit ausladenden Baumes verschluckt.

Annie merkte, wie sich ihr Herzschlag beschleunigte und ihre Hände feucht wurden, als Kurt einen Schraubenzieher und einen festen Draht aus der Werkzeugtasche des Borgwards nahm, dessen Ende er zu einem Haken bog.

»Das können wir nicht tun, Kurt.«

»Du stehst Schmiere. Es dauert nicht lange.«

Mit angehaltenem Atem beobachtete sie, wie Kurt den Schraubenzieher sorgfältig mit einem Taschentuch umwickelte, bevor er ihn in die rechte obere Ecke der Fahrertür drückte und den Rahmen so weit aufbog, dass er den Draht hindurchschieben konnte. Keine zwei Sekunden später zog er den Knopf der Türverriegelung hoch und griff nach der Klinke, dann verschwand er mit dem Oberkörper voran im Wagen, um den Innenraum zu durchsuchen.

»Hast du etwas gefunden?«, flüsterte Annie in seinem Rücken, während sie immer wieder nervös die Straße hinauf- und hinunterblickte, mit den Häusern, die ihr aus dunklen Fensterhöhlen entgegenzustarren schienen. »Wenn nicht, dann lass es. Hör auf zu suchen, komm, wir ...«

»Warte noch!«

Kurt griff unter das Lenkrad, mit einem leisen Klacken löste sich die Verriegelung der Kofferraumhaube. Mit zwei Schritten war Kurt an ihr vorbei und öffnete die Haube.

Annie konnte nichts weiter sehen als einen achtlos hingeworfenen Kleppermantel und einen Regenschirm, das neueste Modell aus dem Eulendorf-Katalog, das sich bis auf dreißig Zentimeter zusammenschieben ließ.

»Was machst du da?«, stieß sie atemlos hervor, als er begann, das Reserverad aus der Einbuchtung zwischen den Radkästen zu wuchten.

Der Aktenordner steckte auf der Innenseite der Felge in einem olivgrünen, wasserdichten Segeltuchsack, wie er beim Militär benutzt wurde. Auf dem verblichenen Etikett stand in sauberen Scriptolbuchstaben *Sonderzulagen Prokurist G. Fiedler, Fulda.*

Noch im Borgward blätterten sie sich im gelblichen Schein der Innenbeleuchtung durch die ordentlich abgehefteten Seiten, jedes Blatt war in der oberen Ecke mit einem Stempel versehen: VERTRAULICH.

Sie brauchten nicht lange, um zu begreifen, wie Gotthelf die Firma vom Zeitpunkt seiner Ernennung zum Prokuristen an betrogen hatte. Er hatte ausschließlich die jeweiligen Zahlen der Lagerbestände gefälscht, die Original-Inventurlisten waren angeheftet, in Gotthelfs Fälschung waren die Stückzahlen nach unten korrigiert, sodass mal fünfzig, mal hundert, mal auch nur zehn Artikel verkauft worden waren, die nach den Zahlen in den offiziellen Büchern gar nicht existierten, und die Summe, die sich aus der Differenz ergab, war direkt in Gotthelfs Taschen geflossen. Allerdings waren die Überweisungen auf sein Privatkonto durchweg ausgewiesen als »Sonderzulagen«, entweder für Überstunden oder auch einfach nur für »besondere Leistungen«.

»Ich fasse es nicht!« Kurt griff so heftig nach Annies Arm, dass sie einen kurzen Schmerzensschrei ausstieß, bevor sie sich über das Blatt beugte, das er ihr hinhielt. »Sieh dir das an, er hat sogar meine Unterschrift gefälscht! Und das hat er bei jeder dieser angeblichen Extravergütungen so gemacht, jedes Mal gibt es eine Bestätigung, dass der Betrag geprüft und bewilligt worden ist – und zwar von mir, persönlich abgezeichnet!«

»Was machen wir jetzt, Kurt?«

»Wir schmeißen ihn achtkantig raus, morgen früh, gleich als Erstes. Die anderen sollen es alle mitbekommen, was wir ihm zu sagen haben.«

»Wir müssen ihn anzeigen, nicht?«

Kurt stieß die Luft aus. »Ich weiß es nicht. Vielleicht ist es besser, wenn wir uns nur ein Schuldeingeständnis von ihm unterschreiben lassen, damit wir für alle Fälle etwas in der Hand haben. Und ansonsten halten wir besser die Füße still, um bei der Bank nicht für neue Unruhe zu sorgen.«

Sie erwarteten Gotthelf am nächsten Morgen an der Tür zu seinem Büro. Natürlich hatte ihr gemeinsames Erscheinen für einige Aufmerksamkeit an den Schreibtischen, die bereits besetzt waren, gesorgt, vor allem als Kurt einen der Kartons aus der Verpackungsabteilung demonstrativ vor Gotthelfs Büro platzierte, um sich dann ohne eine Begründung rauchend gegen den Türrahmen zu lehnen. Mit einem Gesichtsausdruck, der so abweisend wirkte, dass niemand wagte, eine Frage zu stellen. Annie hätte das Ganze lieber ohne Zuschauer hinter sich gebracht, aber Kurt war unnachsichtig gewesen: »Sie sollen es alle mitbekommen, das kann und will ich Gotthelf nicht ersparen.«

Und nach kurzem Überlegen musste Annie ihm zustimmen – es ging tatsächlich alle etwas an, Gotthelf hatte nicht nur Kurt und sie auf bösartige Weise hintergangen, sondern ebenso die Mitarbeiter, für die Eulendorf mehr war als ein reiner Arbeitsplatz. Eine Familie, ein Zuhause, endlich ein Neuanfang nach all den fürchterlichen Jahren der Verzweiflung, der Unsicherheit, der Entbehrungen und zerstörten Hoffnungen, die die meisten von ihnen hinter sich hatten. Annie musste sich nur vergegenwärtigen, dass auch die anderen Gotthelf bedingungslos vertraut hatten, um ihm am liebsten sofort ihre Empörung ins Gesicht zu schreien, als er jetzt blendend gelaunt und mit einem der Lehrlingsmädchen scherzend durch die Tür trat.

Beim Anblick der von allen Schreibtischen auf ihn gerichteten Augen stutzte er. »Habe ich etwas verpasst?«

Ohne ein Wort zu sagen, stieß Kurt den Karton mit dem Fuß über den Boden, sodass er direkt auf Gotthelf zurutschte.

»Ja und? Was soll ich damit? Bin ich in die Verpackung versetzt?«, versuchte Gotthelf, seine Unsicherheit mit einem Witz zu überspielen. Als Annie auf ihn zutrat und den Aktenordner aus dem Kofferraum des Porsche hochhielt, schlug sich Schmidtchen mit einem Schreckensschrei die Hand vor den Mund.

»Ich denke, du weißt, was das ist. Du hast genau zehn Minuten, um deine persönlichen Sachen aus dem Schreibtisch zu holen. Danach möchten wir dich hier nie wieder sehen.« Mit dem Kopf nickte Annie auf den Karton. »Zehn Minuten.«

»Ach, sieh einer an, darum geht es also!« Gotthelf nahm seine Brille ab und rieb sie mit den Gläsern über das blütenweiße Oberhemd, um gleich darauf mit einer Stimme, die sich vor unterdrückter Wut überschlug, zu brüllen: »Und ihr glaubt, ihr seid im Recht, ja? Aber da irrt ihr euch! Ich habe nichts weiter getan, als mir einen kleinen Anteil von dem zu nehmen, was mir ohnehin zustehen sollte. Wenn ihr auch nur einmal über die Gründe nachgedacht hättet, die mich dazu gebracht haben, so zu handeln, dann ... dann ... dann müsste euch klar geworden sein, dass ich gar nicht anders konnte! Ihr habt mir doch gar keine Chance gelassen, es ist ganz allein eure Schuld, nicht meine! Wie viele gottverdammte Überstunden habe ich in diesem ... Scheißbüro gesessen, um euch den Rücken freizuhalten? Damit die Firma so laufen konnte, wie ihr euch das vorgestellt habt! Damit ... überhaupt irgendwas läuft hier. Ohne mich wärt ihr doch schon längst ... am Arsch!«

»Du bist gut dafür bezahlt worden«, kam es leise von Kurt. »Sehr gut sogar.«

»Ja, bin ich das? Mir scheint eher, als hättet ihr nie auch nur ansatzweise begriffen, was ihr an mir habt. Und deshalb, nur deshalb habe ich mich selbst darum gekümmert, dass ich nicht im Regen stehen bleibe! Der gute Mann denkt an sich zuletzt, aber dann hat er auch jedes Recht dazu.« Er setzte die Brille wieder auf und bückte sich, um den Karton hochzunehmen. »Seid ihr jetzt zufrieden, ja? Glaubt ihr wirklich immer noch ...?«

»Neun Minuten«, unterbrach ihn Annie, während Kurt ihm wortlos die Tür zu seinem Büro aufhielt.

Annie stand draußen auf dem Gehweg, als Gotthelf aus dem Haus gestürmt kam und davonfuhr, ohne noch einmal in ihre Richtung zu blicken. Gerade als der Porsche mit quietschenden Reifen um die Ecke bog, tauchte Kurt auf.

»Hier bist du also?«

»Ich habe frische Luft gebraucht.« Ihre Stimme zitterte, als sie nach Kurts Arm griff und sagte: »Ich verstehe es nicht! Ich glaube, seine Sätze eben, diese ganze Haltung, dass er sich auch noch im Recht fühlt, empört mich fast mehr als das, was er getan hat!«

»Mir geht es ähnlich«, stimmte Kurt ihr zu. »Als hätte er kein Unrechtsbewusstsein, als würde ihm jedes Verständnis dafür fehlen, was richtig und was falsch ist. Ich habe ihn übrigens oben noch nach Fritz gefragt. Ich habe ihm auf den Kopf zugesagt, dass wir von dem Kontakt zwischen ihm und Fritz wissen ...«

»Und?«

»Er behauptet, den Namen noch nie gehört zu haben. Aber das wäre ja nun nicht das erste Mal, dass er uns dreist mitten ins Gesicht lügt.«

Ein Jahr später brachte BMW unter der schlichten Bezeichnung »BMW 700« den kleinen viersitzigen Wagen auf den Markt, der bis auf wenige, leicht veränderte Details dem Auto entsprach, das Borgward für Annie entworfen hatte. Nach der ersten, von fassungsloser Überraschung geprägten Frage, ob das wirklich nur ein Zufall sein konnte, erinnerte sich Annie daran, wie sie mit Gotthelf im Büro über den Zeitungsartikel gesprochen hatte, in dem das »Werk Fulda« ein Auto präsentierte, das zwar erstmals eine vollständig aus Kunststoff gefertigte Karosserie hatte, ihnen aber dennoch vom Aussehen und von der Leistung her vollkommen veraltet vorgekommen war. Das als »Fuldamobil« gebaute Kleinstfahrzeug wirkte von vorne nahezu konturenlos, wie noch nicht ganz fertig, von hinten wie eine in die Länge gezogene Isetta, mit einem aufgeschnallten Reserverad auf der Heckklappe und Türen, die sich wie bei den Vorkriegswagen nach vorne öffneten – und die maximale Spitzengeschwindigkeit war mit 70 km/h angegeben!

Annie hatte Gotthelf daraufhin die Entwürfe aus Bremen gezeigt und ihm fast zu ausführlich von ihrer Idee erzählt, die dahinterstand, ein gleichzeitig vernünftiges wie elegantes Auto, das vor allem auf die wachsende Anzahl von Frauen zielte, die den Führerschein machten, um unabhängiger zu werden.

Gotthelf hatte sich zwar amüsiert über die seiner Meinung nach »zu eckige und zu wenig windschnittige« Form der Karosserie, war aber doch zweifellos beeindruckt und hatte sich die Skizze ausgebeten, um sie sich »noch mal in Ruhe« anzusehen. Annie hatte dann schlicht und einfach vergessen, dass die Zeichnung mit den technischen Erläuterungen nicht mehr bei ihr war. Und als sie jetzt danach suchte, war sie auch aus Gotthelfs ehemaligem Büro verschwunden.

Der letzte Zweifel wurde zerstreut, als sie auf Umwegen erfuhr, dass Gotthelf kurz nach seinem Rausschmiss eine Anstellung bei BMW gefunden hatte. Aber er arbeitete dort bereits nicht mehr und war auch im Adressbuch nicht mehr zu finden, womit kaum eine Möglichkeit bestand, ihm oder gar BMW ein Plagiatsverfahren anzuhängen – und der Plan war ein Original gewesen, weder Annie noch Borgward noch sonst jemand besaß Kopien davon …

Was aus Gotthelf geworden ist, dachte Annie, wissen wir ebenso wenig, wie wir bis heute keinen Beweis dafür haben, dass es wirklich eine Verbindung zwischen Gotthelf und Fritz gab. Es sind alles nur Mutmaßungen!

Annie schwang sich aus dem Bett und trat ans offene Fenster. An Schlaf war nicht mehr zu denken. In der Ferne meinte sie, einen Zug vorüberfahren zu hören, für einen Moment wünschte sie sich, in diesem Zug zu sitzen, um mit dem Rattern der Schwellen allen Gedanken zu entkommen, die auf sie einstürmten, ohne dass sie sich dagegen wehren konnte. Als wäre es die Strafe für die kurze Zeit, in der sie es sich erlaubt hatte, alles um sich herum auszublenden, nur für das flüchtige Zusammensein mit Mischke zu leben. Sie spürte, wie der Wind über ihre nackten Schultern strich und unter den dünnen Stoff des Nachthemdes fuhr, fröstelnd zog sie die Schultern hoch und verschränkte die Arme vor der Brust, ohne sich von ihrem Platz am Fenster wegzurühren.

Tatsächlich hatten sie auch von Fritz nichts mehr gehört, er ließ sie in Ruhe, es gab keine Anzeichen dafür, dass er nochmals versucht hätte, sich auf dem Umweg über Eulendorf in ihr Leben zu drängen. Das Einzige, was sie wussten, war, dass er anscheinend immer noch in Kopenhagen lebte, die Geburtstagskarten, die Jürgen bekam, hatten dänische Briefmarken, auf den Poststempeln stand *København*. Die Glückwünsche waren immer die gleichen, immer nur der in schwungvollen Buchstaben geschriebene Satz: *Ich wünsche Dir alles Gute für Dein neues Lebensjahr*. Und darunter nur seine Initialen F. K.

Auf ihre Briefe, die sie an die Kopenhagener Adresse schickten, kam nie eine Antwort, auch nicht, als sie Fritz darüber informierten, dass Jürgen nicht mehr auf dem Domgymnasium war, sondern eine Lehre als Tischler absolvierte.

Wann immer das Thema zwischen ihr und Kurt auf Fritz kam, schien es, als würde allein schon das Aussprechen seines Namens eine unbewusste Bedrohung bedeuten, mit der Zeit hatten sie gelernt, jeden Satz, jeden Gedanken, der in seine Richtung wies, zu vermeiden. Und Annie war froh darüber, es machte vieles leichter für sie. Dennoch ahnte sie, dass es Kurt nicht anders als ihr ging – die Ungewissheit, die sich auf Fritz bezog, hing wie ein Damoklesschwert über ihnen, das jederzeit auf sie niederstürzen konnte. Und es spielte keine Rolle, wie sehr sie sich dagegen wehrten.

Dieses Fritz-unter-keinen-Umständen-Erwähnen galt

auch für die wenigen Besuche bei ihrer Mutter und ihre meist kurzen Gespräche am Telefon – Grete hatte noch mal geheiratet, sie lebte jetzt mit dem Portier aus dem Hotel »Zur Post« zusammen und schien im Alter doch noch ihr Glück gefunden zu haben. Sie erzählte viel von den Gemeinsamkeiten, die sie mit »dem Sepp« verbanden, von ihren Wanderungen zur Mittenwalder und zur Brunnstein-Hütte hinauf, ihren Ausflügen ins Leutaschtal, nach Seefeld und Innsbruck, sogar in Meran waren sie schon öfter gewesen. Im Gegenzug berichtete Annie von den Fortschritten, die Claudia machte, und schickte regelmäßig Fotos, Claudia bei ihren ersten Schritten, Claudia splitterfasernackt im Freibad in Schlitz und bis zur Nasenspitze verpackt mit ihren ersten Skiern auf der Wasserkuppe oder glücklich lachend neben einem der riesigen Bernhardiner bei den Mönchen auf dem Kreuzberg, und natürlich auf dem Rücken des Shetlandponys, das Kurt ihr geschenkt hatte! In stiller Übereinkunft taten Annie und Grete so, als hätte es Fritz nie gegeben, als wäre er ohne jede Bedeutung für sie und ihr Leben.

Und ich weiß noch nicht mal, wie er jetzt aussieht, dachte Annie, während sie vom Fenster zurücktrat und anfing, ihre Sachen zu packen, obwohl es draußen noch kaum dämmerte. Sie hatte nur ein vages Bild von seinem Besuch in München vor Augen, damals war er ihr in seinem schlecht sitzenden Anzug, der um seine Schultern schlotterte, gebeugt und hager vorgekommen. Vielleicht ist er jetzt dick und rotgesichtig, versuchte sie ihn sich vorzustellen, wobei sie unwillkürlich an den Mann auf den Reklamebildern der dänischen Tuborg-Brauerei denken musste, der schwitzend und verloren mitten in einer Landschaft stand, in der nur ein kühles Bier ihn noch retten konnte. Vielleicht hat er aber auch einen Schnauzbart, der inzwischen grau geworden sein muss, vielleicht trägt er eine Baskenmütze, wie es gerade modern wird, um seine schon weit in die Stirn reichende Glatze zu verbergen, vielleicht ...

»Hör auf, Annie«, schalt sie sich selbst. »Es spielt keine Rolle, ob du es jemals erfährst oder nicht, was würde das ändern?«

Mit dem ersten Klappern der Töpfe aus der Küche und dem verschlafenen Gesicht des Nachtportiers stahl sich Annie aus dem Hotel. Auf dem Bahnsteig drückte sie sich an einen der schmiedeeisernen Pfeiler, während sie auf ihren Zug wartete und hoffte, dass sie sich in Mischke nicht getäuscht hatte, dass er nicht in letzter Sekunde noch auftauchen würde, dass das, was sie miteinander gehabt hatten, nicht von peinlichen Umarmungen und leeren Versprechungen zerstört würde ...

Vielleicht waren es die Pferde, die plötzlich, kaum dass der Zug die letzten Häuser hinter sich gelassen hatte, wie Geisterwesen aus dem Morgennebel auftauchten und die lange Reihe der Waggons mit aufgeblähten Nüstern und wehenden Mähnen ein paar Hundert Meter weit begleiteten, bis ein Zaun und ein dichtes Gebüsch sie zur Umkehr zwang.

Es ist nicht die Springreiterei und schon gar nicht die Dressur, die diesen edlen Tieren in ihrem Freiheitsdrang gerecht wird, dachte Annie. Pferde sollten nicht kontrolliert werden, Menschen dafür umso mehr, vor allem wenn sie dazu neigen, sich in der Gewissheit ihrer Bedeutung über andere zu erheben. Aber ich danke dir, hochverehrter Herr Neckermann, für den Fauxpas, den du dir bei Kurts Geburtstagsfeier geleistet hast, auch wenn es ganz sicher nicht in deiner Absicht lag, mir damit eines der Geheimnisse deines Erfolgs auf dem Silbertablett zu präsentieren ...

3.

Schritt für Schritt zum Wohlstand –
mit den unschlagbaren Preisen von Eulendorf!
(Reklametafel vor den Hauptbahnhöfen verschiedener Städte)

Weimar/Adolphseck 1963

Es war Kurts Geburtstag gewesen, sein zweiundfünfzigster, den er als fünfzigsten ausgab, »weil ja nicht unbedingt jeder wissen muss, was für ein alter Knacker ich inzwischen geworden bin«. Er haderte in letzter Zeit häufig mit seinem Alter, obwohl die tägliche Arbeit auf dem Reitplatz ihn durchtrainierter aussehen ließ als in den Jahren zuvor. Nach mehreren teils schweren Stürzen an den Hindernissen hatte er die Hannoveraner-Stute verkauft und stattdessen einen achtjährigen Trakehner-Wallach erworben, der bereits mit beachtlichen Erfolgen in der Dressur gelaufen war – und genau das sollte auch die Disziplin sein, in der Kurt jetzt antreten wollte. Er hatte seine Grenzen erkannt, die aktive Springreiterei hatte sich damit für ihn erledigt.

Wie er Annie erzählte, reagierten seine Reiterfreunde mit einer Mischung aus Erleichterung und Unverständnis, Dressur galt unter den Springreitern nicht besonders viel. Die spöttischen Kommentare wurden allerdings schnell weniger, als Kurt ihnen dann nicht nur den Wallach präsentierte, sondern auch gleich noch den Pferdeknecht mitbrachte, der den Trakehner bislang trainiert hatte. Einen Mann namens Zgraja, ein Zigeuner mit lederartiger Haut und unzähligen Falten, die sein zerfurchtes Gesicht wie eine Landkarte wirken ließen – und mit goldenen Ohrringen und immer noch pechschwarzen Haaren, obwohl er bereits weit über siebzig war.

Kurt kannte Zgraja noch aus seiner Kindheit in Polen, wo der Mann ihm damals das Leben gerettet hatte. Und Annie spürte deutlich, wie glücklich es Kurt machte, ihn durch Zufall wiedergetroffen zu haben und ihm endlich seine Dankbarkeit zeigen zu können. Als er ihr dann Zgraja vorstellte, konnte sie nicht viel mit ihm anfangen, er sprach kaum etwas, und wenn, dann nur über Pferde, aber Annie wurde den Eindruck nicht los, dass Zgraja Schlimmes erlebt hatte und Tiere eindeutig höher schätzte als Menschen.

Selbst wenn nur die Hälfte von dem stimmte, was Kurt immer wieder berichtete, musste der Zigeuner ein wahrer Zauberer im Umgang mit Pferden sein! Und Kurt und er waren ein gutes Gespann, Zgraja trainierte nicht nur das Pferd, sondern auch den Reiter, und mit jedem Turnier, das Kurt gewann, wuchs seine Überzeugung, endlich das Richtige für sich gefunden zu haben. Vor allem gefiel es ihm, als die Zeitungen immer öfter mit Schlagzeilen aufwarteten wie *Ist Eulendorf-Laube der neue Neckermann?*, oder *Muss Neckermann jetzt auch auf dem Turnierplatz um seine Stellung fürchten?* Kurt hatte eine neue Möglichkeit entdeckt, um seinen ältesten und größten Konkurrenten zumindest gehörig zu ärgern.

Umso verblüffter waren alle, als er ausgerechnet Neckermann zu seiner Geburtstagsfeier nach Adolphseck einlud, Annie jedoch war augenblicklich klar, dass mehr dahinterstecken musste als nur die Erwiderung auf die ständige Frotzelei von Winkler, Schockemöhle und Thiedemann, nach denen sich Turnierpferde im Passgang bewegen würden »wie sonst nur Kamele und Maultiere«. Und Kurts Erklärung gab ihr recht: »Neckermann hat es verdient, dass man ihm Respekt entgegenbringt. Ich sehe keinen Grund, warum wir uns nicht auch privat näher kennenlernen sollten, dicke Freunde werden wir ganz sicher nicht, aber er soll wissen, dass ich seine Leistungen sowohl auf dem Pferd als auch mit seinem Versandhaus durchaus anerkenne.«

Im Klartext hieß das, Kurt wollte mit seiner Einladung beweisen, dass er sich auf Augenhöhe mit dem Millionär sah, der wie kein anderer Reiter als Symbol für Wohlstand und Wirtschaftsaufschwung gelten konnte. Und als Neckermann tatsächlich zusagte, musste Annie sich eingestehen, dass sie selber es durchaus spannend fand, diesen immer stocksteif wirkenden Dressurreiter kennenzulernen, und sei es nur, um ihre Einschätzung zu bestätigen, dass Neckermann jemand war, vor dem man besser auf der Hut sein sollte.

Am Morgen der Geburtstagsfeier regnete es noch. Als

endlich die Sonne durch die Wolken brach, blieb kaum genug Zeit, um die Tische und Bänke für die Gäste aufzubauen und mit weißen Tischtüchern festlich einzudecken, die Feuerstelle vorzubereiten, an der später die Spanferkel gegrillt werden sollten, das erste der langen Reihe von Bierfässern anzustechen.

Kurt hatte den zwischen den Stallungen liegenden Innenhof mit dem Reitplatz für seine Party gewählt, seine Absicht lag auf der Hand, das Ganze würde eher ein Reiterspektakel werden als eine Feier mit Kaffee und Kuchen. Annie hatte sich aus der Planung vollständig herausgehalten, wusste aber, dass Kurt sich nach einiger Überlegung dagegen entschieden hatte, auch den Bürgermeister und andere Honoratioren der Stadt einzuladen: »Es ist schließlich kein Firmenjubiläum, sondern mein Geburtstag! Die Großkopferten will ich da nicht sehen, wir bleiben schön unter uns.«

Dieses »unter uns« bedeutete neben seinen engsten Freunden, zu denen natürlich die Reiter gehörten, nur eine Handvoll langjähriger Geschäftspartner – sowie die gesamte Belegschaft von Eulendorf!

Annie gefiel die Entscheidung, und als jetzt die ersten Gäste erschienen, machte sie mit Claudia an der Hand die üblichen Honneurs, wobei sie sich vor allem um die Mitarbeiter bemühte, die zunächst noch eher verunsichert auf die ungewohnte Umgebung reagierten. Aber sie kannte sie ja alle, und es bereitete ihr große Freude, sie einmal außerhalb der Firma begrüßen zu können und ihnen zu zeigen, wie sehr sie ihr Kommen wertschätzte.

Schmidtchen präsentierte erstmals ihren Verlobten, den

bis dahin noch niemand zu Gesicht bekommen hatte, einen Vulkaniseur aus der »Fulda Reifen«-Fabrik. Der dicke Hartmann war mit Frau und Kindern gekommen, alle drei so dünn, dass sie neben ihrem Vater nur wie Striche wirkten. Für viel mehr Aufmerksamkeit aber sorgte die dunkelhaarige Schönheit, die Hartmanns Frau untergehakt hatte, angeblich eine Nichte von Hartmann, die aus Costa Rica zu Besuch war, mehr war weder aus Hartmann noch aus seiner Frau herauszukriegen. Und sogar Hans hatte zum ersten Mal jemanden mitgebracht, ein pausbäckiges Mädchen im Petticoat, das er nicht mit Namen vorstellte, und jeden Blick, der ihr zugeworfen wurde, mit verkniffenen Lippen erwiderte, als wäre die Kleine sein persönliches Eigentum.

Neckermann war nur mit seinem Chauffeur erschienen und hielt sich abseits, für einen kurzen Moment fragte sich Annie, wieso er überhaupt aus Frankfurt angereist war, er kam ihr noch steifer und unnahbarer vor, als sie erwartet hatte. Aber wahrscheinlich hatte ihn die reine Neugierde getrieben, vielleicht hoffte er darauf, mehr über Kurt und Eulendorf zu erfahren, vielleicht fühlte er sich auch einfach nur gebauchpinselt, als Ehrengast in den privaten Freundeskreis eingeladen zu sein.

Annie schickte Jürgen mit zwei Gläsern Sekt zu ihm, sie würde später noch genügend Zeit haben, ein paar Sätze mit ihm zu wechseln, erst mal war ihr die Gesellschaft der Mitarbeiter wichtiger. Außerdem war Neckermann Kurts Gast, nicht ihrer!

Die Stimmung taute merklich auf, als Winkler, Schockemöhle und Thiedemann ihre berühmten Pferde holten, allen voran Winklers legendäre »Wunderstute« Halla, mit der er die Olympiade in Stockholm gewonnen hatte und die jeder aus den Zeitungsberichten und Radioreportagen kannte. Die Reiter führten ein paar waghalsige Sprungfolgen vor, bei denen fast allen Gästen der Atem stockte, bevor sie in jubelnden Applaus ausbrachen.

Kaum dass die Pferde zurück in den Stall geführt waren, wurden die ersten Rufe laut, Winkler solle unbedingt noch einmal persönlich schildern, wie es denn nun genau gewesen war, dieser Ritt um die Goldmedaille damals in Stockholm. Winkler wehrte ab: »Das ist Schnee von gestern, ich habe das schon viel zu oft erzählt …« – »Stockholm! Stockholm! Stockholm!«, war die lautstarke Erwiderung des begeisterten Publikums, das den Weltmeister endlich persönlich erleben durfte.

Und dann schob sich Schockemöhle nach vorne und imitierte die sich vor Begeisterung überschlagende Stimme des Radiosprechers, der Winklers Siegesritt kommentiert hatte: »Hans Günter Winkler kommt herein, Halla ganz ruhig, vorne weiß bandagiert, die Bandagen vom Vormittag erneuert, den Schweif in eleganter Manier tragend, eine Königin unter den Pferden, so wie Winkler zumindest der Weltmeister unter den Springreitern. Aber Winkler ist verletzt, Muskelriss in der linken Leiste, ein weiterer Ritt ist eigentlich unmöglich, doch damit wäre nicht nur die Chance auf Einzelgold dahin, ohne Winkler würde auch das Team aus der Wertung fallen! Und was tut er da, der große Geiger der Reitkunst, obwohl er sich kaum im Sattel halten kann, die Oberschenkel hat er mit einem Gürtel zusammengebunden, um die schlimmsten Schmerzen zu lindern, und Halla unter ihm, was geht in dem treuen Pferd jetzt vor? Alle unsere Wünsche, Hoffnungen, Gedanken sind bei dir, Halla, und fast meinen wir, sie lacht mitunter, sie lacht über den Oxer, da lach ich doch, nun die Mauer, jetzt gib acht, ein Problem, Winkler hat noch die dreifache Kombination, geht hinein, wischt über den Steilsprung, aber Halla lacht noch immer, und jetzt der letzte Sprung und – null Fehler! Unglaublich, Gold für das deutsche Team und für Hans Günter Winkler in der Einzelwertung!«

Atemlos brach Schockemöhle ab und verpasste Winkler einen freundschaftlichen Hieb gegen den Arm, der Beifall galt jetzt auch ihm für seine unerwartete Einlage.

Und endlich nickte Winkler. »Gut, so ungefähr war das, ja! Ich habe nie eine Sekunde überlegt, dass ich da nicht reinreiten würde. Das Problem war, die Beine oben auseinander auf dem Pferd, also hoch, und Schmerzensschrei, die Stute haut ab, mit mir, ich konnte gar nicht anhalten, ich war … paralysiert. Sie fangen Halla ein, ich kriege ein Zäpfchen gegen die Schmerzen, aber das wirkt so stark, dass ich kaum noch sehen kann. Also wieder runter vom Pferd, Pott schwarzen Kaffee mir eingetrichtert, schwarze Brühe, also schwarze Brühe rein, und ich komme zu mir. Und das Pferd läuft wie eine Straßenbahn, das war ein Mirakel, die Intelligenz dieses Pferdes ist einmalig, eine Mischung aus Genie und Ziege, das ist sie, die Halla!«

Wieder gab es Applaus, jemand reichte Winkler einen Krug Bier, Hartmann aus der Firma bat um ein Foto, Schockemöhle und Thiedemann nahmen Winkler in ihre Mitte, auch andere Mitarbeiter zückten jetzt ihre Fotoapparate, ausnahmslos das neue handliche Modell mit dem integrierten Blitz, das in jede Jackentasche passte und das sie im Katalog als »Alleskönner« bewarben: *Ob Sonne, Wolken oder Dunkelheit – mit unserer modernen Kleinbildkamera sind Sie immer bereit!*

Für einige Sekunden hatte Annie das Bild vor Augen, dass überall in Deutschland die Leute ihre Urlaubsfotos nur noch mit der Eulendorf-Kamera knipsen würden, als gäbe es keine anderen Apparate! Es war albern, das wusste sie, aber es war eine verlockende Vorstellung …

Gleich darauf wurde sie von Neckermann abgelenkt, der im Rücken der Springreiter mit gesenktem Kopf zu Kurt hinübereilte und auf ihn einredete. Sie sah, wie Kurt zunächst den Kopf schüttelte und entschuldigend die Hände hob, um dann aber doch Zgraja zu sich zu winken und mit den beiden so unterschiedlichen Männern in der Stallgasse zu verschwinden.

Es verging sicher gut eine Viertelstunde, bis sie wieder auftauchten, Neckermann jetzt auf Kurts Wallach, den Zgraja am Zügel führte, und in der üblichen Kleidung der Dressurreiter, schwarze Stiefel, schwarzes Jackett und Zylinder zu weißen Reithosen und Handschuhen. Es dauerte einen Moment, bis Kurt die volle Aufmerksamkeit seiner Gäste hatte, um ihnen »eine kleine Änderung im Ablauf« anzukündigen: »Bevor wir gleich das erste Spanferkel anschneiden, wird mein geschätzter Kollege Josef Neckermann euch einige Lektionen und Bahnfiguren aus der hohen Schule der Dressur vorführen – und es ist mir eine Ehre, dass er dabei meinen Wallach reitet! Bitte, Herr Neckermann, das Viereck gehört ganz Ihnen.«

Ein erstauntes Raunen ging durch die Schar der Gäste, vor allem die Mitarbeiter von Eulendorf hatten bis dahin noch gar nicht gewusst, wer der Mann war, der sich die ganze Zeit über abseits gehalten hatte, erst jetzt erkannten sie ihn, als er mit der kerzengeraden Haltung und den weißen Handschuhen wie auf den Zeitungsfotos aussah!

Annie wusste nicht, für welchen Moment der Feier Kurt ursprünglich geplant hatte, den erfolgreichsten deutschen Dressurreiter als seinen persönlichen Ehrengast vorzustellen, aber sie war sich fast sicher, dass Neckermann ihn mit diesem Auftritt jetzt regelrecht überrumpelt haben musste. Und auch wenn sie keine Ahnung von den Regeln und Übereinkünften unter Reitern hatte, konnte sie sich denken, dass es nicht unbedingt üblich war, sich das Pferd eines Kollegen auszuleihen.

Mit unbewegter Miene lenkte Neckermann den braunen Wallach in das Viereck, Annie erlaubte Claudia, auf einen der Anbinder zu klettern, damit sie besser sehen konnte. Kurt stand dicht neben Zgraja, als Neckermann anritt, legte er beruhigend seine Hand auf Zgrajas Arm.

Claudia erklärte Annie die verschiedenen Figuren, die Neckermann zeigte, stolz über ihr eigenes Wissen, das sie bei Kurt gelernt hatte: »Vorhandwendung. Hinterhandwendung. Spanischer Schritt! Und das da jetzt ist eine ... Pirouette!«

Neckermann ließ das Pferd auf der Vorderhand in die

Knie gehen, dann steigen und sich erst rückwärts, dann seitwärts bewegen, dann auf der Stelle traben.

»Das ist nicht gut jetzt«, flüsterte Claudia, »Aladin mag das nicht, das verweigert er auch bei Papa immer! Siehst du, wie er den Kopf senkt und dabei den Hals verdreht?«

Figur folgte auf Figur, Aladins Fell glänzte schweißnass, aber die Springreiter nickten mehrmals anerkennend, nur Zgraja stand weit vorgebeugt, als wollte er jeden Moment eingreifen.

Wenn auch ganz anders als zuvor bei den Springreitern, war es zweifellos spektakulär, was Neckermann da zeigte, dennoch blieb der Applaus eher verhalten, als er nach einem letzten Gehorsamssprung kurz dankend den Zylinder antippte und sich aus dem Sattel schwang. Die meisten der Gäste waren ja Nicht-Reiter, bei Winkler und seiner abenteuerlichen Geschichte waren sie noch gespannt gewesen, jetzt schienen sie eher froh, endlich ihr Bier und etwas zu essen zu bekommen. Jürgen hatte alle Hände voll zu tun, um mit dem Zapfen des Bieres nicht in Verzug zu geraten, als die Schlange vor den Fässern immer länger wurde.

Mit grimmigem Gesicht nahm Zgraja das Pferd wieder in Empfang. Während er ihm Hals und Flanken klopfte und es eilig zum Stall zurückführte, wandte sich Neckermann an Kurt: »Ein gutes Pferd, ohne Frage.«

»Ein guter Reiter«, gab Kurt das Kompliment postwendend zurück, wobei deutlich war, dass er noch nicht so recht einschätzen konnte, was Neckermann mit seinem Auftritt eigentlich beabsichtigt hatte.

Einem unguten Gefühl folgend, beeilte sich Annie, auf

Neckermann zuzugehen, Kurt lächelte dankbar, dass sie ihn erlöste.

»Auch wenn ich heute Abend nur die Frau des Gastgebers bin, möchte ich mich doch wenigstens vorstellen! Annie Laube.« Sie streckte Neckermann die Hand hin. »Es ist heute alles ein bisschen ... trubelig hier, deshalb bin ich noch gar nicht dazu gekommen, Sie zu begrüßen.«

»Kurt Laubes bessere Hälfte«, unterbrach Neckermann sie mit einem leicht spöttischen Zug um die Mundwinkel. »Ich weiß, wer Sie sind. Schließlich versuchen Sie ja bereits seit geraumer Zeit schon, in meinem Revier zu wildern, wenn ich es mal so salopp ausdrücken darf.« Er stieß ein kurzes Lachen aus, als wollte er zeigen, dass sein Satz witzig gemeint war. Annie war klar, dass das ganze Gegenteil der Fall war. Sie lächelte kurz, bevor sie erwiderte: »Wir bemühen uns, Sie gleich von zwei Seiten in die Zange zu nehmen, Kurt mit den Pferden, ich mit Eulendorf, wenn ich mal ähnlich salopp sein darf.«

»Touché! Das gefällt mir, wenn mir jemand so ... elegant wie Sie gerade Paroli zu bieten vermag. Aber wissen Sie was?«

Im selben Moment schob sich plötzlich Zgraja zwischen sie: »Ich muss das jetzt sagen! Aladin ist sonst nicht so ein zügellahmes Pferd wie unter Ihnen auf dem Platz. Das war nicht gut.« Vor Aufregung wurde Zgrajas Akzent deutlicher als zuvor, sein gerolltes »r« klang schwer und bedrohlich.

Neckermann zog verärgert die Augenbrauen zusammen: »Was wollten Sie damit andeuten?«

»Fehlerhafte Führung! Jeder Reiter mit ein bisschen Erfahrung wird das bestätigen.«

Noch bevor jemand anders reagieren konnte, wischte Neckermann Zgrajas Hand beiseite und zeigte ihm einen Vogel. »Ich lasse mir doch nicht von einem ... Zigeuner ...«

»Bitte, es reicht«, kam es kurz angebunden von Kurt, während er Zgraja eilig zur Seite zog. »Ich entschuldige mich für meinen Freund, allerdings mag ich es ganz und gar nicht, wenn man ihn beschimpft! Herr Bednarek ist im Übrigen nicht nur mein Freund, wie ich noch mal ausdrücklich betonen möchte, sondern auch jemand, der mehr von Pferden und Reiterei versteht, als Sie oder ich uns auch nur ansatzweise vorstellen können.«

Gerade in Momenten wie diesen, wenn Kurts unbedingte Loyalität deutlich wurde, wünschte sich Annie, so viel mehr mit ihm zu teilen als nur eine Firma. Und gerade jetzt wieder hätte sie ihn am liebsten vor aller Augen umarmt, beließ es aber bei einem kurzen, bestätigenden Nicken, um ihm zu zeigen, dass sie auf seiner Seite war.

»Das erste Spanferkel ist so weit!«, meldete sich Winkler, der ihre letzten Sätze gehört hatte, hastig zu Wort. »Diskutieren können wir auch später noch, jetzt sollten wir uns beeilen, sonst schnappt uns die Belegschaft von Eulendorf noch die besten Stücke direkt vor der Nase weg!«

»Essen wir was, trinken wir was!«, stimmte Kurt nach kurzem Zögern zu und drehte sich zu Neckermann. »Kommen Sie, es steht uns beiden nicht gut zu Gesicht, wenn wir hier aufeinander losgehen. Das haben wir nicht nötig.«

Neckermann ignorierte ihn vollständig, als wäre er

plötzlich Luft für ihn. Als er sich wieder zu Annie wandte, wusste sie, dass sie sich gerade einen erbitterten Feind gemacht hatten, Neckermann war in seiner Eitelkeit gekränkt, Kurt hatte sich angemaßt, ihn zurechtzuweisen, das würde er nicht auf sich sitzen lassen, wenn er auch zumindest nach außen hin die Haltung wahrte: »Was ich Ihnen sagen wollte, bevor wir so rüde unterbrochen wurden: Sie schätzen mich zweifellos vollkommen falsch ein!«

Seine Stimme klang jetzt wieder von oben herab, als wollte er Annie zu verstehen geben, wie leicht es ihm fiel, sie in ihre Schranken zu weisen. »Ich setze mich immer dafür ein, dass alle, die eine entsprechende Begabung haben, auch die gleichen Chancen bekommen, auch Frauen! Gerade in der Dressur könnte uns ein wenig mehr Weiblichkeit durchaus noch zu größerem Glanz verhelfen, gewissermaßen als Pendant zum allzu starren Reiter aus dem Soldatenstand. Aber damit wir uns da richtig verstehen: eine Frau in der Dressur, das ja, aber als Leiterin eines Unternehmens, das mehr sein will als eine Kolonialwarenklitsche an der nächsten Straßenecke – nein! Vollkommen unmöglich. Und genau da haben Laube und Sie ja ganz offensichtlich die falsche Entscheidung getroffen, genau andersrum hätten Sie es machen sollen, die Dame auf dem Reitplatz, der Herr hinter seinem Schreibtisch, wo er hingehört. Das tut jetzt aber weh, was?«

Vollkommen ungerührt streifte sich Neckermann die weißen Handschuhe von den Fingern und schob sie in seinen Zylinder.

»Wie Sie meinen«, sagte Kurt mit kaum unterdrückter

Wut. »Aber ich wäre mir an Ihrer Stelle nicht so sicher, ob Sie da wirklich richtigliegen.«

»Wollen Sie einen Beweis? Wollen Sie wissen, warum Eulendorf mir nicht mehr Kopfzerbrechen bereitet als ein … Fliegenschiss an der Wand? Dann hören Sie mir gut zu, ich sage es nämlich nur dieses eine Mal: Wer heute noch seine Waren in Westdeutschland einkauft, der muss doch mit dem Klammerbeutel gepudert sein! Mehr sage ich nicht, aber denken Sie ruhig an meine Worte, wenn Sie sich das nächste Mal fragen, was für Fehler Sie wohl gemacht haben könnten. Nichts für ungut!« Er verbeugte sich kurz. »Gnädige Frau, Herr Kollege! – Winkler! Ich empfehle mich.«

Vielleicht hatte Neckermann geglaubt, mit seiner Andeutung eine Trumpfkarte auszuspielen, die sie verunsichern würde, weil auch sie jetzt wiederum nur Mutmaßungen anstellen konnten, die ihnen gleichzeitig klarmachen sollten, um wie viel klüger als Eulendorf er taktisch und merkantil vorging. Vielleicht aber hatte er sich auch nur dazu hinreißen lassen, um das letzte Wort zu behalten. Und vielleicht war er tatsächlich der Überzeugung, dass eine Frau ohnehin nicht in der Lage war, mit dieser wenig konkreten Information etwas anzufangen.

Das Einzige, was er allerdings damit erreicht hatte, war, dass Annie nach kurzem Nachdenken die einzig mögliche Schlussfolgerung zog und noch am nächsten Tag alle Hebel in Bewegung setzte, um zu erfahren, auf welche Weise sie in Kontakt mit dem Außenhandelsministerium der DDR kommen konnte.

Kurz nachdem der Zug jetzt die Zonengrenze passiert hatte, griff Annie nach ihrem Notizbuch, um aus alter Gewohnheit ihre Gedanken in Stichworten festzuhalten. Wenn es wirklich klappen würde, wenn sie nicht nur eine Reihe von in der DDR hergestellten Artikeln übernehmen würde, sondern mit der Eule tatsächlich einen Anfang gemacht hätte, »drüben« produzieren zu lassen, dann sollte endgültig niemand mehr an ihren Fähigkeiten als Geschäftsfrau, als Unternehmerin zweifeln können, sie selbst am allerwenigsten. Noch war es nicht so weit, »man soll den Tag nie vor dem Abend loben«, flüsterte sie tonlos vor sich hin, aber sie wusste, dass sie nur den Übermut etwas dämpfen wollte, den sie plötzlich verspürte, als würde alles erst jetzt richtig beginnen, als könnte sie endlich die Rolle, die ihr zugeschrieben worden war, vollständig ausfüllen, als gäbe es keine Hindernisse mehr, nur noch unbegrenzte Möglichkeiten.

Wenn es klappt, werde ich einiges in meinem Leben ändern, schwor sie sich im Stillen, als wollte sie mit diesem Versprechen eine unbekannte Macht davon überzeugen, ihr die Hand zu reichen. Wohl wissend, dass alles, was sie anzubieten hatte, nur von ihr selber abhing, von ihrem Willen, den Wünschen und Träumen, die sie nur wegen der Firma viel zu lange schon ignoriert hatte.

Der Stift flog in Steno über die Seite ihres Notizbuchs, *1x in der Woche ins Kino gehen, einen Roman lesen, nach Frankfurt ins Theater fahren, in die Oper! Zum Tanzen gehen!*

Aber das ging nicht alleine, als Frau ohne Begleitung, nicht in Fulda. Und wenn, dann ohnehin nur mit Kurt. Der es strikt ablehnte, nur um des Vergnügens willen etwas mit ihr zu unternehmen. Der alle möglichen Termine vorschob, seine Reiterei, die Treffen mit seinen Freunden, wann immer sie versuchte, ihn zu etwas zu überreden, was nur sie beide betraf.

Kurt öfter zu seinen Turnieren begleiten? Ihm mehr als bisher zeigen, dass ich wirklich Anteil nehmen will an seinem Leben? Dass ich seine Begeisterung für die Reiterei nicht nur stillschweigend akzeptiere, sondern …

Nein, dachte sie, das ist nicht das, was ich will. Ich will den Kurt zurückbekommen, der er mal war. Den leidenschaftlichen Unternehmer, den Mann, mit dem ich alles teilen kann – und der mich in die Arme nimmt und festhält, ohne dass ich vergeblich darum bitten muss. Aber sie wusste weder, was mit Kurt und ihr eigentlich geschehen war, noch was sie jetzt tun sollte.

Ich will ihn verstehen, schrieb sie in ihr Heft. *Aber ich habe Angst davor, etwas falsch zu machen! Oder schon viel zu lange falsch gemacht zu haben. Nicht nur mit Kurt und in unserer Ehe. Auch mit Claudia! Bin ich ihr wirklich die Mutter, die sie braucht? Reicht die wenige Zeit, die ich für sie erübrigen kann, müsste ich mich nicht viel mehr um sie kümmern?*

Annie merkte, wie die Energie, der Mut, den sie gerade noch verspürt hatte, sich in Luft auflöste, wieder all ihren Zweifeln wich. Als der Zug schließlich in Fulda einfuhr, ertappte sie sich bei dem suchenden Blick aus dem Fenster, hinaus auf den Bahnsteig, als könnte sie allein durch ihren Wunsch Kurt herbeizaubern, wie er sie aufgeregt erwartete, mit einem Strauß Blumen in der Hand, frisch rasiert und stolz auf den neuen Anzug, den er nur ihr zu Gefallen heimlich hatte schneidern lassen – stolz darauf, sie endlich wieder in die Arme schließen zu können, egal, was er oder Annie in der Zwischenzeit getan hatten ...

Aber natürlich war er nicht da. Noch an der Tür zur Bahnhofshalle setzte Annie den Koffer ab und zog erneut ihr Notizbuch hervor. Kurz entschlossen strich sie alle vorherigen Notizen durch und setzte stattdessen nur einen einzigen Satz auf die nächste Seite. Nicht in Steno, sondern in großen Blockbuchstaben, als sollten es genau diese drei Worte sein, die sie immer daran erinnerten, was sie zu tun hatte: UM KURT KÄMPFEN!

4.

Schlaue Füchse kaufen bei der Eule!
(Aufschrift auf dem Packpapier von Eulendorf)

Fulda 1963

Schon etwas über zwei Monate später kam der Anruf vom Güterbahnhof, dass eine Lieferung aus Suhl in Thüringen eingetroffen war. »Für Sie persönlich«, erklärte der Bahnbeamte am Telefon. »Deshalb dachte ich, dass ich Ihnen besser gleich Bescheid sage. Ist was Größeres, vielleicht schicken Sie jemanden mit dem Laster, ich weiß ja nicht, wie eilig es ist?«

»Ich komme selber«, entschied Annie nach kurzem Überlegen. »Geben Sie mir ein oder zwei Stunden, vorher schaffe ich es nicht.«

»Isch bin da, un Ihr Päcksche auch, bloß kei Hetz! Aber wenn Sie wirklich selber kommen, dann hätte ich da noch eine Bitte«, wechselte der Beamte wieder ins Hochdeutsche. »Meine Frau ... Also das ist so, dieser Wintermantel, den sie da bei Ihnen im Katalog gesehen hat, der gefällt ihr schon sehr gut. Sie sagt nur, dass sie sich schlecht vorstellen kann, wie sich das Material anfühlt, es ist ja wohl so was wie Wolle, aber ...«

»Kamelhaar, ja. Das macht schon einen Unterschied, auch im Aussehen, aber ganz besonders, wenn man mit der Hand darüberstreicht, Kamelhaar ist viel weicher vom Gefühl her, und dichter! Und deshalb natürlich auch wärmer – aber wissen Sie was? Ich habe ein Modell hier, das bringe ich Ihnen mit, dann kann Ihre Frau sich einen Eindruck davon verschaffen, ob es das Richtige für sie ist.«

»Des hör isch gern, des wird sie abber freue! Isch saach schon mal danke, bis schpäter dann.«

Eine Kleinstadt wie Fulda ist Segen und Fluch zugleich, dachte Annie nicht zum ersten Mal. Einerseits war es schön, dass nahezu jeder sie kannte, das brachte viele Vorteile, andererseits konnte es manchmal auch anstrengend sein, wenn jeder erwartete, dass ihm eine Sonderbehandlung zustand, nur weil er eben aus derselben Stadt kam und den Erfolg von Eulendorf damit auch als sein persönliches Verdienst ansah. Aber wann immer es möglich war, versuchte Annie, nicht nur den Fuldaern das Gefühl zu vermitteln, dass sie tatsächlich etwas Besonderes waren, jeder einzelne Kunde zählte und war wichtig, das war das Motto, unter dem ihre ganze Arbeit stand und das jeder neue Mitarbeiter so oft von ihr zu hören bekam, bis er es sich zu eigen gemacht hatte: »Jeder zufriedene Kunde ist ein Bote, der den Namen Eulendorf weiterträgt und neue Kunden für uns holt. Jeder unzufriedene Kunde dagegen zählt doppelt –

nicht nur, dass er selbst nicht wieder bei Eulendorf einkaufen wird, sondern er wird uns auch nicht weiterempfehlen! Wir können uns da also keine Fehler erlauben, und falls doch mal was schiefgeht, ist es an uns, so schnell wie möglich das Vertrauen wiederherzustellen. Selbst wenn uns das im Moment Kosten verursacht, wird es sich auf lange Sicht unbedingt auszahlen.«

Das war einer der Gründe, weshalb sie mittlerweile eine eigene Abteilung hatten, die jede auszuliefernde Ware zunächst nochmals prüfte, bevor sie zum Kunden geschickt wurde, und der Kunde bei Nichtgefallen das Produkt portofrei zurückschicken konnte, ohne eine Verpflichtung zum Umtausch und bei schnellstmöglicher Stornierung der Rechnung. Zum Glück hielten sich diese Rückläufe in Grenzen, die meisten Kunden waren zufrieden, die gelieferten Produkte entsprachen hundertprozentig den Beschreibungen im Katalog: »Unterm Strich rechnet es sich nicht, aus rein werblichen Gründen zu übertreiben oder falsche Behauptungen vorzugaukeln – wir behandeln unsere Kunden genauso, wie wir selber als Kunden behandelt werden möchten. Gerade ein Versandhandel darf niemals den Eindruck erwecken, dass er seine Kunden über den Tisch ziehen will.«

Seit über einem Jahr schon war Eulendorf in eine GmbH umgewandelt, vor allem in den Verhandlungen mit der Bank erleichterte das vieles. Und auch dass Annie im Handelsregister als alleinige Geschäftsführerin eingetragen war, nötigte mittlerweile den meisten ihrer Geschäftspartner zumindest Respekt ab. Dennoch gab es immer wieder Vorfälle, die deutlich zeigten, wie wenig man ihr allein aufgrund der Tatsache, dass sie eine Frau war, letzten Endes dann zutraute. Oder für wie selbstverständlich manche Männer es hielten, dass sie bereit war, einen gelungenen Abschluss nicht nur mit einem Glas Sekt an der Bar, sondern im Bett ihres Hotels zu besiegeln.

In solchen Fällen war Annie nun dazu übergegangen, nach dem Namen und der Telefonnummer der Ehefrau zu fragen, ihre Antwort auf das stets verblüffte »Wozu das?« war immer die gleiche: »Ich möchte gerne das Einverständnis Ihrer Frau haben! Aber das will ich von ihr persönlich hören.« Nicht immer war die Reaktion vorauszusehen, meistens war es nichts als Empörung über ihre »Anmaßung«, eher selten eine verlegene Entschuldigung in der Erkenntnis, zu weit gegangen zu sein. Annie lernte viel in solchen Situationen, vor allem über Männer. Und manches davon kam ihr auch bei der täglichen Arbeit in ihrem Büro im oberen Stockwerk von »Halle 2« durchaus zugute.

Fast dreihundert Leute waren jetzt bei ihnen beschäftigt, und sie hatten eine hochmoderne Großrechenanlage angeschafft, um die Bestellabwicklung zu optimieren. Die Bestelldaten wurden dabei zunächst mithilfe schreibmaschinenähnlicher Geräte auf Lochkarten und von dort auf Magnetbänder übertragen, der Großrechner übernahm dann selbstständig das Schreiben der Rechnungen. Der sogenannte »Locherraum« war in einem Querriegel untergebracht, der die beiden Hallen miteinander verband und zum eigentlichen Herzstück von Eulendorf geworden war – hier lief alles zusammen, von hier aus wurde alles auf den richtigen Weg gebracht. Und tatsächlich war es Hans Twele, der Lehrling aus der Sturmiusstraße, der sich mittlerweile bis zum Leiter der neuen Abteilung emporgearbeitet hatte, und auch die kleine Pausbäckige gab es noch, sie arbeitete als Grafikerin in der Kataloggestaltung, von ihr stammte auch das neu entworfene Firmenemblem, die fliegende Eule mit dem altbekannten Schriftzug im Schnabel.

Annie hatte den Anruf vom Güterbahnhof im Lager entgegengenommen, sie hatten endlich auch eine Telefonanlage, die es möglich machte, Gespräche von der Zentrale in die verschiedenen Abteilungen durchzustellen. Und die Mitarbeiterin in der Zentrale wusste, dass Annie Wert darauf legte, jederzeit erreichbar zu sein, wenn jemand sie persönlich verlangte. Gleichzeitig war sie lange genug bei Eulendorf, um einschätzen zu können, welche Anrufe sie besser zu einem Kollegen durchstellte oder auch einfach abwimmelte. Annie vertraute ihr vollkommen, ebenso wie den anderen Angestellten, die sie – soweit es möglich war – jeden Morgen persönlich begrüßte. Sie hatte es sich zur Angewohnheit gemacht, Claudia zunächst in die Kinderbetreuung zu bringen und dann, wenn sie ihre Tochter gut aufgehoben wusste, noch bevor sie sich an ihren Schreibtisch setzte oder die ersten Termine anstanden, einen Rundgang über das Firmengelände zu machen.

Es war wie ein Ritual, das sie auch heute nicht durchbrechen würde, obwohl sie es kaum erwarten konnte, endlich zum Bahnhof zu fahren – bei der Lieferung konnte es sich um nichts anderes handeln als den von Mischke zugesagten Prototyp ihrer »Eule«!

Aber der tägliche Rundgang hatte Vorrang, Annie wusste, wie sehr die Mitarbeiter es schätzten, dass sie sich nicht zu fein war, selber in den Hallen zu erscheinen, um sich ein Bild von möglichen Problemen zu machen und gemeinsam mit ihnen nach Verbesserungen zu suchen. Das galt auch, wenn es um persönliche Dinge ging – Annie hörte zu und bemühte sich, ihren Leuten mit Rat und Tat zur Seite zu stehen.

Gleichzeitig erfüllte es Annie jeden Tag aufs Neue mit Stolz, wenn sie ihr Königreich abschritt, wie Kurt es scherzhaft und ohne jede Spur von Spott oder Eifersucht formulierte.

Kurt! Annie musste tief Luft holen, als ihr unwillkürlich die Szenen wieder vor Augen kamen, die sie seit ihrem Entschluss, um Kurt zu kämpfen, mit ihm durchgemacht hatte. Nachts, hinter verschlossenen Türen, damit Claudia davon nichts mitbekam. Die immer wieder gleichen Fragen, die sie ihm gestellt hatte, ihr flehentliches Bitten, sich wieder auf sie einzulassen, noch einmal von beiden Seiten aus zu versuchen, eine Lösung zu finden, um in ihrer Ehe endlich nicht mehr wie zwei Fremde nebeneinander herzuleben.

Aber Kurts Antwort war immer die gleiche gewesen: »Ich liebe dich mehr, als du dir vorstellen kannst, und es ist nicht deine Schuld, wenn es zwischen uns nicht so läuft, wie du es gerne hättest. Aber ich kann nicht anders, es ist nun mal so, wie es ist, ich kann nicht aus meiner Haut. Ich denke, der Kompromiss, den wir in den letzten Jahren gefunden haben, ist tragfähig. Die Firma ist bei dir in guten Händen, was ich dazu beitragen kann, tue ich gerne auch weiterhin, aber mehr darfst du nicht erwarten. Wenn du das nicht länger akzeptieren willst, werde ich dir nicht im Weg stehen. Wenn du die Trennung willst …«

»Nein, das will ich nicht! Aber so können wir auch nicht weitermachen, das bringt mich langsam, aber sicher um den Verstand! Es ist doch klar, dass ich daran zweifle, ob mit mir etwas nicht stimmt, ob du mich nicht mehr reizvoll findest, ob du genug von mir hast. Oder ob du … irgendetwas anderes mit dir rumschleppst, was du nicht sagen willst, weshalb du dich so verändert hast, dass ich dich manchmal kaum noch wiedererkenne!«

Annie hatte nicht nur gebeten und gebettelt, sondern in ihrer Ohnmacht auch geschrien, ihn beschimpft, mit einer Vase nach ihm geworfen – und das einzige Ergebnis war, dass er sich immer weiter zurückzog. Je mehr sie ihn bedrängte, umso mehr verschloss er sich. Einige Tage hatten sie gar nicht mehr miteinander geredet, bis Claudia an einem Sonntagmorgen beim Frühstück bitterlich anfing zu weinen. Und schließlich unter Schluchzen hervorbrachte: »Wenn ihr euch scheiden lasst, ziehe ich zu Jürgen, dass ihr's nur wisst.«

Vielleicht war das der Moment gewesen, in dem Annie klar wurde, dass jeder Versuch, Kurt zurückzugewinnen, sie nur weiter in eine Sackgasse treiben würde. Dass sie wenigstens das, was sie hatte, nicht auch noch gefährden durfte. Claudia. Die Firma. Und Kurt als zumindest zuverlässigen Geschäftspartner. Was blieb, war eine ständige Unruhe, die sie so bislang nicht gespürt hatte. Als würde eine innere Stimme ihr sagen, dass es da etwas gab, was alle Fragen und

Zweifel klären würde. Es lag direkt vor ihren Augen – nur dass sie es nicht erkannte, wie sehr sie sich auch bemühte …

Die Arbeit half ihr, vielleicht sogar mehr noch als früher. Sowie sie das Firmengelände betrat, gab es nur noch Eulendorf. Entgegen ihrem Entschluss, sich endlich auch mehr um sich selbst zu kümmern, vergrub sie sich jetzt erst recht in ihre Aufgabe, die Firma nach bestem Wissen und Gewissen zu leiten. Und auch jetzt wusste Annie, dass in der Sekunde, in der sie gleich die Tür zum Lager aufstieß, für den Rest des Tages nichts anderes mehr existieren würde als … Eulendorf!

Sie war immer aufs Neue wieder fasziniert von der Halle mit den bis zu zehn Meter hohen Regalen und Wänden, knapp 10.000 Einzelartikel hatten sie mittlerweile im Angebot, das Lager war gerade erst um noch mal ein gutes Drittel erweitert worden, der Geruch von Holz, Metall, Kunststoff, das stetige Brummen und Zischen der Gabelstapler, die Rufe der Lagerarbeiter von der umlaufenden Galerie, das alles kam ihr vor wie eine eigene Welt, die allein auf einer ausgeklügelten Logistik beruhte, ohne die kein Paket jemals den Weg zum Kunden finden würde. Und der dicke Hartmann hatte die junge Schönheit aus Costa Rica als seine persönliche Assistentin eingestellt, tatsächlich konnte Nuria eine Ausbildung als Fachlageristin vorweisen – und mit ihrer ansteckenden Lebensfreude hatte sie innerhalb kürzester Zeit die Stimmung im gesamten Lager verändert, plötzlich schien allen die Arbeit leichter zu fallen, wenn sie nur laut vor sich hin pfeifen und irgendwelche Lieder singen konnten. Allerdings hatte Nuria es schnell aufgegeben, die

Kollegen zu korrigieren, die ihr jeden Morgen begeistert entgegenschmetterten: »›Es gibt kein Bier auf Hawaii, es gibt kein Bier, drum fahr ich nicht nach Hawaii, drum bleib ich hier …‹« Stattdessen nahm sie das Lied wie eine Huldigung, die ihr selbstverständlich zustand.

Nur Annie hatte sie einmal anvertraut, dass es nicht ganz leicht war, mit ihrem fremdländischen Aussehen in Fulda Fuß zu fassen. Umso mehr Zeit nahm sich Annie von da an, um Nuria nach ihrer Heimat auszufragen, die ihr so weit weg zu sein schien wie ein fremder Planet. Auch wenn sie vorher schon gewusst hatte, dass in Costa Rica kein »Hulahula« getanzt wurde, wie es eindeutig zweideutig in dem Lied hieß: »›Und nur vom Hulahula geht der Durst nicht weg …‹«

Mehr als alles andere aber liebte Annie ihren morgendlichen Besuch in der Verpackung, den Gang vorüber an den langen Tischen, auf denen die Waren wie am Fließband je nach Größe in die entsprechenden Kartons mit dem eigens aufgedruckten Firmenemblem sortiert und sorgfältig verschnürt und etikettiert wurden.

Hier arbeiteten fast ausschließlich Frauen. Viele von ihnen hatten kleine Kinder zu Hause, und um ihnen die Doppelbelastung von Arbeit und Kinderbetreuung zu erleichtern, hatte Annie schon im ersten Jahr auf dem Petersberg direkt am Waldrand einen von Büschen und hohen Bäumen umgebenen Spielplatz anlegen lassen, mit einem dunkelrot gestrichenen Holzgebäude für Regentage – der firmeneigene Kindergarten, für den als Betreuerin niemand besser geeignet war als die ehemalige Krankenschwester Gertrud mit ihrer Erfahrung aus dem Waisenhaus.

Hier und da ein paar Sätze wechselnd, wollte Annie gerade von der Verpackung hoch zu ihrem Büro, um Schmidtchen Bescheid zu geben, dass sie kurz zum Bahnhof fahren würde. Sie war schon in der Tür und mit ihren Gedanken bereits bei der Lieferung aus Thüringen, als eine der Frauen hinter ihr hergeeilt kam.

»Frau Laube!«

»Ja?«

»Wir haben da vorhin bei uns am Tisch darüber geredet, ob das wirklich stimmt. Die Almut behauptet es, aber sie hat es auch nur von ihrem Mann gehört, und sonst teilen Sie solche Sachen ja auch immer gleich der Belegschaft mit, wenn es etwas Neues gibt, was uns alle angeht, meine ich, und deshalb haben wir uns auch fast gestritten ...!«

Annie musste unwillkürlich lachen. Sie kannte Emmi Lehmann nur zu gut, sie wusste, dass die anderen sie gerne vorschickten, wenn sie etwas zur Sprache bringen wollten, wovon sie sich nicht sicher waren, wie Annie reagieren würde. Und Emmi wirkte zwar immer über die Maßen nervös und überdreht, als könnte sie keinen Satz zu Ende bringen, ohne sich hoffnungslos zu verheddern, war aber beharrlich und verfolgte einen im Zweifelsfall noch bis zur Toilette, um eine Antwort zu bekommen. Im Moment allerdings war Annie absolut nicht klar, was die Frage sein sollte, sie sah nur, dass die Frauen an dem Tisch hinter Emmi nicht mehr mit dem Ausfüllen der Adresszettel beschäftigt waren, sondern stattdessen aufmerksam zu ihnen herüberblickten. Emmi hatte mal wieder einen Auftrag, das war sicher ...

»Emmi? Sind Sie so gut und rücken mal mit der Sprache raus, worum es geht?«

»Na, diese Sache mit dem Koch, der nur für uns eingestellt werden soll! Und mit der ... Kantine oder wie ich das nennen soll, wo es dann jeden Mittag ...«

Annie hatte keine Ahnung, wie sich das Gerücht so schnell verbreitet haben konnte, sie war gerade erst dabei, die notwendigen Schritte zu planen. Bislang existierte die Idee nur in ihrem Kopf, selbst Kurt kannte noch nicht viel mehr als die Begründung, mit der Annie bei der Bank vorstellig geworden war – dass Angestellte, die sich mit ihrer Arbeit und ihrem Arbeitgeber identifizieren sollten, auch Anreize bekommen mussten, die über gute Gehälter und Sonderrabatte für den Mitarbeiter-Einkauf hinausreichten, dass sie sich an ihrem Arbeitsplatz wohlfühlen mussten, dass die mehr als neun Stunden, die sie täglich bei Eulendorf verbrachten, ihnen wenigstens in der Mittagspause auch eine Gegenleistung für ihre Arbeit bieten mussten, wie ein Lob, eine Belohnung.

»Reine Sozialspinnerei«, hatte die Bank eine Finanzierung ihrer Vorstellungen zunächst rundweg abgelehnt. »Sie haben doch schon diesen Kindergarten, wozu jetzt auch noch eine Großküche mit einem eigens eingestellten Koch, als gelte es, ein ... Restaurant zu eröffnen? Wenn überhaupt, dann belassen Sie es doch bei einer Kantine, Erbsensuppe und Würstchen, das ist vollkommen ausreichend.«

»Was Sie ja sicher deshalb so gut beweisen können, weil das Ihr übliches Mittagessen ist«, hatte Annie lauter als beabsichtigt reagiert.

Sie hasste es, bei jeder größeren Investition wieder um Geld bitten zu müssen und mit dieser Mauer aus maßloser Arroganz konfrontiert zu werden. Und jedes Mal schwor sie sich, dass der Tag kommen würde, an dem sich die Bank in der schwächeren Position befand und etwas von ihr wollte. Aber bis dahin musste sie gute Miene zum bösen Spiel machen!

»Warten Sie, meine Überlegung lässt sich in einem Satz zusammenfassen: Je mehr meine Angestellten sich wertgeschätzt fühlen, umso besser werden sie arbeiten. Und ihre Leistung steht in direktem Zusammenhang mit dem Profit, den wir erwirtschaften, da werden Sie mir doch sicher zustimmen? Meine Absicht ist also gar nicht so selbstlos, wie es auf den ersten Blick erscheinen mag, und weit von jeder ›Sozialspinnerei‹ entfernt.«

Am selben Tag noch hatte Annie eine Anzeige unter den Stellenangeboten aufgegeben, sie wollte ihren zukünftigen Küchenchef von vornherein in die Planungen miteinbeziehen. Die Anzeige war allerdings mit einer Chiffre geschaltet worden, der Name »Eulendorf« tauchte nirgends auf. Aber … sie hatte Claudia mit zur Zeitung genommen, und danach waren sie in dem kleinen Eiscafé auf der Bahnhofstraße gewesen! Wo Claudia die erste Bluna ihres Lebens getrunken hatte, während Annie sich mit dem Besitzer darüber unterhielt, ob er in der Lage wäre, täglich eine hinreichende Anzahl seiner selbst gemachten Eistorten für den Nachtisch zu liefern. Und Schuster war mit einer Italienerin verheiratet, Maria, und die war wiederum die Freundin von …

»Emmi, Sie flunkern doch! Das habt ihr nicht von Almut, Sie waren mit Ihrer Freundin unterwegs, mit der Frau von Schuster!«

Emmi zuckte mit den Schultern, um gleich darauf zu fragen: »Also stimmt es wirklich? Mit einem richtigen Koch und allem Drum und Dran, und ... verschiedenen Gerichten, unter denen man auswählen kann?«

Wie in einer Filmszene waren die anderen Frauen im Hintergrund näher getreten und schienen atemlos auf Annies Antwort zu warten.

»Es stimmt. Ich wollte es euch eigentlich erst mitteilen, wenn alle Pläne fertig sind, damit man es sich besser vorstellen kann, aber es stimmt«, wiederholte Annie. »Wir bauen oben hinter dem Kindergarten eine Küche und einen Speisesaal, mit großen Fenstern zum Wald hinaus, damit ihr in der Mittagspause auch mal etwas anderes seht als immer nur eure Tische mit den Kartons, oder bei den Kollegen im Lager die Regalwände oder die Aktenordner in den Büros. Und für den Sommer legen wir eine Art Biergarten an, dann kann man auch draußen essen.«

Emmi schüttelte den Kopf. »Das klingt zu schön, um wahr zu sein. Aber ... können wir uns das überhaupt leisten? Ich meine, das kostet doch sicher eine Menge Geld?«

Es war das kleine Wort »wir« in Emmis Frage, das Annie glücklicher machte als alles andere. Es war richtig, was sie vorhatte, und es war ein weiterer Schritt zu einem Unternehmen, wie sie es sich schon lange vorstellte.

»Wir leisten es uns«, sagte sie und nahm die verdutzte

Emmi in einer spontanen Geste in die Arme. »Ich freue mich, wenn es euch gefällt.«

Emmi machte sich mit hochrotem Kopf los von ihr, im selben Moment fingen die anderen Frauen an, Beifall zu klatschen.

»Aber im Winter können wir unmöglich Eis zum Nachtisch essen«, kam es jetzt entschieden von Emmi. »Da wäre so was wie Tutti Frutti besser!«

»Im Winter Tutti Frutti statt Eis«, bestätigte Annie lachend. Sie warf einen Blick auf die große Uhr über der Tür. »Aber jetzt muss ich wirklich los. Erzählt es noch nicht weiter, ja? Oder doch, warum nicht? Erzählt es jedem!«

Annie fuhr mit dem Borgward zum Bahnhof. Es war das neueste Modell, das in Bremen gebaut wurde, größer noch als die Isabella, mit vier Türen und einem gigantischen Kofferraum. Kurt hatte ursprünglich einen Mercedes kaufen wollen, aber Annie hatte sich durchgesetzt.

»Jeder erwartet doch, dass wir mit einem Mercedes vorfahren, aber der Borgward wird nur umso mehr für Aufmerksamkeit sorgen, und vor allem sieht es nicht so aus, als würden wir unbedingt protzen wollen. Ganz davon abgesehen, dass ich schon mit Carl Borgward telefoniert habe, er sagt, er will uns ein Angebot machen, das wir nicht ausschlagen können.«

Die Lieferung von Mischke war eine sperrige Kiste aus Holzlatten, der Bahnbeamte fasste selber mit an, mithilfe eines Kollegen rückte er die Kiste so lange hin und her, bis sich der Kofferraumdeckel schließen ließ. Seine neugierige

Frage nach dem Inhalt beantwortete Annie nur mit einem Lächeln, bevor sie sagte: »Grüßen Sie Ihre Frau von mir. Wenn ihr das Kamelhaar gefällt, soll sie sich bitte direkt an mich wenden. Ich will sehen, ob da nicht ein bisschen was drin ist, um den Preis noch mal ... attraktiver zu machen.«

Sie hatte schon auf der Fahrt zum Bahnhof entschieden, den kleinen Motorroller, ihre »Eule«, erst in Augenschein zu nehmen, wenn Jürgen dabei war. Schließlich war das Ganze vor allem aufgrund seiner Moped-Schwärmerei entstanden, auch wenn er bislang noch gar nichts davon wusste. Umso mehr freute sich Annie darauf, seine Überraschung zu sehen – und sie würde seine Begeisterung brauchen, um eine ebenso aberwitzige wie vielversprechende Idee in die Tat umzusetzen. Ohne seine Hilfe würde es nicht funktionieren!

Als Annie auf den Hof in Löschenrod rollte, stand der Tischlermeister rauchend vor der weit offenen Tür zur Werkstatt, aus der das schrille Kreischen der Bandsäge drang. Er kam eilig auf Annie zu und öffnete die Autotür für sie. Nach ein paar kurzen Worten zur Begrüßung fragte Annie: »Und? Wie macht er sich?«

»Sehr gut. Von seiner Arbeit her gibt es keinen Grund zu klagen.«

»Aber?«

»Wenn er nur nicht von Tag zu Tag mehr aussehen würde wie dieser Elvis Presley, von dem er nicht genug schwärmen kann. Ich weiß nicht, was ich noch machen soll! Gestern hat er in der Pause hier mitten auf dem Hof eine Nummer abgezogen, als würde er ein Konzert geben, mit einer Holzlatte als Mikrofonstativ und immer mit dieser … Bewegung mit den Hüften, unanständiger geht es schon nicht mehr. Aber meine Gesellen fanden das auch noch witzig!«

»Ich rede mit ihm«, versprach Annie. »Ich glaube, ich weiß, was Sie meinen, mir wäre so ein Möchtegern-Elvis auch nicht ganz geheuer in meiner Firma. Aber ich habe eine Bitte an Sie! Sie würden mir einen großen Gefallen tun, wenn Sie Jürgen in der kommenden Woche oder der Woche darauf für ein oder zwei Tage entbehren könnten. Ich weiß noch nicht genau, wann, aber ich brauche ihn, es ist wichtig.«

»Ein oder zwei Tage sollen kein Problem sein. Aber dafür reden Sie ihm diesen Elvis-Quatsch aus! Abgemacht?«

»Abgemacht. Ich werde mein Bestes tun, das verspreche ich!«

Jürgen wirkte leicht verunsichert, dass der Tischlermeister ihn während der Arbeitszeit aus der Werkstatt holte, schien sich dann aber umso mehr zu freuen, Annie zu sehen und umarmte sie zur Begrüßung.

Tatsächlich trug er die Haare, die im Nacken viel zu lang waren und auf den Hemdkragen stießen, wie sein Idol zurückgekämmt, mit einer Tolle und langen, ausrasierten Koteletten.

»Habt ihr so was wie einen Kuhfuß in der Werkstatt?«, fragte Annie.

»Natürlich.«

»Holst du ihn? Wir werden ihn brauchen, ich habe eine Überraschung im Kofferraum.«

Die Eule übertraf alle Erwartungen von Annie. Die vordere Schürze mit dem Scheinwerfer war ebenso rot lackiert wie die Motorverkleidung, die Schutzbleche strahlten weiß. Anstelle einer Modellbezeichnung gab es nur die stilisierte Eule des Firmenlogos, die als gestanzte Plakette zu beiden Seiten an der Verkleidung des Hinterrads angebracht war. Und der verchromte Auspuff tat ein Übriges, um den verspielten und doch gleichzeitig eleganten Eindruck zu unterstreichen.

Aber Jürgen umrundete den Roller mit skeptischen Blicken, bevor er irritiert fragte: »Für wen soll das sein? Ich meine, das Ding ist niedlich, sieht ein bisschen so aus wie die Vespas in Italien, aber definitiv nicht wie ein Moped oder ganz und gar ein Motorrad.«

»Soll es auch gar nicht!« In ein paar Sätzen erklärte Annie, worum es ihr bei der Eule ging – und wie sie überhaupt auf die Idee dazu gekommen war.

Jürgen grinste. »Vielleicht sollte ich dir öfter mal eine meiner Freundinnen vorstellen, das scheint ja ungeahnte Höhenflüge bei dir auszulösen! Aber im Ernst, Schwesterherz, das Ding ist wirklich führerscheinfrei?«, fragte er dann ungläubig.

Annie nickte und hielt Jürgen den Zettel hin, der mit einigen Erläuterungen von Mischke an den Lieferschein geheftet war:

Liebe Frau Annie,
das ist sie nun, die allererste Eule, die das Werk verlassen hat. Auch das Gewichtsproblem haben wir schließlich mit einem kleinen Kniff doch noch lösen können, der Rahmen und

die Verkleidung sind aus Aluminium gefertigt, somit bleiben wir exakt 1 Kilogramm unter den erlaubten 33. Aufgrund des geringen Gewichts liegt die Höchstgeschwindigkeit nun auch bei flotten 45 kmh, die weiteren technischen Daten lege ich nochmals separat bei. Ich hoffe sehr, dass unser Modell Ihren Gefallen finden wird, und erwarte gespannt Ihre Antwort.
Bis dahin verbleibe ich
Ihr getreuer Rudolf Mischke

Annie blickte zu Jürgen.

»Sag mir ganz ehrlich, was du denkst. Nehmen wir die Eule ins Programm?«

»Natürlich! Obwohl das wahrscheinlich bedeutet, dass ich demnächst Schwierigkeiten haben werde, noch eine flotte Biene als Sozius zu finden, weil sie dann alle selber mit deinem rot-weißen Flitzer in der Gegend rumkurven. Aber gut, ich werde darüber wegkommen, nur klar ist ja wohl, dass jetzt erst mal eine Probefahrt ansteht. Ohne selber auf dem Bock gesessen zu haben, entscheiden wir hier gar nichts.« Er warf Annie wieder ein breites Grinsen zu, während er schon zur Werkstatt hinunterlief: »Ich brauche den Kanister mit dem Zweitaktgemisch! Männer, kommt mal mit nach draußen, ihr müsst das sehen, das Ding haut euch um! Los, ihr müsst unbedingt dabei sein, wenn ich die erste Proberunde drehe!«

Knatternd und mit einer bläulich grauen Rauchfahne hinter sich, fuhr er dann vor den Augen der staunenden Arbeitskollegen eine weite Kurve über den Hof, dann eine Acht, dann lenkte er die Eule auf die Straße hinaus, um gleich darauf mit Vollgas zurückzukommen und haarscharf hinter dem Borgward zu stoppen.

»Der Vogel fährt locker an die fünfzig. Und geht fast wie eine große Maschine durch die Kurven ... Und führerscheinfrei, Männer, das ist überhaupt das Größte dabei! Ab sofort werden nicht nur die kleinen Mädchen auf dem Ding hinter uns her sein, sondern auch ihre Mütter und Großmütter. Macht euch schon mal auf was gefasst!«

Es dauerte eine gute Weile, bis jeder mal mit der Hand über den glänzenden Lack gestrichen, den Kickstarter betätigt, einmal Probe gesessen hatte. Erst eher noch mit einem leicht überheblichen Lächeln, dann aber doch zunehmend beeindruckt. Der Tischlermeister hatte schließlich Mühe, seine Leute überhaupt zurück in die Werkstatt zu scheuchen, leise murrend zogen sie davon.

Jürgen blickte zu Annie. »Bist du wirklich nur hergekommen, damit ich als Erster ...?«

»Nein. Ich habe noch ein Attentat auf dich vor. Ich brauche deine Hilfe, anders werde ich es nicht hinbekommen.«

»Schieß los, ich bin ganz Ohr.«

»In der Zeitung gab es eine kurze Nachricht, dass dieser Elvis Presley ...«

»Mann, Schwester!« Jürgen verdrehte die Augen. »Nicht ›dieser‹! Sag einfach Elvis, das reicht vollkommen.«

»Gut, ich werd's mir merken. Also, da stand, dass ... Elvis noch in diesem Monat noch mal nach Deutschland kommt, für ein paar Tage nur, um seine alten Freunde bei der Armee wiederzusehen und ein Konzert zu geben. Weißt du etwas davon?«

»Das weiß jeder! In den zwei Jahren, in denen er in Bad Nauheim stationiert war, durfte er ja nicht auftreten. Er hat trotzdem mal auf einer Party gespielt, aber das war so was wie geheim, abends in der Kneipe, während einer Manöverübung an der tschechischen Grenze, und nur für ein paar Kumpels, das durfte gar keiner weiter wissen. Aber …« Jürgen starrte sie mit offenem Mund an, als wäre ihm gerade erst klar geworden, was sie eigentlich gefragt hatte. »Soll das heißen, dass du jetzt ein Fan von Elvis bist und zu seinem Konzert willst? Mann, das darf ja wohl nicht wahr sein, es geschehen noch Zeichen und Wunder, meine große Schwester hört Negermusik!«

»Tut sie nicht«, erwiderte Annie lachend. »Aber sie hat eine Idee. Und dafür braucht sie einen Elvis-Fan, zum Glück kennt sie einen!«

Als sie Jürgen ihren Plan schilderte, hörte er aufmerksam zu, während sein Gesichtsausdruck langsam von bloßer Überraschung zu so etwas wie Bewunderung wechselte.

»Du hast es faustdick hinter den Ohren, Schwesterherz, weißt du das eigentlich? Das ist der Hammer, auf so was ist vor dir noch keiner gekommen. Wenn dir das gelingt, dann hast du aber einen Volltreffer gelandet!«

»Es hängt vor allem von dir ab. Meinst du, dass du das hinkriegst?«

»*I'll do my very best*«, versprach Jürgen mit feierlicher Miene, um gleich darauf Annie und das Moped zu umrunden, während er hüftschwingend sang: »›*Well, it's one for the money, two for the show, three to get ready, now go, cat, go – but don't you step on my blue suede shoes, you can do anything but lay off of my blue suede shoes …*‹«

Jürgen hatte Wort gehalten. Annie hatte keine Ahnung, wie, aber es war ihm tatsächlich gelungen, Elvis abzupassen und ihn zu überreden. Jürgens Anruf, in dem er Annie seinen Erfolg meldete, kam aus Usingen.

»Pass auf, Schwester, der King macht das für dich. Ich hab vielleicht ein bisschen übertrieben mit der Eule, wahrscheinlich denkt er jetzt, es wäre so was wie eine deutsche Harley, aber das musst du hinbiegen, große Charme-Offensive und so, du schaffst das schon. Und keine Angst wegen dem Englisch, ich bin ja dabei. Außerdem ist er wirklich nett, macht gar nicht auf Star, als wäre er … ein ganz normaler Kumpel, Autogramm von ihm habe ich auch schon. Aber er hat nur wenig Zeit, er ist gestern angekommen und bleibt nur drei Tage. Das Konzert ist morgen, und nicht in Bad Nauheim, sondern ein paar Kilometer weiter, in einem Tanzlokal hier bei Usingen, ›Herrnmühle‹. Er ist bereit, uns zu treffen, morgen Nachmittag, vier Uhr, anders geht es nicht. Eine Stunde, dann muss er sich fertig machen für den Auftritt.«

»Weiß er, dass wir nicht alleine kommen?«

»Habe ich ihm alles erzählt, so wie du wolltest. Er ist einverstanden. Und er hat sogar noch so was gesagt wie, dass er sich freut, dich kennenzulernen, ›*the motorcycle lady*‹, damit meint er dich!«

Die beiden Fotografen, die Annie dabeihaben wollte, hatten Bescheid gewusst, dass der Termin sehr kurzfristig sein würde, und als Annie ihnen jetzt Ort und Zeitpunkt mitteilte, gab es keine Probleme, sie versprachen, rechtzeitig in Usingen zu sein.

»Und ich bekomme freie Auswahl bei den Fotos, da sind wir uns einig? Ebenso wie dann alle Nutzungsrechte dafür?«

»Eine Hand wäscht die andere. Solange Sie uns wirklich exklusiv zu diesem Termin bringen, bekommen Sie alles von uns, was Sie wollen.«

Annie hatte ganz bewusst nur die Fotografen von *Stern* und *Bravo* angefragt, das waren die beiden Zeitschriften, die genau die Leute ansprachen, die sie erreichen wollte. Und je exklusiver das Ganze war, umso größer würden die Aufmacher sein! Die Tageszeitungen würden dann ohnehin nachziehen, wenn die Geschichte erst mal ins Rollen gekommen war.

Annie fuhr schon weit vor der Zeit los, die Eule lag wohlverpackt in Pferdedecken gewickelt im Kofferraum des Borgwards. Tatsächlich war Annie aufgeregter, als sie es sich eingestehen wollte. Sie machte nur einmal eine kurze Pause, als sie ungefähr die Hälfte der Strecke hinter sich hatte, um auf die Toilette zu gehen und auf der Terrasse des Gasthofs einen Kaffee zu trinken. Es waren die letzten Sonnenstrahlen des Jahres, die Blätter der Bäume färbten sich bereits in die herbstlichen Rot- und Gelbtöne. Zu spät bemerkte Annie, dass auf der gegenüberliegenden Straßenseite ein Hubschrauberplatz der Amerikaner war, die Starts und Landungen folgten im Minutentakt, der Lärm war ohrenbetäubend, jedes Mal zerrte der Luftsog der Rotorblätter an Annies Haaren, der Kaffee in ihrer Tasse warf kleine Wellen …

»Idiotisch«, hatte Kurt ihr Vorhaben genannt. »Und es passt nicht zu uns! Was willst du machen, wenn uns die Kunden das übel nehmen? Und das werden sie tun, glaub mir! Dein kleiner Roller ist eine gute Sache, der passt in unser Programm, weil er zeigt, dass wir den anderen wieder mal um eine gehörige Nasenlänge voraus sind und begriffen haben, wie wichtig es ist, neue Kundenkreise zu erschließen. Aber wir machen doch dafür nicht Reklame mit diesem … diesem Halbwilden mit seiner Gitarre! Wir sind ein seriöses Unternehmen!«

Immer noch war Elvis – ebenso wie ganz Amerika – ein rotes Tuch für Kurt, und Kurt war mit seiner Einstellung nicht alleine, gerade in Orten wie Fulda war die neue Rock'n'Roll-Musik für viele gleichbedeutend mit einem Teufelswerk, das der Unmoral Tür und Tor öffnete und die Jugend verdarb.

»Wir bleiben auch ein seriöses Unternehmen, Kurt. Und ich folge dir bei deinen Bedenken, aber wir machen ein Sonderheft daraus, so umgehen wir das Risiko, womöglich alte Kunden zu verprellen. Ich habe schon Hans drangesetzt, damit er die Kartei durchforstet und alle Kunden raussucht, die in den letzten fünf Jahren etwas für Halbwüchsige bestellt haben, beziehungsweise vor vier oder fünf Jahren für Kinder, vor allem Mädchen, die da um die zehn waren und jetzt genau in dem Alter sind, in dem sie eben Elvis hören und für ihn schwärmen. Genauso wie für einen kleinen Roller, den man ohne Führerschein fahren kann.«

Die Kartei war Annies ganzer Stolz, sie hatte viel Mühe darauf verwandt, Informationen über ihre Kunden zu sammeln, um unter einem bestimmten Stichwort die Namen und Adressen früherer Bestellungen finden zu können – egal, ob es sich dabei um Fahrräder, Kinderartikel oder Kleidung handelte, sie wussten, welche Kunden welche Interessen oder Vorlieben hatten. Und mit jeder Bestellung war ihre Kartei umfangreicher und detaillierter geworden, jetzt war es das erste Mal, dass sie diese Informationen auch gezielt nutzen konnten – um die Eule mit einem Werbetrick zu vermarkten, der entweder nur vollkommen schiefgehen oder tatsächlich ein großer Erfolg werden konnte.

»In ein oder zwei Monaten wissen wir mehr«, sagte Annie halblaut zu sich selbst. Sie winkte dem Kellner, um zu bezahlen, den mittlerweile kalt gewordenen Kaffee ließ sie stehen. Als sie wieder in den Borgward stieg, bückte sie sich unwillkürlich beim dröhnenden Anflug des nächsten Hubschraubers. Bevor sie Elvis traf, würde sie unbedingt noch einmal ihre Frisur richten müssen.

Das Konzert war nicht öffentlich, das hatten die Zeitungen auch ausführlich berichtet – Elvis trat nur für seine früheren Kameraden der amerikanischen Panzerdivision auf, deshalb auch der kleine und unscheinbare Veranstaltungsort in Usingen. Dennoch war das Tanzlokal von Fans umlagert, selbst in den Bäumen vor dem Eingang hockten junge Männer in Nietenhosen und mit Elvis-Tollen, die Mädchen auf der Straße kreischten jedes Mal hysterisch, wenn einer der Militärpolizisten, die jeden Zutritt verwehrten, mit einem neuen Stapel Autogrammkarten aus der Tür trat, um sie zu verteilen.

Jürgen erwartete Annie bereits, auf seine Erklärung hin winkten zwei hünenhafte GIs sie auf den rückwärtigen Hof.

»Ganz schön was los, was?«, begrüßte Jürgen sie und wies grinsend auf einen Jeep, in dem einer der Militärpolizisten saß und auf dem Lenkrad – Autogrammkarten ausfüllte!

»So läuft das bei Profis«, erklärte Jürgen. »Mann, Mann, bin ich froh, dass ich gestern noch ein Autogramm von ihm selber bekommen habe und nicht so eine alberne Fälschung von seinem ehemaligen Fahrer!«

Auch die beiden Fotografen waren bereits da, Annie hatte sie gerade begrüßt, als Elvis Presley hinzutrat. Im ersten Moment war Annie irritiert, natürlich hatte sie genügend Fotos von ihm gesehen und wusste, dass seine Kleidung alles andere als zurückhaltend war. Aber die spitz zulaufenden Stiefel mit den hohen Absätzen, die enge Hose mit den weißen Nähten an der Seite, das bunt gestreifte Jackett mit dem schwarz abgesetzten Kragen, die nachlässig gebundene Krawatte über dem weißen Hemd – das alles wirkte in ihren Augen so affig, dass sie schon kaum noch die protzige goldene Armbanduhr registrierte, als er ihr die Hand gab. *»Pleased to meet you! Let's do the job then, I'm a bit in a hurry, sorry for that.«*

Jürgen sprang als Übersetzer ein, und auch wenn Elvis nicht viel Zeit hatte, war er doch von einer ausgesuchten Höflichkeit, mehr noch, er versprühte einen jungenhaften Charme, der Annie trotz seiner Erscheinung sofort für ihn einnahm.

Als Jürgen dann allerdings stolz die Eule präsentierte,

war deutlich zu sehen, dass Elvis etwas vollkommen anderes erwartet hatte als diesen zweifarbigen Roller, bei dessen Anblick auch die umstehenden GIs nur müde lächelnd die Köpfe schüttelten. Was immer Jürgen Elvis erzählt hatte, aber jetzt war es eindeutig der King, der irritiert war.

»What the hell is that? It's not a motorbike, it looks like a toy to me. A toy for kids!«

Die GIs lachten und nickten bestätigend, die beiden Fotografen blickten fragend zu Annie, für einen Augenblick schien es, als wollte Elvis auf dem Absatz kehrtmachen.

»Er findet, es sieht aus wie ein Spielzeug für Kinder«, übersetzte Jürgen.

»Sag ihm, es ist ein Spielzeug, und ja, es ist für Kinder. Aber erklär ihm, dass hier in Deutschland ohnehin alles nicht so groß ist, so ... überdimensional wie in den USA! Und wenn er sich mal seine Fans draußen vor der Tür ansieht, dann wird er feststellen, dass sie kaum etwas anderes sind als ... *kids*, richtig?«

Jürgen übersetzte, obwohl deutlich war, dass sein Schulenglisch Lücken aufwies. Mehrmals zog Elvis fragend die Augenbrauen zusammen, dann strahlte er Annie an und klopfte ihr beruhigend auf die Schulter: *»Okay, Lady, I'm not totally convinced, but ... it's okay, I'll pretend the ... owl is the latest Harley model!«* Er drehte sich zu den Fotografen. *»Come on, let's have some fun!«*

Er schwang sich auf den Sitz und beugte sich tief über die Lenkstange, mit der rechten Hand am Gasgriff und die Linke zum Victory-Zeichen erhoben. Die Fotoapparate klickten. Aber die Szene wirke verkrampft, zu gestellt ... albern, fast schon lächerlich, dachte Annie, nicht das, was ich mir vorgestellt habe.

Als Elvis jetzt neben der Eule posierte, mit überschlagenen Beinen und beiden Händen in den Jacketttaschen, wirkte er so lustlos, dass Annie kopfschüttelnd abwinkte.

»Es ist auch der Hintergrund«, warf einer der Fotografen ein. »Die Rückseite von dem Tanzschuppen, mit den Militärpolizisten, die aussehen wie bestellt und nicht abgeholt, da sind keine Bilder für uns drin. Keine Chance!«

»Die Militärpolizisten sind auch nicht sein Publikum, jedenfalls nicht das, wofür wir die Fotos brauchen«, erwiderte Annie resigniert, um gleich darauf zu begreifen, was die Lösung sein würde. »Frag ihn, ob er bereit ist, für zehn Minuten mit nach vorne zu kommen«, bat sie Jürgen. »Vor das Lokal! Mit allen Fans um ihn und die Eule herum, vor allem mit den Mädchen ...«

5.

Eulendorf zieht Sie richtig an!
Vetrix – Jerseykleider aus der Bleyle-Kollektion
Reinwollene Jerseykleider aus der Kollektion der Firma Bleyle.
Eine attraktive Mode, die nicht nur durch Qualität
zu überzeugen weiß. Jetzt nur bei uns: schickes Kostüm, exklusiv
für Sie entworfen von der Eulendorf-Inhaberin Annie Laube.
(Eulendorf-Katalog Herbst/Winter 1963)

Fulda/Kopenhagen 1963

Als Kurt sich vorbeugte, knarrte das Leder des Sessels. »Neckermann droht uns mit einer Klage. Der Brief seines Anwalts war heute Morgen in der Post. Danach hat Neckermann einen Vertrag mit dem Simson-Werk, der ihm als Einzigem die Auftragsproduktion zusichert.« Kurt schob Annie den Brief über den Tisch und griff nach seinen Zigaretten.

Annie war gerade von ihrem morgendlichen Rundgang hoch ins Büro gekommen, als Kurt sie abgefangen und

Schmidtchen die Anweisung gegeben hatte, sie während der nächsten Stunde nicht zu stören.

»Wimmeln Sie alles ab, ich habe etwas mit meiner Frau zu besprechen, unter vier Augen. Wir sind im Clubzimmer. Und die einzige Rechtfertigung, da jetzt reinzuplatzen, wäre ein Feueralarm.«

»Und auch dann nur, wenn die Flammen schon außen an der Hauswand hochlecken, ich hab's verstanden«, hatte Schmidtchen mit todernster Miene erwidert. »Soll ich ein Kännchen Kaffee rüberbringen?«

»Bitte, ja! Den werden wir brauchen.«

Annie war nicht klar, warum Kurt eine so große Sache aus dem Anwaltsschreiben machte. Schmidtchen würde den Brief ohnehin schon gesehen haben, die gesamte Post ging ja über ihren Tisch. Und nachdem sie die Zeilen auf dem steifen Büttenpapier der Kanzlei jetzt überflogen hatte, wusste sie noch weniger, warum Kurt das Ganze nicht bei offener Tür im Büro hatte besprechen wollen. Es musste noch etwas anderes geben, was er loswerden wollte und was nicht für fremde Ohren bestimmt war.

»Wie schätzt du das ein?«, fragte Kurt, während er den Rauch zur Decke blies. »Kann das ein Problem für uns werden?«

»Erstens, denke ich, er blufft nur.«

Kurt nickte.

»Und zweitens, selbst wenn ein solcher Vertrag tatsächlich existieren sollte, muss er das Werk verklagen, nicht uns. Außerdem haben wir einen Vertrag mit dem Außenhandelsministerium, nicht mit Simson.« Annie stieß ein kurzes Lachen aus. »Geben wir den Brief an Dr. Morell, er ist unser Anwalt, soll er sich darum kümmern.«

»Gut«, sagte Kurt. »So sehe ich das ebenfalls. Nicht weiter der Rede wert.«

Unwillkürlich schweiften Annies Gedanken zu Mischke ab: Habe ich dich vielleicht falsch eingeschätzt, mein Lieber? Spielt ihr da drüben mit gezinkten Karten? Oder bist ganz und gar du es gewesen, der Neckermann überhaupt erst auf die Idee gebracht hat, bei euch nicht mehr länger nur einzukaufen, sondern unserem Beispiel zu folgen?

»Annie, hörst du mir noch zu?«

»Entschuldigung, was hast du gesagt?«

Als Kurt sich eine neue Zigarette am Stummel der alten anzündete, spielte ein zufriedenes Lächeln um seine Lippen. »Dass wir Neckermann endlich da haben, wo wir ihn haben wollten. Er steht mit dem Rücken zur Wand, er dreht am Rad, er ist angefressen, sauer, nenn es, wie du willst, aber seine Drohung ist doch der beste Beweis dafür, dass er im Moment nur wild um sich schlägt, weil er genau weiß, dass er diesmal den Kürzeren gezogen hat. Und das ist ganz allein dein Verdienst, Annie!«

Kurt tippte mit dem Finger auf den Sonderkatalog, der vor ihnen auf dem Rauchtisch lag. Der Katalog mit Elvis auf dem Titelbild, der mit einer Gitarre in der Hand lässig an der Eule lehnte, während die Fans im Vordergrund jubelnd die Arme ausstreckten. Wie auch immer der Fotograf das hinbekommen hatte – das Foto wirkte tatsächlich, als würde der Jubel weniger Elvis als vielmehr dem kleinen rot-weißen Roller gelten! Annies Rechnung war aufgegangen, die Bilder im *Stern* und in der *Bravo* hatten einen Ansturm ausgelöst, der dann dazu führte, dass ihnen das eilig produzierte Sonderheft regelrecht aus den Händen gerissen wurde. Sie hatten bereits zweimal nachdrucken müssen und waren jetzt bei einer Auflage von unglaublichen 500.000 Stück angelangt.

Seit Wochen kamen täglich bergeweise Bestellungen für die neue »Elvis«-Kollektion, die sie neben der Eule im Heft anboten – die Jacketts mit den gepolsterten Schultern, die schmalen schwarzen und goldfarbenen Krawatten, die Hosen mit den aufgesetzten weißen Nähten und natürlich die entsprechende Mode für Mädchen und Frauen, karierte Blusen mit dunklem Kragen und ausgeschnittenem Dekolleté, die Röcke schwingend und mit einer guten Handbreit längeren, farbig abgesetzten Unterröcken, die Hosen stark tailliert, eng anliegend und über den Knöcheln endend: ROCK'N'ROLL KINGS AND QUEENS lautete die Überschrift, die Jürgen dazu erfunden hatte. Und wer sich unter den kreischenden Fans auf dem Titelbild wiedererkannt hatte, durfte sich als Dankeschön jeweils ein Kleidungsstück seiner Wahl aussuchen, das ihm kostenlos geliefert wurde!

Einzig die Armbanduhr, die dem Elvis-Modell nachempfunden war, allerdings mit Glassteinen auf dem Rand anstelle der Diamanten des Originals, hielt nicht, was Annie sich davon versprochen hatte. Die Zahlen sahen eher so aus, als würden sie mehr oder weniger auf der Startauflage sitzen bleiben. Aber das würden sie angesichts der übrigen Verkäufe leicht verschmerzen können! Und was die Bestellung der Eule selber anbetraf, die mit allen Fotos und technischen

Beschreibungen fast ein gutes Drittel des Katalogs einnahm, so hatte sie gerade erst noch die dringliche Bitte an Mischke geschickt, alles nur Mögliche zu veranlassen, um die Produktion noch kurzfristig erhöhen zu können.

»Mit der Eule hast du ein ganz dickes Ding gelandet, Annie«, gab Kurt bereitwillig zu. »Das muss ich dir lassen, da hattest du den richtigen Riecher. Die Zahlen gehen durch die Decke!«

»Es war eine gute Portion Glück dabei. Aber ja, ich glaube auch, dass uns da etwas gelungen ist, was uns so schnell keiner nachmacht. Ich habe übrigens schon überlegt, ob wir das nicht ähnlich noch mal versuchen können …«

»Ich verstehe nicht, was meinst du?«

»Der Trick war doch eigentlich ganz einfach, wir haben uns Elvis' Berühmtheit zunutze gemacht, die Tatsache, dass ihn jeder sofort erkennt. Das müsste doch auch mit anderen bekannten Leuten funktionieren, mit Schauspielern wie Dieter Borsche oder Hardy Krüger, Sonja Ziemann, oder auch mit Politikern …«

»Adenauer auf dem Titelbild, wie er persönlich seine schmutzige Wäsche in die neue Waschmaschine von uns stopft? Meinst du so was?«

Annie musste lachen. »Nein, aber nimm das Herrenzimmer, das wir anbieten. Der runde Ausziehtisch mit den vier Polstersesseln, und an diesem Tisch sitzen Adenauer, Ludwig Ehrhard, Heinrich Lübcke und noch einer aus der Regierung! Oder viel einfacher, Christine Kaufmann, die mit einem unserer Badeanzüge im Liegestuhl liegt, oder Harry

Valérien in lässiger Freizeitkleidung. Es müsste immer einen Zusammenhang geben mit der Person und unserem Produkt. Jürgen hat doch ganz früher schon mal eine ähnliche Idee gehabt, erinnerst du dich? Nur dass wir jetzt bekannte Persönlichkeiten als Modelle nehmen würden. Die Kessler-Zwillinge zum Beispiel, die würden sich gut machen für ...«

»Warte«, unterbrach Kurt sie kopfschüttelnd. »Wie willst du die Leute dazu kriegen, dass sie sich für uns zum Affen machen?«

»Wenn ich mich nicht vollkommen irre, sehen sie das gar nicht so. Sie sind ja auch Schlagersänger oder Schauspieler geworden, weil sie es lieben, sich darzustellen. Und dasselbe gilt doch für Politiker! Wir müssen sie bei ihrer Eitelkeit erwischen – wie viel mehr Leute sie erreichen, wenn sie bei uns auf dem Titel auftauchen, dass das auch Werbung für sie ist. Und mit Elvis Presley sind sie ja schon mal in keiner schlechten Gesellschaft – selbst wenn sie ihn nicht mögen, haben sie doch gerade mitgekriegt, welche Aufmerksamkeit unser Katalog mit ihm bekommen hat. Ich glaube noch nicht mal, dass sie unbedingt viel Geld für ein solches Foto haben wollen ...«

»Politikern können wir ohnehin nicht mit Geld kommen, das wäre Bestechung. Aber ...«

Kurt sprang auf und begann, zwischen Fenster und Tür hin- und herzulaufen. Ein untrügliches Zeichen dafür, dass ihn eine Idee gepackt hatte. Annie hatte ihn lange nicht so erlebt, fast schien es, als wollte er ihr trotz aller Unstimmigkeiten zwischen ihnen zu verstehen geben, dass er doch, wenigstens wenn es um Eulendorf ging, immer noch vollkommen auf ihrer Seite war, selbst wenn sie nur einen vagen Gedanken vorzuweisen hatte …

»Wir müssen ihnen noch etwas anderes bieten! Und zwar scheinbar unabhängig von dem Foto, das wir brauchen. Aber sie dürfen auf keinen Fall den Verdacht haben, dass wir sie … kaufen wollten! Deine Einschätzung, dass sie alle über die Maßen eitel sind, ist sicher richtig, und genau das müssen wir nutzen – wir machen ihnen ein Angebot, das exklusiv nur für eine bestimmte Gruppe gedacht ist, zu der einzig und allein ein ausgewählter Personenkreis Zugang erhält. Im Grunde die Leute, die regelmäßig in den Klatschspalten von Magazinen auftauchen, Politiker, ein bisschen Adel, Film- und Fernsehsternchen, Vico Torriani, Gus Backus, Caterina Valente.«

Kurt hieb sich mit der Faust in die offene Hand. »So könnte ein Schuh daraus werden, Annie! Wir statten sie aus, für Auftritte, Galas, Premieren, sie bekommen das Neueste vom Neuen, *le dernier cri*, wirklich besondere Sachen. ›Eulendorf exklusiv‹ wäre der Titel, unter dem das laufen könnte. Die Preise kalkulieren wir so, dass wir im Zweifelsfall gerade mal mit null dabei rauskommen, aber wir holen uns unser Geld hinterher über die Zeitschriftenleser! Die Leute, die auf den Bildern von der Filmparty in München oder Berlin ein noch nie zuvor gesehenes Kleid entdecken, eine Handtasche, ein Paar auffällige Schuhe, Prêt-à-porter, Designermodelle, aber für den Alltag, und im nächsten Eulendorf-Katalog sind dann die Sachen prompt drin. Wir kaufen uns unsere Werbeträger, ohne dass sie es merken. Wir lassen sie sozusagen mit jedem Foto, das von ihnen gemacht wird, Reklame für uns laufen.«

Kurt stoppte abrupt und warf sich rücklings in den Sessel, die Beine weit von sich gestreckt und den Blick zur Decke gerichtet, als würde er bereits Christine Kaufmann vor sich sehen, wie sie mit einer Nerzstola aus seiner exklusiven Kollektion über den roten Teppich der Berlinale schritt. »Ich weiß, Annie, das ist alles noch unausgegoren, es ist ja auch zunächst mal nur ein Gedanke, der zu deinen Überlegungen passen könnte.«

Unwillkürlich hatte Annie plötzlich das Gefühl, dass es ihm gar nicht darum ging, ihre Idee aufzugreifen – seine nächsten Worte gaben ihr recht, er hatte nur die Gelegenheit genutzt, um sich sicher sein zu können, dass zumindest für den Moment keine Distanz mehr zwischen ihnen bestand. »Aber was ich eigentlich damit sagen wollte …«

Kurt brach mitten im Satz ab und hockte sich jetzt so weit nach vorne auf die Kante des Sessels, dass es wirkte, als müsste er jeden Moment abrutschen. Er räusperte sich mehrmals, bevor er weitersprach.

»Ich habe dich viel zu lange allein gelassen mit allem, was die Zukunft von Eulendorf anbelangt. Ich will das wieder ändern! Du hast großartige Arbeit geleistet, das steht außerhalb jeder Frage, aber ich will auch wieder mein Teil dazu beitragen, und zwar deutlich mehr als in der vergangenen Zeit. Ich war auch nicht völlig untätig, während du diese ganze Sache mit Elvis Presley und der Eule so bravourös hinbekommen hast, wie es kein anderer geschafft hätte …«

»Kannst du bitte mal aufhören, wie eine Katze um den

heißen Brei herumzuschleichen?«, bat Annie ungeduldig, während sie gleichzeitig ein nervöses Kribbeln im Rücken verspürte. Ich habe mich nicht getäuscht, dachte sie, er will die ganze Zeit schon auf etwas hinaus, wovon er sich nicht sicher ist, wie ich darauf reagieren werde. Und das ist auch der Grund, weshalb er weder Schmidtchen noch sonst jemanden dabeihaben wollte!

Der Blick, den er ihr jetzt zuwarf, hatte fast etwas Flehendes, sein rechtes Knie fing an, unkontrolliert zu zittern.

»Gut, aber ich muss ein wenig ausholen. Du weißt, dass mein Einstieg in das Versandgeschäft nur funktionieren konnte, weil ich damals den gesamten Restposten von Fahrrädern und Fahrradzubehör von Stukenbrok übernommen habe. Es war trotzdem ein relativ großes Risiko, es gab genügend Stimmen, die Stukenbroks-Pleite darauf zurückführten, dass er den Anschluss an moderne Zeiten verpasst hätte. Und es deutete tatsächlich einiges darauf hin, dass der große Erfolg von Fahrrädern sich dem Ende nähern würde! Du warst noch zu jung damals, du wirst dich kaum daran erinnern, aber schon 1916 hatte eine Firma in New York einen Roller entwickelt, ganz anders als deine Eule oder die Vespa in Italien, vom Aussehen her wie ein Kinderroller, auch ohne Sitz, aber mit einem Elektromotor, der von einer Batterie auf dem Trittbrett angetrieben wurde. Später ist dann auch Krupp in die Produktion eingestiegen – und in den Dreißigerjahren waren diese sogenannten Scooter der Renner schlechthin. Sie wurden nicht nur von der Post in New York benutzt, sondern auch hier in Europa, vor allem in den Hauptstädten, London, Paris, Berlin, um bequem durch den Verkehr zur Arbeit zu kommen, ohne auf die Straßenbahn oder die U-Bahn angewiesen zu sein. Die Dinger ließen sich sogar zusammenklappen und wurden immer weiter verbessert, sogar mit Beleuchtung und Bremsen, und schließlich auch mit einem Sitz, weil auch immer mehr Frauen sie benutzt haben, als Zeichen für ihre Unabhängigkeit! Ich habe auch damals in Magdeburg welche gesehen, aber es ist mir erst wieder eingefallen, als du mit der Idee für die Eule angekommen bist. Und das war ja der gleiche Grundgedanke!«

»Davon habe ich tatsächlich noch nie gehört ...«

»Die Dinger sind nach dem Zweiten Weltkrieg sang- und klanglos wieder verschwunden, obwohl es Zehntausende davon gegeben hat. Angeblich waren sie auch bei den Straßenbanden in Amerika beliebt, weil man damit den Polizeiwagen leicht durch die nächste schmale Gasse entkommen konnte.«

Je mehr Kurt redete, umso unklarer wurde für Annie, was er beabsichtigte. Er konnte doch nicht allen Ernstes vorhaben, jetzt, in der Zeit, in der sich alles nur um Autos und Motorräder drehte, mit einem besseren Tretroller ...

»Kurt?«

»Warte, ich bin gleich fertig. Ich habe mich ein wenig schlaugemacht, es gibt da in Dänemark eine Firma, die genau diese Idee jetzt wieder aufgegriffen hat. Sie haben ein vollständig neues Modell produziert, das aber auf demselben Prinzip fußt – Elektroantrieb und eben leicht und wendig und für jeden zu fahren. Sie haben sich allerdings gehörig übernommen, ihnen ist das Geld ausgegangen, um weiterzumachen. Tausend Stück stehen zum Verkauf. Der Preis scheint auf den ersten Blick deutlich zu hoch, aber ich denke, da ist das letzte Wort noch nicht gesprochen.«

Kurt angelte wieder nach seinen Zigaretten. Er brauchte mehrere Versuche, um das Feuerzeug aufflammen zu lassen, dann blickte er Annie mit hochgezogenen Augenbrauen an.

»Das soll jetzt aber nicht heißen, dass du ernsthaft überlegst …«

»Warum nicht? Ich habe alles durchdacht. Der Markt für Einzelverkäufe dürfte verschwindend gering sein, da brauchen wir es gar nicht erst zu versuchen, aber warum erlauben wir uns nicht ein kleines Nebengefecht, unabhängig von den Katalog-Angeboten? Damals, in den Dreißigerjahren, haben sie diese ›Scooter‹ auch auf militärischen Stützpunkten eingesetzt, und jetzt denk mal einen Schritt weiter, die riesigen Hafenanlagen in Hamburg oder sonst wo, oder auch Flughäfen, Güterbahnhöfe, Raffinerien, Autofabriken. Das sind alles Orte, an denen Arbeiter oder Angestellte größere Distanzen zu bewältigen haben und möglichst schnell von A nach B müssen, die Vorarbeiter, die Ingenieure. Aber dabei durchqueren sie eben auch Lager- und Werkhallen, damit verbietet sich jedes größere Fahrzeug von selbst. Was bleibt, sind Fahrräder – oder die bequeme Alternative, ein Elektoroller! Wir müssen also nichts weiter tun, als uns genau diesen Markt zu sichern, und wenn ich es richtig einschätze, sind da auch noch höhere Stückzahlen als die jetzigen Tausend drin!«

»Wie viel hast du bezahlt? Von welcher Summe reden wir, Kurt?«

Die Frage war Annie rausgerutscht, noch bevor sie sich ihres Verdachts wirklich sicher war.

Kurt schluckte.

»Ich ... ich habe nur eine Art Anzahlung geleistet, eine Option, damit wir einen Fuß in der Tür haben. Fünfzigtausend Mark vor Steuern, die Endsumme soll sich zurzeit noch auf zweihunderttausend belaufen, und selbst das wären ja nur lächerliche zweihundert Mark pro Stück, verkaufen können wir sie sicher für das Doppelte, selbst bei Rabatten für Großabnehmer.«

»Und von welchem Konto stammt das Geld?«

»Von meinem Privatkonto, also reg dich nicht auf. Aber wenn wir das alles in trockenen Tüchern haben, möchte ich das ganz offiziell über die Firma laufen lassen. Ach so, ja, eine Sache noch«, setzte Kurt hinzu, als Annie nicht reagierte. »Es gibt eine Rücktrittsklausel, falls wir entscheiden, die Sache noch zu stoppen, allerdings nur bis Ende des Jahres. Aber ich würde dir gerne einen Vorschlag machen – ich habe einen Termin mit dem Geschäftsführer der Firma, um die konkreten Konditionen persönlich zu verhandeln. Und ich möchte ... Annie, bitte, fahr mit mir nach Dänemark, ablehnen können wir dann immer noch, aber ... nimm es als eine Chance für uns, dass wir endlich wieder etwas gemeinsam angehen. So wie früher, nur wir beide, für die Firma! Es ist Weihnachtszeit, da schneit es da oben wahrscheinlich schon, das muss traumhaft sein, Weihnachten in Skandinavien. Wie auf den blauen Sammeltellern, du weißt schon, ›Jule Aften‹, die du schon lange mit ins Programm nehmen möchtest. Die Manufaktur ist auch in Kopenhagen, wir könnten das also gleich miteinander verbinden. Wir suchen uns ein schönes Hotel, und ... Heiligabend sind wir wieder zurück. Egal, wie wir uns dann entschieden haben, aber die kleine Auszeit wird uns beiden guttun.«

Annie wusste kaum, wie ihr geschah. Kurts Vorschlag kam so gänzlich unerwartet, dass sie es fast nicht glauben konnte. Kurt machte plötzlich den Schritt auf sie zu, auf den sie so lange vergeblich gewartet hatte, und es waren diese drei kleinen Worte, die Annie wie selbstverständlich zustimmen ließen: »nur wir beide«! Sie wollte ja nichts mehr als genau das, Kurt und sie ganz alleine, in der Hoffnung, dass sie vielleicht endlich doch wieder zusammenfinden würden.

Seine Geschäftsidee mit den E-Rollern überzeugte sie ganz und gar nicht, sein erneuter Alleingang ärgerte sie, aber das alles erschien ihr auf einmal nebensächlich. Unwichtig! Für einen Moment ging Annie der Gedanke durch den Kopf, dass Kurt womöglich ohnehin alles nur aus einem einzigen Grund so arrangiert hatte: Er hatte einen Vorwand gebraucht, weil er nicht wusste, wie er sie sonst zu einer solchen Reise überzeugen sollte. Aber selbst wenn es so war, umso richtiger würde es sein, mit ihm wegzufahren. Und es schien ihr auf irgendeine Weise fast ... romantisch!

Erst nachdem sie gemeinsam ein Hotel direkt am Rathausplatz ausgesucht und das Zimmer gebucht hatten, musste Annie an Fritz denken. Das letzte Mal, als sie von ihm gehört hatte, lebte er in Kopenhagen. Aber Kopenhagen war groß, sie würden ihm wohl kaum zufällig über den Weg laufen. Und es gab keinen Grund, um ihn von sich aus aufzusuchen, es war gut, wie es war, Fritz existierte nicht für sie, alles andere würde nur ihr mühsam gefundenes Gleichgewicht wieder erschüttern. Zu Kurt sagte sie kein Wort von ihrer Überlegung, warum auch? Für ihn galt das ebenso, es war nicht nötig, darüber zu reden.

Je weiter sie nach Norddeutschland kamen, umso schlechter wurde das Wetter. Die Scheibenwischer schafften es kaum noch, die Wassermassen zu bewältigen, jeder Lastwagen, den sie überholten, schleuderte hohe Fontänen auf, die neue Sturzbäche über die Windschutzscheibe schickten. Die Heizung lief auf Hochtouren, dennoch zog Annie immer wieder fröstelnd die Schultern unter ihrem aus weißem Lodenfilz gewebten Winterjackett hoch.

Auch Kurt hatte seinen dicken Mantel anbehalten und den Hut in die Stirn gezogen, den grau gestreiften Wollschal trug er mit einem doppelten Knoten vor dem Hals. Er hatte die linke Hand am Lenkrad, die rechte mit der Handfläche nach oben auf seinem Bein, bereit, jederzeit zugreifen zu können, wenn es nötig sein sollte. Ab und zu wanderte die Hand wie zufällig zu Annie hinüber und tätschelte ihre Knie, die Geste war ihr auch nach all der Zeit noch so vertraut, dass sie jedes Mal lächeln musste. Als sie ihm eine neue Zigarette anzündete und in den Mundwinkel schob, strich sie ihm kurz über die Wange, auf der sich bereits wieder dunkel der Bartschatten abzeichnete.

Ein Ehepaar in den besten Jahren macht eine Reise, dachte sie, nur das Wetter spielt nicht mit, als wollte eine höhere Macht uns warnen, dass wir uns bloß nicht zu früh freuen sollen …

»Flensburg!«, murmelte Kurt in ihre Gedanken hinein. Mit der Kinnspitze wies er auf das Schild an der Autobahnabzweigung, das hinter den Regenschlieren kaum auszumachen war, während er gleichzeitig den Blinker setzte, um in Richtung Lübeck abzubiegen. Sie würden die neu eröffnete Vogelfluglinie von Fehmarn nach Dänemark nehmen, es war die schnellste Verbindung, und die Fähre transportierte auch Autos, bislang hatte man nur mit der Eisenbahn und über die DDR nach Seeland und Kopenhagen übersetzen können, wenn man nicht den Umweg über Jütland fahren wollte.

Annie freute sich auf die kurze Fährfahrt, es würde eine willkommene Abwechslung nach den vielen Stunden im Auto sein, sie hoffte nur, dass sie seefest genug war, um das sicherlich stürmische Meer auch gebührend bewundern zu können.

»Flensburg«, wiederholte Kurt, diesmal mit einem kurzen Auflachen, als müsste Annie längst auf den Ortsnamen reagiert haben. »Da kommt sie doch her! Und, was denkst du? Glaubst du, dass sie es schaffen kann? Allein, wenn ich das Wort schon höre, ›Ehehygiene‹, ich meine, was verbirgt sich dahinter? Aufklärungsheftchen und Kondome, wenn ich es richtig verstanden habe, aber damit überlebt doch auf lange Sicht kein Versandhaus. Auch wenn es so aussieht, als würde sie im Moment Furore machen – das Ganze wird schneller den Bach runtergehen, als die Frau sich das überhaupt vorstellen kann, glaub mir!«

Erst jetzt verstand Annie, von wem Kurt eigentlich sprach, Beate Uhse, über die zurzeit in allen Zeitungen zu lesen war, dass sie neben ihrem Versandhandel gerade den ersten Sexshop der Welt eröffnet hatte. Ausgerechnet in Flensburg, weit weg von jeder wirklichen Großstadt.

»Ich bin mir da nicht so sicher, Kurt. Sie scheint ziemlich genau zu wissen, was sie tut. Und es ist die Rede von fünf Millionen Kunden, die sie bereits haben soll, das muss ihr erst mal einer nachmachen.«

»Du verteidigst sie, weil sie eine Frau ist, die die Firma ganz alleine führt. Nachtigall, ick hör dir trapsen! Kommt mir doch irgendwie bekannt vor ...«

»Ja«, erwiderte Annie. »Natürlich beeindruckt mich das. Ich glaube, ich kann ganz gut einschätzen, was es bedeutet, als Frau so ein Unternehmen aus dem Nichts aufzubauen. Und das hat sie geschafft.« Sie warf Kurt ein spöttisches Lächeln zu. »Aber kann es vielleicht sein, dass du sie für nicht so ganz koscher hältst, weil ... du eigentlich ein bisschen prüde bist?«

»Also bitte, ja? Das möchte ich doch aber weit von mir weisen! Ich brauche nur keine Heftchen, um mich zu amüsieren.«

»Aber hier ist ein ganzes Land voller Frauen, die sich auch ... amüsieren möchten, ohne deshalb gleich Kinder zu bekommen, darum geht es doch! Und sie verkauft ja nicht nur Kondome, sondern die Heftchen, von denen du sprichst, erklären auch andere Formen der Verhütung, sie war die Erste, die die Knaus-Ogino-Methode bekannt gemacht hat, um nur ein Beispiel zu nennen. Ich finde, dass jemand, der sich über bestehende Tabus hinwegsetzt, um gerade auch Frauen zu unterstützen und zu stärken, dass so jemand zumindest Respekt verdient hat. Auch wenn jetzt alle Welt so tut, als würde Beate Uhse gleichbedeutend sein mit dem Untergang jeglicher Moral!«

»Vielleicht hast du recht«, lenkte Kurt achselzuckend ein. »Hast du gelesen, warum sie ihren Sex-Laden da in Flensburg gerade jetzt vor Weihnachten aufgemacht hat?«, versuchte er, dem Thema eine unverfängliche Richtung zu geben. »Angeblich hat ihr Anwalt ihr dazu geraten, weil in der Weihnachtszeit keine Übergriffe empörter Anwohner zu befürchten seien! Und nach Weihnachten würde sich die Aufregung hoffentlich gelegt haben. Stimmt schon, sie spielt da mit dem Feuer, vielleicht sollte man das nicht vergessen ...«

Eine Weile fuhren sie schweigend, während Annie nicht zum ersten Mal in letzter Zeit überlegte, ob Kurt wohl in all den Jahren die eine oder andere Affäre gehabt hatte. Oder sogar eine feste Geliebte! Genug Gelegenheiten hätte er sicher gehabt, auf den Turnieren, womöglich auch in Adolphseck selber, dachte sie, und er hat seine Bedürfnisse, genau wie ich auch. Unwillkürlich tauchte das Bild von Mischke vor ihren Augen auf, gleich darauf erinnerte sie sich an einen Satz ihrer Mutter: Was ich nicht weiß, macht mich nicht heiß! Und das gilt für uns beide, dachte Annie, für mich ebenso wie für Kurt. Vielleicht sollten wir besser nicht daran rühren, sondern nach vorne blicken.

Sie waren jetzt bereits kurz vor Fehmarn, das Wetter hatte ein wenig aufgeklart, wenn auch immer noch schwere, dunkle Wolken vor dem Himmel dahinjagten. Auf Radio Luxemburg lief eine Wiederholung der Hitparade, und als die

Beatles mit *»I Want To Hold Your Hand«* angekündigt wurden, drehte Kurt die Musik unerwartet lauter.

»Gar nicht so schlecht, was die machen. Obwohl sie mit ihren Mädchenfrisuren ja eher aussehen wie ein paar wild gewordene Handfeger, aber wenigstens kommen sie aus England, das spricht schon mal für sie.«

»Elvis ist für dich immer noch ... vollkommen indiskutabel?«

»Elvis ist großartig! Zumindest so lange er nichts weiter tut, als auf einem Umschlagbild von uns die Eule zu präsentieren. Aber mit seinem schmachtenden Gesang kann er mir genauso gestohlen bleiben wie mit diesem Hüftgewackel.«

»Ein bisschen prüde, ich sag's doch«, erwiderte Annie und knuffte Kurt gegen den Oberarm, während Lennon und McCartney davon sangen, dass sie ihrer Freundin unbedingt und sofort ein großes Geheimnis anvertrauen müssten: »I wanna hold your hand, wanna hold your haaaand ...«

Wie eine fahle Scheibe stand die Wintersonne über dem Fährhafen und ließ die Schaumkronen draußen auf dem aufgewühlten Meer weiß leuchten. Annie hatte das Gefühl, dass der Dieselgestank im Schiffsbauch ihr den Atem nahm, und verspürte schon eine leichte Übelkeit, noch bevor die Fähre überhaupt abgelegt hatte. Sie war froh, als sie endlich die zahllosen Eisenstufen hinaufgestiegen waren und das Oberdeck erreicht hatten.

Der Wind war eisig, Annie hatte eilig ein Kopftuch umgebunden, Kurt hielt mit beiden Händen seinen Hut. Aber sie wollten nicht in dem stickigen Aufenthaltsraum sitzen, allein der Geruch nach warmen Würstchen, der aus der Tür geweht war, hatte Annies Übelkeit nur verstärkt. Und sie wollte sehen, wie die eine Küste sich entfernte und die andere, die dänische, näher kam, es war mehr für sie als nur eine Schiffsreise, die sie gezwungenermaßen zurücklegen mussten – es schien ihr wie der Aufbruch in eine neue Welt, in ein neues Leben, in dem Kurt und sie noch einmal von vorne beginnen würden ...

Von einer Seite auf die andere stampfend und rollend, steuerte das Schiff aufs Meer hinaus, Annie musste sich an der Reling festhalten, um auf dem glatten Deck nicht das Gleichgewicht zu verlieren.

»Blick immer zum Horizont«, riet ihr Kurt, als wäre eine winterliche Fahrt über die Ostsee etwas, was er zur Genüge kannte. »Dein Verstand braucht einen festen Bezugspunkt, dann spielt auch dein Magen nicht verrückt.«

Ein freundlicher Däne mit einem wild wuchernden Vollbart bot Kurt sein Fernglas an. Kurt nickte dankend und schob den Hut in die Manteltasche, mit einem kurzen Zwinkern wies er Annie auf das Fabrikat hin: ein Zeiss-Ikon-Glas, fast das gleiche Modell hatten sie auch im Katalog.

Während Kurt das Fernglas auf die Schiffe richtete, die weit draußen an ihnen vorbeizogen, folgte Annie dem Flug einer Möwe, die beharrlich den Schornstein umkreiste, sich ein Stück entfernte, mit trägem Flügelschlag zurückkehrte und sich fast auf Augenhöhe vor dem Wind dahintreiben ließ. Erst als Kurt das Fernglas zurückgab, sah Annie, dass er bleich geworden war, ein grünlicher Schimmer lag um seine Nase.

»Blick immer zum Horizont!«, konnte Annie es nicht lassen, ihm zuzurufen, während sie gleichzeitig fast verwundert registrierte, dass ihre eigene Übelkeit vollständig verschwunden war. Aber ihr war kalt, sie schob sich in Kurts Arme und drückte sich an ihn, der Stoff seines Mantels war feucht von der Seeluft, dennoch war es ein gutes Gefühl, Kurt so dicht bei sich zu spüren. Nach einer Weile schien es ihm auch wieder besser zu gehen, aber als der vollbärtige Däne auf die näher kommende Küste zeigte und ihm erneut sein Fernglas anbot, lehnte er dankend ab.

Dänemark empfing sie mit dichtem Schneetreiben, kaum dass sie das Hafengelände von Rødby verlassen hatten, zogen sich vereinzelte Schneewehen über die Straße, die Räder gaben jedes Mal, wenn sie über die Buckel rollten, ein dumpfes Geräusch von sich. Kurt hatte die Scheinwerfer eingeschaltet und fuhr jetzt mit beiden Händen am Lenkrad, ganz auf die winterlichen Straßenverhältnisse konzentriert. In irgendeiner kleineren Stadt, deren Ortsschild vollständig vom Schnee verkleistert war, hielten sie vor einem Gasthaus und machten eine Pause, um etwas zu essen und einen Kaffee zu trinken. Sie wählten das Tagesgericht, Dansk Bøf, das sich als Hackfleischklöße mit dicker brauner Soße, Senfgurken und Kartoffeln erwies und Annie ausgesprochen gut schmeckte, während Kurt kaum einen Bissen anrührte.

»Ist dir immer noch übel?«

»Nein, ich habe nur einfach keinen Hunger. Und ich weiß nicht, ob das Ganze nicht vielleicht ...« Er hob die

Schultern, ohne seinen Satz zu vollenden. Es war klar, dass er nicht das Essen meinte.

»Aber warum denn? Du wolltest doch ... Und ich freue mich darauf, mit dir Kopenhagen unsicher zu machen!«

»Vielleicht hätten wir zu Hause bleiben sollen. Den Termin mit ... diesem Larsen hätten wir ebenso gut absagen können. Du bist ja sowieso nicht überzeugt davon, dass es eine gute Idee ist, sich bei diesem Geschäft zu engagieren.«

»Ich dachte doch, das wäre auch gar nicht der einzige Grund, aus dem du die Reise mit mir machst.« Annie merkte selber, dass die Enttäuschung in ihrer Stimme viel zu deutlich war. Es ging nicht um die Elektroroller – was immer Kurt da angezettelt hatte, selbst wenn es eine Fehlinvestition war, gab es ja immer noch die Option, aus dem Geschäft wieder auszusteigen. Oder sie würden eben tatsächlich einen neuen Absatzmarkt generieren! Annie hatte bereits selber schon überlegt, ob nicht vielleicht die Briefzustellung der Post da eine Chance bot, auch wenn das so gar nichts mehr mit dem Versandhandelsgeschäft zu tun hatte, aber sie war bereit, sich darauf einzulassen, wenn es nur Kurts Seelenheil dienen würde. Wichtig war allein, dass sie beide wieder etwas gemeinsam entwickelten!

»Es ist ohnehin zu spät, um die Sache jetzt noch zu stoppen«, kam es von Kurt. Annies fragenden Blick beantwortete er mit einem Achselzucken, um gleich darauf an seinem Kaffee zu nippen und festzustellen: »Der Kaffee ist gut. Stark, aber gut.«

Tatsächlich war der Kaffee so stark, dass Annie ihn stehen ließ.

Als sie wieder auf die Straße traten, hatte das Schneetreiben aufgehört. Die letzte Stunde bis nach Kopenhagen fuhr Annie den Wagen, Kurt hatte den Kopf zurückgelehnt und die Augen geschlossen. Annie war sich sicher, dass er nicht schlief.

Das Hotel lag in einer Seitenstraße gleich hinter dem Rathausplatz. Nachdem sie sich in ihrem Zimmer frisch gemacht hatten, schlug Kurt einen Spaziergang vor: »Wenigstens das Tivoli müssen wir heute Abend noch gesehen haben! Es ist nicht weit von hier, komm, etwas Luft wird uns guttun.«

Er gab sich jetzt alle Mühe, charmant und aufmerksam zu sein, Annie wusste, dass das seine Art war, sich bei ihr zu entschuldigen, die vorweihnachtliche Stimmung in den mit Schnee überpuderten Straßen tat ein Übriges, und schon nach kurzer Zeit war Annie nur zu bereit, Kurts merkwürdiges Verhalten auf der Reise zu vergessen.

In einem Schaufenster entdeckten sie die blauen »Jule Aften«-Teller. Eines der Motive beeindruckte Annie so stark, dass sie sich kaum losreißen konnte: ein einsamer Leuchtturm auf einer Schäre, der sein Licht weit aufs Meer hinauswarf, im Vordergrund zog ein Kind, ein Mädchen, seinen Schlitten durch den tiefen Schnee zum Leuchtturmwärterhaus, in dem Fenster neben der Tür brannte eine Kerze.

»Sie sind alle schön«, sagte Annie bewundernd. »Aber dieser hier ist anders. Ich kann es nicht beschreiben, ich weiß nicht, was mich daran ... so traurig und gleichzeitig so glücklich macht.«

»Es ist vielleicht die Hoffnung! Der Leuchtturm, der den

Seeleuten den Weg nach Hause weist, ebenso wie die Kerze, die nur für das kleine Mädchen ins Fenster gestellt wurde. Die Hoffnung, dass es immer ein Zuhause gibt, das dir Sicherheit verspricht.«

Annie drückte Kurt einen Kuss auf die Wange. »Das hast du schön gesagt. Ja, ich glaube, du hast recht, das ist es, das Bild ist voller Hoffnung ...«

Im nächsten Moment zog er sie so fest an sich, dass sie erst, als er seine Lippen auf ihren Mund drückte, wusste, was er wollte. Sein Kuss war gierig, wie verzweifelt, sie spürte seine Finger in ihren Haaren, in ihrem Nacken, als er ihren Kopf nach hinten bog.

Annie schloss die Augen und erwiderte den Kuss mit weit geöffnetem Mund, bevor sie sich befreite und atemlos dicht an seinem Ohr flüsterte: »Nicht hier, Kurt! Hier sind doch überall Leute, die uns sehen können.«

Wie zum Beweis, dass sie recht hatte, blieb eine Passantin direkt neben ihnen stehen und sagte etwas auf Dänisch, was sie nicht verstanden. Aber es war etwas anderes, was Annie die Dänin so fasziniert anstarren ließ, dass es sicher schon unhöflich wirken musste – die Frau rauchte Zigarre!

»Hast du das gesehen?«, flüsterte sie Kurt zu, kaum dass die Frau weitergelaufen war und nur noch der Zigarrenrauch wie eine Wolke in der Luft hing. »Das tun bei uns nur Männer! Glaubst du, dass es hier so üblich ist ...?«

»Andere Länder, andere Sitten«, gab Kurt zur Antwort, bevor sie beide in albernes Lachen ausbrachen und sich abwechselnd darin überboten, mit schmatzenden Lippen genüsslich an nicht vorhandenen Zigarren zu ziehen.

Das Tivoli hatte geschlossen. Annie kam sich fast ein wenig frivol vor, als sie sagte: »Wir brauchen keinen Vergnügungspark, nicht wahr? Wir könnten doch auch zurück ins Hotel und ... uns dort vergnügen?«

Sie hatte damit gerechnet, dass Kurt sie zur Antwort wieder küssen würde, aber er nickte nur und zog sie weiter.

»Warte, Kurt, das ist die falsche Richtung. Wir sind von der anderen Seite gekommen, vom Bahnhof her ...«

»Nur noch ein paar Meter, ich habe Lust, noch ein Stück zu laufen.«

Annie verstand seine Reaktion nicht, aber sie wollte auch nicht streiten. Dennoch war deutlich spürbar, dass Kurts Stimmung plötzlich wieder umgeschlagen war, er wirkte wie abwesend, als wäre er mit seinen Gedanken ganz woanders. Mit gesenktem Kopf eilte er Annie voraus, das Viertel, durch das sie jetzt liefen, wirkte schäbig, eine Frau, die in einem Hauseingang lehnte, rief etwas hinter Kurt her, doch als sie sah, dass er nicht alleine war, wandte sie sich ärgerlich ab. Eine Gruppe angetrunkener Seemänner zog grölend an ihnen vorüber, dicht nebeneinander gab es mehrere Läden mit Fotos und Zeichnungen in den Schaufenstern, Annie brauchte einen Moment, bevor sie begriff, dass die Abbildungen ausnahmslos Tätowierungen zeigten.

»Kann man da einfach hingehen und ... sich tätowieren lassen? Aber wer kommt auf die Idee, sich ein Herz oder eine Rose ... Siehst du das? Was soll das denn sein? Das sieht aus wie ...«

Als Annie das Motiv erkannte, schlug sie sich unwillkürlich die Hand vor den Mund. Sie war erleichtert, als Kurt nach ihrem Arm griff und in eine hell erleuchtete Straße abbog, in der es wieder Schaufenster nur mit Kleidung und Möbeln gab, auch eine bieder wirkende Gaststätte ohne leichte Mädchen und singende Seeleute. Und dann waren sie zurück im Hotel, Annie hängte ihre Jacke auf einen Bügel und streifte sich die Schuhe von den Füßen, aber Kurt stand immer noch in Hut und Mantel an der Tür.

»Was ist, Kurt? Willst du nicht …?«

»Ich dreh noch mal eine Runde. Ein, zwei Zigaretten nur.«

»Du kannst doch auch hier drin rauchen …«

»Ich will dir nicht das Zimmer vollqualmen. Geh schon mal schlafen, ich bleib nicht lange weg.« Er verschwand, ohne ihre Antwort abzuwarten.

Automatisch zog sich Annie weiter aus, als wäre alles in Ordnung, solange ihre Hände nur etwas zu tun hatten. Dann setzte sie sich im Unterrock auf die Bettkante. Sie fühlte sich wie gelähmt, unfähig zur kleinsten Bewegung, geschweige denn zu irgendeinem Gedanken, der weiter reichte als bis zu der Feststellung, dass ihre Füße langsam kalt wurden. Ohne das Licht zu löschen, ließ sie sich auf das Bett sinken und zog die Decke über sich.

Sie konnte die Zeit nicht einschätzen, aber als Kurt wieder ins Zimmer kam, waren sicher nicht mehr als zwanzig Minuten vergangen, vielleicht eine halbe Stunde. Er brachte eine Wolke aus kalter Luft und Zigarettenrauch mit sich. Annie hörte, wie er sich auszog und seinen Schlafanzug aus dem Koffer nahm. Als er sich neben sie aufs Bett legte, war er sorgsam darauf bedacht, genügend Abstand zwischen ihnen zu lassen, um sie nicht aus Versehen zu berühren. Es dauerte nicht lange, bis er leise anfing zu schnarchen.

Es musste bereits weit nach Mitternacht sein, als auch Annie endlich in einen unruhigen Schlaf fiel. Und es dämmerte bereits wieder, als sie hörte, wie die Zimmertür leise ins Schloss gezogen wurde. Annie nahm an, dass Kurt zu der Toilette am Ende des Flurs gegangen war. Danach musste sie noch einmal eingeschlafen sein, erst als sich ihre eigene Blase meldete und sie den Moment nicht mehr hinauszögern konnte, in dem sie die Augen öffnen und aufstehen musste, sah sie den ordentlich zusammengelegten Schlafanzug auf dem leeren Bett neben sich. Unter den Kragen der Jacke war ein Zettel geschoben: *Larsen wird zusammen mit uns frühstücken, um 9 Uhr unten im Hotel. Ich versuche, rechtzeitig da zu sein. Mach dir keine Gedanken, Kurt.*

Als Annie aus dem Fahrstuhl in die Lobby trat, fühlte sie sich immer noch wie benommen. Für einen kurzen Moment überlegte sie, ob sie ihre Sachen packen und mit der Bahn nach Hause fahren sollte. Was immer mit Kurt los war, so durfte er sie nicht behandeln! Glaubte er wirklich, dass sie jetzt wieder zur Tagesordnung übergehen und mit diesem dänischen Geschäftsmann verhandeln könnten, ohne auch nur ein einziges Wort der Erklärung für die letzte Nacht, für das Verschwinden im Morgengrauen, für sein ganzes Verhalten?

Sie warf einen kurzen Blick auf ihre Uhr. Sie hatte noch ein paar Minuten, für einen Kaffee würde es vielleicht reichen. Wenn Kurt rechtzeitig kommen sollte, würde sie …

Was, dachte sie, was soll ich zu ihm sagen? Was soll ich tun? Und wenn er nicht kommt, muss dann nicht wenigstens ich mit diesem Larsen sprechen? Es geht schließlich um Eulendorf! Um einen Vertrag, der uns viel Geld kosten kann, zu viel Geld, wenn wir keine Lösung finden. Aber ist das überhaupt noch wichtig? Oder ist Eulendorf wirklich alles, was mir bleibt?

Die Empfangsdame winkte mit einem Briefumschlag. »Ihr Mann hat mich gebeten, Ihnen das zu geben.« Sie schob den Umschlag über den Tresen.

»Sonst nichts? Sonst hat er weiter nichts gesagt?«

»Nein, nur diesen Brief für Sie abgegeben. Ich wünsche Ihnen einen schönen Tag in Kopenhagen.«

Annie setzte sich an den erstbesten Tisch im Frühstücksraum und bat den Kellner um einen Kaffee. Mit dem Löffelstiel trennte sie den Umschlag auf und zog ein vergilbtes Blatt Papier hervor, fleckig und mit eingeknickten Ecken, als Erstes sprang ihr das Wort GEBURTSURKUNDE ins Auge, das in schweren schwarzen Frakturbuchstaben über den Spalten mit den handschriftlichen Einträgen auf der Seite prangte.

Name: Laube
Vornamen: Fritz Carl Johann
Geboren am: 3.3.1903 in Eulendorf, Kreis Pleschen
Als Sohn des: Laube, Otto
Und der: geb. Pohl, Martha Elisabeth
Bekenntnis des Vaters, der Mutter, beurkundet
beim Standesamt Pleschen, Register Nummer …

Annie überflog die Angaben, ohne zu verstehen, was sie da las, erst als sie dann mit zittrigen Fingern noch einmal in den aufgerissenen Umschlag sah, entdeckte sie auch die Zeilen von Kurt, die er auf einen Bogen mit dem Briefkopf des Hotels geschrieben hatte.

Meine geliebte Annie,
die beiliegende Geburtsurkunde habe ich erhalten, als Du deine Mutter in München bzw. Mittenwald besucht hast. Fritz hat sie mir damals geschickt. Du wirst jetzt keine Mühe haben zu begreifen, was das alles bedeutet. Und vielleicht verstehst Du dann auch, warum ich mich Dir gegenüber in all der Zeit so verhalten habe, wie es ganz sicher nicht richtig war. Aber ich habe nicht gewusst, wie ich es Dir sagen soll, und ich hatte Angst davor, wie Du reagieren wirst.

Ich habe auch jetzt noch Angst! Ich kann nur hoffen, dass Du mir verzeihst. An meiner Liebe zu Dir wird sich nichts ändern, egal, welche Konsequenzen Du ziehst. Ich werde jede Deiner Entscheidungen akzeptieren.
In Liebe,
Kurt

Als Annie die Kaffeetasse zum Mund hob, war ihre Hand vollkommen ruhig. Sie hatte das Gefühl, neben sich zu stehen, wie eine neutrale Beobachterin, die jede Bewegung, jede Regung registrierte, ohne auch nur im Geringsten selber beteiligt zu sein.

»Noch mal«, flüsterte sie tonlos, während sie Zeile für Zeile die Angaben auf der Urkunde las. »Fritz ist also nicht der Sohn des Gutsbesitzers. Sein Vater und seine Mutter sind ... die Eltern von Kurt.« Sie schluckte heftig, bevor sie auch noch den letzten Schluss zog: »Fritz ist nicht nur mein Vater, sondern auch Kurts Bruder. Ich bin ... Kurts Nichte, ich habe meinen eigenen Onkel geheiratet ...«

Aus den Augenwinkeln sah sie, wie jemand an ihren Tisch trat.

»Frau Laube?«

Annie blickte nur flüchtig auf, bevor sie mit Mühe herausbrachte: »Es tut mir leid, Herr Larsen, ich muss mich entschuldigen, aber es ist der denkbar schlechteste Zeitpunkt für unser Gespräch. Mein Mann wird sich wieder bei Ihnen melden. Ich bin im Moment einfach nicht in der Lage ...«

»Das ist mir klar.«

Irritiert sah sie, wie sich der schwergewichtige Mann einen Stuhl heranzog und sich setzte. Er faltete die Hände vor sich auf dem Tisch und ließ sie nicht aus den Augen. »Ich denke dennoch, wir sollten es hinter uns bringen. Es gibt da wohl so einiges, was ich zu erklären habe.«

Seine Stimme war ohne jeden dänischen Akzent, sie klang tiefer, als Annie sie in Erinnerung hatte, aber ... Nein, dachte sie, das kann nicht sein! Ich müsste ihn doch wiedererkennen, aber da gibt es nichts, was mich auch nur im Entferntesten an den Fritz von damals erinnert. Außerdem sind nun mal nicht alle Dänen blond, und diese dunklen Augen kann auch ein großer, übergewichtiger Mann aus Kopenhagen haben! Ich bin einfach nur vollkommen durcheinander, das ist alles, ich sehe Gespenster, und nur weil auch

Jürgen jedes Mal die Hände auf dem Tisch faltet, wenn er etwas Ernstes zu sagen hat, heißt das noch lange nicht …

»Sie sind doch … Herr Larsen? Mit dem mein Mann und ich einen Termin haben? Heute Morgen, hier im Hotel?«

Annie merkte selber, dass sie fast beschwörend klang, als würde ihre ganze Hoffnung von seiner Antwort abhängen.

»Ich weiß, es muss ein Schock für dich sein. Aber bitte, bitte, hör mir erst mal zu, bevor du etwas tust, was du hinterher vielleicht bereust.«

6.

Eulendorf erfüllt,
was andere noch nicht mal zu versprechen wagen!
(geplanter Eulendorf-Slogan, wegen »vergleichender Werbung« auf Anraten des Firmen-Justiziars zurückgezogen)

Kopenhagen 1963

Alles in Annie schrie danach, aufzuspringen und wegzulaufen. Sie wollte mit sich alleine sein, sie brauchte Zeit, um wirklich zu begreifen, was das alles zu bedeuten hatte, für sie, für Kurt! Es war wie eine Wiederholung der Situation vor Jahren, als sie erfahren hatte, wer ihr Vater war. Nur dass es diesmal noch viel verstörender war, als würde sich das Schicksal einen derben Scherz mit ihr erlauben.

Mit einem Schlag ergab alles einen Sinn, Kurts Verhalten, die Distanz, die er zu ihr aufgebaut hatte, um ihr nur nicht zu nahe zu kommen. Der Onkel und die Nichte! Es war fast schon lächerlich, wie in einer billigen Heimatkomödie.

Aber weder Kurt noch sie traf irgendeine Schuld. Sie waren in eine Falle getappt, ohne sie erkennen zu können.

Und plötzlich wurde Annie auch klar, dass sie bislang noch nicht mal ansatzweise die Gründe für Fritz' Rachefeldzug gekannt hatte, für diese Bösartigkeit, mit der er sich immer wieder in Kurts Leben gemischt hatte, in ihr Leben, für seine hinterhältigen Versuche, ihnen ihr Glück zu nehmen.

Er war der große Bruder, der gleich von zwei Vätern verraten worden war, und der zweite große Verrat wog noch viel schwerer, seine eigene Familie hatte ihn hintergangen, um sich selber einen Vorteil zu verschaffen …

»Seit wann weißt du es? Ich meine, wann hast du erfahren, dass … Kurt dein Bruder ist?« Annie merkte, wie sie hin- und hergerissen war in ihrer Verachtung für Fritz und einer Art … Mitleid, das sie nicht wahrhaben wollte, aber das sie davon abhielt, einfach zu gehen. Wenigstens diese eine Antwort wollte sie noch bekommen. Auch wenn es kaum etwas ändern würde.

»Vielleicht habe ich es schon in Polen geahnt. Nein, nicht als ich auf dem Gutshof gelebt habe, da noch nicht, das schwöre ich. Aber als sie mich dann an der Grenze geschnappt haben … Sie haben mich für mehrere Wochen eingesperrt, ich hatte genug Zeit, um nachzudenken. Vielleicht war es das Entsetzen meiner Mutter, als sie mich aus dem Zug geholt haben, ich musste immer an diesen Ausdruck in ihrem Gesicht denken, als würde sie im letzten Moment noch aufspringen wollen und mich an sich reißen. Aber … es spielt keine Rolle mehr, was ich damals im Gefängnis gedacht habe oder gefühlt habe, ich wollte nur Gerechtigkeit, dieser Mann, von dem ich nicht wusste, dass er tatsächlich mein Vater war, sollte nicht einfach so mit allem davonkommen, was er mir angetan hatte. Egal, wie lange es dauern würde, ich habe mir geschworen, es nie zu vergessen und ihn zur Rechenschaft zu ziehen.«

Als Fritz einen Moment zögerte, forderte ihn Annie mit einer ungeduldigen Geste auf: »Und? Weiter!«

»Ich erspare dir die Geschichte, wie ich aus Polen herausgekommen bin, die Jahre dazwischen, bis ich sie in Magdeburg ausfindig gemacht hatte. Ich hatte mir alles zurechtgelegt, was ich von ihm fordern wollte, wie ich ihn dazu bringen würde, mir nicht nur den Anteil auszuzahlen, der mir zustand, sondern auch ... so was wie eine Wiedergutmachung für seinen Verrat. Ich habe ihn mehrere Tage lang beobachtet, ich bin ihm gefolgt, von einem seiner Häuser zum nächsten, und mit jedem Schritt, den er gemacht hatte, wurde deutlicher, was für ein Vermögen dieser Mann inzwischen angehäuft hatte. Und dann habe ich meine Mutter gesehen, eher zufällig, eine verhärmte Frau, die stocksteif am Breiten Weg stand und eines dieser religiösen Traktate vor sich hielt. Ich habe sie nicht erkannt, aber sie mich! Es war, als hätte ihre selbst auferlegte Buße nur ein Ziel gehabt – endlich die Wahrheit sagen zu können, um mit sich und dem Herrgott ins Reine zu kommen. Von ihr weiß ich, dass ... meine Eltern, meine richtigen Eltern, mich noch als Säugling abgegeben haben, meine Mutter war schwanger von meinem Vater, der noch keine müde Mark besaß, sie waren auch noch nicht verheiratet, sie trug also einen Bastard im Leib. Und die Frau des Gutsbesitzers konnte keine Kinder bekommen. Koslowski hat meine Eltern dafür bezahlt, dass sie mich sofort nach der Geburt heimlich aufs Gut geschafft haben. Das Geld hat gereicht, um vorher noch zu heiraten und sich dann eine bescheidene Existenz aufzubauen, wirklich besser ging es ihnen erst später, als ... mein Vater Beamter bei der Reichsbahn wurde.«

Von einem der Nachbartische klang ein schrilles Frauenlachen zu ihnen herüber, das Annie vorkommen wollte wie ein Kommentar, den sie selber mit Mühe zurückhielt. Aber Fritz redete schon weiter ...

»Die Geburtsurkunde, die du gerade gesehen hast, sollte gar nicht existieren, meine Mutter hat sie auch vor ihrem eigenen Mann versteckt, es muss für sie so etwas gewesen sein wie ... die Mahnung, nie zu vergessen, was sie getan hatten? Ich weiß es nicht. Ich will ihnen das Ganze noch nicht mal zum Vorwurf machen, sie waren in einer Notlage, sie haben keinen anderen Ausweg gesehen, und sie waren ja überzeugt, dass es für mich das Beste war – der Sohn des Großgrundbesitzers, dem alle Möglichkeiten offenstanden. Aber dann ist meine Stiefmutter verunglückt, Koslowski hat wieder geheiratet, und ...«

»Stopp!«, warf Annie ein. »Ich habe mit Mutti, mit Grete darüber gesprochen, ich will es jetzt nicht noch mal von dir hören. Aber ...«

Er sitzt mir da gegenüber, und da ist nichts zu spüren von seinem Hass, von seiner Wut, die ihn doch angetrieben haben muss, dachte sie. Er ist nur noch ein alter Mann, der beim Rasieren nicht aufgepasst und sich ein Stück Toilettenpapier auf die Schnittwunde an seinem fleischigen Hals geklebt hat, um die Blutung zu stoppen. Ein alter Mann mit wild wuchernden Augenbrauen, der mir vollkommen fremd ist und dessen immer noch breite Schultern den Oberkörper nach vorne zu ziehen scheinen, als würden sie die Last, die er mit sich schleppt, kaum noch tragen können. Was er ausstrahlt, ist … eine unendliche Traurigkeit, vielleicht auch Selbstmitleid, ja, bestimmt sogar, und ich bin kurz davor …

Annie ballte unwillkürlich ihre Hände zu Fäusten, als wollte sie im nächsten Moment auf ihn einschlagen.

»Das alles erklärt mir gar nichts«, stieß sie hervor. »Gut, sie haben dir übel mitgespielt, wobei du ja auch nicht so ganz unschuldig bist, zumindest was Koslowski angeht. Aber lassen wir das beiseite, dein Vater hat dich im Stich gelassen, als du ihn am dringendsten gebraucht hättest, nein, warte, lass mich ausreden! Nicht nur im Stich gelassen, schlimmer, er hat dich wirklich verraten, er hat dich … bestohlen, nenn es, wie du willst, aber was hat das mit Kurt zu tun? Warum wolltest du dich an ihm rächen? Warum an mir? Und … Jürgen?! Dein eigener Sohn, den du genauso abgegeben hast, wie du damals abgegeben worden bist! Was ist das für ein Irrsinn, alle anderen ins Unglück stürzen zu wollen? Darauf möchte ich eine Antwort von dir. Jetzt. Hier. Und ich bleibe nur genau so lange noch sitzen, wie ich nicht das Gefühl habe, dass du versuchst, dich auf irgendeine Weise rauszureden. Es ist deine Entscheidung. Meine Zeit ist mir jedenfalls zu schade, um mir die weinerliche Geschichte eines alten Mannes anzuhören, der plötzlich um Absolution bittet. Für eine Versöhnung ist es zu spät, falls es dir darum gehen sollte, hättest du dir das eher überlegen müssen.«

»Das ist hart, Annie«, kam es nach langem Zögern von Fritz.

»Du hast es nicht anders verdient.« Annie blickte schnell zum Fenster, als sie merkte, wie ihr die Tränen in die Augen stiegen. »Und?«, fragte sie dann halblaut, ohne ihn anzublicken. »Bekomme ich jetzt eine Antwort, oder …«

Sie beugte sich vor und griff nach ihrer Handtasche. Und sie war bereits dabei aufzustehen, als Fritz sagte: »Bleib! Bitte! Ich will es ja versuchen, aber du musst mir auch eine Chance geben. Es lässt sich nicht in ein, zwei Sätzen sagen …«

Fritz redete fast eine Stunde lang, ohne dass Annie ihn nochmals unterbrach. Manchmal bekam sie nur Bruchstücke seiner Geschichte mit, immer wieder löste ein Wort, das er sagte, ein Name, den er nannte, eine Kette von Gedanken in ihr aus, die sich nicht stoppen ließ, dann hatte sie Mühe, wieder in seine Sätze zurückzufinden. Sätze, die ohnehin so sprunghaft waren, dass sie ihnen nur schwer folgen konnte …

Als Fritz in Magdeburg seine Mutter getroffen hatte, war Willi bereits nach Amerika ausgewandert. Der Vater lebte trotz der Häuser, die er besaß, mehr in seiner Gartenlaube als in der Wohnung in der Friesenstraße, verbittert und unnahbar, mit sich und der Welt in einem Krieg, den er selbst begonnen hatte. Die Mutter hatte Unterschlupf in einem Haus der Zeugen Jehovas gefunden, Lia hatte als älteste der Töchter ihre beiden jüngeren Schwestern zu sich nach Herrenkrug geholt, ihr Mann und sie hatten neben dem Ausflugslokal an der Rennbahn noch ein Hotel im Harz gekauft,

Fritz zweifelte nicht einen Moment daran, woher das Geld dafür stammte. Als er bei Lia vorstellig wurde, wies ihr Mann ihm die Tür.

Und Kurt war nach Mansfeld gezogen und hatte die Tochter des Bürgermeisters geheiratet, von Mansfeld aus vertrieb er die Fahrräder und Zubehörteile, Ledersättel, Klingeln, Werkzeugtaschen, Lampen, die er nach dem Bankrott von Stukenbrok aufgekauft hatte. Der Bürgermeister selber besaß ein gut gehendes Bekleidungsgeschäft, für das er in einer eigenen Woll- und Strickwaren-Fabrik am Stadtrand produzieren ließ, und schon nach kurzer Zeit überzeugte ihn Kurt, das Sortiment um Sportkleidung zu erweitern, Turnhosen und Trikots, die er zusammen mit den Fahrrädern in seinem neu gegründeten Versandhandel anbot. Wieder stand für Fritz außer Frage, von welchem Geld das Startkapital für Kurts Firma kommen musste.

Als er den Vater in der Gartenlaube abpasste, um ihn zur Rede zu stellen, wies der verbitterte Mann nicht nur jede Schuld von sich, sondern verleugnete Fritz glattweg. Es kam zu einem furchtbaren Streit, in dem Fritz seinen Vater schlug, und noch am selben Tag suchte er einen Anwalt auf, um ihn zu verklagen. Aber er besaß kein Geld, um den Anwalt zu bezahlen, und die Geburtsurkunde, die ihm die Mutter zugesteckt hatte, nützte ihm wenig, solange er sie nicht vor Gericht als Beweis seiner Herkunft vorlegen konnte. Selbst dann würde immer noch Aussage gegen Aussage stehen, und der Vater war trotz seiner Verschrobenheit ein angesehener Geschäftsmann, Fritz selber hatte in Polen im Gefängnis gesessen, auch die Mutter in ihrem religiösen

Wahn war kaum glaubwürdig, die Schwestern würden nur sagen können, dass er der Sohn des Gutsbesitzers gewesen war, etwas anderes wussten sie nicht.

Und ihm war klar, dass Kurt ganz sicher nicht bereit sein würde, den gerade erst beginnenden Erfolg seines Unternehmens zu gefährden, um einen Mann finanziell zu unterstützen, der nach über zehn Jahren plötzlich auftauchte und behauptete, sein Bruder zu sein!

»Dass du das Gold ja selbst gestohlen hattest, war dir entfallen, ja?«, warf Annie jetzt genervt ein.

Noch bevor er antwortete, trat eine dicke Ader an seiner Schläfe hervor, er schnappte regelrecht nach Luft, für einen kurzen Moment bekam Annie einen Eindruck, wie es sein musste, wenn er seine Wut nicht mehr zügeln konnte. Mit beiden Händen griff er sich dann an die Schläfen, als wollte er seinen Kopf zusammenpressen, um den Wutausbruch mit aller Gewalt zu unterdrücken. Er setzte seine Geschichte fort, ohne auf Annies Einwand zu reagieren.

»Ich hätte es vielleicht nicht anders gemacht, wenn ich in seiner Situation gewesen wäre. Warum auch? Kurt war damals ein kleiner Junge gewesen, nicht er, sondern sein Vater hatte den Betrug an mir begangen. Dass Kurt dann genau wie Willi mit dem Vater gebrochen hatte, war eine Sache, das Geld, das sie sich nur mit meiner Hilfe hatten ergaunern können, eine ganz andere. Und ein schlechtes Gewissen wiegt niemals mehr als ... Geld! Nicht die Zeit heilt alle Wunden, sondern das Geld, glaub mir.« Erst jetzt sah er wieder auf, sein Blick flackerte. »Und nach allem, was ich damals in Erfahrung gebracht habe, war Kurt, obwohl gerade mal Mitte zwanzig, schon damals ein ausgefuchster Geschäftsmann, der genau wusste, wie er die Dinge zu seinem Vorteil wenden konnte. Der Krieg hat es dann ja wohl noch mal ganz deutlich gezeigt! Du weißt, dass Kurt nie an der Front war? Er war unabkömmlich, er hat in der Fabrik seines Schwiegervaters Uniformen schneidern lassen und selbst mit diesem verdammten Krieg noch ein schönes Stück Geld verdient. Warte ...«

Fritz griff über den Tisch nach Annies Arm, als sie aufstehen wollte. Sie zog so schnell die Hand weg, dass sie dabei die Kaffeetasse umkippte. Der Kellner kam und tupfte mit einer Serviette die Flecken vom Tischtuch. Annie wartete, bis er sich wieder entfernt hatte, dann sagte sie: »Ich habe dich gewarnt! Wenn du anfängst, die Schuld auf andere zu schieben ... Und ja, ich habe das mit der Uniform-Fabrik gewusst. Aber ich weiß auch, dass in diesem Krieg, in dieser ganzen Zeit unter Hitler jeder ... Jeder hat Schuld auf sich geladen, egal, was sie heute sagen. Alle waren beteiligt! Und ganz sicher will ich Kurt nicht verteidigen, er hat sich an diesem Krieg bereichert, das stimmt, aber trotzdem steht es dir nicht zu, über ihn zu urteilen. Wir reden über dich, nicht über Kurt oder andere Leute.«

»Aber es ist wichtig, dass ich das jetzt sage, sonst ... Bitte bleib, hör mir noch einen Moment länger zu! Es geht ja um mich, weil ich ... Ich dachte nach dem Krieg, dass ich ihn endlich habe, dass ich ihn drankriege! Ich kann es nicht anders formulieren, ich war ... besessen von diesem einzigen Gedanken, mich rächen zu wollen, egal, wie! Ich habe Kurt damals angeschwärzt, bei der Entnazifizierungsstelle der Alliierten, als sie gerade begannen, die ersten Gerichtsverhandlungen gegen Leute zu führen, die in die Machenschaften des Dritten Reichs verstrickt gewesen waren. Ich war so voller Wut, als ich gehört habe, dass Kurt in den Westen gegangen war, weil er sich da im Kapitalismus bessere Chancen ausgerechnet hat als drüben, also habe ich ihn als Kriegsgewinnler bei den Amis gemeldet, aber sie haben nur gesagt: Ein kleiner Fisch, davon gebe es zu viele, um sie alle zur Rechenschaft zu ziehen.«

»Und?«, fragte Annie, als er nicht weitersprach. Sie hatte nicht die leiseste Ahnung, worauf er eigentlich hinauswollte, mehr als noch zu Anfang hatte sie das Gefühl, dass er nichts wollte, als sich zu rechtfertigen. Und ihre größte Sorge war, dass er plötzlich anfangen könnte zu weinen. Alles, dachte sie, bloß das nicht! Sonst schreie ich das ganze Hotel zusammen, egal, was die Dänen von mir denken mögen. Aber seine nächsten Sätze waren nur umso irritierender für Annie, als sie vollkommen unerwartet kamen ...

»Dann habe ich Marianne kennengelernt. Alles schien sich auf einmal zum Guten zu wenden. Wir hatten einen kleinen Laden, ein Papierwarengeschäft, das Marianne von ihren Eltern übernommen hatte. Und wir haben geheiratet und ein Kind bekommen, Jürgen! Ich war so weit, dass ich mit der Vergangenheit ein für alle Mal abschließen wollte. Ich wollte wirklich ein neues Leben beginnen. Mit meiner eigenen Familie ...« Sein Blick war jetzt weit weg, sein Gesicht wirkte weicher als zuvor. Er hat diese Marianne wirklich geliebt, dachte Annie. Marianne und Jürgen ...

»Und dann ist Marianne krank geworden. Es hat drei

Jahre gedauert, bis sie endlich erlöst wurde. Drei Jahre, die sich nur zwischen dem städtischen Krankenhaus und dem Krankenbett zu Hause abgespielt haben.«

Als Marianne gestorben war, war das Sparvermögen aufgebraucht und der Laden hoch verschuldet. Fritz hatte den Laden verkauft und sich auf Kredit einen kleinen Laster angeschafft. Es schien die richtige Zeit zu sein, um als selbstständiger Lkw-Fahrer genügend Aufträge zu bekommen, die seinen und Jürgens Lebensunterhalt sicherten. Aber er war kaum noch zu Hause, um sich um Jürgen zu kümmern. In dieser Zeit hatte er Grete ausfindig gemacht und sie in München besucht. Koslowski war im Krieg verschollen, Grete lebte alleine mit Annie. Und Fritz hatte sie überreden wollen, mit ihm zusammenzuziehen, Annie die Wahrheit zu sagen und Jürgen wieder ein Zuhause zu bieten. Aber Grete hatte seinen Vorschlag rundweg abgelehnt, sie wollte nichts mehr mit Fritz zu tun haben.

»Nie wieder«, hat sie gesagt. »Wir waren doch beide fast noch Kinder damals. Wie kommst du auf die Idee, dass wir etwas neu beginnen könnten, was unser beider Leben schon einmal zerstört hat? Wenigstens Annie soll nicht von dieser Vergangenheit belastet werden, das darf ich ihr nicht antun, das dürfen wir beide nicht.«

Fritz hatte Jürgen ins Internat gegeben, obwohl er kaum in der Lage war, die Kosten dafür aufzubringen. Wenig später hatte er in der Zeitung einen Artikel gefunden, in dem über den rasanten Aufschwung von Versandhandelshäusern berichtet wurde. Und neben Neckermann und Schickedanz tauchte auch Kurts Name auf, als jemand, der mit seinen

Ideen ganz sicher in absehbarer Zukunft noch von sich reden machen würde. Von da an hatte Fritz alles gesammelt, was er über Kurt finden konnte.

»Meine Verbitterung war wieder da! Wieso hatte Kurt das Glück immer auf seiner Seite, während ich wieder so gut wie vor dem Nichts stand? In einem Artikel wurde auch noch ausführlich über die Hochzeit berichtet, ich erinnere mich noch wie heute an die Schlagzeile: *Glück nicht nur im Geschäft, sondern auch in der Liebe!*«

Fritz war jetzt sehr laut geworden, seine Sätze folgten schnell aufeinander, als wollte er jeden Einwand verhindern. Mehrmals hob der Kellner vergeblich die Hände, um ihn daran zu erinnern, dass er nicht alleine im Speisesaal war.

»Aber du musst mir glauben, erst da habe ich erfahren, wen er geheiratet hat! Ich hatte keine Ahnung, ich wusste ja noch nicht mal, dass du nach Fulda gezogen warst. Aber ...« Anklagend streckte er den Zeigefinger aus. Sein Kopf war hochrot, sein Atem ging so schwer, dass er schnaubte. »Ich wollte es nicht. Ich wollte nicht, dass das alles wieder hochkommt, was ich hinter mir gelassen hatte. Aber es ging nicht, es war, als wäre ich es mir selber schuldig, als könnte ich jetzt nicht einfach ... zusehen, wie er ... wie ihr ... Erst wollte ich Kurt nur aufschrecken, er sollte kapieren, dass nichts vergessen war, nichts! Es war klar, dass du Fragen stellen würdest. Und genau das wollte ich. Ich wollte ihn dazu bringen, sich seiner Vergangenheit zu stellen! Ich konnte nicht ahnen, dass ihr ... Jürgen zu euch nehmt. Aber dann erschien es mir wie eine Fügung, ich hatte euch ein Kuckucksei ins Nest gelegt, und ich habe nur darauf gewartet, dass die Bombe endlich hochgeht, das konnte doch gar nicht funktionieren, das ...«

Fritz sprang auf und stützte sich mit den Händen schwer auf dem Tisch auf. »Und was ist passiert?«, schleuderte er Annie ins Gesicht. »Ihr habt euch als die guten Samariter aufgespielt, ihr habt so getan, als wäre alles in Ordnung, alles vergeben und vergessen, solange ihr euch nur um den Jungen kümmert – mein eigener Sohn steht plötzlich bei mir vor der Tür und erklärt, dass er es bei euch besser hat und in Fulda bleiben will. Was glaubst du, was das für mich bedeutet hat? Das Einzige, was ich gesehen habe, war, dass ihr sogar damit zurechtkamt, als ihr von Grete erfahren habt, wer dein wirklicher Vater ist! Aber ich wollte, dass ihr leidet! Dass ihr nur einmal in eurer verdammten Selbstgerechtigkeit erschüttert werdet! Nur deshalb habe ich dann die Geburtsurkunde an Kurt geschickt, es war mein letzter Trumpf!«

Der Geschäftsführer des Hotels trat mit eisiger Miene an ihren Tisch.

»Bitte mäßigen Sie sich, mein Herr. Sonst muss ich Sie leider auffordern ...«

»Was?«, fuhr Fritz ihn an. »Was wollen Sie von mir?«

»Setz dich«, sagte Annie. »Bitte verzeihen Sie«, wandte sie sich an den Hotelier. »Es wird nicht wieder vorkommen, Sie haben mein Wort!«

»*Mange tak.* Danke.« Der Hotelier verabschiedete sich mit einem angedeuteten Diener und zog den Kellner mit sich, blieb dann aber an der Tür zum Speisesaal stehen, als würde er Annies Zusicherung nicht wirklich vertrauen.

Fritz war jetzt eindeutig um Fassung bemüht, nervös knetete er seine Hände, er hatte die Lippen aufeinandergepresst und wich Annies Blick geflissentlich aus.

»Bringen wir es zu Ende«, sagte Annie leise. »Ich denke, dir ist bewusst, dass du die Tatsachen verdrehst. Und du hast keine Ahnung, wie es uns gegangen ist, du weißt nichts!«

»Ich danke euch, dass ihr Jürgen aufgenommen habt«, kam es unvermittelt von Fritz. »Natürlich ist mir klar gewesen, dass ihr ihm die Sicherheit bieten konntet, die er bei mir nicht haben würde. Das habe ich selbst in meiner damaligen Verfassung begriffen.«

»Natürlich«, wiederholte Annie, ohne den bitteren Spott in ihrer Stimme zu verbergen. »Deshalb hast du ja auch mit allen Mitteln versucht, Eulendorf kaputt zu kriegen! Oder ist dir das inzwischen gänzlich entfallen? Wie war das doch noch gleich, die Sache mit der Bank, meine ich. Und mit unserem damaligen Prokuristen. Ich glaube, ich brauche den Namen gar nicht zu nennen, du weißt genau, von wem ich spreche. Und du hast das doch angezettelt, oder irre ich mich etwa?«

Fritz nickte. »Gotthelf Fiedler.« Er lachte kurz auf, bevor er hinzusetzte: »Es war fast schon zu einfach. Euer Fehler! Als Kurt dich zur Geschäftsführerin gemacht hat, war es ein leichtes Spiel für mich, Fiedler bei seiner verletzten Eitelkeit zu packen. Es ist nie gut, jemanden zu unterschätzen, der sich zurückgesetzt fühlt.«

»Danke für die Belehrung! Sie kommt nur leider ein wenig spät und gerade im Zusammenhang mit Gotthelf ja wohl auch von der falschen Person. Aber eine letzte Frage habe ich jetzt doch noch an dich. Was ist passiert, dass du deinen privaten Rachefeldzug dann plötzlich eingestellt hast? Und wenn wir schon mal dabei sind: Was bedeutet das Ganze jetzt hier eigentlich, dieses Treffen unter falschen Behauptungen, das du ja wohl zusammen mit Kurt ausgeheckt haben musst? Warum sitzen wir hier?«

»Das eine hat mit dem anderen zu tun. Und natürlich auch wieder mit Jürgen, ich war ja froh, dass er es bei euch besser hatte! Und vielleicht habe ich auch angefangen, dich zu bewundern, als dir gelungen ist, die Firma trotz der Steine, die ich dir in den Weg gelegt habe, zu retten. Mehr noch, du hast Eulendorf ... ja erst richtig groß gemacht! Ich war stolz auf dich! Du bist immerhin meine Tochter.«

»Schön, dass du dich daran erinnert hast ...«

Fritz holte resigniert Luft. »Ich habe mich verändert, Annie. Und ich muss vor allem Lisa dafür danken. Das ist die Frau, mit der ich ...«

»Ich habe damals mit ihr telefoniert, ich weiß.«

»Lisa. Wir leben immer noch zusammen, nicht weit von hier, ein Stück nördlich, bei Humlebæk.«

»Weiter!«

»Sie hat mich dazu gebracht, dass ich ... ich war bei Koslowski. Ich habe meinen Stiefvater besucht, unseren Stiefvater, um ... Damit wir uns aussprechen können.«

Für einen kurzen Moment zweifelte Annie daran, dass Fritz noch ganz richtig im Kopf war. »Bitte? Was redest du da? Er ist tot! Er ist im Krieg gefallen.«

»Nein. Nur verschollen. Aber er lebt. Er ist ein ... sehr alter Mann inzwischen, ein Greis, er geht auf die hundert zu, aber er lebt!«

Fritz hatte ihn nach langer Suche ausfindig gemacht. Koslowski war als Schirrmeister bei der Wehrmacht gewesen, er hatte die Verantwortung für den Fuhrpark seiner Kompagnie gehabt – und das ging nur mit Kontakten zur einheimischen Bevölkerung, er musste improvisieren, Material und Ersatzteile besorgen, um die Fahrzeuge instand zu halten. Und nach dem Krieg war er dann in Finnland geblieben. Er hatte sich auf einer der Åland-Inseln versteckt, bei der Schwester eines Mechanikers, der mit den Deutschen kollaboriert hatte.

»Koslowski konnte nichts dazu, was damals passiert ist. Er hat mich ja lange Zeit wirklich wie seinen eigenen Sohn aufgezogen. Ich war es dann, der ... Aber das weißt du ja. Es ist gerade erst ein paar Monate her, dass ich mich mit ihm getroffen habe. Und es war für uns beide gut, diesen Schritt zu machen, um mit uns und unserer Geschichte ins Reine zu kommen. Zumindest soweit das überhaupt möglich sein kann nach all den Verletzungen, die wir uns zugefügt haben.«

Annie war schwindlig, als sie für eine Sekunde die Augen schloss, tanzten bunte Lichtkreise über ihre Netzhaut, die Gedanken, die auf sie einstürmten, schienen sie wie ein Strudel mit sich reißen zu wollen, sie schaffte es kaum, jetzt noch einmal zu fragen: »Und du und Kurt?«

»Ich fahre immer noch Lastwagen. Bei einer meiner Touren habe ich den Inhaber der Firma kennengelernt, die diese Elektroroller produzieren. Die Firma war so gut wie pleite, die Roller standen für einen Spottpreis zum Verkauf. Aber um die Geschichte abzukürzen – ja, ich habe mit Kurt telefoniert, wir haben uns auch getroffen, auf einem der letzten Turniere, auf dem er geritten ist. Das Ganze war ja wie eine Wiederholung von damals, als er den Restposten an Fahrrädern übernommen hat, eine unerwartete Fügung, ein Wink des Schicksals! Nein, Unsinn, es war eine Chance für uns beide. Und damit meine ich nicht dieses Geschäft, das wir dann zusammen abgeschlossen haben. Die Roller sind alle längst verkauft, wir haben sogar noch einen ordentlichen Gewinn bei der Sache gemacht. Kurt ist gut, verflucht gut, wenn es darum geht, die Katze im richtigen Moment beim Schwanz zu packen ...«

»Nicht ganz so viel Begeisterung bitte für jemanden, den du gestern am liebsten noch zugrunde richten wolltest, ja? Verstehe ich das jetzt richtig, dass Kurt und du ... Ihr seid euch einig, ja? Dicke Freunde? Die Brüder, die endlich zueinandergefunden haben? Und jetzt gibt es nur noch ein Problem? Wie ihr mir das Ganze schmackhaft machen wolltet?«

»Ich denke, wir haben alle lange genug gelitten. Und du solltest Kurt verzeihen, dass er nicht wusste, wie ... Es war meine Idee, dich hierherzuholen. Ich wollte, dass du die ganze Geschichte von mir hörst.«

»Aber damit ist es nicht getan!« Annies Lachen war so verzweifelt, dass sie vor sich selbst erschrak. »Mein Mann existiert schon seit Jahren nicht mehr als ... Ehemann oder Vertrauter für mich, mit dem ich alles teilen kann. Und heute, nach Jahren erst, erfahre ich jetzt, was ihr die ganze Zeit schon wusstet? Dass er mein Onkel ist, dass ...« In einer hilflosen Geste schlug Annie die Hände vor dem Gesicht zusammen, kaum dass sie noch hörte, wie Fritz antwortete.

»Es kann niemand etwas dazu. Keiner von uns hat das in der Hand gehabt. Es bleibt uns allen nur, uns damit abzufinden. Aber vielleicht gelingt es uns wenigstens ...«

»Was denn?«, fuhr Annie ihn an. »Ich höre immer nur ›wir‹ und ›uns‹, aber es geht um Kurt und mich! Und nichts von dem, was du gesagt hast, rechtfertigt, was du uns angetan hast. Ja, du! Deiner Tochter, die du im Stich gelassen hast. Jürgen, bei dem sich alles nur wiederholt hat! – Weißt du eigentlich, dass du ein Enkelkind hast? Nächste Ostern kommt Claudia schon in die Schule. Aber natürlich weißt du das. Dein kleiner Bruder wird es dir ja erzählt haben, jetzt, wo ihr euch so blendend versteht.«

Anstelle einer Antwort zog Fritz seine Brieftasche aus dem Jackett und breitete eine Reihe von Fotos vor Annie aus. Claudia und Annie, die sich im Garten mit dem Wasserschlauch nass spritzten, Claudia mit Kurt im Dom vor der Gruft von Bonifatius, Annie als Modell auf dem ersten großen Eulendorf-Katalog, Jürgen mit der Eule neben Elvis. Und das fleckige Bild eines Säuglings mit rüschenverzierter Babyhaube in einem altertümlichen Kinderwagen ...

»Das bist du, Annie«, erklärte Fritz unnötigerweise. »Ich habe es Grete abgeschwatzt, als ich euch in München besucht habe. Und ich habe es immer bei mir gehabt.«

Annies Blick wurde von dem Kellner abgelenkt, der mit langen Schritten hinter Fritz vorbei zum Fenster eilte, um mit einer unwirschen Handbewegung den Mann zu verscheuchen, der das Gesicht an die Scheibe presste und direkt zu Annie blickte. Sie musste nicht erst den Hut und den Mantel mit dem Pfeffer-und-Salz-Muster erkennen, um zu wissen, wer da stand. Als er sich abwandte, schluchzte Annie unwillkürlich auf. Sie hörte nicht mehr, was Fritz sagte. Sie wusste nur, dass sie dieses Bild für immer in ihrem Kopf behalten würde. Der Mann, den sie liebte – und der da mit hängenden Schultern durch das Schneetreiben davonstapfte, als wäre es zu spät, noch etwas zu ändern. Als hätte alles, was sie versucht hatten, sie tatsächlich nur in eine Sackgasse geführt, aus der es keinen Ausweg gab.

1974

Frauen haben 1.000 Wünsche – 999 kann Eulendorf erfüllen!
(Fernsehwerbung mit Vivi Bach und Dietmar Schönherr)

Wasserkuppe/Rhön

Der Tag war von einem wolkenlosen Blau, wie eine unendliche Kuppel wölbte sich der Himmel über den Hügeln der Rhön. Bereits morgens um neun zeigte das Thermometer schon achtzehn Grad an, die Temperatur würde im Lauf des Tages sicher die Dreißig-Grad-Marke erreichen. Aber der stetige Wind aus Nordnordost war vielversprechend, wenn Annie es richtig einschätzte, würden sie ohne Mühe auch größere Distanzen zurücklegen können, mit ein bisschen Glück und der richtigen Thermik würde ihnen für einige Stunden die Rhön ganz allein gehören – wenn auch nur von oben!

Als sich das Windenseil straffte, griff Annie kurz nach vorne, um Claudias Schulter zu drücken.

»Keine Sorge, Mutti, mir geht's gut. Ich freu mich!«, kam Claudias Antwort mit einem kleinen Lachen.

Dann ruckte das Segelflugzeug an, wurde schneller und stieg steil nach oben, bis sich das Schleppseil mit einem leichten Klacken aus der Kupplung ausklinkte. Der Höhenmesser vor Annie stand auf knapp 500 Metern, vorsichtig brachte sie die Rhönschwalbe mit dem Höhenruder in eine lang gezogene Linkskurve, sie liebte diesen Moment, wenn sie entscheiden musste, wie die Thermik gleich nach dem Start am besten zu nutzen war, und die Wasserkuppe mit den Hangars und der weiß leuchtenden Radarkuppel der Amerikaner wie eine Spielzeuglandschaft hinter ihr zurückblieb.

Zwei Jahre war es jetzt schon her, seit Annie ihren Segelflugschein gemacht und sich zur Belohnung für die bestandene Prüfung kurzerhand das doppelsitzige Schulflugzeug des Wirts der »Fuldaquelle« in Obernhausen gekauft hatte, der auch ihr Fluglehrer gewesen war. Annie war eine ebenso begeisterte wie mittlerweile routinierte Pilotin, mehr noch als das schwerelose Dahingleiten faszinierte sie die Herausforderung, die jeder Flug aufs Neue bedeutete, wenn beim Start, bei der Landung, beim Kreisen im Aufwind höchste Konzentration gefordert war, um die richtige Strategie für das geplante Manöver zu finden.

»Ist alles in Ordnung?«, rief sie über das laute Rauschen des Fahrtwindes hinweg nach vorne. »Wenn dir übel ist, dann …«

»Alles in Ordnung! Siehst du das da? Die schroffen Felsen da drüben, ist das Steinwand?«

»Ja! Die Kletterfelsen, wegen denen du als Zehn- oder Zwölfjährige unbedingt Bergsteigerin werden wolltest! Aber blick mal direkt nach unten, wir sind gerade über dem Guckaisee, erinnerst du dich an den Ausflug dorthin? Siehst du den Weg auf den Pferdskopf?«

»Du meinst den holprigen Wanderweg, den Papa mit dem Auto hochfahren wollte, weil er zu faul zum Laufen war!«

»Das war so was von peinlich, vor allem als dann auch noch die Wandergruppe auftauchte und uns beschimpft hat.«

»Aber Papa hat es geschafft, allerdings nur im Rückwärtsgang, und ich weiß bis heute nicht, wieso es nur rückwärts funktioniert hat.«

»Ich auch nicht. Frag deinen Vater!«

»Oder auch nicht! Es ist schön, mit dir zu fliegen, Mutti! Das ist das schönste Abschiedsgeschenk, das du mir machen konntest. Und wenn ich in Amerika bin, werde ich allen erzählen, dass meine Mutter eine Pilotin ist! Ich glaube, das ist auch in Amerika noch etwas Besonderes …«

»Keine Ahnung, vielleicht. Aber die Dinge ändern sich ja rasend schnell, die Zeiten, in denen Frauen nur zu Hause gehockt und ihre Männer bekocht haben, sind hoffentlich bald für immer vorbei!«

»›The times they are a-changing!‹«, rief Claudia lachend zurück. »Miniröcke, Hotpants und Batikhemden! Oh, ich vergaß ganz die freie Liebe, die gehört natürlich auch noch dazu! – Aber sag mal, stimmt es, dass auch diese Beate Uhse mal Pilotin war?«

»Es stimmt! Sie ist sogar in mehreren Filmen dabei gewesen, immer wenn es um Aufnahmen ging, bei denen eigentlich die Schauspieler oder Stuntmänner fliegen sollten, aber es nicht konnten. Und Beate Uhse ist so klein, dass sie das Flugzeug steuern konnte, ohne dass sie im Bild war!«

»Auch das wird es bald nicht mehr geben, keine Frau wird sich mehr verstecken müssen, nur damit die Kerle den ganzen Ruhm einstreichen. Dafür werden wir kämpfen! Und wer sollte das besser können als ich? Schließlich habe ich ja eine Mutter, die mir vorgemacht hat, dass alles möglich ist, wenn man nur will!«

»Übertreib es bloß nicht, Kind! Und komm mir bitte nicht als kleines Hippiemädchen zurück, mit Blumen im Haar und lauter verrückten Ideen! Und womöglich auch noch mit einem von diesen Haschbrüdern im Schlepptau …«

»Make love, not war!«, machte sich Claudia einen Spaß daraus, ihre Mutter zu foppen, und reckte die geballte Faust bis unter die Kuppel des Flugzeugdachs. »Wir sind die, vor denen uns unsere Eltern gewarnt haben, yeah!«

Annie mochte es nicht, wenn ihre Tochter solche Sachen sagte, sie hatte jedes Mal Angst, dass Claudia sich viel zu leicht von den Parolen anstecken ließ, die seit 1968 allgegenwärtig waren. Es gab vieles, was Annie dabei für durchaus richtig hielt, aber noch viel mehr, was sie einfach nicht verstand, was ihr zu weit ging, was ihr zu radikal erschien. Andererseits war sie stolz auf ihre Tochter, Claudia hatte gerade erst ohne Probleme ihr Abitur bestanden, sie war fast schon erwachsen – und jetzt würde sie tatsächlich für ein Jahr als Au-pair-Mädchen nach Amerika gehen, um Englisch zu lernen und ihren Horizont zu erweitern, danach dann sicher studieren, Theaterwissenschaften war eine ihrer Ideen, oder

Kunstgeschichte, aber das konnte sich auch schnell wieder ändern. Wichtig war allein, dass sie lernte, ihren eigenen Weg zu finden, auch wenn sie dabei manchmal mit dem Kopf durch die Wand wollte. Aber sie ließ sich von niemandem so leicht ins Bockshorn jagen, und es war immer schon das Vorrecht der Jugend gewesen, sich über vieles hinwegzusetzen, was sie später mit ganz anderen Augen sehen würde. Solange sie glücklich war, würde Annie alles tun, um sie zu unterstützen. Und dass Claudia ihr so deutlich ihre Liebe zeigte, empfand Annie als großes Glück. Auch wenn sie sich im Stillen davor fürchtete, ihre Tochter jetzt ein ganzes Jahr lang nicht zu sehen ...

Als im Dunst am Horizont die Milseburg auftauchte, steuerte Annie das Segelflugzeug so in den Wind, dass sie nach einem weiten Bogen im Gleitflug dahinglitten, schon waren sie wieder über der Wasserkuppe, rechts lag die Ortschaft Poppenhausen mit dem Wachtküppel davor, links der Feldberg, dann kam Gersfeld, in der Ferne durchschnitt der Grenzsteifen zur DDR die friedliche Landschaft unter ihnen wie ein breites, Unheil verkündendes Band.

»Lass uns noch bis zum Kreuzberg fliegen, wenn der Wind mitspielt!«, schlug Annie vor. »Und dann sehen wir zu, dass wir zurückkommen. Ich habe nämlich langsam Hunger!«

»Ich auch! Was hältst du davon, wenn du mich in die ›Sonne‹ in Gersfeld zum Essen einlädst? Sülze mit Bratkartoffeln! Ich wette, das kriege ich in Amerika nicht.«

»Abgemacht! Sülze mit Bratkartoffeln in der ›Sonne‹!«

»Aber guck mal unter uns, schnell! Siehst du das?«

»Die Schwedenschanze …«

»Das weiß ich, aber ich meine das Auto! Der Lieferwagen da, das ist doch einer von uns! Mensch, Mutti, das war eine deiner besten Ideen, den Firmenschriftzug auch aufs Dach malen zu lassen.«

Jetzt entdeckte auch Annie den gelb-schwarzen VW-Bus, der die lang gezogene Steigung hinaufkroch.

»Kannst du erkennen, welcher Wagen es ist?«, rief Claudia. »Welche Tour ist das?«

»Bischofsheim oder Wildflecken, vielleicht auch Bad Neustadt.«

Der Eulendorf-Lieferwagen ließ Annies Gedanken unwillkürlich zu Fritz abschweifen. Bis zurück zu der Szene in Kopenhagen, als Fritz seine Beichte abgelegt hatte. Als Kurt für Stunden verschwunden geblieben war, bange Stunden, in denen Annie zwischen Empörung und Hoffnungslosigkeit schwankte, bis er endlich als Häuflein Elend wieder auftauchte.

Sie hatten Wochen, ja Monate gebraucht, um sich zu einem Entschluss durchzuringen, es war, als könnte jeder unbedachte Schritt sie über eine Klippe in den Abgrund stürzen lassen. Annie wusste nicht mehr, wie sie es in dieser Zeit überhaupt geschafft hatte, weiterhin die Firma zu führen. Sie hatte sich auch bemüht, wieder mehr als zuvor für Claudia da zu sein – es waren allerdings eher hilflose Versuche geblieben, sie war sich nur zu bewusst gewesen, dass sie die Nähe zu ihrer Tochter vor allem in der Hoffnung suchte, Claudia könnte ihr den Halt geben, den sie so dringlich brauchte.

Der Auslöser für den großen Wendepunkt war dann Jürgen gewesen: »Wenn ich bereit bin, meinem Erzeuger den ganzen Scheiß nachzusehen, den er gebaut hat, dann solltet ihr es doch erst recht sein. Und wegen dieser Onkel-Nichte-Sache da, die euch ja offensichtlich gehöriges Kopfzerbrechen bereitet – also wenn ihr meine Meinung hören wollt: Erstens ist es noch nicht mal verboten, und zweitens sind wir mitten in den Sechzigern, da stört so was sowieso keinen mehr. Wenn zwei sich lieben, ist kein Graben zu tief und keine Mauer zu hoch, mehr habe ich dazu nicht zu sagen.«

Annie würde ihm ewig dankbar für diese Sätze sein, auch wenn Jürgen sonst nicht allzu viel vorzuweisen hatte, was ihre Zustimmung fand. Jürgen war einer der Gammler geworden, die offenbar keinerlei Ehrgeiz besaßen und vollauf zufrieden waren, solange man sie nur in Ruhe ließ. Ab und an mal ließ er sich mit zu langen Haaren und in zerschlissenen Jeans bei ihnen blicken, Claudia bewunderte ihn leider maßlos, vor allem seit er in letzter Zeit begonnen hatte, kleinere Musikfestivals zu organisieren. Elvis war lange schon vergessen, jetzt ging es um Musiker und Bands, von denen Annie noch nie gehört hatte ...

Der wichtigste Schritt von allen aber war nach Jürgens Einmischung dann die Entscheidung gewesen, Fritz als eigenständigen Lohnfuhrunternehmer zu Eulendorf zu holen – und das bezog sich nicht nur auf die Firma, sondern vielmehr noch auf ihr Verhältnis zueinander, das keiner von ihnen wirklich einzuschätzen vermochte. Aber zunächst mal waren es die hohen Zustellgebühren, die sie bei der Post für jede Lieferung zahlten und die Annie schon lange ein Dorn im Auge gewesen waren. Und mit Fritz und seiner Erfahrung als Spediteur bot sich plötzlich eine unerwartete Lösung an. Eulendorf gab das Startkapital, damit konnten sowohl Kurt als auch Fritz einigermaßen leben, Fritz sah sich zwar noch nicht unbedingt ausreichend entschädigt, aber er hatte endlich eine Chance, die er wahrnehmen konnte, ohne sich allzu sehr von Kurt und Annie abhängig zu fühlen.

Der neue Lieferservice lag allein in seiner Verantwortung, und wie sich bald herausstellte, war er tatsächlich der richtige Mann, um die Logistik für die Eulendorf-Spedition aufzubauen. Was mit gerade mal zehn Lieferwagen begonnen hatte, war mittlerweile eine Flotte von fast hundert VW-Transportern geworden, die bundesweit im Einsatz waren. Annie selber hatte zusammen mit Fritz die Verhandlungen in Wolfsburg geführt und Direktor Heinrich Nordhoff überzeugen können, ihnen einen fast schon unanständigen Rabatt einzuräumen, allein auf der Grundlage, dass die Transporter bei ihren täglichen Fahrten über Land und in den Städten ja die beste Werbung für Volkswagen wären. Und Annie hatte dann auch im Transporterwerk in Hannover die Details für die Sonderlackierung besprochen, zweifarbig in Schwarz und Gelb, mit dem Eulendorf-Zeichen auf dem Dach und dem spiegelverkehrt gesetzten Schriftzug auf der Vorderseite des Bullis.

Sie waren jetzt in der Lage, ihre Kunden innerhalb von höchstens zwei Werktagen nach Bestellung zu beliefern, das konnte kein anderer Versandhandel bieten. Natürlich konnte man auch längst schon telefonisch bei ihnen bestellen, im Umkreis von Fulda lieferten sie bei Bestellungen bis 12 Uhr mittags noch am selben Tag. Die Verkaufszahlen waren sprunghaft angestiegen, Fritz' Spedition schrieb seit der letzten Bilanz schwarze Zahlen, doch was Annie immer noch wurmte, waren die Frachtgebühren für die Bahn, mit der sie die Wege zu den Verteilerstandorten in den größeren Städten überbrücken mussten, doch bislang hatten sie keine andere Möglichkeit gefunden. Noch nicht, dachte Annie, aber das ist nur eine Frage der Zeit ...

Fritz hatte sich nicht entscheiden können, ganz nach Fulda zu ziehen, hatte aber eine kleine Wohnung direkt neben der Kirche in Künzell gemietet, und auch Lisa war jetzt immer öfter da. Neben Schmidtchen war sie fast so etwas wie eine Vertraute, eine Freundin geworden. Annie mochte die ebenso rundliche wie fröhliche, vor allem aber vollkommen unprätentiöse Dänin, die immer noch so oft es ging ein weiches »s« in ihre Wörter mogelte. Annie war sich sicher, dass sie das nur machte, weil es selbst die bornierten Hessen so »sön« fanden, wenn nicht sogar »gans besaubernd«. Und doch beschränkten sich auch die privaten Gespräche mit Schmidtchen wie mit Lisa eher auf Allgemeines, wenn nicht letzten Endes doch wieder Belange der Firma, dann Nachrichten aus der Zeitung, über die sie sich austauschten. Selten mal ging es wirklich um etwas Persönliches, und dann niemals von Annie aus – das war immer noch ein Bereich, in den niemand Einblick bekommen sollte, alles, was Annie da vor Probleme stellte, machte sie mit sich allein aus. Es schien ihr sicherer so.

Aber es war eine Erleichterung zu sehen, wie gut Lisa ihrem Vater tat. Und auch Annies eigenes Verhältnis zu ihm schien unter den neuen Voraussetzungen zumindest akzeptabel. Sie arrangierten sich, so gut sie konnten, und es gab immer öfter Momente, in denen alle Verletzungen der Vergangenheit nichtig zu sein schienen.

Allein Annies Beziehung zu Grete hatte sich merklich verändert, seit Fritz wieder in ihr Leben getreten war. Grete lehnte es rundweg ab, ihn zu treffen. Auch ihre kleinen Päckchen und die Postkarten für Claudia wurden weniger. Wenn Annie mit ihrer Mutter telefonierte, hatte sie häufig das Gefühl, als würde eine unsichtbare Wand zwischen ihnen stehen. Aber sie wusste sich keinen Rat, solange sie mit Fritz zusammenarbeiteten, würde sich ihre Mutter immer weiter zurückziehen, das war ihr klar. Und auch wenn sie mit der Situation alles andere als glücklich war, stand die Geschäftsbeziehung zwischen Eulendorf und Fritz doch außer Frage.

Und Eulendorf florierte! Der Umfang des Katalogs war auf über 300 Seiten angewachsen, mit mehr als 100.000 Artikeln aus Mode, Haushalt, Spielzeug und Technik und einer Auflage, die in der neuen Herbst/Winter-Ausgabe erstmals die Marke von drei Millionen Stück knacken würde. Damit waren sie hinter Neckermann jetzt tatsächlich eines der größten Versandhandelshäuser in Deutschland, in der mittlerweile wie eine Stadt für sich wirkenden Zentrale am Petersberg waren weit über 1.000 Mitarbeiter beschäftigt, im vergangenen Jahr hatten sie einen Umsatz von einer halben Milliarde DM erwirtschaftet. Sie hatten sich damit abgefunden, dass sie es dennoch nicht mehr schaffen würden, Neckermann zu überflügeln, aber Eulendorf stand auf soliden Füßen – und wenn Neckermann negative Schlagzeilen machte, weil sein »Besser dran mit Neckermann« wegen vergleichender Werbung per Gerichtsbeschluss verboten wurde, war Eulendorf mehr denn je die Firma, die es schaffte, mit ihren Aktionen immer wieder bundesweite Aufmerksamkeit als »Vorreiter für wirklich Neues« zu erlangen.

Wobei die Presse gerade im Zusammenhang mit Kurts Dressurreiterei solche Wortspiele liebte! Aber es gab kaum einen Bericht, der ihnen nicht zumindest die Anerkennung für ihre häufig ungewöhnlichen Ideen aussprach. »Positive Skandale« nannte Kurt solche Erfolge gerne ironisch, wenn sich alle darauf stürzten, als gelte es, die Werbewelt neu zu erklären.

Ihr letzter großer Coup war der Verzicht auf jegliche Fotomodelle für den Katalog gewesen, stattdessen hatten sie ihre »Mannequins« aus den Mitarbeitern gewählt, natürlich professionell geschminkt und mit allen Tricks ins rechte Licht gerückt, aber eben immer noch »ganz normale« Menschen, mit denen jeder Kunde sich identifizieren konnte. Und die Mitarbeiter waren stolz darauf, ihre Firma zu repräsentieren!

Annie leistete sich jetzt auch zum ersten Mal die Freiräume, von denen sie lange genug nur geträumt hatte. Sie ging wieder ins Kino, Kurt und sie hatten eine Reise quer durch Italien gemacht, im Winter würden sie zum Skilaufen nach Österreich fahren – und sie hatte die Segelfliegerei für sich entdeckt, die ihr jedes Mal, wenn sie weit über den Wolken schwebte, wie ein persönliches Geschenk erscheinen wollte, eine ungeahnte Freiheit, die sie für all die Tage und Nächte entschädigte, in denen sie nur für die Firma gelebt hatte ...

»Mutti! Was tust du? Wir sind doch noch viel zu schnell zum Landen!«

Bei Claudias Ruf schreckte Annie hoch, sie war so in ihre Gedanken verstrickt gewesen, dass sie alle Flugmanöver wie automatisch ausgeführt hatte, nur ihren Instinkten, ihrem Gespür für Wind und Turbulenzen folgend. Aber Claudia hatte recht! Sie waren zu schnell, die Landebahn näherte sich in rasender Geschwindigkeit, im letzten Moment konnte Annie noch mithilfe der Störklappen den Anflugwinkel korrigieren, dann setzte das Segelflugzeug auch schon hart auf und rumpelte über die frisch gemähte Wiese bis auf wenige Meter an den ersten Hangar heran.

»Puh, Mutti«, rief Claudia, während sie die Kanzelhaube hochklappte und ihren Gurt löste. »Was war das denn? Jetzt sag nur nicht, du wolltest mir noch mal richtig Angst machen, damit ich mich nicht mehr in das Flugzeug nach Amerika traue und hierbleibe! Aber das kannst du dir abschminken, auf solche Tricks falle ich nicht rein. Und Hunger habe ich jetzt erst recht. Ich glaube sogar, auf den Schreck hin nehme ich gleich eine doppelte Portion Sülze!«

Erst als sie schon im Gasthof »Zur Sonne« in Gersfeld saßen, rückte Claudia mit einer Nachricht heraus, die sie sich als besondere Überraschung für Annie aufgespart hatte.

»Fritz hat was rausgekriegt. Willst du raten? Es hat mit

Amerika zu tun. Und auch mit dieser komischen Familie, zu der ich gehöre, ohne dass mich jemand gefragt hat, ob ich überhaupt will. – Nein, komm, jetzt guck nicht so entsetzt, es sollte nur ein Witz sein. Tut mir leid, das war ein blöder Spruch. Aber ein bisschen komisch ist diese Familie schon, das musst du zugeben!«

»Jetzt erzähl schon, ich bin zu faul zum Raten.«

»Ich hab einen Onkel in Amerika!«, trällerte Claudia vor sich hin. »Im Ernst, Fritz hat ihn vielleicht gefunden, es scheint da tatsächlich einen Willi Laube zu geben, nur dass er sich jetzt ›Lowbie‹ nennt, also anders geschrieben, auf Englisch! Und, was sagst du?«

»Dass dein Großvater vielleicht besser hätte Detektiv werden sollen«, antwortete Annie, ohne zu überlegen. Es war ihr unwohl bei dem Gedanken, mit welcher Akribie Fritz immer noch versuchte, den Verflechtungen seiner Familie nachzuspüren, als würde das, was sie wussten, nicht vollauf genügen ...

»Ach komm, Mutti, jetzt sei nicht so. Das ist doch spannend! Ich habe nicht nur einen Großvater, der auch mein Onkel ist, und einen Stiefbruder-Cousin, sondern jetzt auch noch einen unbekannten Onkel in Amerika. In Minnesota. Aber das Beste kommt erst noch – rate mal, was er da macht?«

»Er hat als Tellerwäscher angefangen, und jetzt ist er wahrscheinlich Millionär.« Annie machte keinen Hehl daraus, dass Willi sie nicht interessierte. Aber Claudias Kichern ließ sie stutzen. »Was? Sag nicht, ich hätte ins Schwarze getroffen!«

»Keine Ahnung, ob er mal Tellerwäscher war. Aber Millionär stimmt schon. Er hat nämlich in Minnesota das Monopol – für Popcorn! Ist das nicht irre? Die Leute da essen überall ›Lowbie-Popcorn‹! Okay, ich sehe schon, dass dich das nicht so begeistert. Aber du musst keine Angst haben, ich fahr da jetzt nicht hin, um ihn zu besuchen. Das ist Quatsch. Andererseits ... sooo weit weg von Pasadena ist es nun auch wieder nicht, gerade mal 3.100 Kilometer. Obwohl ich San Francisco natürlich deutlich besser gefunden hätte, allein schon wegen der Hippies und der ganzen Bands, die da herkommen, überleg nur mal, Janis Joplin, Jefferson Airplane, Grateful Dead. Ich glaube, auch die Doors, und vielleicht haben die alle auch schon Lowbie-Popcorn gemampft, könnte doch gut sein.«

Annie merkte schon, dass ihre Tochter sie wieder mal hochnehmen wollte, aber sie spürte deutlich, wie sie die Sorge beschlich, Claudia könnte tatsächlich auf die Idee kommen und den verschollenen Onkel aufsuchen. Und sie würde es nicht verhindern können, sowie Claudia erst mal in Amerika war, hatte sie keine Kontrolle mehr über sie! Vielleicht war es genau das, womit sie nicht zurechtkam. Sie musste noch viel mehr als bislang lernen, manchen Dingen ihren Lauf zu lassen, vor allem wenn es um Claudia ging. Und dazu gehörte auch, sich immer wieder einen Satz von Goethe bewusst zu machen: Kinder brauchen Wurzeln und Flügel! Es war an der Zeit, dass Claudia ihre Flügel ausbreitete, egal, wie sie sich als Mutter dabei fühlte ...

»Was genau ist eigentlich Popcorn?«, fragte sie in dem

Bemühen, Claudia nichts von ihren Gedanken spüren zu lassen, um ihr nicht die Freude zu nehmen.

»Was? Meinst du das gerade ernst? Mensch, Mutti, manchmal lebst du aber wirklich so was von hinter dem Mond, dass es schon peinlich ist. Mais! Maiskörner, die erhitzt und mit Zucker …«

»Mais? Ich dachte immer, Mais wäre ausschließlich … Schweinefutter.«

»Na wunderbar. Jetzt fehlt nur noch, dass Papa mit so was rausrückt wie ›Alles Böse kommt aus Amerika‹, wenn ich ihm die Neuigkeit erzähle.«

»Apropos Amerika«, rutschte es Annie heraus, bevor sie ihre Frage noch stoppen konnte. »Du schreibst uns doch regelmäßig, ja? Versprichst du mir das? Und wenn irgendwas ist, dann … rufst du sofort an, in Ordnung?«

Claudia lachte und griff über den Tisch nach Annies Hand. »Ja, Mutti, ich verspreche es. Ich schwöre, dass du so viele Briefe von mir bekommst, wie du in deinem ganzen Leben noch nicht gekriegt hast! Aber das geht nur unter einer Bedingung«, fügte sie gleich darauf ernsthaft hinzu, während ihre Hand Annies Finger jetzt so fest umschloss, dass es fast schmerzte.

»Was für eine Bedingung? Was meinst du damit?«

»Ich weiß, dass du nicht immer über alles sprichst, was dir Kummer oder Angst macht. Auch nicht mit Papa. Aber ich möchte, dass das anders wird! Ich bin jetzt alt genug, um nicht nur deine Lieblingstochter, sondern auch … so was wie eine Freundin zu sein. Und ich kenne dich immerhin schon mein ganzes Leben lang, vergiss das nicht! Ich möchte, dass du mir auf jeden Brief, den ich dir schicke, zurückschreibst. Und mir alles erzählst, wie es dir hier geht und was du denkst und wovon du träumst, und ich meine wirklich alles! Mit den Briefen von und nach Amerika fangen wir an, ja? Und danach, wenn ich wieder zurück bin, nehmen wir uns jede Woche einen Tag, an dem wir etwas gemeinsam machen und … reden. Wirklich wie zwei uralte Freundinnen, die sich alles anvertrauen! Einverstanden? Wollen wir das versuchen?«

Annie merkte, wie glücklich sie Claudias Vorschlag machte. Und gleichzeitig auch ängstigte! Es würde ihr schwerfallen, ihre über all die Jahre sorgsam errichteten Schutzmauern aufzugeben, das wusste sie. Aber Claudia hatte recht, es war eine gute Vorstellung, wie ein Versprechen auf etwas vollkommen Neues, das ihr noch wie ein Traum erschien. Aber ein Traum, der Wirklichkeit werden würde, wenn sie beide es nur wollten …

»Wer, wenn nicht wir, Mutti? Und wann, wenn nicht jetzt?«

In Claudias Stimme lag mehr als nur eine Bitte, als könnte sie Annies Gedanken lesen und wollte ihr keine Chance lassen, sich hinter irgendwelchen Ausflüchten zu verstecken.

»Wir versuchen es«, sagte Annie leise, während sie ihre Hand zurückzog, um sich mit einem Taschentuch hastig die Augen abzutupfen. »Ich verspreche es.«

Im ersten Moment war sie irritiert, als Claudia unvermittelt in schallendes Gelächter ausbrach. »Was ist das denn? Das ist ja fürchterlich! Und es passt überhaupt nicht, wenigstens müsste er doch wohl singen ›um dein Mädchen‹ und nicht ›um …«

»›Mama‹«, kam die Stimme von Heintje aus dem Radio auf dem Wandbrett über ihnen, »›du sollst doch nicht um deinen Jungen weinen, Mama, einst wird das Schicksal wieder uns vereinen!‹«

Jetzt fing auch Annie an zu lachen, beide versuchten sie, Heintje zu übertönen: »Mama, du sollst doch nicht um dein Mädchen weinen …«

Erst als die Wirtin mürrisch zu ihnen herüberblickte, schlug sich Claudia die Hand vor den Mund, um dann kichernd zu sagen: »Ein Glück, dass Jürgen nicht hier ist. Sonst würde er bestimmt verlangen, dass sie die Schnulzenmusik abstellen und einen Sender suchen, der was Richtiges spielt.«

»Elvis?«

Claudia verdrehte die Augen. »Mutti! Elvis war gestern. Ein bisschen musst du dich schon bemühen, wenn du meine Freundin sein willst. Aber du hast ja genug Zeit, solange ich in Amerika bin, um wenigstens mal ein paar Namen zu lernen, Deep Purple, Led Zeppelin, Uriah Heep. Oder Leonard Cohen, du weißt hoffentlich wenigstens, dass das mein Lieblingssänger ist! Frag am besten Jürgen, der kann dir vielleicht auch eine Kassette machen, damit es nicht zu peinlich wird, wenn ich dich mal mit in die Disco schleppe. – Aber weißt du, was mir gerade einfällt? Ich muss dir wenigstens noch schnell erzählen, was ich mir für Amerika ausgedacht habe, falls ich zwischendurch mal so was wie Heimweh bekommen sollte. Ich nehme mir einen kleinen Koffer mit Erinnerungen mit, die ich dann nur rauszukramen brauche, um euch alle immer bei mir zu haben.« Sie tippte sich an die Stirn. »Hier oben, das ist mein Koffer. Willst du hören, was ich einpacke? Also pass auf, los geht's, ich fange mal mit Jürgen an. Wie er mit mir so lange Klickern geübt hat, bis ich allen anderen Kindern auf dem Petersberg ihre Murmeln abgenommen hatte. Und dann kam Schangeln dran! Richtig um Geld und so.«

»Schangeln?«

»Schangeln, ja, das musst du doch kennen! Eine Münze zur Bordsteinkante oder Hauswand werfen. Und gewonnen hat der, der am dichtesten an die Kante kommt. Wir haben ganz schön Kasse gemacht, Jürgen und ich. Ich musste ihm nämlich immer die Hälfte von meinem Gewinn abgeben, aber dafür hat er aufgepasst, dass die anderen mich nicht reinlegen.«

»Ihr habt um Geld gespielt? Das wusste ich gar nicht.«

»Du weißt vieles nicht. Auch nicht, dass ich es natürlich gemerkt habe, als Papa damals heimlich einen neuen Vogel in den Käfig gesetzt hat, weil der alte gestorben war. Aber typisch Papa, echt, der neue Vogel war weder ein Kanarienvogel noch grün, sondern ein blauer Wellensittich, das hätte der Döfste gemerkt. Aber ich hab nichts gesagt und mich nur gewundert, ob alle Eltern so neben der Spur sind. Und Papa hat ja auch genug gute Sachen gemacht, auf die sonst keiner gekommen wäre! Erinnerst du dich an seine Idee, wie er mir Bruchrechnen beigebracht hat?«

»Mit deinen Legosteinen, ich weiß.«

»Hat funktioniert! Ich zähle heute noch Noppen, wenn

ich eine Zahl durch eine andere teilen soll. Das ist mein Bild von Papa, er und ich und die Legosteine. Für Fritz muss ich mir noch was ausdenken, vielleicht sein Entsetzen, als ich das erste Mal mit einem Minirock aufgetaucht bin. Den Blick werde ich nie vergessen – als würde die Welt untergehen!«

»Und für mich? Hast du für mich auch eine Erinnerung?«

»Natürlich, aber das erzähle ich dir jetzt nur, weil wir uns ja ab sofort alles sagen wollen. Und du darfst den anderen nicht verraten, dass du es von mir hast.«

»Aber was …?«

»Du hast uns immer belogen, du kannst nämlich überhaupt nicht kochen, wissen wir alle! Jedenfalls nicht mehr als Kartoffelbrei mit Leberkäse und Spiegelei, aber du warst immer so stolz, wenn du am Sonntag ›groß‹ gekocht hast. Oder wenn es zu Weihnachten Gänsebraten mit Rotkohl und Klößen gab. Oder Hackbraten, Rouladen, deine berühmten Königsberger Klopse. Jürgen und ich haben immer drauf gelauert, wie du es wohl diesmal anstellst, die Sachen, die Schmidtchen für dich vorgekocht hatte, ins Haus und in die Küche zu schmuggeln, um sie dann mit viel Getue … einfach nur aufzuwärmen! Komm, ist doch nicht so schlimm, wir fanden es ja alle witzig, dir dein Geheimnis zu lassen! Und Schmidtchen kann wirklich kochen, ein Glück, dass du sie dafür ausgesucht hast und nicht jemand anderen.«

»Ihr habt das wirklich die ganze Zeit gewusst?« Annie bemühte sich um einen möglichst unzufriedenen Gesichtsausdruck, konnte dann aber nicht anders, als scheinbar ohne Zusammenhang zu sagen: »Ich bin stolz auf dich, dass du's nur weißt.«

»Und ich auf dich!«, kam prompt die Antwort. »Aber bevor wir uns jetzt weiter gegenseitig versichern, wie toll wir uns finden, sollten wir vielleicht lieber …«

»Langsam mal aufbrechen.« Annie blickte auf ihre Uhr und nickte. »Du hast recht, es wird Zeit. Kurt rechnet fest damit, dass wir nachher nach Adolphseck kommen. Es ist ja heute so was wie eine Premiere.«

»Klar kommen wir! Und ich muss mich schließlich nicht nur von ihm verabschieden, sondern auch von meinen Reitonkels! Onkel Alwin, Onkel Fritz, Onkel Hans Günter«, zählte sie grinsend an den Fingern auf. »Onkels, wohin man guckt, das scheint ja nun mal mein Schicksal zu sein, dem ich nicht entrinnen kann. – Aber sag mal«, setzte sie gleich darauf hinzu, »ist es wirklich das erste Mal, ich meine, ist vorher noch nie jemand draufgekommen, auch Neckermann nicht? Das wäre doch der Erste, dem das hätte einfallen müssen!«

Annie wusste, worauf sich Claudias Frage bezog. Und es war tatsächlich das erste Mal, dass es bei einem Turnier großflächige Werbung für den Veranstalter geben würde – sowohl die Umrandung zur Zuschauertribüne als auch die Mauer sollten den Eulenhof-Schriftzug und das Firmenzeichen zeigen, die Sprungschanzen würden gelb-schwarz gestrichen sein.

»Ich hab's schon gesehen, es wird dir gefallen.«

»Die Idee ist klasse, ich stell mir schon vor, wie dann auf den Zeitungsfotos immer auch Eulendorf auftaucht. Wir haben im Kunstunterricht mal über so was gesprochen, eigentlich hat es viel mit Psychologie zu tun, wenn die Leute unbewusst immer wieder etwas wahrnehmen, bis sie es so fest im Kopf haben, dass sie auch im Laden danach greifen. Oder eben deshalb auch bei uns bestellen, ohne dass ihnen überhaupt klar ist, warum.«

»Sag es Papa, es war seine Idee. – Aber bevor wir nach Adolphseck fahren, muss ich noch mal kurz ins Büro. Es dauert nicht lange, ich will nur sehen, was heute in der Post war.«

»Gut. Dann fahren wir erst nach Hause, ziehen uns um, dann begleite ich dich ins Büro, sag Schmidtchen Tschüss, und danach ist – Partytime!«

»Es ist ein Springturnier, Claudia!«, erwiderte Annie lachend. »Party ist nun wirklich nicht so ganz der richtige Begriff dafür.«

»Es kommt immer darauf an, was man draus macht. Und ich war auf genug Turnieren, um zu wissen, dass hinterher sehr wohl ... Party ist. Außerdem ist es mein letzter Abend hier, und ich bin alt genug, um auch selber mal ein Glas zum Abschied zu trinken, meinst du nicht?«

»Ein Glas!«

»Oder auch zwei. So ein Abend kann ja schließlich ganz schön lang werden!«

Zwei Stunden später war Annie frisch frisiert und geschminkt, ebenso wie Claudia trug sie ein leichtes Sommerkleid, und als sie sich nebeneinander im Spiegel betrachtet hatten, war die Ähnlichkeit zwischen ihnen so verblüffend, dass Claudia lachend sagte: »Wenn es dir recht ist, stelle ich dich als meine große Schwester vor, würde ja auch irgendwie zu unserer Familie passen, stimmt's?«

Das indirekte Kompliment ihrer Tochter ließ Annie noch stolz und zufrieden lächeln, als sie im Schritttempo die Abkürzung über den Feldweg zum Firmengelände nahmen. Jedes Mal, wenn sie in der Ferne die Hochhäuser auf dem Aschenberg sah, war Annie froh, dass sie sich gegen eine solche Art der Behausung entschieden hatten. Keines der Eulendorf-Gebäude hatte mehr als zwei Stockwerke, ein Großteil lag versteckt im Wald, erst wenn man die Schranke an der Zufahrt passiert hatte, ahnte man die Ausmaße des Geländes. Wie ein Spinnennetz überzogen die Straßen und Häuser die nordwestliche Seite des Petersbergs, den Mittelpunkt bildeten die beiden ersten Hallen, mit denen alles begonnen hatte. Jede Wand, jede Mauer war dicht mit wildem Wein bewachsen, in dem jetzt noch die Vögel zwitscherten und der im Herbst die Fassaden wieder in ein weithin leuchtendes Flammenmeer verwandeln würde.

An der Ecke zum Bürotrakt musste Annie scharf bremsen, als ein Mitarbeiter auf einem Elektroroller ihren Weg schnitt. Dass sie nicht wusste, in welcher Abteilung der Mann arbeitete, geschweige denn seinen Namen kannte, gehörte zu den wenigen Dingen, mit denen sie in letzter Zeit schon öfter gehadert hatte. Das Unternehmen war zu groß geworden, sie waren nicht mehr die eingeschworene Familie, die sich allein gegen den Rest der Welt behauptete, halb Fulda schien mittlerweile bei Eulendorf zu arbeiten, viele Angestellte kamen auch aus der Rhön oder vom Vogelsberg. Manchmal wünschte Annie sich zurück in die drei Räume in der Sturmiusstraße, als sie und Schmidtchen noch jeden Morgen eigenhändig die Butterbrote für die Kollegen geschmiert hatten …

Schmidtchen winkte ihnen durch die offene Tür zu ihrem Büro, sie hielt den Telefonhörer hoch, mit einer Hand deckte sie die Sprechmuschel ab.

»Gut, dass Sie kommen! Der ruft jetzt schon zum dritten Mal an, ohne dass er seinen Namen nennen will. Aber er behauptet, Sie zu kennen und nur mit Ihnen reden zu wollen. Ich glaube, es ist ein Franzose«, setzte sie trotz der Hand über der Sprechmuschel flüsternd hinzu.

Annie nickte und nahm den Hörer. »Laube. Womit kann ich Ihnen helfen?«

»Spresche isch mit der Dame vom Versandandell? Auch genannt … *la reine*, die Königin?«

Annie lachte laut auf. »Hör auf, deine Stimme zu verstellen, Jürgen! Du hast Schmidtchen ja ganz durcheinandergebracht, sie denkt wer weiß, wer hier dran ist! – Außerdem mag ich es nicht, wenn du mich so nennst, das weißt du ganz genau.«

»Wie? Die Königin?«

»Nein, das andere. Ich finde, das klingt immer wie … ich weiß nicht, aber …«

»Stimmt schon, wie ein Filmtitel. ›Schulmädchen-Report‹ oder so was!«

»Jürgen! Du bist unmöglich, wirklich! Jetzt sag mir lieber erst mal, wo du überhaupt bist. Was machst du in Frankreich? Ich dachte, du wärst in Spanien?«

»Bin ich ja auch. Aber spanischen Akzent kann ich nicht,

deshalb habe ich den Franzmann gespielt«, erklärte Jürgen. Annie meinte fast, sein breites Grinsen durch den Hörer hindurch zu spüren. »Die letzten Tage habe ich die Costa Brava abgeklappert, so wie wir es besprochen haben. Ganz nett hier, und da sind auch einige Hotels dabei, die infrage kommen …«

»Aber?«, ergänzte Annie seinen nicht zu Ende gesprochenen Satz.

»Pass auf, Schwesterherz. Ich hoffe, du vertraust mir, ich brauche die Erlaubnis von dir, da noch ein bisschen weiter als nur an der Küste hier zu suchen …«

»Aber das ergibt doch keinen Sinn, Jürgen! Niemand möchte ins Landesinnere! Wenn die Leute Urlaub machen, dann wollen sie ans Mittelmeer.«

»Mein Reden! Und genau deshalb schicken wir sie dahin, wo es mehr als genug Meer gibt. Mallorca, Annie! Ich habe mir die Zahlen besorgt, 1960 hatten sie da etwas über dreihunderttausend Feriengäste, jetzt sind es schon fast zwei Millionen. Glaub mir, das steigt noch weiter, wir wären doof, wenn wir da nicht rechtzeitig noch aufspringen. Lass uns Mallorca mit dazunehmen, nein, anders, die Küste kann so nebenher laufen, aber lass uns Mallorca als Hauptziel anbieten, mit allem Drum und Dran, einen Flughafen haben sie ja, und wenn du einverstanden bist, fahre ich morgen mit dem Schiff da rüber und suche nach Hotels, die ins Angebot passen könnten.«

»Das klingt gut. Und, ja, tu das, meinen Segen hast du. Ich erzähle es gleich nachher auch Kurt, aber ich denke nicht, dass er Einwände hat.«

»Das läuft, Annie. Und glaub mir, es macht mir verdammt viel Spaß, hier mal ein bisschen was in Bewegung zu setzen und die spanischen Schnarchnasen ordentlich auf Trab zu bringen. Danke dafür, dass du mir das zutraust, ich werde euch bestimmt nicht enttäuschen. Das Einzige, was mich ärgert, ist, wie viel Zeit ich verplempert habe. Pass bloß auf, dass Claudia nicht denselben Fehler macht …«

»Ich geb sie dir gleich, dann kannst du ihr das selber sagen. Aber ich habe auch noch eine gute Nachricht, die dich vielleicht freuen wird.«

»Du kriegst noch ein Kind?«

»Ach, Jürgen! Nein, aber ich bekomme das Bundesverdienstkreuz verliehen! Als eine der ersten Frauen in Deutschland überhaupt.«

»Ich gratuliere! Du hast es dir verdient. Ich wüsste niemanden, dem ich das mehr gönnen würde. Aber heißt das auch, dass du nach Bonn musst? In die Villa Hammerschmidt? Da machen sie das doch immer, oder?«

»In der Villa Hammerschmidt, ja. Und ich werde den Bundespräsidenten persönlich kennenlernen.«

»Scheel ist das jetzt, richtig? Der soll ja wenigstens nur singen, was ich gehört habe. Sei bloß froh, dass du es nicht mehr mit Heini Lübke zu tun hast.«

»Warum? Was meinst du? Lübke ist doch schon ewig her …«

»Aber weißt du nicht mehr, der kleine Skandal, als er in Afrika seine Gastgeber begrüßt hat mit ›Sehr verehrte Damen und Herren, liebe Neger‹? Zu dir hätte der doch wahrscheinlich gesagt: ›Ich freue mich, liebe gnädige Frau Eulendorf! Sie sind mir ja schon lange eine gute Bekannte als die Dame vom …«

»Stopp!«, rief Annie. »Wag es bloß nicht, das schon wieder zu sagen. Du bist ein alberner Spinner, weißt du das?«

»Der alberne Spinner ist auch dein kleiner Bruder, vergiss das nicht. Und wenn du mich fragst, war Willy Brandt sowieso der einzige ehrenwerte Politiker, den wir jemals hatten. Aber noch mal zurück zu dem kleinen Bruder – der wird dich natürlich nach Bonn begleiten, einer muss ja schließlich aufpassen, dass die hohen Herren da sich dir gegenüber auch anständig benehmen!«

Sie flachsten noch einen Moment, bevor Annie den Hörer an Claudia abgab. Wenn Jürgen wirklich so weitermacht, wie es zurzeit scheint, dachte sie, dann wäre sie eine ihrer größten Sorgen los. Und vielleicht galt Goethes Erziehungsratschlag ja auch für Jürgen, obwohl er eigentlich längst über das Alter hinaus war, in dem er ihre Unterstützung brauchte, um die Flügel auszubreiten. Noch wagte Annie nicht, sich allzu sehr darauf zu verlassen, aber sie würde mit Fritz sprechen. Und vor allem mit Kurt! Sie hatte einen vagen Plan, den sie ihnen gerne schmackhaft machen wollte. Der Gedanke war ihr gerade eben erst bei dem Telefonat gekommen. Aber sie fand nichts, was dagegensprechen könnte …

Das war dann auch das Erste, womit sie Kurt in Adolphseck überfiel, kaum dass sie ihn mal für eine Minute hatte beiseiteziehen können. In ein paar Sätzen berichtete sie von ihrem Gespräch mit Jürgen, um direkt anschließend zu sagen: »Es war die richtige Entscheidung, ihn zu fragen, ob er für uns die Vorgespräche da unten führt. Und ich wünsche ihm so sehr, dass das Ganze wirklich etwas für ihn ist, dass er vielleicht dabeibleibt!«

»Das wünsche ich vor allem uns«, erwiderte Kurt trocken. »Mir reichen nämlich langsam die Fragen, ob der langhaarige Strolch, der da immer mal wieder angeschlappt kommt, wirklich zu uns gehört. – Nein, aber du hast recht, es scheint ja fast, als würde er doch noch ungeahnte Qualitäten zeigen.«

»Und deshalb wollte ich auch vorschlagen«, setzte Annie an, »also ich meine, wenn wir wirklich eine solche Reisesparte aufziehen, dann brauchen wir jemanden, der das voll und ganz in seine Hände nimmt. Und er spricht besser Englisch als irgendjemand anders von uns, außerdem ... ich hätte ihn gerne in der Firma.«

Zwischen Kurts Augenbrauen stand eine steile Falte, als er Annie ungläubig anblickte. Aber sie konnte deutlich sehen, wie seine Skepsis ganz langsam einem breiten Grinsen wich, bevor er nickte.

»Wir können es versuchen. Aber vielleicht warten wir erst mal ab, mit welchen Ergebnissen er zurückkommt. Und ob er dann immer noch so Feuer und Flamme ist oder ihm das Ganze vielleicht doch schon wieder zu anstrengend erscheint. Und Anstrengung ist nur was für Spießer, wie du dich hoffentlich noch erinnerst.«

Annie erwiderte sein Lächeln, sagte jedoch ganz ernst: »Ich glaube, diesmal wird es anders sein.«

»Warten wir's ab«, wiederholte Kurt. »Aber wenn wir schon mal dabei sind, da gibt es noch etwas, worüber wir reden müssten.« Er blickte suchend über Annies Schulter hinweg zum Reitplatz. »Da drüben, der Mann mit der Prinz-Heinrich-Mütze, siehst du ihn? Ich hatte keine Ahnung, dass er kommt, aber er ist in letzter Zeit schon häufiger bei Turnieren aufgetaucht. Allerdings habe ich ihn bislang nur bei der Dressur gesehen. Und dreimal darfst du raten, mit wem er bestens befreundet ist.«

»Helmut Schmidt vielleicht?«, antwortete Annie lachend wegen der Mütze, die auch der neue Kanzler selbst bei offiziellen Anlässen trug.

Aber Kurt ging nicht auf ihren Witz ein. »Ich meine es ernst, Annie. Er scheint ein ganz dicker Freund von Neckermann zu sein. Ist von Haus aus Bauunternehmer, hat sich aber auf die Produktion von Fertighäusern verlegt. Wir wissen beide, dass das ein Markt ist, der gerade kräftig zulegt, je mehr Menschen ein Eigenheim haben wollen. Und ich habe jetzt schon immer häufiger das immer gleiche Gerücht gehört, tatsächlich glaube ich inzwischen, dass das nicht aus der Luft gegriffen ist. Du ahnst den Zusammenhang schon?«

»Neckermann will Fertighäuser anbieten«, zog Annie ihre Schlussfolgerung, um sofort hinzuzusetzen: »Aber ich sehe nicht, dass das funktionieren kann, Kurt! Es ist schon gewagt genug, wenn wir jetzt Urlaubsreisen ins Programm nehmen wollen, aber ... Fertighäuser? Nein, da reden wir von Summen, die jeden Rahmen eines Versandhandels sprengen, wer soll sich auf so was einlassen?«

»Das habe ich zunächst auch gedacht. Andererseits ... Fertighäuser werden schließlich auch nach Katalog bestellt.

Und wie immer geht es nur darum, den Preis der Konkurrenz zu unterbieten, um mögliche Interessenten zu überzeugen. Es ist vielleicht also gar nicht so abwegig. Und jetzt denk mal noch einen Schritt weiter! Wenn das wirklich Neckermanns Plan ist, dann stellt er den Leuten nichts als ein paar nackte Wände mit Fenstern und Türen und ein Dach hin. Aber man könnte das auch gleich richtig aufziehen, statt nur halbe Sachen anzubieten.«

Es waren diese unerwarteten Momente, die Annie ganz früher schon mit Kurt geteilt hatte, und die jetzt endlich immer öfter wieder wichtige Teile ihrer Arbeit bestimmten, als hätten sie sie nie verloren gehabt – sie liebte es, wenn Kurt und sie sich gegenseitig die Bälle zuspielten und mühelos den Gedankengängen des anderen folgen konnten.

»Schlüsselfertig«, sagte Annie halblaut. »Zwei oder drei Einrichtungsrichtlinien, die man nach Belieben miteinander kombinieren kann, von der Küche bis zum Wohnzimmer, Schlafzimmer, Kinderzimmer. Gardinen und Teppiche inklusive, die Leute müssten nur noch einziehen. Schön, vielleicht könnte das sogar machbar sein, aber …«

»Es ist eine Nummer zu groß für uns, ich weiß. Ich wollte es nur noch mal von dir bestätigt haben. Soll Neckermann mal selber auf die Idee kommen. Oder wir machen einen kleinen Handel mit ihm, er lässt uns die Urlaubsreisen, und wir kommen ihm bei seinen Fertighäusern nicht in die Quere. Die Idee, seine Kästen schlüsselfertig anzubieten, kann er als Morgengabe noch obendrauf bekommen …«

»Warte mal«, unterbrach ihn Annie. »Das bist jetzt aber

nicht du gewesen, der diesen Kanzlerverschnitt da drüben hierher eingeladen hat, oder doch?«

»Unsinn!«, lachte Kurt auf. »Warum sollte ich?«

»Und was will er dann hier? Er ist doch nicht zufällig gekommen! Noch dazu, wenn du sagst, dass du ihn nur von Dressurprüfungen kennst.«

»Keine Ahnung. Aber das kriegen wir raus. Ich schnapp ihn mir mal, um ihm meine Frau vorzustellen. Aber lass uns warten, bis die ersten Umläufe vorbei sind. Ich will mir wenigstens in Ruhe unsere drei Reitergrößen ansehen! Thiedemann hat übrigens ein neues Pferd, du darfst gespannt sein, einen Holsteiner Wallach, den sie jetzt schon alle nur den ›Dicken‹ nennen. Heißt eigentlich ›Meteor‹, kein schlechter Name für ein Pferd, das sage und schreibe dreizehn Zentner auf die Waage bringt!« Kurt blickte auf seine Armbanduhr. »Der erste Umlauf beginnt in knapp einer halben Stunde. Wir hätten also noch Zeit. Und es scheint uns ja auch niemand weiter zu vermissen.«

»Zeit wofür? Ich verstehe nicht …«

Der Blick in Kurts Gesicht war Antwort genug. Mit einem zweideutigen Grinsen wies er zum Stallgebäude hinüber. »Ich habe den Schlüssel für die Sattelkammer. Die Sättel sind alle schon draußen am Viereck. Und die Tür kann man von innen abschließen.«

»Eine halbe Stunde, sagst du? Dann sollten wir uns beeilen!«

Hinter Kurt sah sie Claudia auf sie zukommen. Aber was immer Claudia die richtige Schlussfolgerung ziehen ließ, als sie ihre Eltern erblickte, blieb sie plötzlich abrupt stehen und schlug sich die Hand vor den Mund, bevor sie ihrer Mutter ein breites Lächeln zuwarf und die Richtung wechselte. Als hätte sie etwas vergessen, was ihr jetzt erst wieder eingefallen war.

Es war Annie noch nicht mal peinlich, dass ihre Tochter sie mehr oder weniger ertappt hatte. Kichernd wie ein Schulmädchen hakte sie sich bei Kurt unter und ließ sich von ihm mitziehen.

Kurz vorm Stall strich eine schwarze Katze dicht vor ihnen über das Kopfsteinpflaster.

»Katze von links, Glück bringt's«, flüsterte Kurt dicht an Annies Ohr.

Wie ein lautloser Schatten drückte sich die Katze hinter ihnen durch die Tür. Dann gab es nur noch den Geruch nach Heu und Pferdehaaren und der spätsommerlichen Wärme, die in den Dachschrägen über dem Zwielicht der Stallgasse hing.

Epilog

6 Monate später

Im Frühling des darauffolgenden Jahres kehrten Annie und Kurt nach einer Skiwanderung in den österreichischen Alpen nicht in ihr Hotel zurück. Aufgrund extremer Witterungsverhältnisse wurden ihre Leichen erst fünf Tage später in einer entlegenen Schlucht gefunden.

Beide Köpfe wiesen Einschusslöcher in der Mitte der Stirn auf, die Untersuchungen der Rechtsmedizin ergaben, dass Annie und Kurt durch Schüsse aus einer kleinkalibrigen Handfeuerwaffe getötet worden waren. Ein gemeinschaftlicher Selbstmord wurde ausgeschlossen, zumal auch keine Waffe aufzufinden war.

Bis heute sind weder der oder die Täter noch ein Motiv bekannt, der Fall wurde nach mehreren Monaten als »ungelöst« zu den Akten gelegt. In Zeitungen und Zeitschriften wurden noch einige Wochen lang die wildesten Spekulationen verbreitet, darunter auch die immer wiederkehrende Hypothese, dass es einen Zusammenhang zu den Anschlägen der Roten Armee Fraktion geben könnte.

Eine spätere Ausstrahlung in der Fernsehsendung »Aktenzeichen XY … ungelöst« brachte ebenfalls keine neuen Erkenntnisse.

Das gesamte Privatvermögen einschließlich des Hauses am Petersberg ging laut Testament an Claudia Laube. Der Eulendorf-Versandhandel wurde zu jeweils gleichen Teilen Claudia Laube, Fritz Laube und Jürgen Laube zugesprochen, ein weiteres Viertel erhielten die Mitarbeiter, die von Beginn an dabei gewesen waren, darunter auch Schmidtchen, Hartmann und Hans Twele.

Fritz Laube verstarb wenig später an Herz-Kreislauf-Versagen.

Nachwort

Dieser Roman beruht auf wahren Begebenheiten, bedient sich aber aller Freiheiten, die in der Fiktion möglich und notwendig sind.

In einigen wenigen Punkten haben wir die Chronologie gesellschaftlicher Ereignisse den Gegebenheiten unserer Geschichte angepasst und darüber hinaus, wo es uns sinnvoll erschien, Namen und Orte verändert, um noch lebende Personen oder deren Nachkommen zu schützen. Die in solchem Zusammenhang so oft angeführten Ähnlichkeiten können somit auch hier nur rein zufällig sein.

Weder Vivi Bach noch Dietmar Schönherr sind in einer Fernsehwerbung für Eulendorf aufgetreten; im Übrigen hat es auf dem Petersberg in Fulda auch niemals eine Versandhandelsfirma gegeben, zumindest nicht, soweit wir das wissen.

Die beschriebenen Szenen mit Carl Borgward, Josef Neckermann und den Springreitern Hans Günter Winkler, Alwin Schockemöhle und Fritz Thiedemann sind ebenfalls frei erfunden, genauso wie das Treffen mit Elvis Presley. Einige im Text angeführte Aussagen von Neckermann und insbesondere Winkler beinhalten jedoch Originalzitate, so auch Winklers Satz über sein Pferd Halla, das gelaufen sei »wie eine Straßenbahn«.

Häufig genug aber ist es ohnehin nur ein kleiner Unterschied, der darüber entscheidet, was wirklich geschehen ist und was hätte geschehen können. Und die Fiktion vermag der Wirklichkeit manchmal näher zu kommen, als die meisten von uns sich das vorstellen können.

Unser Dank gilt auch bei diesem Roman vor allem einigen wenigen guten Freunden, die wieder geduldig unsere soziale Inkompetenz während der Schreibphase akzeptiert haben – und die es nicht müde wurden, bereitwillig unsere Fragen zu beantworten, selbst wenn sie ihnen auf den ersten Blick irritierend erscheinen mussten. Wie man zum Beispiel in früheren Zeiten ein Auto geknackt hat. Oder ob Ferdinand Piëch auf seiner Abschiedsrede als Vorstandsvorsitzender von VW wirklich gesagt hat, er habe alle seine Entscheidungen nur nach Launen und persönlichen Vorlieben getroffen und sei selber überrascht, dass man auf diese Weise eine Firma führen könne …

Wie schon angedeutet, ein Gespräch mit uns ist nicht so ganz einfach, wenn wir mit den Gedanken nur bei der Geschichte sind, die wir gerade schreiben.

Und natürlich danken wir wieder unserem Agenten Bastian Schlück sowie dem gesamten Team vom Ullstein Verlag, insbesondere unserer Lektorin Claudia Winkler und unserem Lektor Carlos Westerkamp.

Hinzufügen möchten wir dieses Mal aber unbedingt

auch den Rockmusiker Arndt Schulz, der uns bei unseren Lesungen seit vielen Jahren ohne zu murren mit allen möglichen und unmöglichen Songs zur Seite steht.

Ulrike Gerold und Wolfram Hänel
alias Ulrike Wolff
Hannover, Januar 2020

Mehr über die Autoren und ihre Bücher
siehe unter www.haenel-buecher.weebly.com